GLOBALER ANGRIFF

ANDREW WATTS

Edited by
ELA KREMER

Severn River
PUBLISHING

GLOBALER ANGRIFF

Die Originalausgabe erschien unter dem Titel *Global Strike* bei Point Whiskey Publishing.

Severn River Publishing
www.severnriverpublishing.com

EBENFALLS VON ANDREW WATTS

Die Architekten des Krieges Reihe
1. Die Architekten des Kriegs
2. Strategie der Täuschung
3. Bauernopfer im Pazifik
4. Elefantenschach
5. Überwältigende Streitmacht
6. Globaler Angriff

Max Fend Reihe
1. Glidepath
2. The Oshkosh Connection

The Firewall Series
1. Firewall
2. Agent of Influence

Die Bücher sind für Kindle, als Printausgabe oder Hörbuch erhältlich. Um mehr über die Bücher und Andrew Watts zu erfahren, besuchen Sie bitte:
AndrewWattsAuthor.com

„Wer den Frieden wünscht, bereite den Krieg vor."

Vegetius

„Die Geschichte lehrt, dass Kriege beginnen, wenn Regierungen glauben, dass sie für ihre Aggression keinen hohen Preis bezahlen müssen. Um den Frieden zu wahren, müssen wir und unsere Verbündeten stark genug sein, um jeden potenziellen Aggressor davon zu überzeugen, dass ein Krieg keinen Nutzen, sondern nur eine Katastrophe bringen würde."

Präsident Ronald Reagan

1

Der sogenannte X-Bow-Bug der *USS Michael Monsoor*, dessen Steven sich oberhalb der Wasserlinie nach hinten neigte, durchschnitt das dunkle Wasser des Pazifischen Ozeans. Die markante Silhouette des Schiffs war in der mondlosen Nacht fast unsichtbar. Durch eine dünne Schicht aus versprengten Wolken fiel hier und da helles Sternenlicht auf die Meeresoberfläche.

„Irgendein Zeichen von ihnen?", erkundigte sich Captain Harris.

„Noch nichts, Sir", antwortete der Decksoffizier.

Der Kapitän stand mit einer kleinen Wachmannschaft in der Mitte der abgedunkelten Brücke. Sie waren umgeben von Flachbildschirmen, die ihnen einen künstlichen 360-Grad-Blick auf die Außenwelt ermöglichten. Die Monitore waren maximal gedimmt, um die Funktion der Nachtsichtgeräte nicht zu beeinträchtigen. Zwei Unteroffiziere steuerten das Schiff, wozu sie lediglich einen Trackball, eine Tastatur und einen Knopf betätigen mussten.

Der Decksoffizier berührte sein Headset. „Captain, der TAO bittet um Ihre Anwesenheit in der Operationszentrale."

„Bin schon unterwegs."

Captain Harris eilte in das Kampfinformationszentrum des Schiffs, um das ihn die Führer der meisten modernen Kriegsschiffe beneideten. Fast ein Dutzend Besatzungsmitglieder bemannten vier Reihen von Computerterminals mit jeweils mehreren Bildschirmen und überwachten die elektronischen Signale, das passive Sonar und die Kommunikation. Der Kapitän und sein Erster Offizier – der XO – hatten das Team der Gefechtswache persönlich zusammengestellt, damit an diesem Abend die besten Leute Dienst hatten.

Als er jetzt den Raum betrat, verkündigte jemand unverzüglich seine Anwesenheit. „Captain in der Operationszentrale."

Captain Harris wandte sich an den Tactical Action Officer, kurz TAO, der für die Gefechtssysteme und Sensoren des Schiffs zuständig war. „Was gibt's, TAO?"

„Wir haben schon einige ESM-Signale aufgefangen. Oberflächen-Suchradare von chinesischen Handelsschiffen." ESM waren elektronische Unterstützungsmaßnahmen im Bereich der Aufklärung.

„Haben Sie schon was gefunden?"

„Noch nicht, Sir. Es hat gerade erst angefangen."

„Peilung?"

„Zwei-vier-null bis zwei-sieben-null. Ich würde gerne mit dem SPY aufklären und sicherstellen, dass da draußen keine Überwachungsflugzeuge sind ..." Der TAO warf ihm einen latent frustrierten Blick zu. SPY war ein Multifunktionsradarsystem, das sowohl den Luftraum als auch die Meeresoberfläche überwachte und gleichzeitig als Feuerleitradar diente.

„Sie wissen, dass das nicht möglich ist."

„Ich weiß, Sir."

Alle elektronischen Sender einschließlich des Radars waren ausgeschaltet. Die Task Force Bruiser, zu der sowohl die

Monsoor als auch das an Bord befindliche Spezialeinsatzteam gehörte, war im Rahmen eines verdeckten Auftrags unterwegs. So gerne der Kapitän sein Oberflächen-Suchradar auch einsetzen würde, um Kontakte in der Nähe aufzuspüren, würde er es nicht riskieren, entdeckt zu werden. Der Zerstörer befand sich weit südlich des Äquators tief im chinesisch kontrollierten Südpazifik. In diesem Gebiet hatte seit mehr als einem Jahr kein amerikanisches Schiff mehr operiert.

„Wie sieht es mit dem Treibstoff aus?"

„Wir nähern uns unserem Bingo, Sir, wie die Flieger zu sagen pflegen."

„Vielleicht müssen wir unsere Seeversorgung ein Stück weiter nach Süden verlegen, wenn diese Typen heute nicht auftauchen. Reden Sie mit dem Navigator. Er soll sich einen Plan überlegen und ihn heute Abend mit mir durchgehen."

„Verstanden, Sir." Der TAO schaute auf. „Sir, der SEAL-Commander hat ein Update für Sie."

Captain Harris blickte nach oben zur verglasten Galerie der zweiten Etage, von wo aus mehrere Männer das Kampfinformationszentrum überblickten. Der Kommandant eines SEAL-Teams und ein paar Geheimdienstoffiziere waren ebenfalls an Bord. Normalerweise würden die SEALs diese Art von Mission von einem U-Boot wie der *USS Jimmy Carter* aus durchführen, aber seit Kriegsbeginn vor einem Jahr hatten die amerikanischen U-Boote mehr zu tun, als sie bewältigen konnten. Und ihre Aufklärungseinsätze fanden in unmittelbarer Nähe zur chinesischen Küste statt, in einem Bereich, den die *Michael Monsoor* nicht hätte befahren können.

Aber die *Monsoor*, eines von nur drei jemals gebauten Tarnkappenschiffen der Zumwalt-Klasse, war auf dem Radar fast unsichtbar. Und wenn sie sämtliche Tarneigenschaften ausspielte, konnte sie in frontnahen Gebieten wie diesem eingesetzt werden, wo die Chinesen zwar vermutet wurden, aber nicht in so großer Truppenstärke, dass das amerikanische Tarnkappenschiff unweigerlich auffliegen würde.

Kapitän Harris kletterte die Leiter zur oberen Etage der Operationszentrale hinauf, wo der SEAL-Kommandant und ein Mitarbeiter der Defense Intelligence Agency (DIA) hinter einem bärtigen U-Boot-Techniker standen. Der U-Boot-Experte überwachte ein Dashboard, auf dem Zahlen und technische Daten dargestellt wurden.

Der SEAL-Kommandant drehte sich zu Harris um. „Sir, guten Abend. Wir haben gerade eine hochbitratige Kurzstrecken-Datenübertragung empfangen. Sie sind unterwegs und sollten in etwa dreißig Minuten hier sein."

„Ausgezeichnet. Bitte geben Sie dem TAO Bescheid, damit der Aufnahmeprozess vorbereitet wird."

Eine halbe Stunde später beobachtete der Kapitän das Geschehen von der umlaufenden Plattform aus, die sich in der internen Ladebucht im Schiffsheck befand. In dem riesigen, höhlenartigen Raum verlief eine zentrale Schiene, die normalerweise zum Ausbringen und Einholen der Festrumpfschlauchboote der *Monsoor* verwendet wurde. Jetzt schwappten Wellen auf das schräg abfallende Deck unter ihm.

Fast lautlos tauchte im Kielwasser des Zerstörers aus der Tiefe ein schwarzer Monolith auf, zunächst kaum sichtbar, dann aber immer größer werdend.

Mitglieder der Schiffsbesatzung, der SEAL-Teamleiter und die Geheimdienstmitarbeiter sahen zu, wie das neueste Mini-U-Boot auf die hintere Rampe des Schiffs aufsetzte. Speziell ausgebildete Soldaten befestigten Leinen und benutzten dann elektronisches Gerät und die Laufschienen, um das U-Boot in die Bucht zu ziehen.

Die ganze Operation dauerte etwa zwanzig Minuten, so schnell, wie es unter Einhaltung der Sicherheitsmaßnahmen möglich war. Anschließend schloss sich das Hecktor, bevor sich die Luke des U-Boots öffnete und vier SEALs herauskletterten. Einer von ihnen übergab dem SEAL-Teamleiter einen Gegenstand.

Augenblicke später lauschten der Kapitän, der SEAL-Kommandant sowie die Nachrichtendienstoffiziere dem SEAL-Team, während dieses die Aufklärungsdaten erläuterte.

„Das ist die erste Rakete – genau da", sagte einer der Männer und deutete auf das Bild auf dem Monitor. „Die Nächste kommt ein paar Minuten später. Sie haben etwa zwanzig davon geborgen, glaube ich. Eine ist ins Wasser gestürzt."

Der DIA-Offizier erklärte: „Das ist ihre neue Serie-8-Rakete. Wiederverwendbar. Von jedem dieser Teile aus starten sie etwa vierzig Minisatelliten. Multipliziert mit zwanzig ...‟

„Das sind eine Menge Satelliten."

„Warum werden sie hier geborgen?"

„Der Flugbahn nach zu urteilen muss das die optimale Stelle sein. Dann haben sie etwa fünfzehn Tage Zeit, um sie zurück nach Hainan zu bringen. Ihr Weltraumbahnhof liegt dort ganz in der Nähe."

Ein Telefon an der Wand klingelte. Harris nahm den Hörer ab. „Captain."

„Captain, TAO hier, Sir, wir haben ein Problem."

Kapitän Harris blickte durch das Glasfenster auf die darunter liegende Etage. Der TAO hielt ein Telefon an sein Ohr und sah zu ihm hoch.

„Sir, wir haben jetzt mindestens zwanzig elektronische Peilungen von Kontakten, die ich für chinesische Kriegsschiffe halte. Das Sonar empfängt entsprechende Geräusche. Ein paar klingen eher wie Handelsschiffe. Andere nach Typ-52-

Zerstörern. Sir, wenn die sich hier aufhalten, werden sie Überwachungshubschrauber in der Luft haben ...“

Der Kapitän legte den Hörer auf und ging auf die Leiter zu. „Macht mal Platz!“ Zwei Matrosen sprangen hastig zur Seite. Der Kapitän rutschte an der Leiter hinunter und landete mit einem dumpfen Knall auf dem Deck, verursacht von seinen Stahlkappenstiefeln. Dann ging er hinüber zur TAO-Station und warf einen Blick auf das taktische Display an der Vorderseite des Raums. In gefährlicher Nähe zu ihrer Position verliefen fast zwei Dutzend rote Spuren, die sich laut der angezeigten Geschwindigkeiten alle auf die USS *Michael Monsoor* zubewegten.

„Was ist ihre voraussichtliche Ankunftszeit?“

„Basierend auf den Spuren sollten sie in etwa dreißig Minuten in Sichtweite kommen, Sir. Schwer zu sagen ohne Radar ...“ Die wachhabende Mannschaft in der Nähe des TAO blickte auf und hörte dem Gespräch aufmerksam zu.

„Irgendein Hinweis darauf, dass sie uns entdeckt haben?“

Ein Chief, der ein Display in der Nähe besetzte, sagte: „TAO, ESM-Treffer auf Peilung zwei-sechs-null. Sieht aus wie ein chinesisches Hubschrauber-Radar.“

Der TAO sah den Kapitän alarmiert an.

„Steuern Sie uns nach Nordosten. Gehen Sie auf fünfundzwanzig Knoten.“

„Aye, Sir.“

Der TAO gab den Befehl an die Brücke weiter und das Deck schwankte unter den Füßen des Kapitäns, als das Schiff abdrehte.

Der Kapitän gesellte sich zum Flugabwehrteam. „Haben wir eine Spur für den Hubschrauber?“

„Ja, Sir, aber sie ist ziemlich unklar, da wir kein Radar haben. Er ist irgendwo hier in diesem Gebiet.“ Der Petty

Officer zeigte auf die rote feindliche Luftspur auf seinem Display.

Der Puls des Schiffsführers beschleunigte sich, als er im Kopf ein halbes Dutzend Optionen durchging. Er hatte eine Menge Feuerkraft an Bord, aber er wollte nicht entdeckt werden ...

„Sir, der Hubschrauber scheint in unsere Richtung zu fliegen. Die elektronischen Peilungen kommen näher."

Harris befahl: „Machen Sie den Laser bereit. Kein Radar. Nur anvisieren."

Der TAO sah ihn an. „Sir?"

„Beeilung."

„Jawohl, Sir."

Der TAO lief hinüber zu einem Operations Specialist, der das neu installierte Laserwaffensystem bediente.

„Werfen Sie den Video-Feed bitte vorne an die Wand."

„Aye, Sir."

Auf dem vorderen rechten Bildschirm wurde die Umgebung des Schiffs in Grün angezeigt. In der Ferne war ein kleines dunkles Objekt zu sehen, über das sich ein weißes Fadenkreuz legte.

„Gerät wird hochgefahren. Bereit zum Lasern, Sir."

Der elektrische Antrieb und das integrierte Energiesystem der *Michael Monsoor* erzeugten über siebzig Megawatt Strom, genug, um eine Kleinstadt zu versorgen. Jetzt sollte diese Leistung in Form eines dünnen, fokussierten Energiestrahls auf den chinesischen Hubschrauber gerichtet werden, der sich ihrer Position näherte.

Zur gleichen Zeit studierte die chinesische Besatzung des Helikopters ihre eigene taktische Anzeige und versuchte festzustellen, ob es sich bei dem schwachen Radarecho im Nordosten wirklich um ein Schiff handelte oder nur um eine Schule von Walen, die die Meeresoberfläche durchbrach. Das

Objekt schien zu klein, um ein Schiff zu sein, oder? Sie beschlossen, näher heranzufliegen und mit der Infrarotkamera sicherheitshalber Videoaufnahmen zu machen.

An Bord der *Michael Monsoor* sagte Kapitän Harris: „Feuer frei."

Die Männer und Frauen in der Operationszentrale verstummten und starrten auf den Monitor, als Tausende von Watt durch die Laserwaffe flossen und sich auf das bewegliche Ziel konzentrierten.

Die dargestellte Silhouette des Hubschraubers explodierte und verwandelte sich in eine schwarze Masse aus Rauch, Flammen und Metallresten, die nun ins Meer stürzte. Die anrückende chinesische Flotte, die von der Anwesenheit des amerikanischen Schiffs noch immer nichts ahnte, wusste nur, dass sie den Kommunikations- und Radarkontakt zu ihrem Hubschrauber verloren hatte.

Der X-Bow-Bug der *USS Michael Monsoor* teilte weiterhin lautlos das Wasser, als sie sich im Schutz ihrer Tarnung von den Chinesen weg nach Nordosten entfernte.

2

David Manning ging die Treppe eines Gulfstream IV-Jets der CIA hinunter und betrat das glühend heiße Rollfeld des Ronald Reagan Washington National Airport, von wo aus man Sicht auf das Washington Monument und das Capitol Building in der Ferne hatte. Gemeinsam mit seiner Chefin Susan Collinsworth, der Leiterin der Joint Task Force Silversmith, steuerte er auf einen wartenden schwarzen Chevy Suburban zu.

Der SUV wurde von zwei gepanzerten Sicherheitsfahrzeugen der US-Armee mit Blaulicht eskortiert, als sie über die Arlington Memorial Brücke fuhren, um den Potomac River zu überqueren. Die wenigen Fahrzeuge auf den Straßen machten ihnen schnell Platz. Das war einer der seltenen angenehmen Aspekte dieses Krieges: Es herrschte kaum noch Verkehr. Dank Russland und China, die in den ölreichen Ländern jetzt den Ton angaben, waren die Benzinpreise in die Höhe geschossen. Kaum jemand konnte es sich noch leisten, mit dem Auto zur Arbeit zu fahren. Der Krieg hatte den internationalen Handel dezimiert und die USA litten noch immer unter den Auswirkungen der chinesischen Cyber- und EMP-

Angriffe zu Beginn des Konflikts. Die Wirtschaft war zusammengebrochen und hatte sich bisher nicht vollständig erholt.

Die meisten Menschen arbeiteten nun von zu Hause aus und benutzten das sogenannte „Nordamerikanische Sichere Internet" oder fuhren mit den kostengünstigeren öffentlichen Verkehrsmitteln ins Büro. Viele der neu geschaffenen Arbeitsplätze unterstützten den Krieg auf die eine oder andere Weise – wer einen davon ergattert hatte, zählte zu den Glücklichen. Viele waren arbeitslos. Kinos und Restaurants hatten zugemacht und kleine Unternehmen meldeten scharenweise Konkurs an. Die Zeiten waren hart.

Der Krieg hatte mehrere Namen. Die meisten Amerikaner nannten ihn den Dritten Weltkrieg oder einfach „den Krieg". Die angeblich neutrale internationale Gemeinschaft bezeichnete ihn oft als den chinesisch-amerikanischen Krieg. Für die staatlich geförderten chinesischen Medien und jene Nachrichtenorganisationen, die von China bevorzugt behandelt werden wollten, war er als der „Krieg gegen die amerikanische Feindseligkeit" bekannt. David und seine Kollegen bei der CIA benutzten diesen Begriff manchmal mit einem Augenzwinkern. Schwarzer Humor, um schwarze Zeiten zu überstehen.

Auf der Rückbank des Geländewagens schaute Susan ihn von der Seite an. „Schön, mal wieder in D. C. zu sein. Ich hatte langsam genug von Raven Rock."

David brummte zustimmend und ging vor der Lagebesprechung noch einmal seine Notizen durch. Innerhalb von vierundzwanzig Stunden nach dem kriegsauslösenden chinesischen EMP-Angriff war die in Washington D. C. ansässige Regierung physisch dezentralisiert worden. Sowohl Kongressabgeordnete als auch Generäle wurden in vorab zugewiesene Bunker und Militärbasen im ganzen Land verfrachtet. Aber die meisten hassten es, so zu leben. Nun, da die heiße Phase des Krieges abgeklungen war, kehrten die Machthaber vom Militär, den Geheimdiensten und der politischen Führung an ihre angestammten Wirkungsstätten zurück.

Die streng geheime Silversmith Task Force war jedoch weiterhin auf dem Luftwaffenstützpunkt Eglin in der Nähe von Destin, Florida, angesiedelt. Silversmith war eine gemeinsame Organisation der CIA und des Verteidigungsministeriums und hatte die Aufgabe, die chinesische Militärstrategie zu analysieren und Geheimprogramme zu leiten, die der chinesischen Aggression entgegenwirken sollten. Obwohl die Zahl der an Silversmith beteiligten Mitarbeiter gering war – nur ein paar Hundert –, hatten ihre Arbeitsergebnisse großen Einfluss auf die Gestaltung der amerikanischen Kriegspolitik.

Als Zusammenschluss der großen amerikanischen und verbündeten Nachrichtendienste setzte sich Silversmith aus handverlesenen Militärs und Geheimdienstlern sowie ranghohen Technologie- und Chinaexperten zusammen. Dazu gesellten sich Spione, Strategen und Sondereinsatzkommandos. Geleitet wurde der Verein von Susan, die sich das Amt bis vor Kurzem mit General Schwartz geteilt hatte.

David war zu einem ihrer maßgeblichen Teammitglieder aufgestiegen. Susan hatte früh erkannt, dass er ein außergewöhnliches Talent für Strategie und Analyse besaß. Und da er seinen eigenen Vater im Krieg verloren hatte, war er auch extrem motiviert, seinen Teil beizutragen.

Susan warf David einen Blick zu. „Versuchen Sie, dem Präsidenten nicht zu viele Details zu präsentieren. Gerade genug, damit er eine Entscheidung treffen kann. Halten Sie es kurz und bündig."

„Ich werde mein Bestes tun", antwortete er.

David hasste diese Art von Meetings, bei denen er vor einem Haufen ranghoher Politiker und Flaggoffiziere sprechen musste. Die Sorte Mensch, die oft über ein ausgeprägtes

Ego und festgefahrene Ansichten verfügte. Sie würden seine
Fakten infrage stellen und ihre Entscheidungen letztendlich
an für ihn verborgenen Beweggründen festmachen.
Manchmal versuchten sie auch nur, den Vortragenden fertig-
zumachen, um smart zu wirken und bei ihrem Chef zu punk-
ten. Und das alles war noch schlimmer, wenn der Chef
zufällig der Präsident der Vereinigten Staaten war. Da ging es
um mehr. Die Gefechte im Sitzungssaal wurden daher auf
olympischem Niveau ausgetragen. Aber David hatte vor
langer Zeit gelernt, dass es auf der Welt keine mächtigere
Waffe gab, als Informationen in den Händen von jemandem,
der sie zu nutzen wusste.

Die Fahrzeugkolonne kam unter einem langen Sicher-
heitszelt zum Stehen, das sie vor Scharfschützen und eventu-
eller Überwachung schützen sollte. Agenten des US-
Geheimdienstes geleiteten David und Susan durch die Sicherheitskontrolle, bevor sie in den Westflügel und schließlich in
den sogenannten Situation Room geführt wurden.

Die meisten Plätze im Lageraum des Weißen Hauses
waren bereits besetzt. Der CIA-Direktor nickte David zu und
begrüßte Susan namentlich. David schüttelte General
Schwartz die Hand, der jetzt Operationsdirektor (J3) des
Generalstabs im Pentagon war. Der General war nach der
erfolgreichen Inszenierung der Schlacht am Johnston-Atoll
befördert worden. Außer ihm saßen am Tisch noch Kabinetts-
mitglieder und Leiter von Geheimdiensten, die David allesamt kannte.

Die Anwesenden erhoben sich, als der Präsident der Vereinigten Staaten den Raum betrat. Er nahm am Kopfende des
Konferenztischs Platz und die anderen folgten seinem
Beispiel. James Roberts galt mit seinen fünfundvierzig Jahren
als aufsteigender Stern in seiner Partei. Er war ursprünglich
als Vizepräsident des inzwischen verstorbenen Präsidenten

Griffin ausgewählt worden, um dessen Popularität bei jüngeren Wählern auszubauen.

Präsident Griffin war ums Leben gekommen, als chinesische Spezialkräfte die Air Force One abschossen. Das Attentat war Teil des brutalen Erstschlags gewesen und hatte in der US-Befehlskette für Chaos gesorgt. Im Zuge dieser Eröffnungssalve waren überall in den USA und in der Nähe von amerikanischen Marineverbänden EMP-Waffen detoniert. Tausende chinesischer Raketen wurden auf amerikanische Flugzeugträger im Pazifik abgefeuert. Gleichzeitig überfiel Nordkorea Südkorea und setzte Giftgas ein, um zivile und militärische Ziele gleichermaßen zu zerstören. Die Krönung war eine chinesische Cyberattacke, die die meisten Amerikaner in dem Glauben ließ, dass ballistische Raketen mit Atomsprengköpfen auf die USA zurasten. Mithilfe der Deep-Fake-Technologie hatten die Chinesen eine nationale TV-Ansprache des US-Präsidenten simuliert und so das Volk überzeugt.

Das war der Moment, in dem Präsident Roberts vereidigt wurde.

In den ersten Stunden seiner Präsidentschaft erfuhr Roberts, dass sein Vorgänger einen begrenzten Atomschlag gegen chinesische Ziele angeordnet hatte und dass die Raketen bereits in der Luft waren. Der Befehl war in dem Irrglauben erteilt worden, dass chinesische Raketen auf die Vereinigten Staaten zusteuerten. Sein Vorgänger hatte nicht gewusst, dass China es darauf anlegte, dass die USA eine begrenzte Anzahl von Atombomben auf den Weg brachten.

Genau das war ihnen gelungen.

Amerikanische Interkontinentalraketen (Intercontinental Ballistic Missiles oder ICBMs) trafen Dutzende chinesischer Ziele und eliminierten damit Chinas landgestützte nukleare Fähigkeiten, während amerikanische Jagd-U-Boote zeitgleich

die Mehrzahl der chinesischen U-Boote versenkte, die ballistische Atomraketen abschießen konnten. Die nukleare Offensivfähigkeit der Chinesen war dadurch extrem angeschlagen.

Aber die USA litten unter den schwerwiegenden politischen Folgen ihres Einsatzes von Massenvernichtungswaffen.
Der kaum vorstellbare Schaden, den sich das Land dadurch
selbst zugefügt hatte, sollte sich als einer der besten strategischen Schachzüge des chinesischen Präsidenten Jinshan
herausstellen.

In der Woche nach dem Abschuss amerikanischer Atomwaffen verkündete Russland das berüchtigte „russische Ultimatum": Jeder weitere Kernwaffeneinsatz durch die USA
würde Russland sofort dazu veranlassen, in den Krieg einzu-
treten und an der Seite Chinas zu kämpfen. Darüber hinaus
führten die Russen eine multinationale Koalition an, die ein
Wirtschaftsembargo gegen alle US-Waren forderte. Amerika,
das bereits damit kämpfte, sich von den verheerenden
Angriffen der Chinesen zu erholen, musste tatenlos zusehen,
wie sich ein Großteil der internationalen Gemeinschaft in
einem Moment von ihm abwandte, als es am meisten auf
diese angewiesen war.

Mehrere Nationen boten weiterhin Unterstützung an.
Aber aufgrund des russischen Ultimatums konnten selbst die
treuesten amerikanischen Verbündeten nur im Verborgenen
helfen, um Russland keinen weiteren Vorwand zu liefern, sich
noch mehr einzumischen.

„Guten Morgen, meine Damen und Herren", sagte der
Präsident.

„Guten Morgen, Mr. President", ertönten es rund um den
Tisch.

David hatte den Präsidenten zwar nur ein paar Mal getroffen, war aber von ihm angetan. Der Präsident war selbst ein
Veteran und hatte nach dem Jurastudium fünf Jahre als JAG –

Militärjurist – bei der Armee verbracht und hatte zweimal im Irak gedient. Er war analytisch und entschlossen. Und soweit David das beurteilen konnte, handelte er aus den richtigen Beweggründen.

Der Direktor der nationalen Nachrichtendienste (DNI) deutete auf den Bildschirm am anderen Ende des Raums. Darauf wurden Aufklärungsbilder angezeigt, die David am Vortag durchgesehen hatte.

Jetzt sagte der DNI: „Mr. President, dies sind wiederverwendbare Raketen. Vor ungefähr vierundzwanzig Stunden entdeckte die US-Luftwaffe einen Massenstart von chinesischen Satelliten vom Kosmodrom Wenchang. Uns lagen Geheimdienstinformationen vor, dass sie mit diesem Start etwas Neues ausprobieren wollten und hielten ein Aufklärungsteam in Bereitschaft."

„Ein Aufklärungsteam?", fragte der Präsident.

„Ja, Sir. Die Task Force Bruiser. Ein SEAL-Team, das von einem unserer Tarnkappenschiffe aus operiert, der *USS Michael Monsoor*, wurde in den Südpazifik entsandt. Kurz nachdem die US Air Force den chinesischen Satellitenstart entdeckt hatte, beobachtete das SEAL-Team zwei Dutzend Raketen, die auf Plattformen im Zentrum dieses unbesiedelten Atolls landeten." Der DNI wies auf den Bildschirm, auf dem eine dünne, kreisförmige Sandbank zu sehen war, die mehrere im Wasser treibende Schuten umgab. „Die Chinesen haben ein schiffgestütztes Team vor Ort, das die Raketen nach der Landung einsammelt. Wir schätzen, dass sie zwei Wochen brauchen werden, um zurück zum Weltraumbahnhof in Wenchang zu gelangen. Vielleicht eine weitere Woche, um sie für die nächste Runde vorzubereiten."

Der Präsident rieb sich das Kinn. „Was hat das zu bedeuten?"

„Zwei Dinge, Mr. President. Erstens: Es handelt sich um

eine neue Fähigkeit zur Kriegsführung im Weltraum. Und für den Moment um einen klaren chinesischen Vorteil. Mit diesen wiederverwendbaren Raketen können die Chinesen die Kosten und die Zykluszeit für den Start neuer Satelliten erheblich reduzieren. Wie Sie wissen, Sir, hat sich die Aufrechterhaltung weltraumgestützter Systeme nach Kriegsbeginn für alle Länder als große Herausforderung erwiesen. Die USA haben versucht, die Zahl unserer Aufklärungs-, Kommunikations- und Navigationssatelliten wieder auf den alten Stand zu bringen, aber die Chinesen attackieren jeden neuen Satelliten, den wir hochschicken. Normalerweise innerhalb weniger Stunden."

„Sie haben ihre Antisatellitenwaffen wirklich immens verbessert, Mr. President", mischte sich der Nationale Sicherheitsberater ein.

Der Präsident seufzte. „Sagten Sie nicht, dass unsere Satellitenabwehr mit der ihren vergleichbar ist?"

„Das ist korrekt, Sir. Wir schießen ihre Trabanten so schnell ab, wie sie unsere abschießen. Aber im Moment sind wir nur in der Lage, ein oder zwei Satelliten auf einmal zu starten. Und ohne ein wiederverwendbares Raketensystem wie dieses hier brauchen wir dafür viel länger und haben viel höhere Kosten."

Der Präsident runzelte die Stirn. „Sie sagten, diese neuen Erkenntnisse bedeuteten zwei Dinge. Was ist das Zweite?"

General Schwartz beugte sich vor. „Mr. President, die Chinesen haben von ihrem pazifischen Weltraumbahnhof einen Satelliten-Massenstart durchgeführt. Wir vermuten, dass ihre neue Massenstartfähigkeit mit einer Wiederbeladungszeit von drei bis vier Wochen einhergeht. Diese Satelliten-Massenstarts mögen pro Rakete weniger kosten, aber wenn sie zwanzig starten, von denen jede Dutzende von Minisatelliten trägt ... Nun, Sir, dann ergibt das eine ziemlich große

Investition. Eine, die sie in dieser Größenordnung nur ab und zu tätigen können."

Präsident Roberts sagte: „Und die Schlussfolgerung lautet ..."

General Schwartz legte beide Hände nebeneinander auf den Tisch. „Dass sie es nur aus einem sehr wichtigen Grund tun würden. Sie werden diese Satelliten-Massenstarts wahrscheinlich mit etwas anderem zeitlich koordinieren. Stellen Sie sich das wie eine Kriegstrommel vor."

„Über was für Zahlen reden wir hier?"

General Schwartz wandte sich an einen der Offiziere der Air Force, die in der zweiten Reihe saßen. „Von ungefähr eintausend Minisatelliten bei diesem Start, Sir", antwortete der Offizier. „Sie bewegen sich in Nord-Süd-Richtung auf einer geostationären Umlaufbahn über dem Pazifik. Gemäß unserem Dauerbefehl bekämpfen wir sie mit unseren Antisatellitenwaffen. Aber –"

General Schwartz wandte sich wieder dem Präsidenten zu. „Das sind eine Menge Ziele, Mr. President. Es wird auf jeden Fall ein paar Tage dauern, wenn nicht länger."

Der Präsident sah sich im Raum um. „Also heraus mit der Sprache – was haben sie unserer Meinung nach vor?"

Der CIA-Direktor blickte in ihre Richtung. „Sir, Susan Collinsworth und David Manning von der TF Silversmith sind hier. Würden Sie beide gerne etwas hinzufügen?"

Susan forderte David mit einem Nicken zum Sprechen auf.

Dieser wischte sich die feuchten Handflächen unter dem Tisch an seiner Hose ab. „Guten Morgen, Mr. President. Sir, wie gesagt, die Chinesen rechnen damit, dass diese Satelliten früher oder später abgeschossen werden. China hätte nicht so viele hochgeschickt, wenn sie nicht etwas sehr Großes planen würden, und zwar sehr bald. Ihr Vorgehen verschafft ihnen zwar ein aussagekräftiges ISR-Bild des pazifischen Raums, andererseits wird es aufgrund unserer Angriffe bereits nach ein oder zwei Tagen schon wieder undeutlicher. Ich würde also erwarten, dass die Chinesen in den nächsten Stunden oder Tagen etwas vorhaben. In der Nähe des Zerstörers *USS Michael Monsoor*, der das SEAL-Aufklärungsteam entsandt hatte, sind von diesem eine sehr große Anzahl von Oberflächenkontakten registriert worden. Sie waren gezwungen, einen chinesischen Überwachungshubschrauber abzuschießen, um nicht entdeckt zu werden."

ISR stand für „Intelligence, Surveillance and Reconnaissance" und bedeutete Informationsgewinnung, Überwachung und Aufklärung.

Der Präsident nickte. „Ich bin darüber informiert worden. Worauf wollen Sie hinaus, Mr. Manning?"

„Sir, basierend auf der Position, dem Kurs und der Geschwindigkeit dieser unbekannten Oberflächenspuren denken wir, dass die Chinesen im Begriff sind, eine großangelegte Überquerung des Pazifik durchzuführen. Das korreliert mit den HUMINT-Informationen, die wir aus China selbst erhalten haben."

General Schwartz bemerkte: „Was Mr. Manning sagt, ist absolut zutreffend."

„China schickt also seine Flotte über den Pazifik?", fragte der Präsident. „Wo wollen sie hin? Was ist ihr Ziel?"

Der Nationale Sicherheitsberater stammelte: „Sir, es wäre viel zu früh, um Vermutungen anzustellen ..."

Der Präsident zeigte auf David. „Sie. Was denken Sie?"

David zögerte keine Sekunde. „Sir, angesichts des koordinierten Satellitenstarts mit einer Flottenbewegung dieser Größenordnung gehe ich davon aus, dass dies der nächste Vorstoß nach Osten ist, mit dem wir alle gerechnet haben. Ihr Ziel könnten die Hawaii-Inseln sein oder unsere neuen Stützpunkte auf den Midwayinseln oder dem Johnston-Atoll. Die Chinesen haben bereits eine kleine Anzahl von Truppen auf jeder Landmasse im Südpazifik stationiert und in Außenposten der VBA-Marine verwandelt. Es ist sogar möglich, dass es sich um einen Vorstoß nach Südamerika handelt. Das ist Jinshan absolut zuzutrauen und ich denke, wir sollten es nicht ausschließen."

Der Verteidigungsminister sah skeptisch aus. „Mr. President, ich glaube nicht, dass jemand diese Frage mit Sicherheit beantworten kann. Es ist auch möglich, dass sich die chinesische Flotte nur bewegt, um ihre Präsenz rund um die von ihnen im Südpazifik besetzten Inseln zu verstärken. Immerhin ist der letzte größere Militäreinsatz neun Monate her. Warum sollten sie jetzt einen derart kühnen Schritt wagen?"

David sah Susan an, die erneut nickte. Er fuhr fort: „Sir, wir wissen mit Sicherheit, dass das chinesische Ministerium für Staatssicherheit Agenten in Ecuador, Venezuela, Peru und Bolivien stationiert hat. Eine gewisse rudimentäre Infrastruktur besteht also bereits."

Der Verteidigungsminister widersprach: „In einem Land Spione zu haben ist eine Sache, aber die nötige Infrastruktur, um gewaltige Militärverbände über einen Kontinent zu bewegen, ist eine ganz andere Dimension."

David sagte: „Sir, chinesische Unternehmen, die alle von der chinesischen Regierung überwacht und kontrolliert werden, haben schon vor Jahren mit dem Aufbau der nötigen Infrastruktur in Südamerika begonnen. Sie haben in Eisenbahnlinien und Straßen kreuz und quer durch den Kontinent investiert. Chinesische Unternehmen haben Produktionsstätten in südamerikanischen Ländern eröffnet, einheimische Verbraucher versorgt und deren Rohstoffe abgebaut. Vor dem Ausbruch des Krieges dachten wir, sie würden diese Investi-

tionen nur aus Profitgründen tätigen. Wenn man mehr Waren
und Produkte von A nach B transportieren will, macht der
Bau von Eisenbahnlinien und Autobahnen Sinn. Aber diese
Investitionen haben eben auch die Verkehrswege geschaffen,
um Truppen, Panzer und Nachschub effizient über den Kontinent zu bewegen."

„Das sind alles nur Mutmaßungen", erklärte der Verteidigungsminister.

Der Präsident warf ein: „Wenn man sich Chinas Verhalten
im letzten Jahr anschaut, erscheinen mir seine Argumente
nicht aus der Luft gegriffen."

Der Verteidigungsminister runzelte die Stirn.

David bemerkte: „Sir, da ist noch etwas anderes. Cheng
Jinshan hat Krebs im Endstadium. Und unsere Quellen
berichten, dass es sehr schlecht um ihn steht. Er hat einen
Nachfolger bestimmt, der aber sehr jung ist. Die VBA hat seit
Monaten Truppen in der Nähe chinesischer Häfen zusam-
mengezogen. Wir glauben, dass Jinshan das Ziel verfolgt, die
USA zu unterwerfen und zu besetzen. Wenn Jinshan neue
medizinische Befunde erhalten hat, die auf ein baldiges
Ableben hindeuten, könnte ihn das dazu motivieren, jetzt zu
handeln."

Der Präsident räusperte sich. „Wie lange dauert es, bis wir
Gewissheit haben?"

General Schwartz sah einen Admiral in der hinteren Reihe
auffordernd an. Dieser antwortete: „Sir, basierend auf der
Position der von der *USS Michael Monsoor* erfassten Oberflächenkontakte würde es etwa einen Monat dauern, bis sie den
Pazifik überquert und Südamerika erreicht hätten. Vielleicht
zwei Wochen, wenn ihr Ziel Hawaii sein sollte. Etwaige Verzögerungen, wenn sie unterwegs beispielsweise auf US-Wider-
stand stießen oder eine längere Route nähmen, um einem
solchen Widerstand aus dem Weg zu gehen, wurden bei

dieser Kalkulation nicht berücksichtigt. Sie könnten sich natürlich auch langsamer bewegen, um Treibstoff zu sparen."

„Drei bis vier Wochen." Als der Präsident aufstand, erhoben sich die anderen ebenfalls. Er stützte sich auf dem Tisch ab und sah beim Sprechen allen Anwesenden reihum in die Augen. „Unser Land wartet schon zu lange darauf, dass sich etwas bewegt. Der Krieg ist vor achtzehn Monaten ausgebrochen. Ich bin froh, dass es so gut wie keine offenen Kämpfe mehr gibt. Ich ziehe einen kalten Krieg einem heißen vor. Aber ich kann mich des Eindrucks nicht erwehren, dass wir in der Falle sitzen und vom chinesischen Militär politisch und wirtschaftlich belagert werden. Die Arbeitslosigkeit ist in diesem Quartal um weitere drei Prozent gestiegen. Das Negativwachstum des BIP ist so hoch wie noch nie. Noch dazu brennen unsere gestiegenen Militärausgaben ein Loch in dieses Defizit. Ich kann von unseren Bürgern nicht fortgesetzt verlangen, dass sie aus Patriotismus Gemüse anbauen und Kriegsanleihen kaufen. Mein politisches Kapital geht langsam zur Neige." Er hielt inne, richtete sich auf und verschränkte die Arme. „Wir brauchen einen Plan, um unsere Lage zu verbessern."

Dann drehte er sich um und verließ den Raum, gefolgt von ein paar seiner Mitarbeiter.

General Schwartz wandte sich an Susan. „Wir brauchen diesen Wissenschaftler."

„Wir haben unsere besten Männer auf ihn angesetzt, Sir."

3

Lima, Peru

Chase Manning betrat den Kopfsteinpflasterweg im *Parque el Olivar de San Isidro*. Zu seiner Linken befand sich ein Ententeich, der mit einer Mauer aus Naturstein eingefasst war. Eine leichte Brise fuhr durch die Bäume und zerzauste die Haare der paar Einheimischen, die auf einer Bank mit Blick auf den Teich saßen. Er musterte sie unauffällig, als er an ihnen vorbeiging. Jede potenzielle Bedrohung wurde für den Bruchteil einer Sekunde mit einem verstohlenen Blick bedacht. Chase bog in eine schmale, von hohen Bäumen gesäumte Straße ein, die an einem großen Haus im deutschen Kolonialstil vorbeiführte. Er war fast am Ende seiner im voraus festgelegten Route angelangt, die dazu diente, eine etwaige Überwachung aufzudecken. Man nannte das eine Surveillance Detection Route oder kurz SDR.

Chase war noch relativ neu im Spionagegeschäft. Während ihm seine Erfahrungen beim Navy Special Warfare den Wechsel zur Special Operations Group der CIA relativ leicht gemacht hatten, war die Spionagetätigkeit eine echte Umstellung.

Susan Collinsworth, die Leiterin der Task Force Silversmith und selbst eine erfahrene CIA-Beamtin, wollte Chases Fähigkeiten ausbauen und hatte ihn zu einer mehrmonatigen Ausbildung im Bereich Spionageabwehr verdonnert. Tatsächlich hatte sie gesagt: „Als Spezialkraft sind Sie eine Bank, Chase, aber Sie sind ein erbärmlicher Spion. Ich versuche lediglich, aus Ihnen einen halbwegs annehmbaren Spitzel zu machen."

Nach mehreren Monaten CIA-Training für verdeckte Operationen sah in seinen Augen nun jeder verdächtig aus. Da auf der Parkbank – das könnten chinesische Agenten sein. Oder der mit dem Kinderwagen – vielleicht ein russischer Agent. Aber Chase musste zugeben, dass er seine direkte Umgebung inzwischen ganz anders wahrnahm und situativ völlig anders reagierte als früher.

Sein Bruder David hatte ähnliche Weiterbildungsmaßnahmen durchlaufen. Allerdings zielten diese mehr auf die Entwicklung seiner Fähigkeiten bezüglich Geheimdienstanalyse und Strategie ab als auf Straßentaktik.

Wie die meisten Kriege dauerte auch dieser länger, als alle selbsterklärten Experten vorhergesagt hatten. Der Konflikt erinnerte an eine dem Kalten Krieg ähnelnde Pattsituation, in der keine Seite Anstalten machte, das Heimatterritorium des Gegners anzugreifen. Kleinere Scharmützel flammten weiterhin hier und da auf, aber die Hauptbeteiligten hielten sich größtenteils zurück.

China war dabei, den politischen und wirtschaftlichen Krieg zu gewinnen. Die USA hatten ihre Präsenz in Asien bereits innerhalb der ersten Wochen aufgeben müssen, was China dazu genutzt hatte, seine Einflusssphäre auszuweiten. Seitdem beherrschten die diplomatischen, militärischen und

wirtschaftlichen Interessen des Reichs der Mitte die
Weltbühne.

Vor zwölf Monaten hätte Chase noch keine Spezialunter-
weisung gebraucht, um in Südamerika zu operieren. Jetzt
waren chinesische Agenten überall und der ganze Kontinent
eine sogenannte A2AD-Zone. Der Begriff Anti-Access Area
Denial beschreibt die Fähigkeit einer Nation, gegnerischen
Einheiten zu Land, zu Wasser und in der Luft den Zugang
und/oder die Bewegungsfreiheit in einem ausgewählten
Operationsgebiet mit militärischen Mitteln zu versagen,
mindestens aber zu erschweren.

Venezuela, Ecuador und Bolivien räumten dem chinesischen Militär das Recht ein, innerhalb der Landesgrenzen ein
kleines Kontingent von Sondereinsatztruppen zu stationieren.
Russische und chinesische Militärflugzeuge wurden immer
häufiger auf den Start- und Landebahnen der Stützpunkte
sympathisierender südamerikanischer Staaten gesichtet. Seit
vielen Monaten unterwanderten chinesische Geheimdienst-
agenten die dortigen Institutionen und das Leben auf den
lateinamerikanischen Straßen, wie Termiten, die sich quer
durch ein Holzhaus fraßen und das Fundament zerstörten. All
diese Schritte zusammengenommen ebneten den Weg für
eine zukünftige Invasion, die von den Geheimdienstanalysten
seit geraumer Zeit als „unmittelbar bevorstehend"
beschrieben wurde.

Chase überprüfte die Zeit auf seiner Armbanduhr, einer
Omega, und bog in die Zielstraße seiner sorgfältig geplanten
Route ein. Es blieben nur noch zwei Minuten bis zu seiner
voraussichtlichen Ankunftszeit. Der konspirative Unterschlupf war ein unscheinbares Einfamilienhaus mit einer
gelben Fassade, einem kleinen schmiedeeisernen Tor und
einem einzelnen Busch vor der Tür. Es stand zwischen zwei
fast identischen Häusern.

Während er sich seinem Ziel näherte, registrierte er jedes Detail der Wohngegend. Telefon- und Stromleitungen verzweigten sich über den Dächern der Gebäude wie ein Spinnennetz. Die Techniker der CIA-Außenstelle in Lima hatten Maßnahmen ergriffen, um die meisten Verbindungen zu deaktivieren – eine Vorsichtsmaßnahme, damit Chinas Cyberagenten das Treffen weder entdecken noch abhören konnten.

Eine ältere Frau goss auf dem Balkon im zweiten Stockwerk des Nachbarhauses ihre Pflanzen. Die CIA-Agentin nahm scheinbar keine Notiz von Chase, als er vorbeiging. Auf ihrem Balkontisch stand ein Blumentopf mit einem roten Rosenstock. Das vereinbarte Zeichen. Und das Signal für Chase, dass sie außer den üblichen Vorkommnissen zu dieser Tageszeit nichts Ungewöhnliches beobachtet hatte.

Eine kleine Toyota-Limousine rumpelte die Straße hinunter, bog in die Gasse neben dem gelben Haus ein und parkte auf dem überdachten Stellplatz. Die aus dem Fahrzeug aussteigenden CIA-Beamten brachten ihren Gast schnell durch die Seitentür ins Haus. Chase blieb noch ein paar Minuten draußen stehen, um nach Fußgängern oder Verfolgern Ausschau zu halten. Da niemand zu sehen war, betrat er das Haus durch dieselbe Tür.

In der Sicherheitsschleuse direkt hinter dem Eingang traf Chase auf den diensthabenden Wachmann, der er wiedererkannte. Er gehörte zum örtlichen CIA-Team und war ein ehemaliges Mitglied der Air Force Pararescue, den Rettungsfallschirmspringern, da war sich Chase ziemlich sicher.

Er nickte zur Begrüßung. „Mike."

„Chase, schön, dich zu sehen, Mann." Mike umfasste seine H&K UMP-45 mit lockerem Griff.

„Dito. Sind alle oben?"

„Jep. Unser Freund hat einheimisches Essen mitgebracht.

Ich durfte probieren. Hoffentlich ist er kein chinesischer Doppelagent, ich habe nämlich echt eine Schwäche für scharfes Essen. Dafür lohnt es sich, vergiftet zu werden. Stehst du auf scharfes Essen? Von dem Zeug wachsen dir Haare auf der Brust, Hombre. Obwohl – du warst bei den SEALs, richtig? Also würdest du dir wahrscheinlich jedes einzelne Brusthaar sofort wieder ausreißen lassen."

Chase musste lachen. „Alles klar, Air Force-Witze. Die billigste Form des Humors."

„Ach, komm schon. Lüg mich nicht an, Kumpel. Jeder träumt von der Air Force. Du kennst unser Geheimnis, oder?"

„Was soll das sein?"

„Wenn ihr Navy-Jungs eine Militärbasis errichtet, fangt ihr mit dem Hafen an, als Nächstes kommt die Landebahn. Anschließend sind die Kasernen und die Operationsgebäude für die Geschwader und all dieser Mist dran. Dann geht euch das Geld aus und es gibt nichts mehr zu tun. Euch ist scheißlangweilig. Bei der Air Force haben wir das Prinzip durchschaut, weißt du? Als Erstes bauen wir die Bar. Dann den Golfplatz. Danach die Bowlingbahn. *Dann* geht uns das Geld aus und wir klopfen wieder beim Kongress an – und was sollen die schon machen, der Luftwaffe eine *Landebahn* verwehren? Kapierst du jetzt, wie es funktioniert?"

Chase nickte. „Ihr Jungs habt das mit den Prioritäten wirklich durchschaut."

Mike lächelte. „Und sehen dazu noch gut aus. Na ja, ich rede nicht von mir persönlich. Aber mein Kind kommt offensichtlich nach meiner Frau, Gott sei Dank. Sieh dir das an. Hat mir meine Frau gerade geschickt. Der Kleine ist letzte Woche fünf geworden."

Mike nahm ein Foto von seiner Frau und seinem Sohn aus der Brusttasche. Es sah aus, als wäre es zu Hause ausgedruckt worden. Zusammengefaltet, zerknittert und grobkörnig. Das war alles, was ihnen noch geblieben war, dachte Chase. Keiner hatte mehr ein Handy, das geortet und angezapft werden konnte. Und die Verfügbarkeit des weltweiten freien Internets war drastisch reduziert worden. Jeder Kontinent hatte nun seine eigene, streng kontrollierte Datenautobahn.

Chase bewunderte das Bild. „Sie sehen beide toll aus, Kumpel. Und du hast recht, er kann sich glücklich schätzen, dass er nicht deine Gene hat."

„Verdammt richtig." Mike faltete das Bild zusammen und steckte es wieder in die Tasche. „Alles klar, viel Spaß, Verräter", fügte er hinzu, weil Chase nicht mehr ausschließlich für die paramilitärische Einheit der CIA arbeitete.

Chase lächelte, während Mike den Code eintippte, mit dem die Tür hinter ihm entriegelt wurde.

„Bis später, Kumpel."

„Man sieht sich."

Chase konnte Gesprächsfetzen hören, als er die schmale Treppe hinaufstieg und die Sicherheitstür hinter ihm zufiel. Der CIA-Stationsleiter von Lima und sein Stellvertreter saßen mit einem dritten Mann an einem Esszimmertisch. Der Wissenschaftler.

Der Wissenschaftler war ein molliger Latino um die fünfzig, glatt rasiert und braun gebrannt. Die Haut um seine Augen legte sich in feine Fältchen, als er jetzt lächelte. „Ah, noch einer", sagte er, als er Chase entdeckte. „Gut. Ich habe viel zu essen mitgebracht."

Die beiden CIA-Männer nickten Chase zu. Der stellvertretende Stationschef fragte: „Chase, darf ich Ihnen Doktor Oscar Rojas vorstellen?"

Der Wissenschaftler streckte eine Hand aus, die Chase schüttelte.

Chase bemerkte: „Und ich dachte, wir treffen uns mit

einem geschätzten Physiker. Aber wie ich sehe, sind Sie Koch?"

„Mein Freund, Kochen ist eine Wissenschaft. Meine Frau und ich lieben es, zu kochen. Die hier hat sie heute für Sie gemacht. Es ist eine peruanische Spezialität. Wir wollen, dass es Ihnen gut geht – unseren amerikanischen *Freunden*." Chase registrierte den Blick, den der Mann dem Stationsleiter bei diesem letzten Wort zuwarf. Erste Anzeichen eines Konflikts? Gab es bereits Probleme? Chase und der Stationsleiter hatten den ungewöhnlichen Befehl erhalten, diesen Mann notfalls mit Gewalt zurück nach Amerika zu bringen; er hoffte, es würde nicht so weit kommen.

Der Plan lautete, Rojas an diesem Tag dazu zu bewegen, mit ihnen zusammenzuarbeiten. Dann sollte Chase ihn von Peru durch Kolumbien und Panama bis in die USA eskortieren und dafür sorgen, dass sie auf dem Weg nicht entdeckt wurden.

Rojas reichte Chase einen Pappteller. „Das, mein Freund, nennt sich *Rocoto Relleno*. Gefüllte scharfe Paprika. Hier, setzen Sie sich. Nehmen Sie sich eine Gabel."

Chase bemerkte den Anflug eines Lächelns auf den Lippen der CIA-Männer. Es war niemals eine gute Idee, in einem fremden Land unbekannte Speisen auszuprobieren.

Chase benutzte eine Gabel, um die kleine gefüllte rote Paprika zu zerteilen, aus der Hackfleisch und weißer Käse herausquollen. Seine Mutter hatte in seiner Kindheit zu Hause oft gefüllte Paprika gemacht. Diese sah genauso aus. Und sein Gehirn suggerierte seinen Geschmacksnerven, dass sie auch genauso schmecken würde.

In dem Augenblick, als der Bissen in seinen Mund gelangte, trat etwas wie flüssiges, scharfes Magma aus und versengte seine Wangenschleimhaut und sein Zahnfleisch; dann wurden seine Zähne taub.

„Wow." Er hustete und wischte sich die Tränen aus den Augen, während die CIA-Männer lachten. Bald darauf ließ das Brennen nach und übrig blieb ein herrlich würziger Geschmack. Chase fächelte sich Luft zu. „Köstlich."

Er trank etwas Wasser und das Gespräch wurde fortgesetzt. Sie sprachen kurz über die technischen Aspekte der Technologie. Die CIA-Männer verifizierten ein paar Fakten und Zahlen, die ihnen die Analysten aus Langley telegrafiert hatten.

Nachdem er ihre Fragen beantwortet hatte, erklärte Rojas: „Wir müssen etwas besprechen. Ich muss Ihnen beichten, dass ich letzte Woche von einem chinesischen Anwerber angesprochen wurde."

Es wurde still im Raum. Chase musterte seine CIA-Kollegen, um deren Reaktion einzuschätzen. Beide verzogen keine Miene, aber Chase konnte sehen, dass sie angespannt waren.

„Wann war das?", fragte der stellvertretende Stationsleiter.

„Letzten Mittwoch."

„Wissen die, dass Sie hier sind?"

„Bei Ihnen? Nein."

Chases Nackenhaare begannen sich aufzustellen.

„Was haben sie Sie gefragt, Mr. Rojas?", erkundigte sich der Stationsleiter.

„Sie waren daran interessiert, mehr über unsere Forschung zu erfahren."

„Haben sie Sie gebeten, für sie zu arbeiten?"

„Sie boten uns an, in unsere Forschung zu investieren und erklärten, dass sie in Ecuador eine Anlage bauen, in die wir umziehen könnten."

„Und was haben Sie gesagt?"

„Ich habe ihnen höflich mitgeteilt, dass ich nicht interessiert bin." Er runzelte die Stirn. „Ich ziehe es vor, nicht mit diesen Leuten zu arbeiten."

Der Stationsleiter erklärte: „Wir ziehen es auch vor, wenn Sie nicht mit den Chinesen kollaborieren."

Rojas lächelte wissend. „Ja."

Chase fragte: „Wie haben sie Ihre Antwort aufgenommen?"

Rojas antwortete: „Es war nur ein Mann, der die Technologie nicht zu verstehen schien. Ich hatte den Eindruck, dass er nur ein Befehlsempfänger war. Er sagte, er würde meine Antwort an seine Vorgesetzten weiterleiten."

Die Stimme des Stationsleiters war sanft. „Mr. Rojas, es ist an der Zeit, dass ich Sie bitte, mit uns zusammenzuarbeiten."

Rojas' Gesicht wurde ernst. Fast bedrückt. „Ich weiß." Er seufzte. „Ich habe meiner Frau gesagt, dass es so kommen würde. Ich muss zugeben, dass wir Bedenken haben."

„Wenn wir Ihre Bedenken ausräumen können, werden Sie dann zustimmen, mit uns zu kooperieren?"

Rojas setzte sich anders hin. „Ja."

Chase wusste inzwischen, wie das Spiel lief. Ihn reden lassen, sämtliche Hinderungsgründe thematisieren, ihn immer wieder das magische Wort sagen lassen: *ja*. Diese CIA-Männer waren sowohl Käufer als auch Verkäufer. Sie kauften Informationen. Sie verkauften, was auch immer das Gegenüber forderte: Geld, Streicheleinheiten für das Ego, Seelenfrieden.

Rojas sagte: „Ich weiß, dass die Technologie, die ich entwickelt habe, extrem wertvoll ist. Wenn die Welt nicht im Krieg versunken wäre, hätte ich sie vielleicht patentieren lassen und einem großen Unternehmen die Lizenzrechte daran übertragen können. Meine Frau und ich hätten von den Erträgen gelebt und für den Rest unseres Lebens an einem Strand Cocktails geschlürft." Der Wissenschaftler blickte in die Ferne. „Leider leben wir nicht mehr in dieser vergangenen Welt."

„Wir werden Sie für Ihre Arbeit gut bezahlen, Mr. Rojas", erklärte der stellvertretende Stationsleiter.

„Die Chinesen haben das Gleiche gesagt."

Der Stationsleiter fuhr in einem besänftigenden Ton fort. „Mr. Rojas, ich verstehe Ihre Bedenken. Aber es gibt einen großen Unterschied zwischen den beiden Kriegsbeteiligten. Derzeit marschieren chinesische Soldaten durch die Straßen von Caracas. Es ist möglich, dass sie eines Tages ganz Südamerika besetzen werden, auch Peru. Lassen Sie mich Ihnen eine Frage stellen – glauben Sie, dass Sie unter einer chinesischen Regierung Ihre Arbeit patentieren lassen und lizenzieren könnten? Oder irgendwo an einem Strand Piña Coladas schlürfen? Ausgeschlossen. Ihre Forschungsergebnisse würden bei der Technologie-Inspektionsabteilung der Kommunistischen Partei landen und innerhalb eines Jahres würden vier Fabriken ein identisches Material produzieren. All Ihre harte Arbeit wäre umsonst gewesen. Mit zunehmender Kontrolle der chinesischen Regierung würde jeder Anspruch auf Eigentum erlöschen."

Der stellvertretende Stationsleiter mischte sich ein: „Ironischerweise ist der Kommunismus das ungerechteste System überhaupt."

Rojas nickte. „Ja, ja. Das verstehe ich. Und ich will, dass die Demokratie überlebt." Dann schüttelte er den Kopf. „Aber es geht nicht nur um das Geld. Es geht auch um die Nutzung meiner Entdeckung. Ihr Land und die Chinesen werden die ganze Welt mit Krieg und all den schrecklichen Dinge überziehen, die damit einhergehen. Sie haben bereits Atomwaffen eingesetzt."

„Mr. Rojas, das war eine Abwehrmaßnahme ..."

Er hielt eine Hand hoch. „Ich habe die amerikanischen Berichte über die Geschehnisse gelesen. Ich verstehe Ihre Argumentation. Aber ich verstehe auch das enorme Potenzial dessen, was ich entwickelt habe. Meine Keramikbeschichtung vermag die Geschwindigkeit von Hyperschallwaffen kurz vor dem Einschlag mehr als zu verdoppeln und gleichzeitig die internen Komponenten vor Überhitzung zu schützen. Das ist, wie Sie sagen, bahnbrechend. Ich weiß das. Ich bin stolz auf meine Arbeit. Und ich bin besorgt. Ich will nicht dafür berühmt sein, die nächste Ära der Kriegsführung eingeläutet zu haben. Es gibt viele Anwendungen für diese Technologie jenseits der militärischen Nutzung. Massentötungen sind nicht das, wofür ich in die Geschichte eingehen möchte."

Chase beugte sich vor. „Wenn ich etwas dazu sagen darf, Mr. Rojas. Ich habe schon auf mehreren Kontinenten Krieg erlebt. Vor achtzehn Monaten war ich dabei, als Nordkorea in Südkorea einmarschierte. Ich flog gerade aus, als die Nordkoreaner begannen, Giftgaswaffen gegen Zivilisten einzusetzen. Ich hatte Glück, dass ich überlebte. In Japan sah ich, wie chinesische Raketen Ziele in und rund um Tokio trafen. Diese sogenannte präzisionsgelenkte Munition zerstörte militärische und zivile Ziele gleichermaßen. Ich stimme Ihnen zu, dass ein Krieg um jeden Preis vermieden werden sollte."

„Genau." Rojas' Augen waren wie gebannt auf Chase gerichtet. „Ja, Sie verstehen mich."

„Aber ich weiß auch, dass ein Krieg unter bestimmten Umständen gerechtfertigt sein kann. Wir erleben gerade eine solche Zeit. Amerika ist eine freiheitsliebende Nation. Für unser Land ist dieser Krieg der letzte Ausweg. Wir kämpfen nicht für das Wachstum unseres wirtschaftlichen Wohlstands, wie es China jetzt tut, sondern für das Überleben der Gerechtigkeit. Nicht alle Seiten sind gleichermaßen gerecht. Es gibt richtig und falsch in dieser Welt. Das Gute und das Böse stehen sich gegenüber. Ich kann Ihnen jetzt schon versprechen, dass die von Ihnen entwickelte Technologie eines Tages in Hyperschallwaffen eingesetzt werden wird. Ob Sie oder ein anderes Forschungsteam das bewerkstelligen, liegt an Ihnen. Ihre Forschung kann die Ausbreitung des Krieges nicht verhindern. Aber Sie haben die einzigartige Chance, das Ende des Krieges zu beschleunigen und die Zahl seiner Todesopfer zu verringern. Sie haben die Möglichkeit, den Ausgang des Krieges mitzubestimmen. Und wenn Sie jetzt mit uns zusammenarbeiten, können Sie das in dem Wissen tun, mit Ihrem Lebenswerk auf der richtigen Seite der Geschichte zu stehen."

Rojas schwieg und sah die Amerikaner an.

Dann holte er tief Luft. „Wenn ich zustimme, muss ich meine Frau mit nach Amerika nehmen."

Der CIA-Stationschef nickte. „Betrachten Sie es als erledigt."

Rojas sagte: „Das ist alles nicht so einfach für mich. Ich werde jetzt zwar zustimmen, aber noch mit meiner Frau sprechen müssen. Sie will nicht von hier fort. Ich muss das mit ihr besprechen, denke aber, dass ich sie überzeugen kann. Geben Sie mir einen Abend Zeit. Wir können gleich morgen früh hierher zurückkommen."

Chase sah die beiden CIA-Männer an.

Der stellvertretende Stationsleiter sagte: „Ich werde ihn begleiten und Mike mitnehmen. Wir sorgen für seine Sicherheit und treffen uns morgen früh wieder hier."

Der Stationsleiter nickte. Dann standen die Männer auf und verabschiedeten sich voneinander.

4

Victorias Hubschrauber flog auf der Backbordseite der *USS Ford* Warteschleifen. Sie schaute aus dem Fenster, als sie das gewaltige Schiff passierten. Durch ihr getöntes Visier konnte sie ihren Vater gerade noch so erkennen, der in seiner Admiralsuniform aufrecht auf der Brückennock stand. Zwei F-35er flogen kreischend über sie hinweg. Die Kampfflugzeuge führten ihr Abfangmanöver durch, wobei sie stark nach links abdrehten, dann langsamer wurden, das Fahrwerk und die Landeklappen ausfuhren und nach einer anschließenden Platzrunde anschwebten, um auf Amerikas neuestem Flugzeugträger zu landen.

Über ihre Funkgeräte kam eine Warnung von den anderen U-Boot-Jägern ein paar Meilen entfernt herein. Das amerikanische Personal der U-Boot-Abwehr gab Informationen über die Bedrohung durch.

Peilung und Entfernung zum Kontakt. Doppler-Radar.

Victoria versuchte zu sprechen, aber es ging nicht. Ihr Lippenmikrofon funktionierte nicht. Sie schrie, konnte aber ihre eigene Stimme nicht hören. Sie versuchte, das Luftgerät zu manövrieren, aber ihre Hände waren an der Steuerung wie festzementiert.

Sie schaute auf ihren Bildschirm hinunter und sah das feindliche U-Boot näher kommen. Nur noch fünfhundert Yard bis zum Flugzeugträger. Wie hatte es so nah herankommen können? Wenige Augenblicke zuvor hatte sie ihren Torpedo an der perfekten Stelle abgeworfen. Sie hatte eine Detonation gehört. Es war ein Angriff wie aus dem Lehrbuch gewesen.

Aber es war nicht ...

Über Funk ertönten weiterhin Warnmeldungen. Victoria wendete den Kopf und schaute erneut aus ihrem Cockpitfenster: Aber die Aussicht hatte sich geändert.

Sie sah die Skyline von New York City bei Nacht.

Am Himmel erschien ein greller weißer Blitz, gefolgt von einer Explosion. Die Lichter der Welt erloschen.

Victoria sah sich wieder in ihrem Cockpit um. Sie versuchte vergeblich, ihre Hände an den Steuerhebeln zu bewegen, bevor sie noch einmal aus dem Fenster sah. Die Stadt war verschwunden, aber sie konnte wieder ihren Vater sehen, der auf der obersten Brückennock des Flugzeugträgers stand.

Er starrte zu ihr hoch.

Weitere Funksprüche von den Seefernaufklärern in der Nähe. Sie warf einen Blick auf die U-Jagd-Informationen auf ihrem taktischen Display. Das U-Boot versteckte sich unter der Wasseroberfläche, direkt neben dem Flugzeugträger. Es jagte ihren Vater.

Aus dem Heck des Hubschraubers rief ihr das Besatzungsmitglied zu, sie solle auf zehn Uhr schauen. Weiße Rauchschwaden rasten am Himmel entlang, flogen in einem Bogen über sie hinweg und schlugen in den Flugzeugträger ein, detonierten genau an der Stelle, wo ihr Vater stand ...

Und sie war dazu verdammt, tatenlos zuzuschauen.

Victoria wachte auf, als das Telefon in ihrer Kabine klingelte. Sie streckte die Hand aus, zog den schwarzen Plastikhörer aus seiner Wandhalterung und hielt ihn sich ans Ohr.

„Commander Manning."

„Skipper, Ihr Briefing ist in dreißig Minuten, Ma'am."

„Verstanden. Vielen Dank."

Victoria legte den Hörer auf und seufzte. Ihre Handflächen waren schweißnass.

Sie drehte sich auf die andere Seite und kroch aus ihrer Koje. Der Raum wurde hell, als sie das LED-Licht über ihrem Waschbecken einschaltete. Victoria schlüpfte in ihre dunkelgrüne Fliegerkombi, wickelte die Schnürsenkel ihrer Stahlkappenstiefel einmal um die Knöchel, um sie festzuzurren und machte einen doppelten Knoten. Anschließend spritzte sie sich kaltes Wasser ins Gesicht und warf einen prüfenden Blick in den Spiegel.

Der Alarm ihrer Armbanduhr begann zu piepen und sie stellte ihn aus, bevor sie die Uhrzeit checkte. Null vier dreißig Stunden. Sie atmete tief durch.

„Ja, ich weiß. Zeit zu fliegen."

5

Am Horizont tauchten die schemenhaften Umrisse von zwei Zerstörern der US Navy auf.

Victoria sagte: „Sichtkontakt *Stockdale.*"

„Verstanden, Skipper", antwortete ihr Copilot. Er war ein frisch beförderter Lieutenant Commander und ein Neuzugang in Victorias Staffel. Auf dem Papier war er einer ihrer vielversprechendsten Abteilungsleiter. Die perfekte Wahl, um jemanden zu ersetzen, der gefeuert werden sollte.

Ein Schiffslotse meldete sich über den UHF-Funk. „VIXEN sieben-null-fünf, hier *Stockdale*-Kontrolle, haben Radarkontakt, noch zehn Meilen Entfernung. Flugdeck ist bereit."

Victoria betätigte das Mikrofon. „Verstanden, Kontrolle. Sind im Landeanflug."

Ihr Copilot änderte die UHF-Frequenz und hielt einen Daumen nach oben. So konnte sie ihre Hände beim Fliegen an der Steuerung lassen.

„Deck, VIXEN 705, wie sieht es aus?" Inzwischen sollte die Fliegerbesatzung des Schiffs die Kabine des Landing Signal Officers (LSO) besetzt haben und ihre eigene Kommunikation überprüfen.

„Lima Charlie, VIXEN. Ich hab die Zahlen, wenn Sie bereit sind."

„Schießen Sie los", sagte Victoria. Ihr Hubschrauber war inzwischen so nah, dass sie das Kielwasser des Schiffs ausmachen konnte. Sie richtete ihren Vogel so aus, dass er der schäumenden Wasserspur in Richtung ihres Landeplatzes folgte.

„VIXEN, Deck, die Zahlen lauten wie folgt ..." Der Fluglotse in der LSO-Kabine der *USS Stockdale* gab den Kurs und die Geschwindigkeit des Schiffs, den Roll- und Neigungsgrad sowie die herrschenden Winde durch. Dann sagte er: „Sie haben grünes Deck für die Landung."

„Verstanden, grünes Deck für einen Anflug, eine Landung." Victoria schaltete auf den internen Kommunikationskreislauf um. „Landekontrolle?"

„Vollständig", antwortete erst ihr Copilot, kurz darauf das in der hinteren Kabine des Hubschraubers stationierte Besatzungsmitglied.

Sie ließ ihren Blick über die Instrumente wandern und behielt die Geschwindigkeit bei, bis sie laut der Entfernungsmessgeräte nur noch eine halbe Meile von der *USS Stockdale* entfernt war. Dann zog Victoria mit der rechten Hand den Cyclic nach hinten, während sie mit der linken Hand den Schubhebel – den Collective – sanft nach unten drückte. Anschließend konzentrierte sie sich hauptsächlich auf das Geschehen außerhalb des Luftfahrzeugs und überprüfte nur noch alle paar Sekunden stichprobenartig ihre Instrumente. Die Nase des Helikopters stieg nach oben und er verlor bei gleichbleibender Höhe an Geschwindigkeit, während sie dem Kielwasser des Schiffs folgte.

Ihr Copilot rief: „Komma vier. Fünfzig Knoten. Komma drei. Fünfunddreißig Knoten. Fünfundzwanzig Knoten. Höhe fünfzig Fuß."

„Deckskante überflogen", rief das Besatzungsmitglied.

„Verstanden, Radarhöhenmesser abschalten."

Ihr Copilot drückte den Schalter und hielt den Daumen hoch. Er wusste, dass er seine Hände in dieser Situation über den Bedienelementen schweben lassen musste, um notfalls eingreifen zu können.

Victoria spürte, wie die Vibration des Hubschraubers zunahm, als er aufgrund des Translationsauftriebs langsamer wurde und über dem Flugdeck des Zerstörers zum Schweben kam.

Das unter ihnen fahrende Schiff stampfte und schlingerte auf dem Ozean. Victoria stabilisierte ihr Fluggerät in einem ruhigen Schwebeflug über der Mitte des Decks. Sie registrierte jede kleinste Bewegung des Flugdecks, reagierte aber nicht darauf. Ihr Landeplatz würde niemals stillstehen; und die Bewegungen nachzuempfinden, wäre das Schlimmste, was sie tun könnte. Stattdessen benutzte Victoria ihre periphere Sicht, um den Horizont zu beobachten und nahm ununterbrochen minimale Anpassungen an der Flugsteuerung vor, um sich im Schwebeflug bedächtig vorwärts zu bewegen. Ihre Aufgabe war es nun, den 20.000 Pfund schweren Hubschrauber präzise über die sogenannte Falle zu manövrieren und die einen Meter lange Metallharpune, die aus dem Boden des Hubschraubers ragte, darauf auszurichten.

Das Besatzungsmitglied begann, sie zu der viereckigen Öffnung im Landegrid zu lotsen, mithilfe dessen ihr Hubschrauber an Ort und Stelle festgehalten würde.

„Sachte vorwärts fünf ... vorwärts vier ... drei ... zwei ..."

Ein konstanter Windstrom peitschte rechts und links an

den Schiffsaufbauten vorbei und verursachte Turbulenzen für den Helikopter, als das stählerne Flugdeck des Schiffs ein weiteres Mal heftig schlingerte.

„Ein bisschen unruhig heute", bemerkte Victoria trocken, während sie den Vogel im stabilen Schwebeflug problemlos direkt über die Falle manövrierte.

„In Position", rief das Besatzungsmitglied.

Victoria blickte von rechts nach links, während sie nach vorne gebeugt die Steuerhebel fest in den Händen hielt, das Gieren mit den Fußpedalen ausglich und geduldig auf den perfekten Moment wartete. Sie schätzte den Rhythmus des Seegangs ein. Gleich kam die nächste Welle ... jetzt war es so weit ... Noch während der Rollbewegung des Schiffs setzten ihre Armbewegungen ein. Für einen unkundigen Beobachter sähe es sicherlich wie der schlechteste Zeitpunkt zum Landen aus. Aber Victoria wusste, dass das Schiff im Begriff war, wie ein Pendel in die andere Richtung zurückzuschwingen.

Sie reduzierte den Schub, indem sie den Collective ganz nach unten drückte, und nahm währenddessen mit ihrer rechten Hand schnelle, präzise Eingaben am Cyclic vor. Jede Bewegung des Cyclics wirkte sich auf die Rotorscheibe aus und korrigierte die Drift in den entscheidenden Sekunden. Das Ergebnis war, dass der Heli gerade nach unten sank und mit einem dumpfen Aufprall auf seinen großen Rädern landete, wie ein Pick-up, der einen grasbewachsenen Hügel übersprang. Die Stoßdämpfer des Hubschraubers erfüllten ihren Zweck.

„In der Falle ... Harpune eingerastet", rief der LSO über Funk. Die Metallbacken des Landegrids schlossen sich fest um die Metallstange des Hubschraubers.

„Unterlegkeile, Ketten", ordnete Victoria an. Ihr Copilot machte mit beiden Fäusten eine kurbelnde Bewegung, bevor er seine nach innen gerichteten Daumen zusammenpresste.

Der Erste Wart, der sogenannte Plane Captain, stand tapfer direkt vor den sich drehenden Rotorblättern und bestätigte das Signal. Dann wies er das Landepersonal an, den Helikopter auf dem rollenden Zerstörer mit Keilen und Ketten zu sichern. Die Flugdeckbesatzung lief sofort von beiden Seiten in den Rotorkreis hinein und machte sich an die Arbeit.

Während sie abwartete, dass die Crew ihr Flugzeug verankerte, spürte sie zwei vertraute, aber unangenehme Empfindungen. Das eine war das Rollen des Schiffs. Diese kleineren Kriegsschiffe schlingerten unsäglich mehr als das große Flugdeck, auf dem sie aktuell stationiert war. Das zweite Problem war das Abfallen des Decks in Richtung Hangar. Die Zerstörer der Arleigh Burke-Klasse waren großartige Schiffe, aber Flieger hassten den Neigungswinkel ihrer Flugdecks. Beim Schwebeflug eines Helis war dessen Nase stets nach oben geneigt. Bei der Landung zeigte sie hingegen ein paar Grad nach unten. Victoria hatte einmal gehört, dass der Konstrukteur sicherstellen wollte, dass ein Hubschrauber nicht vom Heck des Schiffs rutschte, falls die Feststellbremse versagte. Sie vermutete, dass sich niemand Gedanken darüber gemacht hatte, dass sich die Rotoren in den Hangar fressen würden, wenn es tatsächlich einmal dazu kam ...

Victoria und ihr Copilot erbaten die Erlaubnis, die Motoren des Fluggeräts auszuschalten und gingen die dafür vorgeschriebene Checkliste durch. Innerhalb weniger Minuten waren die Triebwerke heruntergefahren und die Rotorbremse betätigt, wodurch die vier Rotoren zum Stillstand kamen.

„Wir werden die anderen Copiloten bitten, die Wäsche des Vogels zu übernehmen", sagte sie zu ihrem Copiloten und trennte das schwarze Kabel, das ihren Helm mit dem internen Kommunikationssystem des Hubschraubers verband. Sie hob ihr rechtes Bein vorsichtig über die zahlreichen Elemente der

Flugsteuerung, um nicht versehentlich dagegen zu treten, und ließ sich langsam zur Tür hinaus gleiten. Eine Hand ließ sie dabei auf ihrem Sitz, um das Gleichgewicht zu halten, mit der anderen hielt sie die Tür fest, damit diese nicht aus den Angeln flog. Die Türen waren so konstruiert, dass sie sich im Falle eines Absturzes leicht entfernen ließen.

Sie schloss und verriegelte die Tür und spürte den rollenden Seegang unter ihren Füßen. Seit sie an Bord eines amphibischen Angriffsschiffs mit einem großen Flugdeck stationiert war, der *USS Wasp,* hatte sie ihre Seefestigkeit ein wenig eingebüßt. Während sie ein paar Schritte nach achtern ging, musste sie sich immer wieder ausbalancieren. Sie scannte jeden Zoll ihres Fluggeräts, angefangen beim Getriebe des Heckrotors über den Heckausleger bis zur Nase. Sie bückte sich, um die Unterseite zu überprüfen, bevor ihr Blick nach oben zum Hauptrotor wanderte und so weiter und so fort. Sie speicherte mentale Schnappschüsse von jedem Abschnitt ab, überprüfte jede Niete, jeden Zoll Metall und verglich es mit dem, was sie bei ihren Abertausenden von früheren Hubschrauberinspektionen gesehen hatte. Gute Flieger ließen keine Gelegenheit aus, den Zustand ihres Fluggeräts zu bewerten, auch nicht nach dem Flug.

Victoria stakste auf dem Flugdeck nach vorne und begrüßte die Wartungsmannschaft, Flugzeugbesatzungen und Nachwuchspiloten aus ihrer Staffel, die sie seit Monaten nicht mehr gesehen hatte.

Die Männer lächelten und waren glücklich, nach Monaten der Abwesenheit wieder ein vertrautes Gesicht zu sehen. Victoria konnte es unterdessen nicht lassen, sämtliche Details zu inspizieren. Wie eine Mutter, die ihre Kinder in der Schule besuchte, wollte sie diese Gelegenheit nutzen, um alles stichprobenartig zu überprüfen, von den Uniformen über die Wartung der Hubschrauber bis hin zu den U-Jagd-Kenntnissen der Nachwuchspiloten. Diese Fliegereinheit und ihr Schiff hatten noch keine Schlacht erlebt und sie wollte alles in ihrer Macht Stehende tun, um sicherzustellen, dass sie darauf vorbereitet waren. Sie wusste nur zu genau, was ihnen bevorstand.

Als Commanding Officer (CO) des Helicopter Maritime Strike Squadron 74 (HSM-74), den sogenannten „Swamp Foxes", war Victoria mit nur der Hälfte ihrer Untergebenen auf der *USS Wasp* eingeschifft. Die andere Hälfte ihrer Männer und Hubschrauber waren auf einem halben Dutzend Zerstörer und Kreuzer verteilt. Einige ihrer Einheiten waren auf Begleitschiffen in ihrer Nähe stationiert, sodass sie sich für ein oder zwei Stunden mit ihnen treffen konnte. Andere Schiffe wie die *Stockdale,* waren Tausende von Meilen entfernt auf Aufklärungsmissionen. Die Kommunikation mit ihnen war wesentlich einfacher gewesen, bevor China den Großteil der US-Kommunikationssatelliten zerstört hatte. Aber selbst in der guten alten Zeit hatte man manche Gespräche von Angesicht zu Angesicht führen müssen.

Zum Beispiel, wenn der CO des Schiffs verlangte, dass der für sein Hubschrauberkommando verantwortliche Offizier ausgetauscht wurde.

Victoria betrat den Hangar und nahm ihren Helm ab, dessen Innenfutter schweißgetränkt war. Ihr Haar war verfilzt und ebenfalls nass. Sie ließ ihren Blick durch den Hangar schweifen, bis sie die drei ranghöchsten Offiziere an Bord entdeckte. Den Kapitän der *Stockdale*, den XO und den Mann der Stunde – den verantwortlichen Offizier (OIC) der Hubschraubereinheit des Schiffs, Lieutenant Commander Bruce „Plug" McGuire. Oder, wie ihr eigener XO ihn vor ihrem Abflug von der *Wasp* genannt hatte, Lieutenant Commander „Hohlkopf". Victoria hatte mit Plug zusammengearbeitet und wusste, dass er trotz seiner vielen Fehler eine große Bereiche-

rung sein konnte. Es blieb abzuwarten, ob sie den Schiffsführer davon würde überzeugen können.

„Es ist uns eine Ehre, Sie an Bord zu begrüßen,
Commander Manning", sagte Letzterer jetzt und schüttelte
ihre Hand.

Der Kommandant des Schiffs sah tatsächlich froh aus,
dass sie da war. Über Victorias Rolle bei der Schlacht um das
Johnston-Atoll war überall in den Nachrichten berichtet
worden, sogar in der reinen Textversion, die während eines
Einsatzes an die Streitkräfte verteilt wurde. Jetzt eilte Victoria
stets ihr Ruf einer lebenden Legende voraus. Ein Status, der
ihr nicht zusagte.

„Danke, dass Sie mich empfangen. Ich hoffe, es ist kein
Problem, mich morgen nach Lima auszufliegen? Da die ESG
heute den Kanal durchquert, hatte ich keine andere Möglichkeit, mein Kommen zu organisieren."

„Das ist überhaupt kein Problem", antwortete der Kapitän.

Ihre ARG, eine für amphibische Landungen zuständige
Kampfgruppe, hatte den Befehl erhalten, sich zur Panamakanalzone zu begeben, um den Kanal unverzüglich in östlicher
Richtung zu durchfahren. Sie bildete mit mehreren Eskorten,
U-Booten und Fernaufklärern eine sogenannte Expeditionary
Strike Group. Victoria würde morgen mit dem Hubschrauber
nach Peru geflogen und von dort aus zurück in die Staaten
gebracht werden. Ihre Verwaltungsabteilung arbeitete immer
noch aus, wie genau sie wieder zur *Wasp* stoßen würde,
nachdem diese den Panamakanal nach Osten befahren hatte.

All das wäre nicht nötig gewesen, wenn der Kapitän des
Schiffs nicht beschlossen hätte, Plug zu feuern. Victoria wollte
die Möglichkeit wahrnehmen, mit beiden persönlich zu sprechen, bevor sie diesem Schritt zustimmte. Der CO kam ihr
insofern entgegen. Plug stand abwartend da und sah aus wie

ein Teenager, dem eine ordentliche Standpauke drohte. Immerhin.

Der Kapitän klatschte in die Hände. „Nun, Commander Manning, warum kommen Sie nicht auf einen Kaffee zu mir in meine Kabine? Dort können wir uns in Ruhe unterhalten."

Sie blickten beide von Plug zu dem anderen Lieutenant Commander, Victorias Copilot. Einer von beiden würde morgen mit ihr das Schiff verlassen. Die letztliche Entscheidung oblag dem Kapitän.

„Es wäre mir ein Vergnügen, Captain."

Plug sagte: „Ich muss los. Ich will sichergehen, dass das Wartungsteam die neuen Radarbauteile so schnell wie möglich installiert bekommt. Entschuldigen Sie mich, Sir, Ma'am."

Der XO erklärte: „Ich muss auch los. Zeit für die Besprechung. Planungsgremium für die Planung."

Victoria lächelte insgeheim angesichts der Bezeichnung des Meetings. Eine Besprechung, in der andere Meetings geplant wurden. Als sie noch jung und naiv war, hatte sie gedacht, dass Navy-Einsätze stets wie der Film *Jagd auf Roter Oktober* ablaufen würden. Sie hatte überrascht festgestellt, dass die meisten Tage in Wirklichkeit der Fernsehserie *The Office* ähnelten. Bis der Krieg ausgebrochen war.

Victoria folgte dem Kapitän durch die Gänge des Schiffs in seine Kabine, wobei sie ungezwungene Konversation machte.

Sie versuchte, so viele Themen wie möglich abzudecken. Zuerst die einfachen Dinge. Sie ließ ihn wissen, dass sie Geschenke mitgebracht hatte. Einen zusätzlichen Hubschrauber, von dem er natürlich wusste, aber es konnte nicht schaden, ihn daran zu erinnern. Einige dringend benötigte Ersatzteile für das Radargerät. Und einen neuen, sehr erfahrenen Flugzeugelektriker. Gemeinsam sollten sie die meisten

Wartungsprobleme lösen können, die diese spezielle Hubschraubereinheit plagten.

Der Kapitän hörte zu und nickte höflich, als sie die Gangways des schwankenden Schiffs passierten. Einige Mitglieder der Schiffsbesatzung versuchten unsichtbar zu werden, als sie die zwei O-5-Offiziere auf sich zukommen sahen.

In der Kapitänskajüte angekommen, nahmen beide Platz und tranken bitteren schwarzen Kaffee aus dem Kapitänsporzellan. Nun kamen die beiden kommandierenden Offiziere zum härteren Teil ihrer Unterhaltung.

Der Kapitän sagte: „Commander Manning, ich –"

„Bitte, nennen Sie mich Victoria."

„Sicher. Ich bin Jim. Victoria, ich komme gleich auf den Punkt. Hören Sie, die Sache mit Plug funktioniert einfach nicht."

Sie schlug die Beine übereinander und stellte ihre Kaffeetasse auf dem Tisch ab. Die Flüssigkeit schwappte synchron mit dem Seegang darin herum.

„Ich habe Ihre Nachricht erhalten und hatte gehofft, mehr Einzelheiten zu erfahren. Ich würde es natürlich bevorzugen, keinen meiner OICs während eines laufenden Einsatzes auszuwechseln. Trotzdem bin ich hierhergekommen, um genau das nötigenfalls zu tun. Wären Sie so freundlich, mir das Problem ein wenig näher zu beschreiben?"

Der Kapitän rutschte angesichts ihres direkten Blicks unbehaglich in seinem Sessel herum. „Nun, zum einen wurde der Heli viel seltener geflogen als geplant. Wir sind hier draußen zwei Zerstörer, furcht- und schutzlos und allein auf weiter Flur, in einem Gebiet, das angeblich die südlichste Verteidigungslinie der Flotte darstellt. Aber der andere Zerstörer ist ein Flight I-Schiff – was bedeutet, dass sie gar keinen Bordhubschrauber haben. Und wir haben nur einen Vogel."

„Jetzt haben Sie zwei."

„Ja, und wir danken Ihnen und dem Rest der Befehlskette dafür. Aber ich fürchte, wir haben es hier mit mehr als nur Pech zu tun. Sehen Sie, unsere Lufteinheit hatte mit einem mechanischen Problem nach dem anderen zu kämpfen. Ich bekomme von meinem Boss den Hintern versohlt für etwas, das außerhalb meiner Kontrolle liegt. Denn selbst als unser Hubschrauber tatsächlich flugtauglich *war*, ging das Radar nicht. Was unsere Überwachungsflüge natürlich weniger effektiv macht."

Victoria hatte Verständnis für seine Situation. Der Schiffskapitän machte sich nicht nur Sorgen, weil er ein nicht fliegendes Hubschrauberkommando an Bord hatte, er bekam auch noch Druck von oben.

„Jim, da widerspreche ich Ihnen nicht. Sie brauchen eine zuverlässige Option, um in ihrem Gebiet Überwachungsflüge durchzuführen. Ich kann Ihnen versichern, dass sich die Leute von der Kampfgruppe dessen bewusst sind und uns ebenfalls Druck machen, um sicherzustellen, dass Sie eine langfristige Lösung bekommen. Deshalb bin ich ja hier. Wie haben Sie hier draußen ISR-Maßnahmen durchgeführt?"

„Mithilfe der VP-Staffel aus El Salvador. Die fliegt jeden Tag eine Route ab und liefert uns ein Update. Aber –"

Victoria nickte, da sie wusste, was er als Nächstes sagen würde. „Das ist nicht gut genug. Nicht unter den gegebenen Umständen."

„Richtig."

„Sie haben die Einschätzungen der Nachrichtendienste bezüglich möglicher Landungen in Südamerika gesehen?"

„Das habe ich. Und deshalb muss sich etwas ändern."

Victoria verschränkte ihre Arme und nickte. „Absolut. Das verstehe ich. Aber, Jim, das können wir doch auch lösen, ohne den verantwortlichen Offizier auszutauschen, oder?"

Der Captain runzelte die Stirn. „Nun – das ist noch nicht alles."

Victoria zog eine Augenbraue hoch.

„Hören Sie, ich wollte das eigentlich nicht erwähnen. Ich verstehe, dass Plug ein dekorierter Flieger ist und so. Aber – er erfüllt einfach nicht die Anforderungen, die an einen Offizier seines Rangs gestellt werden. Er kommt zu spät zu Meetings. Seine Fliegerkombi sieht aus wie ein Haufen Scheiße. Und, was noch wichtiger ist, er hat sich bei jedem einzelnen Landgang volllaufen lassen."

Victoria hatte so etwas bereits geahnt. „Ich verstehe."

„... dazu mehrere Freiheitsberaubungen in El Salvador, Panama, Kolumbien. Als ein O-4? Das geht einfach nicht."

Victorias Miene war teilnahmslos. „Ich stimme zu, dass das inakzeptabel ist."

Ihr Gegenüber senkte seine Stimme. „Außerdem sind mir Gerüchte zu Ohren gekommen, dass er mit zwei weiblichen Nachwuchsoffizieren auf dem Schiff ein allzu vertrautes Verhältnis hatte."

„Ich verstehe."

„Ich will das nicht an die große Glocke hängen, Victoria. Aber wenn es Ihnen nichts ausmacht, würde ich Sie bitten, mir einen neuen Airboss zuzuteilen. Damit wäre die ganze Angelegenheit vom Tisch."

Victoria seufzte. „Es gibt ein berühmtes Zitat von einem Footballspieler, den mein Vater sehr geschätzt hat."

Bei der Erwähnung ihres Vaters bemerkte der Kapitän: „Es tut mir sehr leid, dass der Admiral gestorben ist."

„Danke." Sie hielt inne. „Das Zitat. Ich kriege es nur ungefähr zusammen ... Sinngemäß heißt es: ‚Beim dritten [Versuch] und zehn [Yard Raumgewinn] ziehe ich die Whiskytrinker den Milchtrinkern vor'."

Der Kapitän lächelte. „Wollen Sie mir damit sagen, dass ich mich glücklich schätzen sollte, dass Plug so viel trinkt?"

„Jim, ich fliege jetzt seit mehreren Jahren mit ihm. Er hat Schwächen. Wirklich große. Aber wenn es hart auf hart kommt, ist er der Typ, an dessen Seite man kämpfen will. Ich habe diverse Kampfeinsätze mit ihm absolviert. Er wird dafür sorgen, dass –"

Der Kapitän drehte abrupt den Kopf zur Seite und sah plötzlich wachsam aus. Zuerst verstand Victoria nicht, warum, aber dann spürte sie es. Die Vibrationen der Schiffsturbinen hatten zugenommen. Die Geschwindigkeit war erhöht worden und das Deck neigte sich jetzt leicht auf die Seite, als das Schiff hart nach Backbord schwenkte.

Der Kapitän hob sein Telefon ab, kaum dass es zu klingeln begann. „Captain. Aha. Wann? Also gut, rufen Sie den Gefechtsalarm aus."

Sie verspürte einen Adrenalinschub. Alarm. Gefechtsstationen besetzen. Aus dem Bordlautsprecher, dem sogenannten 1MC, ertönten Pfeif- und Glockengeräusche. Eine Stimme ordnete das Besetzen der Gefechtsstationen an.

Der Kapitän stand auf. „ESM. Wir haben gerade ein chinesisches Periskop-Radar geortet."

Victoria folgte ihm aus der Kabine in die Operationszentrale des Schiffs, einen dunklen Raum, der von gedimmten blauen Lichtern und einem Dutzend digitaler Monitore beleuchtet wurde. Radarschirme, taktische Anzeigen und Waffensysteme. Der taktische Einsatzoffizier des Schiffs begann, den Kapitän mit Informationen zu bombardieren.

„Peilung null-drei-fünf, vor etwa drei Minuten …"

„Keine Entfernung?"

„Negativ, Sir, wir waren nicht in der Lage, die Position zu triangulieren."

Victoria fluchte leise vor sich hin. Das U-Boot musste sein

Periskop ausgefahren und sich einmal umgeschaut haben, bevor es wieder abgetaucht war.

Der Kapitän sah Victoria an. „Kann der Hubschrauber, mit dem Sie gerade gekommen sind, sofort für die U-Jagd eingesetzt werden?"

Sie nickte. „Geben Sie uns fünfzehn Minuten, dann sind wir bereit und in der Luft."

Der Kapitän nickte ebenfalls und wandte sich wieder an seine Mannschaft, der er schnelle Befehle erteilte.

Victoria machte sich im Laufschritt auf den Weg nach achtern, das dumpfe Geräusch ihrer Stahlkappenstiefel schloss sich dem der restlichen Schiffsbesatzung an, die durch die Gänge hetzte.

Alle Männer und Frauen an Bord des Zerstörers beeilten sich, die Luken dichtzumachen und ihre Gefechtsstationen zu besetzen.

Victoria schossen ein Dutzend verschiedener Szenarien und Erinnerungen durch den Kopf. Sie dachte an das letzte Mal, als sie eine Mission im Rahmen einer U-Boot-Jagd geflogen war. Sie hatten damals dazu beigetragen, ein feindliches U-Boot zu versenken, das sich an die *USS Ford* herangepirscht hatte. Zumindest hatten sie das gedacht. Anschließend hatte Victoria ihren Vater auf der Admiralsbrücke an Bord des Flugzeugträgers gesichtet. Kurz darauf detonierte eine von einem anderen U-Boot abgefeuerte Rakete nur wenige Meter von der Stelle entfernt, an der er sich befunden hatte.

Als sie den Hangar erreichte, spürte sie, wie ihre Beine schwer wurden.

Bereitete sich dieses chinesische U-Boot auf einen Angriff vor? Oder war es schon die ganze Zeit über da und seinem Ziel lautlos gefolgt?

Plug sagte: „Skipper, wir laden einen Mark 50-Torpedo und

ein paar Sonobojen. Sie und ich fliegen." Er stand neben dem Wartungschef und beide Männer erteilten ihrer Crew zackige Befehle. Das Schiff fuhr jetzt ein Ausweichmanöver nach dem anderen und Plugs Team arbeitete im Eiltempo, um das Fluggerät startklar zu machen. Ihm dabei zuzusehen, beruhigte Victoria ein wenig. Immerhin hatte sie ihn gut ausgebildet.

Sie setze ihren Helm auf und zog ihre Flugausrüstung über, als Waffenwarte einen sechshundert Pfund schweren „Leichtgewichtstorpedo" auf den Hubschrauber zurollten.

Einige der Männer trugen die für einen Gefechtsalarm angemessene Kleidung, während andere aussahen, als wären sie gerade aus ihren Kojen gefallen. Wild abstehende Haare, T-Shirts und Turnschuhe. Eine von Victorias ersten Amtshandlungen als CO hatte darin bestanden, ihren Staffelangehörigen einzubläuen, wie wichtig es war, in wirklich jedem Moment einsatzbereit zu sein. Sie ließ zu jeder Tages- und Nachtzeit Probealarme durchführen, damit die Fluggeräte jederzeit start- und kampfbereit waren. Diese Entscheidung zahlte sich jetzt aus. Eine Prozedur, für die die Männer anfangs Stunden gebraucht hatten, dauerte jetzt nur noch Minuten.

„Sonobojen geladen!"

Das Schiff schwenkte hart nach Steuerbord. Victoria sah, wie sich die Waffenwarte und das andere Wartungspersonal mit ihren ganzen Körpern panisch gegen den Rollwagen mit dem Torpedo stemmten – wie Footballspieler, die versuchten, einen Rammbock zu bewegen.

Plug rief aus dem Cockpit: „Boss, wir müssen los!" Er war bereits mit dem Kommunikationssystem des Schiffs verbunden und bekam mit, was auch immer da gerade vor sich ging.

Es gab einen lauten Knall, und dann ertönte aus dem

Bugbereich des Zerstörers das Donnern eines Raketent-
riebwerks.

Gegen das grelle Sonnenlicht konnte Victoria erkennen,
wie sich eine weiße Rauchfahne von der *USS Stockdale* nach
oben und dann seitlich wegbewegte. In der Ferne konnte sie
einen winzigen Fallschirm und aufspritzendes Wasser
ausmachen.

Ihr Schiff hatte gerade einen ASROC-Torpedo abgefeuert,
eine sogenannte Anti Submarine Rocket.

Plug schrie sich die Seele aus dem Leib, um ihre Aufmerksamkeit zu erregen. Sie warf einen Blick auf die Waffenwarte.
Sie waren schnell, aber so schnell konnten sie gar nicht sein.
Der Torpedo war noch nicht an der seitlichen Lastenstation
des Hubschraubers angebracht. Sie würden mehr Zeit brauchen. Zeit, die sie nicht hatten. Sie schloss ihr Helmkommuni-
kationskabel an, um zu hören, was Plug ihr zubrüllte.

Aber das brauchte sie gar nicht. Der Schiffsalarm ging los
und aus dem Bordlautsprecher ertönte eine erschrockene
Stimme: „Alle Mann bereitmachen für direkten Treffer!"

Dann gab es ein Erdbeben und Victorias Beine knickten
unter ihr ein.

Weißer und grauer Rauch sowie Wasser stiegen aus dem
vorderen Teil des Schiffs auf, als sich das Deck steil aufrichtete
und dann wieder nach unten fiel. Sie knallte mit dem Kopf
auf das Flugdeck und ihr wurde schwarz vor Augen.

6

Chase saß auf dem Beifahrersitz einer kleinen Toyota-Limousine, die durch die Straßen von Lima raste. Sie fuhren in Richtung des CIA-Verstecks und hielten in den Rück- und Seitenspiegeln nach möglichen Verfolgern Ausschau. Nach den Neuigkeiten, die sie gerade erhalten hatten, blieb keine Zeit für eine ausgeklügelte SDR.

Der Fahrer, ein Mitglied des lokalen CIA-Teams, fragte: „Hatten Sie Glück?"

Chase betrachtete sein Mobiltelefon. „Bis jetzt nicht. Ich habe keinen Empfang."

Aus dem Autoradio, das ein paar Minuten zuvor noch die Regionalnachrichten übertragen hatte, kam statisches Rauschen. Chase versuchte, einen anderen Sender zu finden. Nichts.

Es hatte bereits angefangen.

„Biegen Sie hier rechts ab", sagte Chase.

Das Auto schlingerte nach rechts und schon bald waren sie auf den kurvenreichen Schotterstraßen am Stadtrand unterwegs. Sie wirbelten Staubwolken hinter sich auf, als sie

die hügeligen Wohnviertel durchquerten. Kinder, die auf der
staubigen Straße Fußball spielten, starrten sie mit großen
Augen an, als sie an ihnen vorbeifuhren. Chase starrte durch
seine Sonnenbrille zurück.

Das CIA-Telegramm der höchsten Dringlichkeitsstufe war
vor weniger als dreißig Minuten verschickt worden. Es lautete:

HINWEISE AUF BEVORSTEHENDE CHINESISCHE MILI-
TÄROPERATIONEN IN DER NÄHE VON KOLUMBIEN,
ECUADOR, PERU UND CHILE. DAS GESAMTE
BOTSCHAFTSPERSONAL, DAS DIESEN STATIONEN
ZUGEWIESEN IST, MUSS UNVERZÜGLICH DIE ZERSTÖ-
RUNG ODER ENTFERNUNG VON KLASSIFIZIERTEM
MATERIAL VERANLASSEN. TREFFEN SIE SOFORT
VORBEREITUNGEN FÜR DIE CHINESISCHE BESET-
ZUNG DER GASTLÄNDER.

Der Fahrer nahm eine weitere scharfe Kurve und Chase sah
eine Gruppe von Einheimischen, die auf einem Balkon
standen und auf etwas am Horizont zeigten. Sie schrien und
sahen erschrocken aus.

„Worauf zeigen sie?", erkundigte sich der Fahrer.

„Ich kann es nicht erkennen." Die zweistöckigen Stadt-
häuser und das hügelige Terrain versperrten Chase die Sicht.
Die Gebäude zu ihrer Linken bildeten eine undurchdring-
liche Wand, als sich die Straße eine Anhöhe hinauf-
schlängelte.

Sie fuhren an weiteren Häusern und Geschäften vorbei,
bevor sie um eine Ecke bogen, an der sich Dutzende von
Menschen versammelt hatten und ebenfalls in die Ferne

starrten. Sie bogen erneut ab und hatten endlich wieder freie Sicht. Zu ihrer Rechten konnten sie die Stadt und das Meer überblicken.

Und dann sah Chase, worauf alle deuteten.

„Was zum Teufel ist das?", fragte der Fahrer und beugte sich weit vor, um einen besseren Blick zu haben.

Chase beobachtete entsetzt, wie von Westen her sechs große Schatten auftauchten und nacheinander zu einem steilen Sinkflug in Richtung Ozean ansetzten.

„Halten Sie den Wagen an."

Der Fahrer trat abrupt auf die Bremse und blieb stehen, damit sie das Geschehen besser verfolgen konnten.

„Was sind das für Flugzeuge? Die sehen aus wie C-17er der Air Force, richtig?"

Chase schüttelte den Kopf. „Nein, Kumpel. Das sind chinesische Y-20er. Langstrecken-Militärtransporter. Dieselben haben sie letztes Jahr auch in Ecuador eingesetzt. Sieht aus, als würden sie auf den Flughafen zusteuern."

Unter den wachsamen Blicken der beiden CIA-Männer fingen alle sechs Flugzeuge ihren Steilflug ab und pendelten sich auf etwa eintausend Fuß über dem Wasser ein. Als die Transportflugzeuge die Küstenlinie überquerten, zogen sie ihre Nasen leicht nach oben. Sie wurden langsamer und fuhren ihre Landeklappen aus. Chase konnte gerade so erkennen, dass sich ihre Heckklappen öffneten.

„Scheiße ..."

Jetzt reihten sich die Flugzeuge langsam hintereinander auf und bildeten eine Schleppformation mit jeweils einer halben Landebahn Abstand.

Dann ließen sie eine Art graue Stoffknäuel fallen. Hunderte von ihnen.

Die erste Welle von Fallschirmjägern.

„OK, Mann, wir müssen los", drängte Chase. Der Fahrer gab Gas und begann, die Kurven mit erhöhter Geschwindigkeit zu schneiden, wobei der Wagen über die unebene Straße hüpfte.

„So viel zu einem Monat Vorbereitungszeit, während die Chinesen den Pazifik überqueren."

Chase fischte ein Sturmgewehr vom Typ Colt M-4 aus dem Seesack im Fußraum und warf sich den Waffengurt um den Hals. Er hatte keine Möglichkeit, den geheimen Unterschlupf aus der Ferne zu kontaktieren. In Lima herrschte standardmäßig Funkstille, damit kein ausländischer Nachrichtendienst die Position ihres konspirativen Hauses ausfindig machen konnte. Er hatte gehofft, dass der stellvertretende Stationsleiter sein Wegwerfhandy eingeschaltet hatte, aber da er nicht einmal ein Signal bekam, vermutete Chase, dass die Chinesen möglicherweise alle Handynetze deaktiviert hatten.

„Die Absetzzone war definitiv beim Flughafen."

„Jep."

„Geschätzte Truppenstärke?" Chase würde diese Information übermitteln müssen, sobald er das Team in der Wohnung abgeholt hatte.

„Bataillonsgröße, so wie es aussieht. Sechs Flugzeuge. Wahrscheinlich zwei Züge pro Vogel."

„Das wird ihre Version der Rangers sein", merkte Chase an.

„Jep. Sie sollten also gegen T+4 mit einer zweiten Welle rechnen."

T wie Tango stand für die militärischen Zeitzone, die der Zeitzone von Denver, Colorado, entsprach.

Chase spürte, wie sich ihm die Nackenhaare aufstellten. Der Fahrer hatte absolut recht. Die erste Welle würde aus Bodentruppen bestehen. Spezialisten mit dem Auftrag, Feindpersonal und Verteidigungsvorkehrungen auszuschalten, die eine Bedrohung darstellen könnten. Mit der zweiten Welle würden schweres Gerät und erweiterte Panzerabwehrfähigkeiten eintreffen.

Der Widerstand hier in Lima wäre minimal. Aber wenn die Chinesen jetzt die Kontrolle über den Flughafen übernahmen, wäre Chases primäre Evakuierungsroute für Rojas gefährdet.

„Fahren Sie hier rechts. Das Haus ist in dieser Straße", sagte Chase. „Wir müssen zu einem unserer alternativen Exfiltrationspläne übergehen. Da ist ein –"

Chase verstummte, als der Wagen um die letzte Ecke bog und das konspirative Haus in Sicht kam.

Rauch strömte aus dem Fenster im zweiten Stock.

„Ist es das?", fragte der Fahrer. Er beugte sich vor und scannte die Dächer und Balkone aller Häuser entlang der Straße.

„Das ist es."

Nachdem der Wagen zwei Häuser weiter geparkt war, stiegen sie aus und gingen vorsichtig auf das Gebäude zu. Chase hielt sein Gewehr im Anschlag, den Schaft am Schulterblatt, und setzte beim Gehen zuerst die Ferse auf, um möglichst wenig Lärm zu machen.

Sie vernahmen das leise Knattern von Maschinengewehrfeuer, das noch meilenweit entfernt war. Das erste hörbare Anzeichen dafür, dass sich das Land in ein Kriegsgebiet verwandelte.

Als sie sich der Tür des Verstecks näherten, nahm Chase aus den Augenwinkeln etwas wahr. Er blickte nach oben und sah die alte Frau auf dem Balkon im zweiten Stock des Reihenhauses nebenan. Die Agentin, die das Haus überwacht hatte.

Sie war an den Holzbalken gelehnt, der das Dach ihrer Veranda stützte. Leblos. Ein dünnes dunkelrotes Rinnsal floss aus einem Loch in ihrer Stirn.

Chase betrat den Sicherheitseingang des Hauses. Die halb zertrümmerte Eingangstür lag auf dem Boden, sie war aus den Angeln gesprengt worden. Mike, das Mitglied des CIA-Sicherheitsteams, mit dem Chase erst gestern noch gescherzt hatte, lag nun tot auf dem Boden. Mehrere Schusswunden verunstalteten seinen Hals und Kopf.

Sie hasteten an der Leiche vorbei durch die zweite Sicherheitstür, die ebenfalls aufgesprengt worden war. Chase schlich die Treppe hinauf, seine Waffe nach vorne gerichtet. Er sicherte den Treppenabsatz und nahm dann die Szene in Augenschein.

Der Leiter der CIA-Außenstelle und sein Stellvertreter lagen ausgestreckt auf dem Boden und der Wohnzimmercouch, ihre Dienstwaffen neben sich. Ihre Kleidung war mit Einschusslöchern übersät. Die Couch schwelte und im Zimmer roch es nach abgefeuerten Waffen.

Chase und sein Begleiter fuhren damit fort, jeden Raum des Hauses wortlos zu sichern, um sich zu vergewissern, dass die Bedrohungslage beendet war. Außer den nun konstanten Gewehrsalven in der Ferne war nichts zu hören.

Nach einer Minute verkündete der örtliche CIA-Agent: „Das Haus ist sauber."

Chase nickte und verdrängte die aufkommenden Emotionen. Das musste warten. Im Moment musste er in die Gänge kommen. „Hilf mir, ihre Leichen ins Auto zu bringen."

Während sie den ersten Toten die Treppe hinuntertrugen, sagte Chase: „Wir müssen zum Hafen von Callao fahren."

„Nicht zur Botschaft?"

Chase schüttelte den Kopf. „Wir sollten davon ausgehen, dass die inzwischen kompromittiert ist. Ich muss die Informationen zurück in die Staaten bringen. Mein Kontakt in Callao wird uns aus dem Land schleusen, aber wir müssen uns beeilen, bevor die Chinesen den Hafen einnehmen."

„Wo ist der Wissenschaftler? Rojas?"

„Den haben die Chinesen."

7

USS Stockdale

Victoria setzte sich benommen auf und sah sich auf dem chaotischen Flugdeck um. Das Schiff musste von einem Torpedo getroffen worden sein.

Von einer Stelle jenseits des Hangars stieg dunkler Rauch auf. Trotz des Klingelns in ihren Ohren hörte sie, wie der Bordlautsprecher eine Reihe von Alarmen durchgab.

„FEUER FEUER FEUER", gefolgt von „WASSEREIN-BRUCH WASSEREINBRUCH WASSEREINBRUCH."

Die Schiffssicherungsteams rasten durch die verschiedenen Abteilungen und versuchten, das Schiff zu retten, während andere den Kampf fortsetzten.

Durch die offenen Hangartüren konnte sie Matrosen sehen, die sich in der doppelwandigen Außenhaut des Schiffs bewegten. Beim Aufstehen musste sie sich an der Nase des Hubschraubers abstützen und zuckte vor Schmerzen zusammen. Als sie dabei fast wieder umkippte, fiel ihr auf, dass sie sich stark zur Seite lehnte. Und zwar in einem Neigungswinkel, der normalerweise für die maximale Rollbewegung während einer großen Welle reserviert war.

Aber das Schiff wurde von keiner Welle erfasst.

Das Schiff hatte *Schlagseite* ... und dümpelte antriebslos im Wasser.

Nicht gut.

Sie schaute in die Kabine des Hubschraubers. Plug saß auf dem rechten Pilotensitz, winkte und rief noch immer, um sich bemerkbar zu machen. Victoria ging zur Cockpittür hinüber und öffnete sie.

Plug erklärte: „Wir sind offline. Die Operationszentrale hat den Funkkontakt komplett eingestellt. Boss, wir müssen jetzt abheben. Hier sind wir leichte Beute."

Victoria sah sich erneut auf dem Flugdeck um, um sich zu orientieren. Überall auf dem Deck liefen Matrosen herum, der Wartungschef schrie seine Männer an, ihre aufblasbaren Schwimmwesten anzulegen. Der Helikopter war immer noch verkeilt und angekettet. Es würde ein paar Minuten dauern, ihn zu befreien, aber es war vielleicht immer noch möglich, aufzusteigen ...

Victoria spürte ein erneutes Beben unter ihren Füßen und hörte ein explosives Grollen irgendwo tief im Schiffsbauch. Plug riss die Augen auf. Kurz darauf begann sich das Deck langsam, aber bedrohlich nach unten zu neigen.

Sie sagte: „Wir können nicht abheben. Es ist zu spät."

Er nickte und fing panisch an, sich abzuschnallen. Das Flugdeck kippte weiter ab. Bald würde es sich in eine riesige Rutschbahn verwandeln, deren steiler Neigungswinkel alles und jeden darauf in Richtung des Hangars befördern würde.

Instinktiv rannte Victoria zur Seite des Flugdecks und hielt sich an der Reling fest. Das Heck des Zerstörers begann sich aus dem Wasser zu heben. Matrosen hasteten zu den seitlichen Bordwänden und sprangen ins Meer. Das Schiff war in der Mitte auseinandergebrochen. Jetzt stieg der Bug ebenfalls aus dem Wasser und stand in einem absurden Winkel zum Heck. Mittschiffs war bereits alles überschwemmt.

Victoria erkannte die verzweifelte Stimme, die jetzt über den 1MC erklang. Es war der XO, den sie vor weniger als einer Stunde kennengelernt hatte. Er rief: „ALLE MANN VON BORD! ICH WIEDERHOLE, ALLE MANN VON BORD!"

Sie umklammerte die Reling fester. Durch die offene Hangartür konnte sie jetzt geradewegs *nach unten* sehen. Durch eine nicht verschlossene Luke drang dunkelgraues Wasser in den Hangar ein, zwei Matrosen tauchten auf und schwammen dem Tageslicht entgegen.

Sie hörte Dutzende von Aufschlägen auf der Wasseroberfläche, da jetzt ein Großteil der Besatzung das sinkende Schiff verließ. Victoria musste an Geschichten über Pearl Harbor und die Menschen denken, die damals in Abteilungen und Bereichen unter der Wasserlinie festgesessen hatten, als die Schiffe untergingen.

Sie war hin- und hergerissen. Da war einerseits eine lähmende Angst vor den steigenden Wassermassen an Bord, die ihrem Überlebensinstinkt entsprang; und andererseits der irrationale, aber überwältigende Drang, sich in den überfluteten Gang des sinkenden Kriegsschiffs zu begeben, in dem Bedürfnis, jemanden – irgendjemanden – zu finden und zu retten. Sie konnte das Schiff nicht verlassen, ohne es wenigstens versucht –

„Boss! Machen Sie schon! Springen Sie!", schrie Plug von der anderen Seite des Flugdecks. Dann stieß er sich ab und fiel mit rudernden Beinen und Armen Richtung Ozean.

Victoria arbeitete sich mühsam das steile Flugdeck nach achtern hinauf … sie kletterte auf das Heck, das inzwischen weit aus dem Wasser ragte.

Ein entferntes Donnergrollen legte sich über das

Geräusch des rauschenden Wassers. Ihr Blick wanderte zum Steuerbordhorizont und sie sah einen Geysir aus Meerwasser und Metall sowie Flammen aufsteigen. Der andere Zerstörer. Ein weiterer Torpedo hatte sein Ziel gefunden.

„Springen Sie!"

Ihr Blick wanderte nach Backbord. Ein paar Matrosen trieben dank ihrer aufblasbaren Westen im Pazifik. Andere traten in der Nähe Wasser und brüllten Victoria zu, endlich zu springen. Das Wasser stieg von Sekunde zu Sekunde schneller und das Schiff machte unter der Belastung unfassbar dumpfe Knarzgeräusche – eine metallene Kriegerin, die sich dem Meer ergab.

„MA'AM, *SPRINGEN SIE!*"

Victoria kämpfte sich an die Seite des Schiffs und kroch über die Sicherungsnetze des Flugdecks. Dann zog an den schwarzen Auslösern ihrer Flugweste und hörte ein ploppendes Geräusch, als diese sich mit Druckluft füllte. Sie stieß sich ab und landete im Wasser. Durch das Gewicht ihrer schweren Stiefel und der Flugausrüstung wurde sie kurzzeitig unter Wasser gezogen, stieg aber dank der aufblasbaren Weste, die wie ein Hufeisen um ihren Hals lag, rasch wieder an die Oberfläche.

„SCHWIMMEN SIE VOM SCHIFF WEG, MA'AM!"

In zwanzig Yard Entfernung trieb eine Gruppe Überlebender und musste mit ansehen, wie ihr Schiff versank. Darunter auch ein Chief, einer der ranghöchsten Unteroffiziere auf dem Zerstörer. Er wedelte wild mit dem Arm, um ihre Aufmerksamkeit zu erregen und bedeutete ihr, auf die Gruppe zuzuschwimmen. Er hatte recht. Sie musste weg von dem Schiff. Die Hohlräume des Zerstörers liefen jetzt voll und bald würde das gewaltige Metallobjekt Richtung Meeresgrund sinken. Das wiederum erzeugte einen mächtigen Sog, der wie eine reißende Strömung wirken und seine Opfer in die Tiefe ziehen würde.

Victoria hörte hinter sich einen Schrei und drehte den Kopf, um einen Blick zu riskieren, schwamm aber auf der Seite liegend weiter. Sie hatte jetzt eine bessere Sicht auf den Bug und das Heck, die beide schräg aus dem Ozean ragten, als hätte Poseidon selbst das Schiff in zwei Hälften gerissen.

Etwas fünfzehn Yard hinter ihr strampelte ein Matrose wie wild, seine Schreie immer wieder gedämpft, wenn er einen Schwall Meerwasser schluckte. Victoria hätte beinahe kehrtgemacht, erkannte aber im letzten Moment noch, was mit ihm geschah.

In diesem Niemandsland kämpften ein paar Matrosen um ihr Leben. Sie wurden in Richtung des sinkenden Schiffs gezogen, als befände sich dort ein gigantischer Wasserstrudel oder ein schwarzes Loch. Die letzten sichtbaren Teile von Aufbau, Bug und Heck des Zerstörers wurden von den Wellen verschluckt. Die Handvoll Matrosen, die noch zu dicht dran gewesen war, folgte kurz darauf.

Victoria sah entsetzt zu, wie mindestens ein Dutzend junger Männer einfach unterging. Ein unglaublich starker Sog zog alles und jeden in seiner Nähe in die Todesfalle. Bald waren nur noch sich ausbreitende Öllachen und treibende Ausrüstungsteile zu sehen.

Sie drehte sich wieder in die Bauchlage und schwamm auf die schiffbrüchige Besatzung in der entgegengesetzten Richtung zu. Unterstützt durch einen energischen Beinschlag drückte sie das Wasser mit kraftvollen Armzügen zur Seite. Dabei schwappte ihr immer wieder Salzwasser in Mund und Nase, sie fluchte und hustete.

Wenige Augenblicke später erreichte sie die anderen und ruhte sich auf den Wellen treibend aus. Der Chief führte einen Appell durch.

Sie ließ ihren Blick über die nun fast leere Meeresober-fläche schweifen. Versprengte Gruppen von Matrosen waren in einem weiten Umkreis der dümpelnden Überreste des Zerstörers verteilt.

Helme, Westen und Papier und ... und ein paar Leichen, die mit dem Gesicht nach unten trieben. Keine Rettungsboote. Nur ein paar Menschen, die während des Infernos in letzter Sekunde über Bord gesprungen waren.

Plug befand sich auf der anderen Seite des Ölteppichs. Nach einer Weile gesellten er und die anderen Überlebenden sich zu Victorias Gruppe, insgesamt waren sie etwa drei Dutzend Soldaten. Ein paar hatten keine Schwimmwesten an. Sie traten abwechselnd auf der Stelle und spielten „toter Mann", eine Überlebenstechnik, bei der man die Luft anhielt und sich mit dem Kopf unter Wasser treiben ließ, um Kräfte zu sparen. Plug kämpfte sich aus seiner Weste und der Flie-gerkombi. Dann legte er seine Rettungsweste wieder an und schuf aus dem Flugoverall einen behelfsmäßigen Schwimm-körper, indem er dessen Arme und Beine zusammenband, um darin Luft einzuschließen. Er reichte ihn einem der Überle-benden, der keine Weste hatte.

Einige weinten. Einige waren hysterisch. Andere waren still, sie standen unter Schock. Viele bluteten aus Wunden, die sie sich bei dem Angriff zugezogen hatten. Während sie so im wogenden Pazifik trieben, dachte Victoria an all die Haian-griffe während des Zweiten Weltkrieges. Viele Besatzungsmit-glieder hatten die Torpedoangriffe und Schiffsuntergänge überlebt, nur um dann Höllenqualen zu erleiden, als sie und ihre Schiffskameraden von hungrigen Haien in Stücke gerissen wurden. Drohte ihnen dasselbe Schicksal?

Einer der jungen Matrosen zeigte aufgeregt nach Westen. „Hey, Rettung naht – ein SAR-Vogel!" In seiner Stimme schwang Hoffnung mit.

Victoria drehte den Kopf und blinzelte, das grelle Sonnenlicht blendete sie. Tatsächlich näherte sich ihnen die dunkle
Silhouette eines Hubschraubers.

„Er klingt falsch."

Plug   änderte   seine   Position,   um   sie   anzusehen.
„Chinesisch?"

Sie antwortete nicht.

Der Hubschrauber ähnelte einem französischen Dauphin.
Er kam schnell auf sie zugeflogen, drehte dann ab und
begann, die Schiffbrüchigen in niedriger Höhe zu umkreisen.
Die Kabinentür öffnete sich und ein Bordschütze richtete sein
Maschinengewehr auf sie.

Am Heck des Fluggeräts prangte ein leuchtend roter
Stern.

8

Luftwaffenstützpunkt Eglin
Destin, Florida

David saß während der allmorgendlichen Lagebesprechung des Silversmith-Teams am Kopfende des Tischs. Susan war abwesend, da sie auf der anderen Seite der Basis wieder mit ihrem Spezialprogramm beschäftigt war. In letzter Zeit nahm David bei diesen Treffen mehr und mehr ihren Platz als ranghöchster Mitarbeiter der Task Force ein. Sein Aufstieg hatte sich im letzten Jahr rasant vollzogen. Einer der ehemaligen Militäroffiziere scherzte, dass David auf dem besten Weg sei, eine Feldbeförderung zu erhalten.

Das anfängliche Misstrauen, das David nach den Vorfällen im Zusammenhang mit der chinesischen Roten Zelle entgegengebracht worden war, hatte sich gelegt. In den vergangenen zwei Jahren hatte sich David durch wiederholt wertvolle Beiträge zur Joint Task Force Silversmith das Vertrauen und die Bewunderung seine Vorgesetzten gesichert. Seine Expertise im Bereich neuer Technologien und sein natürliches Gespür für strategische Planung machten ihn zu einer geschätzten Ergänzung für die Architekten des Krieges.

In den letzten Monaten hatte David an intensiven Trainingseinheiten im ganzen Land teilgenommen. Das Gros der anderen Kursteilnehmer bestand aus neuen CIA-Rekruten, zukünftigen Führungsoffizieren und Analysten, die sich auf die Welt der verdeckten Operationen vorbereiteten. Nach außen hin waren David und seine Klassenkameraden von ihrer aufregenden Arbeit begeistert. Insgeheim machten sie sich Sorgen wegen der Gefahren, denen sie bald ausgesetzt sein würden.

Jetzt, da er auf Susans Platz saß, agierte David nicht nur in seiner Eigenschaft als Analyst. Vielmehr traf er Entscheidungen, wie Silversmith die gesammelten nachrichtendienstlichen Erkenntnisse verwendete, bestimmte, was geheim gehalten oder verbreitet wurde und was sie durchsickern ließen. Diese Vor- und Umsicht gewährleistete auch den zukünftigen Informationsfluss.

David und die anderen Geheimdienstangehörigen spielten ein gefährliches Spiel. Für ihre chinesischen Gegenspieler kuratierten sie ein ausgeklügeltes Geflecht aus Wahrheiten, Halbwahrheiten und gezielten Falschinformationen. Verdeckte Agenten und Cyberkrieger auf beiden Seiten des Pazifik versuchten jeden Tag, die Geheimnisse der Gegenseite zu stehlen. Wer sich erwischen ließ, wurde mit dem Tod bestraft. Jede andere Form des Scheiterns führte zu Niederlage und Ehrverlust.

David lauschte aufmerksam dem morgendlichen Briefing eines Geheimdienstanalysten.

„Sie haben den Angriff von der Osterinsel aus gestartet. Wir schätzen, dass etwa zwanzig bis dreißig Y-20-Transportflugzeuge zum Einsatz kamen."

„Wie haben sie es geschafft, das so schnell durchziehen?",

wollte David wissen. „Wir haben ihre Flottenbewegungen doch erst vor ein paar Tagen entdeckt."

„Die VBA-Marine hat im Südpazifik eine Art „Insel-Hopping-Kampagne" durchgeführt. Sie haben für die Transportflugzeuge die Start- und Landebahnen verlängert und mit Flugabwehrraketen gesichert. Der gesamte Südpazifik ist jetzt ein chinesisches Luftverteidigungsgebiet und für unsere Überwachungsflüge eine A2AD-Zone."

„Wir haben ein paar Seefernaufklärer, die dort unten –"

„Diese Patrouillenflugzeuge sind vollkommen überlastet. Südlich der Galapagosinseln fand zuletzt nur noch alle paar Tage ein Überwachungsflug statt."

David wandte sich an einen zweiten Analysten. „Was ist mit unseren anderen Marineeinheiten in der Nähe?"

„Der erste Angriff erfolgte durch ein U-Boot. Wir glauben, dass die Chinesen in dem Gebiet zwei Jagd-U-Boote stationiert hatten. Sie benutzten eines als Köder, um unser U-Boot der Los Angeles-Klasse vor dem Angriff von unseren Zerstörern wegzulocken."

David betrachtete die Pazifikkarte. „Sie haben es von unseren Schiffen weggelotst?"

„Ja. Die Chinesen haben sich mit zwei Fregatten angeschlichen ..."

Er schüttelte den Kopf und verschränkte die Arme vor der Brust. „Wie zum Teufel konnten Kriegsschiffe der VBA-Marine derart weit draußen operieren, ohne dass wir davon wussten?"

„Unsere Überwachung war leider nicht lückenlos. Sie müssen unsere Flugrouten gekannt und es entsprechend getimt haben. Wir glauben, dass sie auf den Osterinseln einen Versorgungsstopp eingelegt haben. Die Schiffe hatten wahrscheinlich kaum noch Treibstoff, als sie dort ankamen."

„Und unsere Schiffe haben sie nicht entdeckt?"

„Probleme in der Versorgungskette ... Die Navy sagt, dass
ihre Lufteinheiten an Bord der Zerstörer nicht betriebsbereit
waren und keine Ersatzteile bekommen konnten, da sie so
weit südlich vom Rest der Flotte operierten. Wenn also die
Seefernaufklärer in den letzten achtundvierzig Stunden
keinen Flug gemacht haben – fünfzehn Knoten mal achtundvierzig Stunden ... In der Zeit konnten die Chinesen unbeobachtet locker eine große Entfernung zurücklegen."

David schüttelte den Kopf. Es war überall auf der Welt das
Gleiche: Alle Einheiten waren überlastet.

„Und was ist mit der Satellitenaufklärung?"

Marcia Shea, die Vertreterin des Militärnachrichten-
dienstes National Reconnaissance Office (NRO), sagte: „Ich
fürchte, an unseren Kapazitätsproblemen hat sich nichts
geändert. Wir können im Moment etwa einen Vogel pro
Woche hochschießen, der dann eine durchschnittliche
Lebensdauer von sechsunddreißig Stunden hat, bevor er von
chinesischen Antisatellitenwaffen zerstört wird. Priorität hat
die Überwachung von Hawaii und Nordamerika. In zweiter
Linie geht es um die chinesischen Konvois, die jetzt den
Pazifik überqueren."

David versuchte, nicht die Beherrschung zu verlieren.
Seine Schwester Victoria hatte sich an Bord der *USS Stockdale*
befunden, als diese sank. Laut SIGINT – der Auswertung von
elektronischen Signalen zur Gewinnung von Geheimdienstinformationen – waren einige amerikanische Überlebende aus
dem Wasser gefischt und von den Chinesen inhaftiert worden.
Noch hatten sie keine Namensliste der Gefangenen erhalten.

David sagte: „Diese ISR-Beschränkungen sind für uns
absolut tödlich."

Marcia antwortete: „Die Unzulänglichkeiten im Überwa-
chungsbereich behindern auch die Chinesen. Der großangelegte Satellitenstart, den sie gerade vollzogen haben – bereits

nach drei Tagen waren alle Satelliten außer Gefecht gesetzt. Das Ganze hat ihnen eine Momentaufnahme geliefert, mehr aber auch nicht."

„Es hat ihnen genau das geliefert, was sie brauchten." David stand auf und ging auf die Wand zu, wobei er ein paar Mal tief durchatmete, um sich zu beruhigen. „Solange Chinas neues Zentrum für Weltraum-Kriegsführung betriebsbereit ist, besitzen sie eine Fähigkeit, die wir nicht haben. Sie können für einen Bruchteil der Kosten Hunderte von Minisatelliten in den Orbit schießen. Der momentane Vorsprung der Chinesen ist zu groß."

Der Raum war still, bis eine hinter David stehende Frau das Wort ergriff. „Sie haben beide recht."

David drehte sich um und sah, dass Susan den Besprechungsraum betreten hatte. „Beide Seiten leiden unter einem Mangel an Überwachungsinformationen", fuhr sie fort. „Aber das System der wiederverwendbaren Raketen, das die Chinesen in ihrer Beishi-Anlage entwickelt haben, *ist* ein echter Durchbruch. Damit können sie unsere Fortschritte im Bereich Antisatellitenwaffen neutralisieren. Sie können in dem Wissen, dass sie abgeschossen werden, ein paar Hundert Satelliten starten. Da die Trägerraketen selbstständig landen und wiederverwendet werden können, betragen die Kosten für jeden Start jedoch nur noch einen Bruchteil dessen, was sie einmal waren. Wir sind immer noch dabei, diesen Entwicklungsrückstand aufzuholen. Und soweit ich weiß, dauert es noch Monate, bis unser eigenes Programm ausgereift ist. Ist das korrekt?"

Marcia nickte. „Ja, das ist es."

Susan fuhr fort: „Aufgrund dieser Verzögerung hat China im Abstand von drei bis vier Wochen jeweils für ein oder zwei Tage Zugang zu modernen Satellitenbildern und Kommunikationssystemen. Dann schießen wir ihre Satelliten ab und sie fangen wieder von vorne an. Das ist kostspielig, aber es verschafft ihnen eine fortschrittliche C4ISR-Fähigkeit, während unser Militär einen Krieg auf dem technischen Niveau der Vietnam-Ära führt."

C4ISR stand für „Command, Control, Communications, Computers, Intelligence, Surveillance and Reconnaissance" und war ein modernes System zur Vernetzung von Führungsinformationen.

Ein Luftwaffenoffizier mischte sich ein: „Das ist zwar ein wenig übertrieben, aber die Situation ist ziemlich schmerzhaft in Anbetracht dessen, wofür wir ausgebildet wurden."

Susan führte ihre Fingerspitzen zusammen. „Und was bedeutet das für uns?"

David erwiderte: „Das altmodische Spiel, das unsere Geheimdienste seit Jahrzehnten spielen."

Susan stimmte zu. „Ganz genau. Beide Seiten wissen nicht, welche Karten die andere in der Hand hält. Weder wir noch die Chinesen können per Satellit alles rund um die Uhr überwachen, wie es noch vor zwei Jahren der Fall war. Wir bekommen ihre Militärbewegungen nicht mit."

„Aber sie können die unseren sehen, wenn auch nur für vierundzwanzig Stunden", warf David ein.

Susan hielt einen Finger hoch. „Können sie das tatsächlich? Selbst wenn sie die maximale Anzahl hochschießen, müssen sie meines Wissens nach immer noch Prioritäten setzen."

Marcia nickte. „Das ist richtig. Trotz all dieser Satelliten im Orbit müssen sie sich auf bestimmte Regionen konzentrieren. Die meisten dieser Satelliten werden für GPS und Datenverbindungen eingesetzt. Nur ein paar Dutzend dienen der Überwachung. Also müssen sie Entscheidungen treffen."

Susan erklärte: „Sie können also nicht gleichzeitig auf unsere Luftwaffenstützpunkte in der Wüste von Nevada, unsere U-Boot-Stützpunkte in Kings Bay und darauf schauen, wie viele Hubschrauber gerade in Camp David gelandet sind. Sie müssen *sich entscheiden*. Was ist das wichtigste Ziel? Vergessen Sie das nicht."

Sie blickte allen Anwesenden reihum in die Augen, aber David vermutete, dass ihre Worte hauptsächlich an ihn gerichtet waren. Es war seine persönliche Fortbildung in Sachen Kriegsstrategie auf höchster Ebene.

Der Glockenschlag der Wanduhr verkündete die volle Stunde. David sagte: „In Ordnung. Danke, Leute. Das war alles für heute." Die Mitglieder der Task Force standen auf und machten sich auf den Weg zu ihren nächsten Besprechungen. Die Tür fiel in Schloss und er blieb mit Susan allein zurück.

David massierte sich beim Sprechen die Schläfen. „Wir glauben, dass der Wissenschaftler, dieser Rojas, gezwungen wird, für die Chinesen zu arbeiten. Laut Informationen der NSA bringen sie ihn dort unten in eine sichere Forschungseinrichtung."

Susan nickte. „Das habe ich gesehen."

David sagte: „Wenn die Chinesen diese Technologie in die Hände bekommen …"

„Ich weiß."

„Sollen wir mit General Schwartz sprechen? Sehen, ob das JSOC etwas ausarbeiten kann? Chase kann sich mit denen in Verbindung setzen und –"

Das Joint Special Operations Command (JSCO) war eine teilstreitkräfteübergreifende Kommandoeinrichtung, die temporäre und missionsabhängige Spezialeinheiten bildete und leitete.

„Chase ist auf dem Weg nach hier", unterbrach Susan ihn.

„Nach Eglin?"

„Ja. Er wird demnächst eintreffen." Als sie seinen überraschten Gesichtsausdruck bemerkte, fügte sie hinzu: „Ich brauche seine Hilfe bei einer Rekrutierung."

„Um wen geht es?"

„Um jemanden, der uns meiner Ansicht nach helfen kann, unseren Wissenschaftler zurückzubekommen."

David runzelte die Stirn. „Wer?"

„Lena Chou."

9

Der Militärtransporter vom Typ C-12 rollte auf das Betriebsgebäude der Eglin Air Force Base zu und kam zum Stillstand. Chase schaute aus dem Fenster und entdeckte seinen Bruder David, der ihn auf der Rollbahn erwartete. Wenige Augenblicke später rutschten sie nach einer herzlichen Begrüßung in den Fond einer wartenden Limousine der US Air Force. Der Wagen machte sich zügig auf den Weg zur gegenüberliegenden Seite der Basis.

David sagte: „Ich nehme an, du hast das von Victoria gehört."

Chase biss die Zähne zusammen. „Ja."

„Ein Beobachter vom Roten Kreuz durfte die Kriegsgefangenen in einem ihrer Lager besuchen. Laut dem Inspektionsbericht werden die Gefangenen angemessen behandelt."

„Wir müssen sie da rausholen." Chase sah seinen Bruder an. „Wird es einen Gefangenenaustausch geben? Oder eine Befreiungsaktion?"

David warf ihm einen Blick zu. „Diesbezüglich ist mir noch nichts zu Ohren gekommen."

Das Auto passierte ein Sicherheitstor, wo der Fahrer und

die beiden Passagiere ihre Ausweise vorzeigen mussten. Dann fuhren sie an einem großen Hangar vorbei, der von mehreren Kameras und Sicherheitspersonal bewacht wurde.

„Läuft Susans Show da drinnen immer noch?", erkundigte sich Chase.

David nickte. „Jep."

Susan verbrachte die meiste Zeit im Inneren des Hangars, in dem sich Gefängniszellen, Verhörräume und eine ausgeklügelte Kommunikationseinrichtung befanden. Zu den Aufgaben von Silversmith gehörte es, den Politik- und Militärapparat Chinas durch eine breitangelegte Spionageabwehroperation in die Irre zu führen. Susan hatte diese Mission komplett abgeschottet und überwachte das Programm vom alten Hangar aus persönlich.

Die USA hatten mehrere Kriegsgefangenenlager für chinesische Soldaten eingerichtet, aber dieses hier war etwas Besonderes. Die Gefangenen, die hier festgehalten wurden, waren allesamt Offiziere und Mitarbeiter des chinesischen Ministeriums für Staatssicherheit. Das MSS war Chinas Pendant zu CIA, FBI und NSA – zusammengefasst in einer einzigen Institution.

Das streng geheime Gefängnis lag versteckt inmitten der sumpfigen Wildnis Floridas, weit ab von den interessanteren Ecken der weitläufigen Luftwaffenbasis Eglin. Selbst innerhalb des amerikanischen Militärs und der Geheimdienste wussten nur sehr wenige Menschen von der Existenz dieses Programms. Im Hangar selbst extrahierten erfahrene amerikanische Verhörspezialisten Informationen von chinesischen Spionen und rekrutierten Doppelagenten. Diejenigen, die überliefen, wurden Teil der Täuschungsaktionen. Auf diese Weise beeinflusste die CIA die chinesischen Geheimdienstinformationen, die zurück ins Mutterland flossen.

Ihr Wagen kam vor einem kleinen einstöckigen Gebäude

neben dem Hangar zum Stehen. Darin war nur eine einzige Person untergebracht. Die Wichtigste in Chases Augen. Diejenige, mit der alles begonnen hatte.

Nachdem sie eine mehrjährige Ausbildung an elitären MSS-Trainingsschulen absolviert hatte, war Lena Chou als Teenager in die Vereinigten Staaten gekommen. Sie zählte zu Jinshans besten Agenten. Als sogenannter Schläfer war sie mit einer neuen Identität in die USA eingereist. Eine Reihe von chinesischen Maulwürfen in der US-Regierung ermöglichten administratives Strippenziehen zu ihren Gunsten. Das führte schlussendlich dazu, dass Lena eine Stelle als CIA-Agentin bekam, in der sie sich exzellent bewährte. Chase hatte sie während einer gemeinsamen Stationierung in Dubai kennengelernt.

Ihre Beziehung ging schnell über die Arbeit hinaus. Sie verbrachten viele Nächte zusammen, schlürften mit Blick auf die Strände des Arabischen Golfs Champagner und liebten sich auf den weißen Laken der Hotelzimmer in Dubai.

Die ganze Zeit über hatte Lena für China spioniert. Und Chase benutzt, wie so viele andere auch.

„Hier entlang, Sir." Ein Wachposten führte sie durch einen Ganzkörperscanner.

Nachdem sie die Sicherheitskontrolle passiert hatten, folgte Chase David den Flur hinunter zu einem abgedunkelten Raum, der sich auf der Beobachterseite eines Spionspiegels befand. Sein Herz schlug schneller, als er im anderen Zimmer Lena erblickte. Sie machte Klimmzüge an einer an der Wand befestigten Stange, durchtrainiert wie ein Spitzensportler. Schweiß tropfte ihr von der Stirn. Die Verbrennungsnarben heilten langsam ab, aber sie zogen immer noch die Blicke auf sich; besonders jene, die seitlich an ihrem Gesicht herunterwanderte ... Chase fragte sich, ob sie ihm dafür die Schuld gab.

In ihrer Zelle gab es ein Doppelbett mit einem Nachttisch. Taschenbücher. Eine Toilette. Und eine Art leerer Rollwagen, der mit Stoff ausgekleidet war. Vielleicht für die Wäsche? Chase war sich nicht sicher.

„Willkommen zurück, Chase", sagte Susan leise. Sie war bislang die einzige Beobachterin, saß auf einem Plastikstuhl und ging handschriftliche Notizen durch. Sie zeigte auf die Stühle ihr gegenüber. „Nehmen Sie Platz, meine Herren."

Chase setzt sich. Er wollte Susan gerade erklären, wie leid es ihm tat, dass die Sache mit Rojas nicht geklappt hatte, als er von den Geschehnissen im Nebenraum abgelenkt wurde.

Susan studierte währenddessen sein Gesicht.

Durch den Spiegel konnte man sehen, wie sich Lenas Zellentür öffnete und drei Personen eintraten: zwei Wachmänner und jemand, der wie eine Krankenschwester aussah.

Letztere hatte ein Baby im Arm.

Die Krankenschwester reichte Lena das Kind, das diese ohne jedes Zögern entgegennahm und zu stillen begann, während die anderen warteten.

Chase blieb der Mund offen stehen. Er konnte nicht sprechen. Sein Gesicht war verzerrt, als er versuchte, sich einen Reim auf diese Szene zu machen. Er hatte Lena seit dem Tag ihrer Festnahme in Maryland vor etwas mehr als achtzehn Monaten nicht mehr gesehen.

Susan sagte schließlich: „Als Lena hier ankam, war sie schwanger."

Chase drehte sich um und sah Susan an.

Die musterte eingehend ihre Fingernägel. „Das Timing legt nahe, dass sie in Dubai schwanger wurde."

Chase blinzelte.

„Sie waren zu dieser Zeit auch in Dubai, richtig?"

Chase spürte, wie ihm die Gesichtszüge entglitten. Seine

Handflächen fingen an zu schwitzen. „Wollen Sie damit etwa sagen ...“

„Ja“, antwortete Susan schlicht.

Chase schüttelte immer wieder den Kopf. Er versuchte alles chronologisch durchzugehen, musste aber feststellen, dass seine Gehirnzellen nicht kooperierten. „Ich ... ich hatte keine Ahnung ...“

„Meine Herren, ich bin seit über dreißig Jahre bei der CIA. Es gibt einen Grundsatz, der überall auf der Welt Gültigkeit hat. Menschen können manchmal Vollidioten sein. Sie sind da keine Ausnahme.“

David hüstelte leise.

Chase sah seinen Bruder an. „Du hast davon gewusst? Willst du tatsächlich behaupten, dass ich der Vater dieses Kindes bin? Und du hast mir wie lange nichts davon gesagt – wie alt ist das Kind?“

Die Worte laut auszusprechen, machte es irgendwie realer. Chase stand auf, schaute durch den Spionspiegel und verspürte den Drang, das Baby genauer zu inspizieren.

Susan bemerkte: „Nur einige Auserwählte wissen von der Existenz dieses Kindes. *Sie* sollten es auf gar keinen Fall erfahren. Ich habe dafür gesorgt, dass David das weiß.“

Chase warf den beiden einen missbilligenden Blick zu, bevor er sich wieder zu Lena und dem Baby umdrehte. Als sie mit dem Stillen fertig war, reichte Lena das Baby wieder der Schwester, die ihm sachte auf den Rücken klopfte. Dabei erhaschte er einen Blick auf sein winziges Gesicht. Als die Krankenschwester das Baby anschließend in den ausgekleideten Wagen neben Lenas Bett legte, begriff Chase, dass es sich um ein Reisekinderbett handelte. Seltsamerweise starrte Lena stur in die andere Richtung, die Arme vor der Brust verschränkt.

„Warum tut sie das?“

Susan antwortete: „Das ist ihr normales Verhalten. Sie hat sich zwar bereit erklärt, das Kind zu stillen, will aber sonst nichts mit ihm zu tun haben. Drei Krankenschwestern teilen sich den Schichtdienst, und wir haben in den letzten sechs Monaten zwei psychologische Gutachten über Miss Chou erstellen lassen. Ihr Desinteresse an dem Kind bedeutet wahrscheinlich eines von zwei Dingen." Susan begann aus ihren Notizen vorzulesen. „... entweder eine starrsinnige Weigerung, sich von ihren Entführern instrumentalisieren zu lassen, oder eine echte Abneigung gegen ein mit dem Feind gezeugtes Mischlingskind."

Chases Gesicht verfinsterte sich. „Das soll ein Witz sein, oder? Dass sie derart manipuliert ist, dass sie –"

David fiel ihm ins Wort: „Wir wissen es wirklich nicht, Chase. Das ist einer der Gründe, warum wir dich hinzugezogen haben."

„Du hättest mir davon erzählen sollen. Wurde die DNA des Babys getestet?"

Susan nickte.

„Und?"

Sie nickte erneut.

Chase setzte sich wieder hin. „Heilige Scheiße."

Sie saßen einen Moment schweigend da. Chase rieb sich die Augen mit den Handflächen, dann sah er auf. „Das ist also *einer* der Gründe, warum man mich hierher gebracht hat. Was ist der andere?"

Susan antwortete: „Sie haben die Geheimdienstberichte gesehen, die besagen, dass Rojas immer noch in der Region ist?"

„In der Nähe von Peru, ja."

„Wir glauben, dass Rojas zur chinesischen Basis in Manta, Ecuador, gebracht wird. Die wurde ziemlich ausgebaut. Es handelt sich um dasselbe Lager, das Sie damals mit dem

Marine-Spezialkommando überfallen haben. Sie zwingen Rojas, dort in einer chinesischen Forschungseinrichtung zu arbeiten.“

„Sie wollen, dass ich eine Geiselbefreiung durchführe.“

„Nein. Die Chinesen haben dort inzwischen einen wesentlich größeren Einfluss, und er nimmt täglich zu. Wir haben nur sehr wenige Informationen über die Basis, weshalb das Ganze zu riskant wäre. Er würde wahrscheinlich getötet werden, ebenso wie das Einsatzkommando.“

„Also, was dann?“

„Aus Gesprächen mit unseren MSS-Gefangenen haben wir gefolgert, dass Lena mit dem chinesischen Militärteam, das das Projekt beaufsichtigt, früher zusammengearbeitet hat. Wir wollen die Möglichkeit ausloten, dass sie uns dabei assistiert. Wenn sie ihren früheren Status nutzen könnte, um Zugang zur Basis zu erhalten, kann sie Rojas‘ Aufenthaltsort verifizieren und uns die Informationen liefern, die wir für seine Befreiung brauchen. Sie könnte ihm sogar zur Flucht verhelfen, wenn sich die Situation ergibt. Unser oberstes Ziel lautet immer noch, Rojas zu extrahieren und in die USA zu bringen.“

Chase schüttelte den Kopf. „Susan, bei allem Respekt ... schauen Sie sie an. Warum sollte Lena uns jemals freiwillig helfen?“

Susan hielt ihre Notizen hoch. „Weil dieses psychologische Gutachten absoluter Schwachsinn ist. Ich glaube, sie hängt an dem Kind. Und diesen Umstand werden wir uns zunutze machen.“

10

Das Sicherheitspersonal und die Krankenschwester verließen den Raum und nickten Chase zu, als sie ihm vor Lenas Tür begegneten. Einer der Wachmänner sagte: „Wir werden auf dem Flur Position beziehen."

Chase nickte und betrat Lenas Zelle. Das Baby schlief in dem Reisebett. Lena saß auf dem Boden vor ihrem Bett und machte Dehnübungen. Nach einem kurzen überraschten Aufblitzen in ihren Augen betrachtete sie Chase ruhig. Sein Blick wanderte zwischen ihr und dem Kind hin und her. Er ging ein paar Schritte auf das Bettchen zu und beobachtete, wie sich der kleine Brustkorb des Babys beim Schlafen hob und senkte.

Lena schüttelte den Kopf und schnalzte mit der Zunge. „Tut mir leid, dass sie dir nicht Bescheid gesagt haben." Ihm wurde klar, dass sie in seinem Gesicht las und sich gleich an die Arbeit machte: der Suche nach Schwachstellen.

Lena stand auf. Mit ihren fünf Fuß zehn war sie nur ein paar Zoll kleiner als Chase. Als sie einen Schritt auf ihn zumachte, spannte er instinktiv alle Muskeln an. Sie legte den Kopf schief und lächelte, dann setzte sie sich auf ihr Bett.

Sie fragte: „Ich soll also etwas für euch tun?"

Chase beugte sich über das Kinderbett. Er wusste, dass Susan und sein Bruder auf der Rückseite des Spiegels zusahen, gemeinsam mit dem Armeepsychologen und zwei weiteren Beobachtern von der CIA. Trotzdem konnte er nicht anders; diesen winzigen Menschen persönlich zu sehen, haute ihn fast um. Chase hatte Mühe, sich an das Coaching zu erinnern, das er nur wenige Augenblicke zuvor erhalten hatte.

Er sah zu ihr auf. „Wie heißt er?"

„Hat man dir gesagt, dass du das zuerst fragen sollst?"

Chase runzelte die Stirn. „Warum willst du ihm keinen Namen geben?"

„Wir können das jetzt gleich tun. Lass uns gemeinsam einen Namen aussuchen, Liebling."

In ihrer Stimme lag Bosheit. Sie strich eine Strähne von ihrem langen schwarzen Haar hinters Ohr, dann fuhr sie mit den Fingerspitzen über die Narbe an der Seite ihres Gesichts und beobachtete seine Reaktion.

„Die Show kannst du dir sparen", sagte Chase.

Sie zuckte mit den Schultern und lehnte sich auf dem Bett zurück, wobei sie sich auf ihre Ellbogen aufstützte. Sie schlug die Beine übereinander, die über die Bettkante hingen. Ein Fuß wippte rhythmisch in der Luft. Chase fand, dass ihre Augen denen einer großen Raubkatze ähnelten.

Er realisierte, dass sie aus seiner Anwesenheit Kraft schöpfte. Vor wenigen Minuten hatte sie durch die Glasscheibe noch gleichgültig gewirkt. Aber jetzt hatte sie einen Gefährten. Oder einen Gegner. Oder eine Beute.

Lena sagte: „Komm zur Sache, Chase. Worum geht es?"

„Hilf uns, jemanden in chinesischem Gewahrsam zu finden und in die USA zu bringen."

„Wen?", fragte sie.

„Einen Wissenschaftler."

„Was soll ich tun?"

„Sie wollen, dass du mich und ein kleines Team begleitest.
Und zu ein paar alten VBA-Kollegen Kontakt aufnimmst, uns
mit Informationen versorgst und hilfst, wo du nur kannst."

Lena hob eine Augenbraue. „Du machst wohl Witze."

„Keinesfalls."

„Dann müssen sie ziemlich verzweifelt sein."

Chase lächelte. „Es ist sehr wichtig."

„Wichtig genug, um meine Flucht zu riskieren?"

„Natürlich würden wir Vorsichtsmaßnahmen ergreifen."

Lena musterte ihn. „Einen Peilsender? Den werde ich los.
Ein Implantat? Das schneide ich heraus. Oder lasse es von
einem chinesischen Chirurgen entfernen."

Sein Blick schweifte zu dem Kind und dann zu Lena
zurück.

Diese setzte sich auf und schüttelte den Kopf. „Lass gut
sein. Ich hab dir doch gesagt, dass das nicht funktioniert."

„Du machst dir also keine Sorgen um sein Wohlergehen?"

Sie lehnte sich nach vorne und starrte ihn ausdruckslos
an. „Nein. Das tue ich wirklich nicht."

Chase spürte, wie ihm die Röte ins Gesicht stieg. „Warum
stillst du ihn dann?"

Sie zuckte mit den Schultern. „Eine geschäftliche
Vereinbarung."

Er holte tief Luft und versuchte, die Ruhe zu bewahren

Lena fuhr fort: „Du kannst mir also nichts anbieten und
dein einziges Druckmittel ist ein erbärmlicher Appell an
meinen nicht vorhandenen Mutterinstinkt. Wenn deine
Vorgesetzten mir erlauben, mit dir gemeinsam eine Operation
durchzuführen, werde ich wahrscheinlich entkommen. Und
ich werde die Chinesen wissen lassen, wie wichtig dieser
Wissenschaftler für euch ist. Das muss dir doch klar sein."
Lena nickte in Richtung des Spiegels. „Collinsworth weiß das

garantiert, sie beobachtet uns durch das Glas. Warum also bist du wirklich hier?"

Chase stellte sich bereits die gleiche Frage ...

Bevor er antworten konnte, sprach Lena weiter: „Ah. Du bist hier, weil euch der Arsch auf Grundeis geht. Es ist etwas Großes passiert, nicht wahr? Das ist es, was du mir verschwiegen hast. Und was immer dieser Wissenschaftler hat, kann das Blatt noch wenden. Das denkt ihr zumindest. Chase, du solltest wissen, dass nichts, was ihr tut, von Bedeutung sein wird. Wir haben jedes Szenario durchgespielt. Ihr zögert nur das Unvermeidliche hinaus."

„Immer noch eine Überzeugungstäterin, was?"

Lenas Augen wurden schmal. „Ja, das bin ich. Verschwende also besser nicht noch mehr von deiner Zeit. Denn sie ist endlich."

Chase warf einen letzten Blick auf das Kind und seufzte. Dann klopfte er an die Tür, die daraufhin aufging. Er verließ den Raum und machte die Tür hinter sich zu.

Chase ging um die Ecke und betrat den Beobachtungsraum.

Der psychologische Gutachter sagte gerade: „Leute, das haben wir doch schon alles besprochen. Sie ist wie ein Roboter. Sie hat dem Kind keinen Namen gegeben. Sie sieht es nicht an. Sie füttert es nur und gibt es dann der Schwester zurück. Ihr seid auf dem Holzweg."

„Wenn sie sich nichts aus dem Baby macht, warum ist sie dann bereit, es zu füttern?", wandte Chase ein.

Der Psychologe sagte: „Das war eine unserer ersten Abmachungen nach der Geburt. Lena wollte Bücher und Sportgeräte. Wir sagten ihr, dass sie im Gegenzug das Kind stillen müsse. Das war ihre Idee." Dabei zeigte er auf Susan.

Chase fragte: „Ihr liegt also wirklich nichts an ihrem eigenen Kind?"

David antwortete: „Da bin ich mir nicht so sicher. Wenn sie wirklich von hier wegwollte, warum ist sie dann so darauf erpicht, uns auf das Fluchtrisiko hinzuweisen? Wenn sie tatsächlich fliehen oder die Freiheit wollte, müsste sie doch einfach nur mitspielen. Lena war schon immer hinterlistig. Warum sollte das jetzt anders sein?"

„Also, was dann?", fragte Chase. „Sie will hierbleiben?"

Susan und David nickten beide.

David meinte: „Ich denke, wir sollten –"

Chase hielt eine Hand hoch. „Pst! Warte. Hört ihr das?"

Der Raum wurde still.

In der Ferne erklang das Heulen einer Sirene, kaum lauter als das Summen der Klimaanlage.

„Ist das ... ist das etwa der Fliegeralarm?"

———————

Der Angriff wurde von chinesischen Tarnkappenbombern und U-Booten eingeleitet.

Drei dieser Bomber vom Typ H-20 waren zwei Tage zuvor in China gestartet. Ihr letzter Tankstopp hatte auf der von den Chinesen unterhaltenen Militärbasis in Manta, Ecuador, stattgefunden.

Der H-20 war ein ehrgeiziges und hochgeheimes Projekt, das den amerikanischen Stealthbomberprogrammen B-2 und B-21 nachempfunden war. Er war langsamer als ein Überschallbomber wie etwa die amerikanische Rockwell B-1, aber dafür getarnt und in der Lage, eine große Nutzlast an Langstrecken-Marschflugkörpern zu tragen. Diese speziellen Flugzeuge waren mit der neuesten Generation elektronischer Marschflugkörper für Landziele bestückt. Und diese schickten

die Chinesen von einer Position hundert Meilen nördlich von
Venezuela auf die Reise.

In den Jahren vor dem Kriegsausbruch wären die Zieldaten dieser ankommenden Raketenspuren von Signalaufklä-
rungssatelliten erkannt und über verschlüsselte
Datenverbindungen an alle amerikanischen Flugabwehr-
kräfte weitergeleitet worden. Aber in dem zwischen China
und Amerika herrschenden Krieg waren die Tage der uneingeschränkten Satellitenkommunikation vorbei. Jetzt stützte
sich der Datenlink des US-Militärs auf ein Flickwerk aus halbwegs zuverlässigen Drohnen und Sichtverbindungen.

Die elektronischen Störeinrichtungen der Marschflugkörper beeinträchtigten die Radare und führten Cyberan-
griffsmaßnahmen durch. Der Effekt war vergleichbar mit
dem Vorgehen eines offensiven Lineman einer Football-
mannschaft, der einen Running Back schützt und ihm den
Weg frei macht – sie schafften ein „schwarzes Loch" aus
deaktivierten Radarsystemen und Luftverteidigungsnetz-
werken und bereiteten den Weg für das, was als Nächstes
kam.

Die zweite Welle von Marschflugkörpern wurde von einer
anderen Bomberabteilung südlich von Kuba losgeschickt.
Anschließend drehten die Tarnkappenflugzeuge wieder um,
ihr Teil der Mission war erledigt. Zu diesem Angriff aus der
Luft gesellten sich Flugkörper, die von zwei U-Booten der
Shang-Klasse (Typ 093) abgeschossen wurden, die beide im
Wassergebiet südlich von Panama-Stadt in Florida lagen. Von
den vertikalen Abschusssystemen beider U-Boote wurden
jeweils zwölf Marschflugkörper gestartet. Der ohrenbetäu-
bende Radau alarmierte nahe gelegene Sonar-Überwa-
chungsstationen sowie ein patrouillierendes U-Boot der Los
Angeles-Klasse. Die chinesischen U-Boote hatten mit dem
erfolgten Abschuss zwar ihr eigenes Todesurteil unterschrie-

ben, aber es konnte nicht mehr verhindert werden, dass die
Waffen ihre Ziele erreichten.

Die vierundzwanzig U-Boot-gestützten Marschflugkörper
veranstalteten mit dem Dutzend, das von den H-20-Bombern
abgefeuert wurde, einen Wettlauf in Richtung der Eglin Air
Force Base. Jeder einzelne für den Angriff auf ein bestimmtes
Ziel programmiert. Drei der Flugkörper waren mit Streu-
bomben bestückt und hatten die Landebahnen im Visier.
Andere schlugen in Hangars, Kommandozentralen, Waffen-
bunker und Treibstoffdepots ein.

Die Hälfte war für das wichtigste Ziel reserviert: eine
Gruppe von alten Hangars und Gebäuden auf der anderen
Seite des Luftwaffenstützpunkts.

Chase und die anderen sprangen von ihren Stühlen auf und
hasteten in den Flur. Ein Sicherheitsbeamter der Air Force
kam im Laufschritt auf sie zu, seine Schritte hallten auf dem
Linoleumboden.

Er gestikulierte wild und rief: „Wir werden angegriffen!
Gehen Sie zurück in den Raum."

Auf ein entferntes Donnergrollen in der Ferne folgte ein
weiteres ... dann noch eins ... Daraus wurde ein gewaltiges
Dröhnen, jetzt viel näher, das sich alle paar Sekunden wiederholte. Die Gruppe rannte in dem Moment zurück in den
Beobachtungsraum, als eine Explosion das Fundament des
Gebäudes erschütterte. Feiner Putz rieselte von der Decke
herab. Ein interner Feueralarm ertönte und die Sprinkleran-
lage setzte ein. Die Detonationen kamen jetzt pausenlos.
Ohrenbetäubend. Der Boden bebte. Chase quetschte sich
unter die Holzbank.

Der Angriff dauerte etwa drei Minuten und war so plötzlich wieder vorbei, wie er angefangen hatte.

„War es das?", fragte David.

Chase stand auf und klopfte sich den Staub aus der Kleidung.

Susan nahm ein Telefon in der Ecke des Raums ab und legte den Hörer dann wieder auf. „Nichts. Die Leitungen müssen beschädigt sein."

David winkte, um ihre Aufmerksamkeit zu erregen. „Leute. Hey. Seht euch das an."

Alle Augen folgten seinem Zeigefinger. Durch den Spionspiegel war Lena in der Ecke ihres Zimmers zu sehen: mit dem Baby im Arm. Sie beruhigte das weinende Kind, schaukelte es, ihr Gesicht an das des Babys gedrückt. In ihren Augen standen Tränen.

11

Der Transporter fuhr auf dem I-10 in westlicher Richtung. Die Insassen wurden von drei zivilen Sicherheitsfahrzeugen eskortiert, von denen eines die örtliche Strafverfolgungsbehörde gestellt hatte. In den beiden anderen saßen CIA-Beamte, Sicherheitskräfte der US-Luftwaffe sowie eine Krankenschwester.

Während Rettungskräfte noch Leichen aus den schwelenden Gebäuden der Militärbasis zogen, führten sie einen Gefangenentransport durch. Er konnte nicht warten.

Die sichere Unterkunft war eine große Jagdhütte, die versteckt im Kiefernwald von Alabama lag. Die Fahrzeuge parkten auf der Kiesauffahrt und die Sicherheitskräfte bezogen umgehend ihre Positionen an der äußeren Umzäunung.

Die Krankenschwester kümmerte sich um das Baby, während Chase, Susan und Lena sich um einen kleinen Küchentisch versammelten. David war nicht mitgekommen – seine Familie lebte auf dem Stützpunkt und er musste sich nach dem Angriff vergewissern, dass es ihnen gut ging.

Über dem Tisch hing eine kahle Glühbirne und tauchte

den Raum in ein warmes, gelbes Licht. Chase machte Kaffee und reichte Lena eine Tasse.

Nachdem sie einen Schluck getrunken hatte, sagte Lena: „Du musst mir versprechen, dass das Kind in Sicherheit ist und gut versorgt wird."

Susan antwortete: „Natürlich. Wir –"

Lena starrte Susan an. „Nicht Sie. Ihnen traue ich nicht. Ich spreche mit *ihm*."

Sie sah Chase an.

Er nickte. „Ich werde dafür sorgen."

Lena bemerkte: „Wenn ich mitmache, werde ich mein Kind wahrscheinlich nie wiedersehen." Ihre Stimme war sanft.

Susan und Chase schwiegen.

Dann, als ob sie einen Schalter umgelegt hätte, verhärtete sich Lenas Miene. Sie stützte die Ellbogen auf den Tisch, presste die Finger zusammen und erklärte: „Dann wollen wir mal loslegen."

In den vergangenen Monaten hatte man Lena über die geopolitischen Entwicklungen und den Fortgang des Krieges im Dunkeln gelassen. Sie hatte nur das erfahren, was Susans Team für angebracht gehalten hatte. Jetzt brachte die Task-Force-Leiterin sie auf den neuesten Stand des Weltgeschehens. Lena hörte sehr konzentriert zu.

Als Susan fertig war, fragte sie: „Der Angriff auf unsere Basis heute – warum findet das gerade jetzt statt?"

Lena schüttelte den Kopf. „Was passiert sonst noch auf diesem Stützpunkt?"

Susan blieb stumm.

Lena verdrehte die Augen. „Na schön. Lassen Sie mich raten. Ich denke, dass Sie ein doppeltes Spiel spielen. Sie halten sich dort garantiert *nicht* auf, um Ihre ganze Zeit mit mir zu verplempern. Also haben Sie wahrscheinlich noch einen Haufen weiterer MSS-Agenten in anderen Gebäuden untergebracht."

Chase zog eine Augenbraue hoch und sah Susan an, die nicht reagierte.

Lena lächelte. „Ich habe den Nagel also auf den Kopf getroffen?"

Chase sagte: „Die Frage bleibt dennoch, warum Jinshan diese Basis ausgerechnet jetzt bombardiert."

Lena schüttelte erneut den Kopf. „Das würde er nicht tun."

Chase runzelte die Stirn.

Lena sah Susan an. „Jinshan war an der Planung dieses Angriffs keinesfalls beteiligt. Er hätte dafür gesorgt, dass er vernünftig ausgeführt wird. Das bedeutet einen Waffeneinsatz, der nach Art und Umfang angemessen ist."

„Der Angriff war nicht angemessen?"

„Nein."

„Wie kommen Sie darauf?"

Lena sagte: „Weil ich noch am Leben bin."

Es war einen Augenblick still, bevor Lena weitersprach. „Wenn Jinshan an der Planung nicht beteiligt war, kann das nur zwei Dinge heißen: Entweder ist er tot oder sehr geschwächt. Was trifft zu?"

Susan erwiderte: „Laut unserer Quellen hat er sich einer hochdosierten Chemotherapie unterzogen, aber der Krebs ist trotz dieser Behandlungen weiter fortgeschritten. Es wird erwartet, dass er in drei bis sechs Monaten stirbt."

Lena lehnte sich in ihrem Stuhl zurück, ihr Blick wurde weicher.

„Waren Sie eng mit ihm befreundet?", erkundigte sich Susan.

Lena ignorierte die Frage. „Es gibt einen Machtkampf um seine Nachfolge."

„Es gibt einen Machtkampf. Aber nicht um die Nachfolge

von Jinshan. Für diese Rolle hat bereits er jemanden bestimmt."

Lena schaute skeptisch. „Wen?"

„Einen Politiker namens Ma Lin. Er ist jung. Erst fünfundvierzig. Jinshans neuer Lehrling, sagt man."

Lena durchforschte ihr Gedächtnis. „Ich habe den Namen schon mal gehört. Sein Vater sitzt im Ständigen Ausschuss des Politbüros."

„Nicht mehr. Der Vater hat sich zurückgezogen. Nun ist der Sohn Mitglied im Ständigen Ausschuss. Er hat Jinshans Gunst gewonnen."

Lena schüttelte den Kopf. „Es wird trotzdem einen Machtkampf geben. Vielleicht nicht um die Nachfolge, aber um Einfluss."

Susan nickte. „Sie haben recht. Wir haben Informationen, die darauf hindeuten, dass Ma einen Vizepräsidenten ernennen wird."

Lena sagte: „Angesichts dessen, wie jung und unerfahren Ma ist, wird dieser Berater wahrscheinlich viel Kontrolle übernehmen. Es gibt nur zwei Männer, die über genug Macht und Einfluss verfügen, um diese Position zu bekleiden. Ich nehme an, dass sie um dieses Amt konkurrieren werden."

Susan fragte: „Haben Sie eine Idee, wer sie sind?"

„Einer ist der Minister für Staatssicherheit, Minister Dong. Kennen Sie ihn?"

„Natürlich", antwortete Susan.

Lena fuhr fort: „Er ist ein weiterer Favorit von Jinshan. Er ist nach außen hin loyal, weil er verstanden hat, dass er so auftreten muss. Ich vermute, seine wahren Beweggründe sind komplexer."

„Wer ist der andere?", erkundigte sich Chase.

„General Chen."

Susan machte einen Laut, der Überraschung und Interesse ausdrückte.

Chase sah von einer Frau zur anderen. „Tut mir leid, aber warum ist das so wichtig?"

Lena sah Chase an. „General Chen ist mein biologischer Vater."

Chase legte den Kopf in den Nacken. „*Oh.*"

Lena wandte sich gedankenverloren ab. „Dieser Angriff trägt die Handschrift von General Chen. Unvorhersehbar. Schmerzhaft für die USA, aber weder besonders strategisch noch wirklich effektiv. Mein Vater hat mehr Talent für Hinterzimmerabsprachen als für das Aufstellen von Militärtaktiken. Ich vermute, dass dieser Angriff auf Befehl von General Chen und ohne Wissen von Jinshan erfolgte."

„Warum sollte er das tun?", wollte Chase wissen.

„General Chen ist nur auf seinen persönlichen Vorteil bedacht. Allein das treibt ihn an. Ihm wird bewusst sein, dass nach Jinshans Tod ein politischer Wandel eintreten wird. General Chen wird Risiken eingehen, um den jungen Thronfolger Ma zu beeindrucken." Lena hielt kurz inne, bevor sie weitersprach: „Jinshan ist ein Intellektueller. Mit seiner Vorgehensweise verfolgt er eine Strategie. Er wird den Einsatz von Massenvernichtungswaffen vermeiden. Und er wird der amerikanischen Bevölkerung so wenig Schaden wie möglich zufügen und dennoch seine Ziele erreichen wollen. Wenn dieser junge Politiker Ma sein auserwählter Nachfolger ist, ähnelt er ihm vom Wesen und der Denkart her wahrscheinlich."

Chase warf ein: „Jinshan hat den Dritten Weltkrieg angezettelt. Das klingt nicht nach jemandem, der die Opferzahlen niedrig halten will."

Lena warf Chase einen eisigen Blick zu. „Es könnte immer

noch schlimmer sein. Jinshan erachtet jede seiner Handlungen als erforderlich, um sein Endziel zu erreichen."

„Und was ist das?"

„Jinshan will eine neue globale Regierungsform erschaffen, angeführt von China. Er wird alles tun, um eine unterdrückerische Militärbesatzung zu vermeiden. Er will eine friedliche Kapitulation der Amerikaner erreichen. Er wird keine vernichtenden Angriffe auf die amerikanische Bevölkerung gutheißen. Wenn sich seine Pläne verwirklichen, werden die Amerikaner das Ende des Krieges eines Tages begrüßen, ungeachtet der Zugeständnisse, die das erfordern wird. Deutschland und Japan kurz nach dem Zweiten Weltkrieg sind gute Beispiele dafür – amerikanische Militärbasen in zwei Ländern, denen es verboten war, ein stehendes Heer zu unterhalten. Jinshan zielt auf ein ähnliches Ergebnis ab, nur eben mit chinesischen Streitkräften in den USA. Irgendwann wird das Land seinem Wunschbild entsprechen."

Chase widersprach: „Ich kann mir nicht vorstellen, dass Amerikaner jemals eine Kapitulation begrüßen werden. Diese EMPs haben das halbe Land lahmgelegt. Hunderttausende sind umgekommen und wir können von Glück sagen, dass es nicht mehr waren. Wenn das der amerikanischen Bevölkerung keinen Schaden zugefügt haben soll, was dann?"

Lena antwortete: „Er hätte zum Beispiel auch Städte mit Atomwaffen angreifen können ... Aufgrund seiner Desinformationskampagnen stellen inzwischen wahrscheinlich viele Bürger die amerikanische Regierung infrage. Irgendwann könnte die Stimmung in der Bevölkerung kippen. Wäre es wirklich so schlimm, einen wohlwollenden chinesischen Führer zu haben, wenn dafür wieder Essen auf dem Tisch stünde?"

Chase lief rot an.

„Lena, wie wird sich die Einflussnahme beider Männer Ihrer Meinung nach auf Ma auswirken?", hakte Susan nach.

Lena lächelte. „Das ist die richtige Frage in diesem Kontext. Ich vermute, dass Jinshan Ma ausgewählt hat, weil er Qualitäten eines idealistischen Anführers besitzt. Er wird utilitaristische Entscheidungen treffen und gegen Bestechungs- oder Korruptionsversuche immun sein. Aber seine Ehrbarkeit und Unschuld sind auch seine Schwächen. Minister Dong und General Chen hingegen sind stark. Meiner Meinung nach wird Ma letztendlich die Marionette sein, deren Fäden von Minister Dong oder General Chen gezogen werden."

„Unsere Analysten sagen, dass Dong die größeren Chancen hat."

Lena nickte. „Das ist gut. Wenn Dong Mas Nummer zwei wird, werden sie wahrscheinlich versuchen, Jinshans langfristigen Plan zur Beendigung des Krieges umzusetzen. China wird seinen Machtanspruch weiterhin durchsetzen und einen Belagerungszustand herbeiführen. Sie werden rund um die USA so viel Territorium besetzen wie nur möglich. Letztendlich wird Amerika freiwillig kapitulieren."

Chase fragte: „Und was ist mit General Chen? Was ist, wenn er Vizepräsident und damit Mas Hauptberater wird?"

„Das wäre ein wesentlich brisanteres Szenario", antwortete Lena.

12

Peking, China

General Chen nahm gegenüber von Staatssicherheitsminister Dong am Esstisch Platz. Keiner der beiden Männer sprach.

Es gab vier Gedecke, eines für jeden der mächtigsten Männer Chinas. Die Tür öffnete sich und der Vorsitzende Jinshan, der chinesische Präsident, kam in den Raum gehumpelt. Seine Leibwächter bezogen in der Nähe Stellung. Zuletzt folgte sein Lehrling, Staatssekretär Ma. General Chen konnte noch immer nicht glauben, dass Jinshan diesen jungen Politiker als seinen Nachfolger auserkoren hatte. Er hatte diese Ehre wirklich nicht verdient.

General Chen studierte Jinshan und seinen Wunschkandidaten, als diese sich näherten. Der alte Mann würde dem Krebs bald erliegen. Er sah von Tag zu Tag mitleiderregender aus. Ma hingegen wirkte robust und strahlte Würde und Anmut aus. Er hatte die unschuldigen Augen eines Lammes, das zur Schlachtbank geführt wurde.

Die Chemotherapie von Jinshan zeigte keine Wirkung mehr. General Chen wusste, dass dies der Auslöser für Chinas

jüngstes Erwachen aus seinem militärischen Winterschlaf
war. Der Angriff auf Südamerika erfolgte nach einem Jahr
Dornröschenschlaf, in dem ein Kalter Krieg geherrscht hatte,
der die amerikanisch-sowjetische Feindschaft vergleichsweise
harmlos aussehen ließ.

Jinshan wollte sein ehrgeiziges Vorhaben vollendet sehen,
bevor er starb. Wie lange hatte er noch? Einen Monat? Höchs-
tens zwei.

Seit einem Jahr wetzten die Politiker ihre Messer in Erwar-
tung des Machtkampfs, der nach Jinshans Ableben ausbre-
chen würde. Obwohl sein Nachfolger nun feststand, blieb
vieles ungeklärt. Ma war ein junger Mann. Er hatte wenig
Lebenserfahrung und kannte die Spielregeln noch nicht.
Wenn eine Führungspersönlichkeit mit genügend Macht und
Einfluss als Vizepräsident nominiert würde, blieb für Ma die
Rolle der Galionsfigur. Es gäbe so viele Möglichkeiten ...

Als die Neuankömmlinge an den Tisch herantraten,
erhoben sich General Chen und Minister Dong von ihren
Plätzen, verbeugten sich höflich und begrüßten Jinshan herzlich. Für Ma hingegen hatten beide Männer nur ein aufge-
setztes Lächeln übrig.

Nachdem sich alle hingesetzt hatten, wurden Höflich-
keiten ausgetauscht. Minister Dong, der Zeitverschwendung
hasste, bereitete dem ein Ende.

„Ihr Angriff war plump und unklug", sagte er und sah
General Chen direkt an.

„Ich habe ein Problem gelöst", entgegnete dieser.

„Ohne irgendjemanden im Vorfeld zu konsultieren?"

„Der Vorsitzende Jinshan hat meinen Befehlshabern auf
dem Schlachtfeld Spielraum eingeräumt, um notfalls schnelle
Entscheidungen treffen zu können."

„Aha, also haben Ihre Untergebenen den Angriff auf den
Stützpunkt in Florida selbstständig gestartet? Nicht Sie?

Meine Agenten waren dabei, wichtige Informationen einzuholen. Vorbereitende Maßnahmen, die für unsere Kriegsanstrengungen entscheidend sein werden. Mit dieser überstürzten Aktion haben Sie mit einem Schlag mehrere Operationen ruiniert", bemerkte Dong spitzfindig.

General Chen erklärte: „Ihre Spione wurden festgenommen und in diesem amerikanischen Gefangenenlager verhört. Deren Aufenthaltsort wurde während des letzten Satelliten-Massenstarts enthüllt. Ich musste schnell handeln, um Ihr Chaos aufzuräumen. Wollten Sie den Amerikanern etwa weiterhin erlauben, uns zu täuschen?"

Dong sah verärgert aus. „*Durchaus.* Denn so wird dieses Spiel nun mal gespielt."

General Chen lachte und klopfte Ma auf die Schulter. „Nun, Staatssekretär Ma, diesen Trick beherrschen alle Geheimdienstler. Sie tun gerne so, als seien ihre Misserfolge in Wirklichkeit einkalkulierte Fallstricke für den Feind. Das entbindet sie von jeglicher Schuld."

Ma sah leicht amüsiert aus. „Ich verstehe."

Der Vorsitzende Jinshan warf ein: „General Chen, auch Sie haben in der Vergangenheit Fehler gemacht."

Minister Dong nickte. „Ganz richtig. Staatssekretär Ma, Sie erinnern sich doch sicher daran, dass wir aufgrund der Ungeduld des Generals bei einem gescheiterten Angriff auf Hawaii zwei Flugzeugträger verloren haben?"

General Chen senkte den Kopf und warf Staatssekretär Ma einen verstohlenen Blick zu. „Unter meiner Führung landen in diesem Moment militärische Transportschiffe in Südamerika."

Dong grunzte. „Meine Organisation war maßgeblich daran beteiligt, den Grundstein für die Besetzung Südamerikas zu legen. Das können Sie sich wahrlich nicht an die Brust heften."

General Chen erwiderte: „Und was unseren Rückschlag im Pazifik betrifft – der wäre ausgeblieben, wenn unser Minister für Staatssicherheit nicht so unvorsichtig gewesen wäre, unsere Pläne in Hörweite des Mobiltelefons seiner Sekretärin auszuplaudern, nicht wahr?"

„Sie wissen, dass es sich so nicht abgespielt hat."

Staatssekretär Ma wirkte verwirrt. „Ihr Mobiltelefon, Minister Dong?"

General Chen grinste, erfreut über die Gelegenheit, Salz in die Wunde zu streuen. „Ah, ich verstehe, Staatssekretär Ma, diese Informationen waren ihnen noch nicht bekannt. Sehen Sie, amerikanische Agenten hatten sich in das Mobiltelefon von Minister Dongs Sekretärin gehackt und es in ein elektronisches Abhörgerät verwandelt. Als unsere militärische Cyberabwehr den feindlichen Zugriff schließlich aufdeckte, war der Schaden bereits angerichtet."

Ma sah Minister Dong an. „Ich verstehe."

General Chen setzte nach: „Es war sehr peinlich."

Minister Dong schüttelte den Kopf. „Ja, und es hat General Chen damals davor bewahrt, nach seiner Niederlage bei der Schlacht am Johnston-Atoll der alleinige Sündenbock zu sein."

Der Vorsitzende Jinshan hob die Hand. „Meine Herren, es reicht." Er gab einem seiner Bediensteten ein Zeichen, der daraufhin die Tür zur Küche öffnete. Das Personal des Kochs rollte Servierwagen mit dem Abendessen herein. Es gab chilenischen Seebarsch, gebratene Ente, sautiertes Gemüse und gekühlten Weißwein. General Chen hatte sich über die Jahre daran gewöhnt, gut zu speisen. Jinshans persönliche Köche, die er in der ganzen Welt rekrutiert hatte, enttäuschten nicht.

Nachdem einer der Angestellten ihre Weingläser gefüllt hatte, hob Ma seines zum Toast. „Meine Herren, ich glaube, es gibt einen Grund zum Feiern. Südamerika und alle seine Ressourcen befinden sich nun unter chinesischer Kontrolle."

Minister Dong und General Chen stießen vorsichtig mit ihren Gläsern an und beäugten sich gegenseitig, während sie an ihrem Wein nippten.

Jinshan stellte sein Glas auf den Tisch und die Männer begannen zu essen. Die Themen kreisten um Strategie und Statusberichte. General Chen wusste, dass dieses Essen – trotz des feinen Porzellans und der exquisiten Küche, die eines Sternerestaurants würdig waren – in Wirklichkeit nur eine Art Vorsprechen für die Rolle des Vizepräsidenten war. Jinshan gab Ma die Möglichkeit, die beiden Kandidaten kennenzulernen, die ihm in Kriegszeiten die besten Ratgeber wären.

Jinshan erkundigte sich: „Wie ist der Satellitenstart verlaufen? Was kam dabei heraus?"

General Chen ließ seine Gabel sinken. „Der Massenstart verlief sehr gut, Vorsitzender Jinshan. Die Bilder lieferten uns das dringend benötigte Update über die Bewegungen der amerikanischen Streitkräfte. Genaue Informationen und Aufklärungsmaterial waren in letzter Zeit schwer zu bekommen." Er sah Dong an, der ihn wütend anfunkelte.

„Wie Sie, Herr Vorsitzender, vorhergesagt haben, verschafft uns unser Weltraumbahnhof in der Nähe von Wenchang einen unmessbaren Vorteil", erklärte Dong. „Wir sind jetzt in der Lage, in großem Stil Minisatelliten-Konstellationen für Überwachungszwecke zu viel niedrigeren Kosten zu starten. Und wir sind dabei, diese Fähigkeit weiter auszubauen. Unter meiner Leitung wird China schon bald eine Wiederherstellung des Satelliten-Datenlinks erleben. Wenn sie in den Kampf ziehen, werden sich unsere Streitkräfte wieder auf globale Positionsbestimmung, Zielerfassung und Kommunikationsnetze verlassen können."

General Chen bemerkte: „Ja, aber das Hauptproblem ist

nach wie vor nicht gelöst: Die Amerikaner zerstören diese Satelliten jedes Mal innerhalb weniger Tage."

Minister Dong erwiderte: „Und wir zerstören ihre innerhalb von Stunden. Wir haben im Bereich Kommunikation und Überwachung die Nase vorn, General. Wenn unsere Streitkräfte von Süd-nach Nordamerika vorrücken, werden sie die US-Verbände am Boden bekämpfen. Aber unsere VBA-Truppen werden mit feindlichen Zielinformationen versorgt sein, die ihnen aus dem All zur Verfügung gestellt werden. Auf demselben Schlachtfeld werden die Vereinigten Staaten hingegen im Dunkeln tappen."

General Chen schnaubte. „Sie tappen nicht im Dunkeln. Sie haben Drohnen und Überwachungsflugzeuge, genau wie wir. Und sie arbeiten an denselben ISR-Satellitenfähigkeiten."

Minister Dong wandte ein: „Wir sind ihnen in dieser Hinsicht um Meilen voraus, dank der Investitionen in unser Kosmodrom Wenchang."

Ma schaute neugierig. „Und was macht diese neue Fähigkeit so mächtig, Minister Dong?"

„Der neue Weltraumbahnhof nutzt Dutzende von wiederverwendbaren Trägerraketen, um die Kosten pro Start zu senken. Jede Rakete kann zahlreiche Minisatelliten ins All befördern. In Kombination mit dem Vormarsch unserer Streitkräfte auf den amerikanischen Kontinenten wird unser Vorteil erheblich und nachhaltig sein."

Jinshan nickte. „Das ist der Wendepunkt. Gute Arbeit."

Dong nahm einen Schluck von seinem Wein. „Nur schade, dass unsere U-Boote in der Nähe der US-Küste nicht mehr daran teilhaben können."

Ma fragte: „Was meinen Sie damit?"

Dong tat erstaunt. „Es tut mir leid, ich dachte, Sie wären informiert. Bei dem Angriff, den General Chen veranlasst hat, wurden die einzigen beiden U-Boote eingesetzt, die wir in der

Nähe der Vereinigten Staaten positioniert hatten. Da sie den Befehl erhielten, ihre Marschflugkörper abzuschießen, haben sie zwangsläufig ihre Stellungen verraten. Die amerikanische Marine hat beide Schiffe versenkt. Alle anderen U-Boote haben den Auftrag, unsere Konvois zu beschützen, die momentan den Pazifik überqueren."

In Jinshans Augen blitzte Zorn auf, was sehr selten vorkam. Er wandte sich an General Chen. „Ihr voreiliges Handeln hat uns der einzigen beiden U-Boote beraubt, die wir vor der Küste der USA stationiert hatten? Ist Ihnen bewusst, wie schwierig es sein wird, weitere U-Boote so nahe an US-Stützpunkte heranzubringen?"

„Ein bedauerlicher Rückschlag, Herr Vorsitzender." General Chen blickte Dong wütend an.

Jinshan fragte: „Was hat der Angriff bewirkt?"

„Sir, wir schätzen, dass eine bestimmte amerikanische Militärbasis für einen Monat außer Betrieb sein wird. Das Kriegsgefangenenlager wurde zerstört."

Ma schlug bestürzt eine Hand vor den Mund. „Unsere eigenen Leute?"

Jinshan bemerkte: „Ich bewundere Ihr Mitgefühl, Staatssekretär Ma. Wir müssen jedoch auch weiterhin schwierige Entscheidungen für das Allgemeinwohl treffen." Jinshans Gesicht verfinsterte sich. „Lena? Ist sie tot?"

Der Raum wurde still. Das war ein heikles Thema zwischen Lenas biologischem Vater, General Chen, und dem Mann, der ihr Mentor geworden war, Präsident Jinshan.

General Chen zuckte mit den Schultern und sah Dong fragend an.

Dong erwiderte: „Wir wissen es noch nicht."

Jinshan sagte: „Erzählen Sie mir von dem Wissenschaftler in Peru. Fortschritte?"

Dong nickte. „Die Dinge laufen bis jetzt gut, Sir. Unsere

Forscher versuchen derzeit, seine Methoden zu replizieren. Die technologische Verbesserung der Hyperschallwaffenfähigkeit weist ein unglaubliches Potenzial auf."

„Gut." Jinshan legte Messer und Gabel auf dem weißen Tischtuch ab und wandte sich an General Chen. „General, sagen Sie mir, wie würden Sie diese neue Hyperschallwaffentechnologie einsetzen?"

General Chen kannte den Tonfall. Jinshan war dafür berühmt, seine Untergebenen zu testen. Während seiner ersten Monate als Chef der Volksbefreiungsarmee war er viele Male derartigen Verhören unterzogen worden. Nach einer Weile hatte sein Überlebenstrieb die Oberhand gewonnen und er hatte gelernt, diese Tests vorherzusehen und sich auf seine Mitarbeiter zu verlassen, die ihn auf alles vorbereiteten, was Jinshan fragen könnte.

„Aufgrund der Kosten und der begrenzten Abschusskapazität für diese Hyperschallwaffen würde ich sie bei einem Angriff auf amerikanische Marine- und Luftwaffenstützpunkte einsetzen und dabei möglichst viele Flugabwehranlagen zerstören. Anschließend könnten wir dann mit konventionellen Luftangriffen die amerikanischen Bodentruppen schwächen. Wenn sich im weiteren Verlauf taktisch wichtige Ziele ergeben, würden wir die restlichen Hyperschallwaffen nach Bedarf einsetzen."

Jinshan nickte zustimmend.

Ma ergriff das Wort: „General, entschuldigen Sie meine Unwissenheit. Aber könnten Sie mir erklären, was diese Waffen auszeichnet?"

General Chen holte tief Luft und mahnte sich zur Geduld. „Natürlich, Staatssekretär Ma. Aufgrund ihrer großen Geschwindigkeit können Hyperschallwaffen unbehelligt von feindlichen Störmaßnahmen Ziele in großer Entfernung mit enormer Präzision und Durchschlagskraft zerstören. Die Flugabwehr wird durch die Geschwindigkeit und Manövrierfähigkeit von Hyperschallflugkörpern bedeutungslos."

Ma fragte: „Aber was macht sie wichtiger als Atomwaffen? Inwiefern helfen sie uns strategisch?"

General Chen verzog keine Miene und versuchte, seine Verärgerung über die Einfältigkeit der Frage zu überspielen. „Es liegt auf der Hand, dass wir durch ihren Einsatz unseren Feind besiegen können."

Jinshan wandte sich an Dong. „Was sagen Sie dazu, Minister Dong?"

Dong sah nachdenklich aus. „Die Technologie der Hyperschallwaffen verändert das globale Kräfteverhältnis. Die Russen behaupten zwar, über einsatzbereite Waffen zu verfügen, aber unsere Agenten berichten, dass sie ebenso wie die Amerikaner auf technologische Hürden gestoßen sind." Dong beugte den Oberkörper vor. General Chen war sich sicher, dass der Mann seine Reden vor einem Spiegel übte. „Jetzt, da China erfolgreich in Südamerika gelandet ist, werden wir unsere Streitkräfte langsam und systematisch über den Kontinent nach Norden führen. Unsere militärische Reichweite wird sich bis nach Mittelamerika und in die Karibik erstrecken. Wir werden die Vereinigten Staaten wirtschaftlich und politisch in den Schwitzkasten nehmen. Wir werden unseren wachsenden internationalen Einfluss nutzen, um die USA unter Druck zu setzen. In einem Jahr wird unser Militär so stark sein wie nie zuvor. Und wir werden an Amerikas geschwächter Grenze stehen und warten."

Ma fragte weiter: „Und das ist der Zeitpunkt, in dem Sie die Hyperschallwaffen einsetzen werden? Wenn die Amerikaner am schwächsten sind?"

Dong schüttelte den Kopf. „Das ist der Moment, in dem die Russen zu einer Bedrohung werden."

Jinshan sah fasziniert aus. „Die Russen?"

„Früher oder später werden die Russen erkennen, dass Amerika fallen wird – und zwar endgültig. Bis dahin werden sie sich darüber freuen, dass sich das chinesische und das amerikanische Militär gegenseitig bekämpfen. Sie werden sich der chinesischen Sache mit Kusshand anschließen. Aber kurz bevor die letzte Phase beginnt – nach General Chens Angriffen auf Amerikas Militärbasen und Luftverteidigungsanlagen, während sich unsere VBA auf großangelegte Fallschirmjägereinsätze in den zentralen USA vorbereitet und unsere amphibische Landung an der amerikanischen Küste eingeleitet wird – *das* ist der Zeitpunkt, an dem ich den Einsatz von Hyperschallwaffen auf *russische* Ziele anordnen würde."

„Und was genau wären Ihre Ziele?", wollte Jinshan wissen.

„Ich würde einen präventiven Hyperschallwaffenangriff auf den russischen Präsidenten in Betracht ziehen. Er ist ein unberechenbarer Mann. Ich würde dafür sorgen wollen, dass die Russen keinen Atomschlag auslösen können."

Jinshan nahm einen Schluck Wein. „Aber was ist mit dem Nachfolger des russischen Präsidenten? Würde der die Politik seines Vorgängers nicht einfach weiterführen? Und hätte er aufgrund des Anschlags nicht einen wiedererstarkten Anreiz, sich den chinesischen Interessen entgegenzustellen?"

„Nein, Vorsitzender Jinshan."

„Und warum nicht?"

„Wenn sich der russische Nachfolger nicht offenkundig mit uns verbündet, wird er damit rechnen müssen, dass ihn das gleiche Schicksal ereilt wie seinen Vorgänger."

Jinshan legte den Kopf schief. „Ein interessanter Gedanke. Aber meiner Meinung nach ein zu gewagtes Unterfangen."

General Chen schmunzelte.

Jinshan wandte sich an Staatssekretär Ma. „Trotzdem ... Minister Dong hat recht. Wir haben den Amerikanern erlaubt, den größten Teil unserer atomaren Kapazitäten zu zerstören. Das macht uns zu sehr von den Russen abhängig, die momentan als unsere nukleare Abschreckung dienen."

Staatssekretär Ma nickte. „Wir brauchen unsere eigene Abschreckung."

Jinshan antwortete „Das wäre besser. Das Kräftegleichgewicht wird sich weiter verschieben. Wie Minister Dong andeutete, könnten die Russen wankelmütig werden. Unkalkulierbar. Auch die Amerikaner selbst könnten in ihrer Verzweiflung unüberlegt reagieren."

„Was ist die Lösung?", fragte Ma.

„Wir werden uns eine überlegen müssen ...", entgegnete Jinshan.

Es klopfte an der Tür, bevor einer der Assistenten von Minister Dong eintrat. „Entschuldigen Sie die Unterbrechung, Sir, aber Sie fragten nach Informationen bezüglich Miss Chou. Wir haben Neuigkeiten. Es scheint, dass Lena Chou während des Angriffs auf die Militärbasis in Florida geflohen ist."

Jinshan sagte: „Sehr gut. Wo ist sie jetzt?"

„Sie hat einem unserer dortigen Agenten ein Signal geschickt und ist dann untergetaucht. Mehr wissen wir nicht, Sir."

13

Lena und das dreiköpfige CIA-Team saßen bereits in dem kleinen Flugzeug. Sie schaute aus dem Fenster und beobachtete die Unterhaltung zwischen David und seinem Bruder Chase. Sie konnte anhand ihrer Körpersprache erraten, worum es ging: David warnte Chase davor, ihr zu vertrauen. Chase schaute über seine Schulter zum Flugzeug und sah, dass Lena sie anstarrte. Seine Augen sagten, *Mach dir keine Sorgen, Bruder, das tue ich nicht.*

Chase bestieg die C-12 der US-Armee und die beiden Turboprop-Triebwerke wurden laut. Wenige Augenblicke später waren sie in der Luft und überflogen den Golf von Mexiko in südwestlicher Richtung.

Lena saß allein in einer der vorderen Sitzreihen, die Männer hinter ihr beobachteten zweifellos jede kleineste Regung, die sie machte. Sie konnte ihr Misstrauen nachvollziehen, denn Lena hatte den Vereinigten Staaten keine Treue geschworen, sondern sich lediglich dem Druck der CIA gebeugt. Alle Beteiligten wussten, dass das Kind – sie konnte sich immer noch nicht dazu durchringen, ihm einen Namen zu geben – das Einzige war, was für sie wirklich zählte.

Während des Raketenangriffs hatte Lena geglaubt, ihr Ende sei gekommen. Sie wusste, dass sie verloren hatte, als die anderen sie dabei beobachteten, wie sie ihren Jungen an sich drückte. Aber sie hatte sich nicht dagegen wehren können, sie musste ihn einfach halten. Ihn ein einziges Mal ihre Zuneigung spüren lassen. Sie würde alles tun, um ihr Kind zu beschützen. Und er war auf keinen Fall sicher, wenn er in ihrer Nähe auf einer amerikanischen Militärbasis lebte.

Sie hatten zwei Tage in einer Jagdhütte im Hinterland von Alabama verbracht, wo Susan die Bedingungen ihrer Vereinbarung in allen Einzelheiten mit ihr durchgegangen war. Das Kind würde in Sicherheit gebracht werden. Lena würde mit Chase und einem kleinen CIA-Team nach Südamerika aufbrechen.

Dort würde sie Kontakt mit den Chinesen aufnehmen, Chase helfen, den Wissenschaftler aus dem Land zu schmuggeln und mit ihm in die USA zurückkehren. Anschließend würde man sie in ein sicheres Haus bringen, wo sie mit dem Kind unter dem „Schutz" der CIA leben könnte.

„Und was werde ich da machen?", hatte sie gefragt. „Den Rest meiner Tage in Frieden leben? Blumen pflücken und mein Kind auf dem Land großziehen?"

Susan hatte mit den Schultern gezuckt. „Wenn es das ist, was Sie wollen, ja. Sie werden versorgt sein."

Lena hatte nicht darauf hingewiesen, dass dieser Teil des Deals voraussetzte, dass die Vereinigten Staaten in der nahen Zukunft noch *existierten*. Sie konnte die Verunsicherung der Amerikaner spüren, als sie ihr das Arrangement vorschlugen. Bei ihrem Briefing im Vorfeld hatte Lena erfahren, dass die chinesische Militärpräsenz in Südamerika von Tag zu Tag wuchs. In wenigen Wochen würden die ersten Schiffe eines riesigen Konvois eintreffen. Die wirkliche Bedrohung rückte unaufhörlich näher.

Schiffe konnten unglaubliche Mengen an Truppen und Panzern transportieren. Der Pazifische Ozean hatte im vergangenen Jahr als eine Art gigantischer Burggraben gedient, der die Pattsituation zwischen den USA und China aufrechterhalten hatte. Aber das änderte sich gerade rasant.

Die Amerikaner hatten große Angst vor den Konsequenzen eines Vorstoßes der Volksbefreiungsarmee in Mittelamerika. Die US-Wirtschaft würde abgewürgt, ihre politischen Verbündeten isoliert und kaltgestellt werden ... Es wäre der Untergang für Amerika. Auch wenn es einige Zeit dauern würde, bis die chinesische Strategie aufging, wussten dennoch alle, dass es so kommen würde.

Die Tatsache, dass die CIA das Risiko in Kauf nahm, dass Lena sie verriet oder gar entkam, war ein Fingerzeig dafür, wie wertvoll diese Technologie war.

Sie hatten ein Druckmittel, das stimmte. Aber gleichzeitig vertrauten sie ihr auch. Erstaunlich.

Chase hatte gesagt: „Wir werden gut auf das Kind aufpassen; das verspreche ich dir. Er wird ein gutes Zuhause haben, dafür werden David und ich sorgen."

Es waren diese Worte gewesen, die den Deal für sie besiegelt hatten, auch wenn sie das den anderen nie erzählen würde. Trotz ihrer ungebrochenen Loyalität China gegenüber glaubte sie, dass Chase und sein Bruder Wort halten würden. Sie hatte genug Zeit in den Vereinigten Staaten verbracht, um den Ehrenkodex zu verstehen, nach dem diese Männer lebten.

„Was dagegen, wenn ich mich zu dir setze?" Die Frage riss sie aus ihren Gedanken. Sie wandte ihren Blick vom blauen Wasser ab und betrachtete Chase, der neben ihr Platz nahm. Die kleine Propellermaschine war so laut, dass keiner ihre Unterhaltung mithören konnte.

Chase sagte: „Das tut mir leid." Er deutete auf ihre Narben.

„Das sollte es auch", sagte Lena mit einem Anflug von Leichtigkeit. „Traust du mir deshalb nicht? Glaubst du, ich räche mich dafür, dass du mich hast verbrennen lassen?"

„Ich traue dir nicht, weil ich gesehen habe, wie du unschuldige Menschen getötet hast."

Lenas Lächeln verblasste. „Es gibt keine unschuldigen Menschen. Wir haben alle gesündigt."

„Die Insassen der Limousine bei Bandar Abbas. Diejenigen, die du mit Scharfschützenfeuer getötet hast?"

Lena zuckte mit den Schultern.

„Ich habe gesehen, wie du einen ecuadorianischen Offizier aus nächster Nähe vor den Augen seiner Männer erschossen hast."

„Das bedauere ich nicht. Der Mann *hatte es verdient*."

„Letztes Jahr. Peking. Dachterrasse. Die ganze Welt war per Fernsehen live zugeschaltet. Der chinesische Präsident, seine Frau und seine Tochter."

Lenas Miene verfinsterte sich und sie schwieg.

Chase nickte. „Also bereust du es doch. Interessant."

Lena wollte antworten, fand aber nicht die richtigen Worte.

Chase sprach weiter: „Ich versuche nicht, einen Streit zu provozieren. Ich will nur, dass du weißt, dass ich vorhabe, dich an deinen Teil der Vereinbarung zu erinnern. Erfüll deinen Part. Nimm mit deinen Leuten Kontakt auf. Besorg uns die Informationen. Dann übernehmen wir. Wir werden dich bei jedem Schritt beobachten."

Lena entgegnete: „Ich verlasse mich darauf, dass du dein Versprechen ebenfalls halten wirst."

„Du weißt, dass ich das werde."

„Das tue ich."

Chase erhob sich und nahm auf dem Sitz hinter ihr Platz.

Lena lehnte sich zurück und starrte wieder auf den Ozean hinaus.

Natürlich spielte sie mit dem Gedanken, sich nicht an ihre Abmachung mit den Amerikanern zu halten. Und zum Beispiel die Chinesen in Ecuador zu warnen. Ihnen zu helfen, Chase und sein Team festzunehmen. Lena ging die Optionen im Geiste durch. Was würde passieren, wenn sie sie verriet? Selbst dann würden sich die Amerikaner um ihr Kind kümmern. Davon war sie überzeugt.

Lena wollte sich nicht gegen China stellen. Sie hatte nie aufgehört, an Jinshans Zukunftsvisionen zu glauben. Sie wollte noch immer, dass China siegte. Aber die Motivation, dafür zu sorgen, dass ihr Kind im weiteren Kriegsverlauf nicht zu Schaden kam, war stärker.

Also – konnte sie sich tatsächlich vorstellen, Chase zu hintergehen? Diese Art von Einsätzen konnte sehr gefährlich sein. Wenn er die Mission nicht überlebte, würde niemand erfahren, was wirklich passiert war. Sie könnte ihm im Schlaf ein Messer in den Hals rammen und danach einfach zur chinesischen Basis spazieren. Ihr Leben würde neu beginnen.

Sie drehte sich um und musterte Chase. Er fixierte sie ebenfalls, während er sich leise mit einem seiner Männer unterhielt. Sie verspürte einen leisen Anflug von Zuneigung für ihn. Nicht zu vergleichen mit dem mütterlichen Instinkt, der sie überwältigte, wenn sie ihr Kind ansah. *Ihr gemeinsames Kind.* War das der Grund für dieses seltsame Loyalitätsgefühl, das sie ihm gegenüber empfand? Das Band der Elternschaft? Sie schüttelte den Gedanken ab.

Lena fasste einen Entschluss: Sie würde sich an die Vereinbarung mit den Amerikanern halten. Es war ihr Abschiedsgeschenk an Chase, eine Art Anzahlung für die lebenslange Betreuung ihres Kindes.

Aber diese Entscheidung bedeutete nicht, dass sie die

Amerikaner nach dem Ende der Mission nicht abservieren würde. Bei dem bloßen Gedanken daran stieg ihr Adrenalinspiegel. Lena wollte wieder mitmischen. Mutterinstinkt hin oder her, sie brauchte Aufregung, einen Kick. Ihr Lebenswerk näherte sich dem Höhepunkt. Und sie musste das tun, was sie als Elite-Agentin immer ausgezeichnet hatte. Sie musste töten.

14

Der Major fand langsam Gefallen an diesem Auftrag.

Sein Wagen blieb vor der Bar am Flussufer stehen. Das schlammige Wasser floss an dem zweistöckigen Etablissement vorbei, das von üppiger Vegetation umgeben war. Im umliegenden Dschungel hallte lateinamerikanische Musik wider.

Eine Schönheit nach der anderen stolzierte auf hohen Schuhen an ihnen vorbei in das Lokal, wobei sie dem Major Blicke zuwarfen und ihn taxierten.

„Sir, es hat den Anschein, als würden sie sich an Sie erinnern", bemerkte der Fahrer des chinesischen Offiziers.

Der Major musterte den Mann, einen Gefreiten, der erst vor einem Jahr zur Armee gestoßen war. Chinas Militär vergrößerte sich momentan rasant und einige dieser neuen Rekruten wussten einfach nicht, wann sie den Mund halten sollten.

„Sie erinnern sich lediglich an meine Brieftasche", antwortete er.

„Sie bleiben im Wagen, Corporal", befahl der dienstältere Sergeant, sprang aus dem Fahrzeug und klopfte aufgeregt auf die Motorhaube. „Major, wir gehen nach hinten und sichern die Umgebung."

„In Ordnung." Der Major wusste, dass der Sergeant und zwei weitere Veteranen an der Bar trinken und Prostituierte ansprechen würden. Es war ihm egal. In ein paar Wochen würden sie sowieso alle an der Front stehen.

Der Major betrat das Bordell. Eine mollige ältere Frau, die als „Hausdame" fungierte, deutete ihm an, auf einer abgenutzten Samtcouch Platz zu nehmen. Der Chinese lehnte sich zurück und legte seine Arme auf die Rückenlehne, als sich mehrere spärlich bekleidete Frauen vor ihm aufbauten.

In gebrochenem Spanisch sagte er: „Die hier ... Und die da." Er zeigte auf die beiden Frauen, die seinen Blicken auswichen. Die anderen erschienen ihm zu aufdringlich.

„Weitermachen, meine Damen", rief die Puffmutter. Die Mädchen zerstreuten sich. Dann wandte sie sich an den Major und verkündete: „Sie können nach oben auf Ihr Zimmer gehen. Die Mädchen werden sich gleich zu Ihnen gesellen. Wenn Sie die Treppe hochkommen, die erste Tür rechts."

Der Major knackte mit den Fingerknöcheln und erhob sich von der Couch. Er ging die knarzende Holztreppe hinauf und trat durch die erste Tür auf der rechten Seite. Als er gerade dabei war, sein Hemd aufzuknöpfen, klopfte es an der Tür. In der Erwartung, seine beiden abendlichen Gefährtinnen zu erblicken, drehte er sich um.

Stattdessen sah er einen Geist.

„Hallo, Major. Schön, Sie wiederzusehen." Lena Chou schloss die Tür hinter sich. „Setzen Sie sich. Und behalten Sie bitte Ihre Kleidung an."

„Miss Chou ..." Der Major setzte sich fassungslos auf das Bett. „Mir wurde gesagt, dass man Sie gefangen genommen hat."

Sie zog die Augenbrauen hoch. „Ich bin geflohen."

Die Verblüffung stand ihm ins Gesicht geschrieben.
„Warum sind Sie hier?"

Lena erklärte: „Ich brauche Ihre Unterstützung. Sie
müssen mir Zugang zur Basis verschaffen."

Er begann aufzustehen. „Natürlich."

Lena nahm auf dem Einzelbett auf der anderen Seite des
kleinen Raums Platz. „Aber zuerst muss ich Ihnen ein paar
Fragen stellen."

Der Major wirkte verwirrt. „Natürlich, Miss Chou.
Möchten Sie, dass ich meinen Bataillonskommandanten hole?
Ich bin sicher, er kann –"

Sie hielt eine Hand hoch. „Hören Sie mir genau zu und
überlegen Sie gut, bevor Sie antworten. Bevor ich den Amerikanern entkam, erfuhr ich, dass sie sich sehr für einen
bestimmten Wissenschaftler interessieren. Sie glauben, dass
er auf unserem Stützpunkt in Manta festgehalten wird.
Kennen Sie einen solchen Mann?"

„Ja. Ja, ich kenne ihn. Er war hier. Aber sie haben ihn
weggebracht."

„Wohin?"

„Ich weiß es nicht. Sie haben ihn vor mehreren Tagen mit
einem Transportflugzeug ausgeflogen. Zu einer anderen Basis.
Er brauchte eine größere Forschungseinrichtung, um seine
Arbeit fortführen zu können. Was hat das mit –"

„Welche Basis?"

Der Major hielt inne. „Die Leitung des Projekts lag beim
MSS und unseren Ingenieuren. Ich war nicht involviert." Er
schüttelte den Kopf. „Warum sind Sie –"

Es klopfte erneut an der Tür. Lena stand auf.

„Sir, wir haben ein Problem. Bitte machen Sie auf", rief
eine schroffe Stimme auf Mandarin.

Lena ließ den Major nicht aus den Augen, über dessen

Gesicht der erste Anflug von Misstrauen huschte, als er antwortete: „Kommen Sie rein."

Die Tür wurde aufgestoßen. Zwei VBA-Soldaten führten Chase Manning mit vorgehaltener Waffe in das Zimmer. Die Soldaten trugen beide die Uniform der Spezialeinheit des Majors.

„Sir, dieser Mann saß unten an der Bar", berichtete einer der Soldaten. „Die Einheimischen kennen ihn nicht. Ich glaube, er ist ein Amerikaner. Er hatte das hier dabei."

Er warf ein Mobiltelefon und eine 9-mm-Handfeuerwaffe auf das Bett. Das Magazin fehlte.

Lena fluchte innerlich. Chase hatte in dem Gebäude nichts zu suchen. Das Mikrofon, das an ihrem BH befestigt war, hätte die fünfzig Yard bis zu der Stelle im Dschungel locker überbrückt, wo sein Team Position bezogen hatte. Er war hier, weil er ihr nicht vertraute. Und jetzt würde er den Preis dafür bezahlen, es sei denn, sie unternahm etwas.

Lena sagte: „Sie haben recht, Sergeant. Dieser Mann arbeitet für die Amerikaner. Er ist mir gefolgt. Bringen Sie ihn runter zu Ihrem Fahrzeug und lassen Sie ihn bewachen. Sobald wir auf der Basis angekommen sind, werde ich ihn verhören."

Die beiden Soldaten sahen den Major fragend an.

Der schaute zwischen Lena und Chase hin und her. Schließlich nickte er seinen Männern zu und sie verließen mit dem Amerikaner den Raum. Als er und Lena wieder allein waren, erklärte der Major: „Wir müssen sofort den Bataillons-kommandanten unterrichten. Ich kann nicht ..."

Von draußen ertönten mehrere Schüsse. Die Augen des Majors weiteten sich und er machte einen Schritt Richtung Tür.

Lenas Angriff traf ihn unerwartet und mit voller Wucht.

Sie drehte sich um ihre eigene Achse, wirbelte ihren

ausgestreckten Arm herum und erwischte mit den Fingerknöcheln die Luftröhre des Majors.

Er fiel auf die Knie und griff sich an die Kehle, während sein Gesicht blau anlief. Lena nahm seine Pistole aus dem Holster an seiner Hüfte, presste ihm den Lauf der Waffe in den Mund und drückte ab.

Mit einem lauten Knall explodierte sein Hinterkopf.

Anschließend betrat Lena den Korridor und ging die Treppe hinunter. Sie hielt die Pistole lässig an ihrer Seite, um keine Aufmerksamkeit zu erregen. Irgendwo im Haus schrien Frauen. Dann vernahm Lena vor dem Haus weitere Schüsse. Sowohl amerikanisches als auch chinesisches Gewehrfeuer. Lena erreichte das untere Ende der Treppe und spähte durch die offene Eingangstür.

Vor dem Bordell war ein chinesischer Militärjeep mit diversen Einschusslöchern geparkt, aus dessen Motorhaube Rauch aufstieg. Eine Straßenlaterne tauchte den Wagen in ein gelbliches Licht, in dem überall Insekten herumschwirrten. Es war unbeschreiblich schwül. Zwei tote chinesische Soldaten lagen mit dem Gesicht nach unten im Dreck. Ein Dritter war über dem Lenkrad zusammengesackt.

Chase stand ein paar Schritte entfernt neben einem chinesischen Soldaten einer Spezialeinheit, der dem Amerikaner den Lauf seines Gewehrs in die Rippen drückte. Eine weitere Waffe lag direkt vor Chases Füßen. Zwischen ihnen und den CIA-Agenten im Dschungel verlief eine massive Betonmauer.

Lena begutachtete die Szene. Chase musste seine Entführer getötet haben, möglicherweise mithilfe seiner im Urwald verborgenen Einheit, bevor ihn der verbliebene Soldat wieder gestellt hatte. Weder Chase noch der Soldat schauten in Lenas Richtung.

Lena schob die blutverschmierte Pistole in den Hosenbund an ihrem Rücken. Sie spürte das kühle Metall an ihrer

Haut, als sie sich nach draußen in das Schussfeld der Amerikaner begab, in der Hoffnung, dass sie nicht auf sie schießen würden.

Mit ruhiger Stimme fragte sie auf Mandarin: „Sergeant, haben Sie ein Funkgerät?"

Der erschrockene Soldat richtete sowohl seinen Blick als auch seine Waffe auf die sich nähernde Frau.

Mit halbherzig erhobenen Händen sagte sie: „Vorsichtig, Sergeant. Ich bin nicht der Feind."

Sie machte ein paar weitere Schritte und kam bis auf zehn Yard an ihn heran.

„Wir haben bereits Meldung gemacht", erwiderte er und musterte sie. „Wo ist der Major?"

Das Funkgerät im Jeep knisterte. Lena hörte den aufgebrachten Funkspruch eines chinesischen Sicherheitsteams und dann das entfernte Rumpeln großer Militärlaster, die in ihre Richtung fuhren.

„Sergeant, Sie müssen den Gefangenen sichern. Lassen Sie mich das machen."

Sie kam noch einen Schritt näher. Dann blitzte es kurz auf, als sie zweimal auf den Soldaten schoss. Er fiel zu Boden.

Lena wandte sich an Chase. „Ich habe oben mit dem Major gesprochen. Der Wissenschaftler war hier, aber sie haben ihn verlegt. Ich weiß nicht, wohin. Vielleicht ist er schon in China. Richte deinem Team aus, dass ihr zu spät gekommen seid."

Chase starrte sie fassungslos an, sein Gesicht rot und verschwitzt von der Aktion.

Ihr Ton war fest. „Du musst jetzt gehen, Chase. Wenn die VBA-Soldaten hier ankommen, werde ich sagen, dass du nach Süden geflohen bist. Wenn du wartest, werden sie dich entdecken und töten."

Chase hob die Waffe vom Boden auf. „Du musst mit mir kommen."

Sie schüttelte den Kopf. „Das wird nicht passieren."

Lena hielt ihre Pistole sorgfältig auf den Boden gerichtet. „Ich habe meinen Teil der Abmachung erfüllt. Ich habe getan, was ich konnte."

Chase fixierte sie und wägte seine Optionen ab. Sie töten oder sie zurücklassen. Sie wussten beide, dass er sie nicht lebend wegschleifen konnte.

Chase fragte: „Was ist mit dem Jungen ..."

Sie lehnte sich nach vorne. „Kümmer dich gut um ihn. Ich kann es nicht mehr." Ihre Blicke trafen sich, es war ein Moment des gegenseitigen Verstehens. Dann drehte Chase sich um, rannte über die Straße und verschwand im Dschungel.

15

Victoria und die anderen Amerikaner verbrachten Wochen als Gefangene an Bord des chinesischen Kriegsschiffs. Sie schliefen auf dem kahlen Boden des mittleren Gangs nahe dem Heck. Die meiste Zeit über waren ihre Augen verbunden und ihre Handgelenke mit Kabelbindern gefesselt. Auf die Toilette zu gehen und zu essen war die reinste Tortur und beides fand unter den kritischen Blicken des Wachpersonals statt.

Als Victoria jetzt auf dem rollenden Deck saß, verwandelte sich ihre Angst in Wut. Sie hatte viel Zeit zum Nachdenken. Die selten vorkommenden Unterhaltungen zwischen den Männern wurden unmittelbar mit körperlicher Züchtigung geahndet. Victoria hörte das Knallen eines Schlagstocks, gefolgt von Stöhnen oder dem Ausspucken von Blut. Manchmal blieb es auch still. Das war am schlimmsten.

Die amerikanischen Gefangenen lernten schnell, dass es am besten war, sich ruhig zu verhalten. In den letzten vierundzwanzig Stunden hatte das Rollen des Decks nachgelassen, die See hatte sich beruhigt. Sie vernahmen die vertrauten

Töne der Schiffsglocken, die Pfiffe, 1MC-Durchsagen und das Stampfen von Stiefeln.

Sie näherten sich einem Hafen.

Kurz darauf hörte Victoria sich lautstark unterhaltende chinesische Matrosen, die Festmacher in Richtung des Piers warfen. Dann die Geräusche der Männer, die durch das Kriegsschiff eilten, um den Nachschub zu versorgen. Das Putzen für die anstehende Inspektion. Die Chinesen schenkten ihren amerikanischen Kriegsgefangenen, die gefesselt und stumm auf dem unbequemen Deck saßen, kaum Beachtung. Müde und hungrig horchten diese auf irgendeinen Hinweis für das, was ihnen bevorstand.

Währenddessen wanderten Victorias Gedanken immer wieder zu den düsteren Momenten ihrer Vergangenheit zurück. Ihr wiederkehrender Albtraum. Bilder vom Tod ihres Vaters, den sie ein Jahr zuvor aus dem Cockpit ihres Hubschraubers mitangesehen hatte. Schuldgefühle übermannten sie, als sie die Szene im Kopf noch einmal Revue passieren ließ. Die Stimmen aus dem Funkgerät waren so klar, als wäre es gestern gewesen. Die Besatzungen der anderen an der U-Boot-Jagd beteiligten Flugzeuge dachten alle, sie hätten das chinesische U-Boot versenkt, das den Flugzeugträger verfolgt hatte. Victoria war sich inzwischen ziemlich sicher, dass sie in Wirklichkeit einen Köder getroffen hatten, weshalb das Jagd-U-Boot die Möglichkeit gehabt hatte, seine Anti-Schiffs-Raketen loszuschicken. Dann sah Victoria immer wieder, wie diese in die Aufbauten der *USS Ford* einschlugen und ihren Vater in Stücke rissen.

Das gleiche Gefühl der Überlebensschuld lähmte Victoria, wenn sie sich mit den jüngsten Ereignissen beschäftigte. Sie dachte an ihre Kameraden an Bord der *USS Stockdale* und deren Schwesterschiff ... An all die ...

„Aufstehen!" Ein derber Schubs holte sie zurück in die Gegenwart.

Chinesische Wachen zogen an ihren Armen und zerrten sie vom Boden hoch. Da ihre Augenbinde nicht ganz dicht war, konnte sie erkennen, dass sie im Gänsemarsch durch die Mitte des Schiffs geführt wurden. Als sie sich der Gangway näherten, nahmen die Wachen ihnen die Binden ab. Draußen war alles in helles Tageslicht getaucht. Fliegende Möwen. Festlandluft.

Victoria hörte die Dieselmotoren von Lkws, die auf dem Pier warteten. Als sie nach rechts blickte, sah sie aufgereiht etwa fünfzig Lastwagen stehen. Chinesische Truppentransporter mit offenen Pritschen. Darauf Metallgeländer und Aluminiumbänke. Einer der chinesischen Soldaten rief den Gefangenen zu, sich auf die Ladeflächen zu begeben. Die anderen Soldaten trieben sie mit Handgesten an. Wenig später waren alle Gefangenen verladen.

Kaum dass Victoria sich hingesetzt hatte, fuhr ihr Fahrzeug ruckelnd los. Sie hüpfte und rutschte auf der Bank hin und her. Der Geruch des Meeres verblasste, als sie durch eine staubige Dritte-Welt-Stadt fuhren. Victoria vermutete, dass sie in Peru waren. Sie war schon einmal in Lima gewesen und das hier sah ähnlich aus. Trockenes, bergiges Terrain mit kleinen aneinandergebauten Hütten.

Am Ende der Ladefläche hockten mehrere VBA-Soldaten. Die Chinesen machten auf Victoria trotz ihrer Gewehre einen verängstigten Eindruck. Sie waren einfach nur unerfahren, dämmerte ihr. Wie lange waren diese Jungs schon beim Militär? Eine Welt im Krieg, dem keiner entkommen konnte.

„Nicht reden", schrie einer von ihnen, woraufhin die paar geflüsterten Gespräche erstarben.

Die Lastwagenfahrt dauerte ein paar Stunden und endete neben einem Bahnhof mitten im Dschungel. Der Boden bebte, als sich auf den Gleisen langsam ein Zug näherte, dessen Viehwaggons schließlich auf ihrer Höhe anhielten.

Die Truppen forderten die Gefangenen auf, die Lastwagen zu verlassen. Victoria erspähte Plug und den Chief, der mit ihnen im Wasser gewesen war. Sie zählte im Kopf schnell durch. Es waren mindestens einhundert Männer. Eine Handvoll Frauen. Ein paar Offiziere. Abgesehen von Plug keine weiteren Piloten. Sie trugen alle noch die Kleidung, in der sie aus dem Meer gefischt worden waren, Flugoveralls oder Navy-Arbeitsuniformen. Auf ihren Gesichtern zeichneten sich unterschiedliche Emotionen ab – die Menschen waren verängstigt, geschockt, müde, verwundet und wütend.

Die VBA-Soldaten richteten ihre Gewehre auf die Schar von Amerikanern, die neben dem Zug wartete. Sie sahen aus wie eine Herde Vieh, als sie dort so auf dem unbefestigten Lehmboden standen. Und das waren sie auch, dachte Victoria. Und was machte man mit Vieh?

Von einer Gruppe von Amerikanern in ihrer Nähe drang ein Raunen zu ihr und dann begannen drei der Gefangenen, sich gegenseitig zu schubsen und anzuschreien. Ihr Streit war absurd. Er drehte sich um rivalisierende Footballmannschaften.

„Der einzige Grund, warum Green Bay überhaupt ein Team hat, ist Brett Favre. Und wo ist der gelandet? Richtig, in Minnesota. Das heißt, sogar dein Held weiß, wo die Musik spielt, du Volldepp ..." Die Männer fuchtelten mit ihren mit Kabelbindern gefesselten Händen und rückten sich gegenseitig auf die Pelle.

Anhand der lebhaften Art, wie sie sich ankeiften, konnte Victoria erkennen, dass sie etwas im Schilde führten.

Einer der Wachmänner rief: „Nicht reden. NICHT REDEN!" Als sich eine Gruppe VBA-Soldaten auf die Gefangenen zubewegte, schaute der Wachmann nervös zwischen seinem Kameraden und den schreienden Amerikanern hin und her. Er zielte mit seiner Waffe auf sie.

„Weißt du was? Du kannst ihn haben. Brett Favre ist scheiße! Aber die Green Bay Packers sind mit Abstand das beste Team in der NFL!"

Aus den Augenwinkeln bemerkte Victoria, wie sich ein Unteroffizier unauffällig bis zum äußersten Rand der Gefangenenschar vorarbeitete.

„NICHT REDEN. STOPP. NICHT REDEN!"

Der VBA-Wächter stieß einen der Aufwiegler mit dem Gewehrlauf an.

„Okay, okay! Meine Güte!" Der Hauptakteur hielt seine gefesselten Hände hoch und setzte sich wieder hin.

Zwanzig Fuß entfernt rannte der Unteroffizier auf den Schienen los.

Als ein Wächter seine Trillerpfeife einsetzte, richteten sich alle Augen auf den nun sprintenden Flüchtenden.

Einer der Wachmänner stand erhöht auf einer Lkw-Ladefläche. Er presste den Schaft seines Gewehrs an seine Schulter, hob es in die Schussposition und zielte ...

„Halt!" schrie Victoria im Chor mit vielen Gefangenen.

Knack. Knack.

Das laute Echo der Schüsse hallte durch die Verladezone des Bahnhofs. Dschungelvögel flatterten aufgeschreckt davon, als der Schall den nahen Regenwald erreichte. Zuerst erklangen aus der Mitte der immer noch gefesselten amerikanischen Gefangenen Schreie und Flüche. Dann begannen sie verrückt zu spielen.

Nun richteten weitere chinesische Soldaten ihre Gewehre auf die Amerikaner. Erneut ertönten Trillerpfeifen. Victoria spürte, wie sich eine Mischung aus Angst und Abscheu in ihr breitmachte. Sie sah die rasende Wut in den Augen ihrer Landsleute, die gerade mit angesehen hatten, wie einer ihrer

Schiffskameraden niedergeschossen wurde. Und das Entsetzen und die Furcht in den Augen der jungen chinesischen Soldaten, die zu diesem Einsatz verdonnert worden waren.

Um sie herum Geflüster: „Wir sollten sie einfach überrumpeln. Verdammte Scheiße, Mann."

„Miese Kommunistenschweine ..."

Victoria teilte diese Emotionen durchaus. Für einen kurzen Moment verspürte sie den Drang, dem Zorn einfach nachzugeben. Ein letztes Aufbäumen. Wenn sich der Mob auf die Wachen stürzte, könnten sie eventuell alle töten. Sie waren in der Überzahl.

Aber was dann?

Was sagte ihr Pflichtgefühl?

„Hey! Aufhören", sagte sie. Dann lauter. „Aufhören!"

„Geht zurück." Als der Chief und Plug sahen, dass Victoria die Führungsrolle übernahm, bauten sie sich vor der aufgebrachten Menge auf und versuchten, wieder Ordnung herzustellen.

Kurz darauf hörte Victoria in der Ferne erneut Pfiffe, begleitet von marschierenden Schritten auf dem Asphalt. Sie drehte den Kopf und sah Dutzende zusätzlicher VBA-Soldaten, die in ihre Richtung gelaufen kamen. Eine Reserveeinheit, die sich auf einem der Lastwagen weiter hinten im Konvoi aufgehalten hatte.

Die neu hinzugekommenen chinesischen Truppen teilten sich paarweise auf und umzingelten die amerikanischen Gefangenen.

Dann erschien ein klein gewachsener VBA-Soldat – den Schulterklappen nach ein Offizier. Er wurde von mehreren Wachen flankiert, die deutlich erfahrener aussahen als die anderen Soldaten.

Er musterte die Gesichter der Kriegsgefangenen eingehend, bis er Victoria erblickte und einen Befehl bellte. Die Wachen in ihr Nähe fingen ebenfalls auf Chinesisch an zu schreien und drängten sie vorwärts. Ihre Mitgefangenen, die sahen, dass ein Offizier eine der wenigen Frauen in der Gruppe wegbrachte, protestieren lauthals.

„Beruhigt euch, Leute", sagte sie. Ein Instinkt – ob nun mütterlich oder militärisch – sagte ihr, dass sie unbedingt versuchen musste, ihre Männer vor sich selbst zu schützen. Bevor sie irgendwelche Dummheiten machten, um sie zu beschützen.

Sie ging auf den VBA-Offizier zu. Er trug ein gebügeltes hellgrünes Uniformhemd mit dem Abzeichen der Fallschirmjäger auf der rechten Brust und mehreren Reihen von Auszeichnungen auf der linken. Dunkelgrüne Schulterklappen mit Goldstickerei und winzigen Sternen, goldene Rangabzeichen am Revers und eine dunkelgrüne Mütze mit einem roten Stern, umgeben von einem goldenen Kranz. Er war dünn, hatte ausgeprägte Wangenknochen und einen dürren Hals, aber sein Blick war selbstbewusst und ernst.

„Sie sind Commander Manning?", fragte er in perfektem Englisch mit amerikanischem Akzent. Der Typ hätte aus Ohio sein können.

„Ja, das bin ich."

„Ich bin Captain Tao. Mir wurde die Aufgabe übertragen, die amerikanischen Gefangenen zu beaufsichtigen. Sie sind die ranghöchste Gefangene. Ich möchte mich für den Verlust Ihres Soldaten entschuldigen."

Victoria schwieg.

Captain Tao gab seinen Männern ein Handzeichen und erteilte abermals einen Befehl auf Mandarin. Victoria beobachtete, wie die chinesischen Wachen die Frachttüren des Zugs öffneten und anfingen, die Amerikaner in die leeren

Waggons zu verfrachten. So wie es aussah, gab es weder Sitz-
plätze, Licht noch eine Toilette.

Wenig später waren ihre Mitgefangenen eingestiegen und
spähten durch winzige Fensteröffnungen nach draußen, die
mit Metallgittern versehen waren.

Captain Tao sagte: „Es waren einhundertsechs Gefangene,
als Sie die Docks verließen. Jetzt sind es einhundertfünf. Ich
möchte nicht, dass weitere unter Ihrem Kommando stehende
Personen verletzt werden. Bitte sorgen Sie dafür, dass es bei
diesem einen Fluchtversuch bleibt."

Victoria erinnerte sich an ihre Ausbildung. Jedem Militärangehörigen wurde der Verhaltenskodex eingebläut. *Artikel II:
Ich werde mich niemals aus freien Stücken ergeben. Wenn ich das
Kommando habe, werde ich niemals Angehörige meines
Kommandos ausliefern, solange sie noch die Möglichkeit haben,
Widerstand zu leisten.* Sie wollte nicht, dass noch jemand
verletzt oder getötet wurde. Durfte sie ihre Männer anweisen,
abzuwarten und nicht zu fliehen? *Artikel III: Wenn ich gefangen
genommen werde, werde ich weiterhin mit allen Mitteln Widerstand leisten. Ich werde jede Anstrengung unternehmen, zu fliehen
und anderen zur Flucht zu verhelfen. Ich werde vom Feind weder
Gnade noch besondere Vergünstigungen annehmen.*

Realistisch betrachtet waren die Erfolgsaussichten einer
Flucht gering. Und sie wollte nicht, dass noch jemand getötet
wurde.

„Ich werde meine Pflicht tun."

Captain Tao runzelte die Stirn.

Einer der hinter ihm stehenden VBA-Soldaten hielt ein
Mobiltelefon in der Hand und filmte alles. Gerade machte er
Aufnahmen der Leiche des Unteroffiziers.

„Was macht er da?", fragte Victoria.

„Er dokumentiert den Vorfall", antwortete der Chinese
„Wenn ein Gefangener getötet wird, müssen wir einen Bericht

einreichen. Ich bin sicher, Sie haben ähnliche Regularien. Man wird uns dafür maßregeln."

Victoria schüttelte mit offenem Mund den Kopf.

Der chinesische Offizier gab seinen Männern das Signal, sie zum Zug zu bringen.

Kaum dass sie hineingeklettert war, glitten die Türen hinter ihr zu und sie war mit ihren Männern in dem überfüllten, schwülen Abteil gefangen. Durch das kleine Fenster warf sie einen Blick auf die chinesischen Soldaten, die gerade Versorgungsgüter in den Zug luden. Nachdem die Lastwagen abgefahren waren, stiegen mehrere VBA-Teileinheiten in einen Personenwaggon am Ende des Zugs ein.

Die Lokomotive setzte sich ruckelnd in Bewegung, erst langsam, bis sie schließlich ein gutes Tempo erreichte.

„Ma'am." Es war die Stimme von Plug. Sie drehte sich um und konnte ihn im Halbdunkel kaum ausmachen. Er schlängelte sich durch den dicht gedrängten Wagen, setzte sich neben sie und schaute aus dem Fenster.

„Sie bringen uns nach Süden."

„Ja, das tun sie", antwortete sie.

Der Chief gesellte sich zu ihnen. „Ma'am, geht es Ihnen gut?"

„Alles okay."

„Was hat der Chinese gesagt?"

„Er sagte, wir sollten Fluchtversuche besser unterlassen."

Der Chief schnaubte.

„Chief, wenn ich das richtig im Kopf habe, sind Sie hier der ranghöchste Unteroffizier. Ich brauche Sie, um eine Musterung durchzuführen. Wir teilen uns in vier Züge auf und richten eine Befehlsstruktur ein. Finden Sie heraus, welchen militärischen Verwendungsbereichen die Leute angehören und welche anderen nützlichen Talente sie haben, wie z. B. Spanischkenntnisse."

„Jawohl, Ma'am."

Sie wandte sich an Plug. „Plug, Sie werden für unsere Flucht zuständig sein. Ich weiß nicht, welche Bedingungen wir an unserem Bestimmungsort vorfinden werden, aber nach dem, was ich bisher gesehen habe, werden sich uns während des Transits nicht viele Möglichkeiten bieten. Falls machbar, beweisen Sie mir das Gegenteil. Wenn nicht, fangen Sie an, sich Fluchtpläne zu überlegen, sobald wir unser Ziel erreicht haben."

„Verstanden, Skipper."

Der Zug fuhr drei volle Tage lang und legte unterwegs sechs Toiletten- und Versorgungspausen ein. Bei jedem Halt wurden die Gefangenen streng bewacht.

Die Landschaft wandelte sich von schattigem Regenwald zu weitläufigem grünen Ackerland. Sie sahen, wie Tunnel in Berge gegraben wurden. Bei mehreren Gewittern prasselten die Wassermassen auf das Dach des Viehwaggons und die Gefangenen streckten die Hände aus dem vergitterten Fenster, um Regenwasser zum Trinken aufzufangen.

Als sie am dritten Tag die wartenden Lastwagen erblickte, wusste Victoria, dass sie angekommen waren. Sie wurden aus dem Zug und anschließend auf die Pritschenwagen getrieben und mussten dann eine zwanzigminütige Fahrt durch den Dschungel über sich ergehen lassen.

„Scheiße", fluchte Plug leise neben ihr, nachdem die Gefangenen von den Ladeflächen geklettert waren und ins Gefangenenlager geführt wurden.

Fünf Wachtürme überragten einen doppelten Stacheldrahtzaun, dessen zwei Reihen zehn beziehungsweise fünfzehn Fuß hoch waren. Von Hunden begleitete Wachen patrouillierten auf dem zehn Fuß breiten Weg, der dazwischen lag.

Männer und Frauen wurden nicht getrennt, bevor man sie zwang, sich auszuziehen. Victoria versuchte das demütigende Gefühl zu verdrängen, als sie in einer langen Schlange mit ihren Männern ein Gebäude betrat und dabei von chinesischen Soldaten anzüglich angegrinst wurde. Im Inneren des Gebäudes lief alles wie am Fließband. In einem Duschbereich wurden alle nacheinander abgespritzt und dann mit einem Pulver entlaust. Als Nächstes wurde ihr Kopf kurz geschoren, bevor sie einfache Gefängniskleidung erhielt, bestehend aus einer grauen Tunika und einer passenden Schlabberhose. Victoria zog die Sachen über und schloss sich dann wieder den Häftlingen an, die das Gebäude verließen.

In der Mitte des Gefängnishofs standen eine Art Hundehütten aus Betonsteinen, die jeweils aus drei Wänden und einer vier Fuß hohen Decke bestanden.

Gefängniszellen.

Eine Tür aus Eisenstäben vervollständigte die primitive Konstruktion. Einer nach dem anderen wurden die Gefangenen in ihre neuen Behausungen gedrängt. Dann knallten die Wachen im Vorbeigehen die Zellentüren zu und verriegelten sie. Victoria passte in ihre Hütte kaum hinein. Sie wollte sich gar nicht vorstellen, wie es einigen der größeren Soldaten erging. Anfangs unterhielten sich ihre Männer noch im Flüsterton, aber als einer der Aufpasser einen der Gefangenen deshalb zu schlagen begann, verstummten alle sofort.

Die Zellen waren so errichtet worden, dass man in die jeweils Gegenüberliegenden hineinschauen konnte. In ihrem Blickfeld befanden sich auf der anderen Seite des unbefestigten Wegs drei Zellentüren. Sie sah Hände, die Gitterstäbe umklammerten und emotionslose Gesichter. Jemand redete wieder und Victoria beobachtete, wie einer der Wärter den

Jungen aus seiner Zelle nach draußen zerrte, wo ihn jeder sehen konnte. Dann hob er seinen Schlagstock und schlug wiederholt hart zu.

„Nicht reden", schrie er. Dann schleppten zwei der Wachen den schlaffen Körper des Jungen zurück in seine Zelle und schlossen die Tür ab.

Das Ungeziefer war in dieser Nacht zuhauf unterwegs. Noch dazu schwitzte Victoria heftig in der schwülen Luft. Sie konnte den weniger als ein Footballfeld entfernten Dschungel sehen, aus dem Vogelstimmen und zahlreiche andere Tiergeräusche zu ihr herüberdrangen. Moskitoschwärme fielen über sie her und auf dem Boden krabbelte allerlei anderes Getier. Sie zwang sich, gleichmäßig zu atmen, um sich zu beruhigen. Sie versuchte zu meditieren. Zu beten. Um Frieden zu finden, selbst in dieser Welt, geprägt von Schmerz und Leid. Und sie gab sich das Versprechen, dass sie sich nicht unterkriegen lassen würde.

16

Als Chase mit einem Turboprop-Mehrzweckflugzeug, einer U-28 der Luftwaffe, auf dem Marinefliegerstützpunkt Pensacola landete, herrschte dort bereits reges Treiben. Alle paar Minuten landeten riesige Transportjets der Typen C-17 und C-5. Überall wurden Batterien von Patriot-Raketen aufgestellt und auf den Grünflächen Zeltstädte hochgezogen. Lastwagen, Panzer und uniformiertes Personal fuhren kreuz und quer.

Auf einem Parkplatz in der Nähe der Rollbahn fuhr eine blaue Regierungslimousine vor. David stieg aus und half seinem Bruder, seinen Seesack in den Kofferraum zu werfen, bevor David sich wieder ans Steuer setzte und Chase auf dem Beifahrersitz Platz nahm.

„Hier ist ja mächtig was los", sagte Chase und betrachtete durch das Fenster die noch nicht fertigen Militäranlagen auf der NAS Pensacola.

„Keiner will überrascht werden, wenn die Chinesen das nächste Mal angreifen", antwortete David.

„Silversmith ist hier unterbracht?"

„Bis auf weiteres." David parkte sein Fahrzeug vor einem Gebäude mit der Aufschrift „United States Navy Flight

Demonstration Squadron" – es handelte sich dabei um eine
berühmte Kunstflugstaffel.

„Die Blue Angels?"

David lächelte. „Sie hatten dafür keine Verwendung mehr.
Die Jungs sind jetzt bei diversen Flottengeschwadern untergebracht."

Chase betrachtete das Schild andächtig, als die Brüder
durch den Haupteingang schritten. „Ich wollte schon immer
bei den Blue Angels mitmachen."

Sie begaben sich in den zweiten Stock, in dem sich die
Büros der leitenden Mitarbeiter der Task Force befanden.

„Ist sie da?", fragte David eine Sekretärin, als sie ankamen.

Die Frau nickte und die Brüder betraten das Büro von
Susan Collinsworth. Diese sprach an einem Festnetztelefon
und gab ihnen ein Zeichen, sich zu setzen. Dann beendete sie
das Gespräch und sah Chase an.

„Lena ist in China."

Chase fluchte. „Das ging verdammt schnell."

Susans Blick wanderte zwischen den Brüdern hin und her.
„Ich habe Ihren Einsatzbericht gelesen. Es klingt, als hätten
Sie die in dieser Situation bestmögliche Entscheidung
getroffen."

Chase erklärte: „Mein Auftrag lautete, Rojas und Lena
herzubringen. Ich bin mit keinem von beiden zurückgekehrt.
Es tut mir leid."

„Ich kann mir vorstellen, dass Sie sich deshalb Vorwürfe
machen. Lassen Sie es. Wir haben dafür keine Zeit."

Chase nickte.

Susan fuhr fort: „Aufgrund des sich ändernden Umfangs
der Silversmith-Missionen werden wir Sie als unseren Verbin-
dungsmann zum JSOC schicken. Sie werden mit der
DEVGRU zusammenarbeiten."

Diese Ankündigung weckte Chases Interesse. Als er noch

bei den SEALs war, hatte er sich zweimal für diese Einheit beworben, war aber beide Mal abgelehnt worden. Die sogenannte „Naval Special Warfare Development Group", kurz DEVGRU, von vielen auch als SEAL-Team Six bezeichnet, war die elitärste Spezialeinheit der US Navy. Wenn es eine schlagkräftige Speerspitze gab, dann waren es diese Männer.

„Verstanden. Woran werde ich arbeiten?"

Susan warf David einen Blick zu, der erwiderte: „Man wird dich für eine Vielzahl potenzieller Missionen ausbilden, die für unsere zukünftigen Pläne bedeutsam sind."

„Alles klar ..."

„Tut mir leid. Sobald wir Informationen rausgeben können, erfährst du mehr", erklärte David.

Susan verschränkte ihre Hände. „Ich möchte Sie etwas fragen, Chase. Keiner kennt Lena so gut wie Sie. Wie war sie bei dem Abschied drauf? Halten Sie es für denkbar, dass sie in China weiter für uns arbeiten würde, in Anbetracht dessen, dass wir ihr Kind haben?"

Chase war die Erwähnung des Kindes unangenehm und er war Susan irgendwie dankbar, dass sie nicht „*Ihr Kind*" gesagt hatte. Er musste demnächst wirklich zum Psychiater ...

Jetzt stieß er einen langen Seufzer aus. „Sie hätte mit mir zurückkommen können, aber sie ist gegangen. Sie hat ihre Entscheidung getroffen. Ich denke, ihre Loyalität gilt China und dem Kind gleichermaßen. Aber ich hatte den Eindruck, dass sie glaubt, ihren Teil der Abmachung eingehalten zu haben, weshalb das Kind jetzt in Sicherheit ist. Und es ihr sozusagen wieder freisteht, andere Interessen zu verfolgen."

„Denken Sie, dass sie uns während des Einsatzes verraten hat?"

„Nein."

„Sie glauben also nicht, dass sie die chinesischen Soldaten gewarnt hat, dass Sie Rojas befreien wollten?"

„Ich war dabei, als sie einen VBA-Soldaten getötet hat. Ich wäre vielleicht nicht mehr am Leben, wenn sie es nicht getan hätte."

„Aber sie ist trotzdem nicht mit Ihnen zurückgekommen."

„Nein, das ist sie nicht."

„Warum?"

„Wenn ich raten müsste – wegen Cheng Jinshan. Sie verehrt den Boden, auf dem er wandelt. Und sie ist eine Überzeugungstäterin. Sie hat die Mutterrolle aufgegeben, um ihm als Kriegerin für seine Sache zu dienen. Dann ist da noch ihr Vater, der ranghöchste Militär in China. Ich nehme an, dass sie auch ihm gegenüber eine gewisse Loyalität verspürt."

Susan und David blickten sich kurz an.

Chase runzelte die Stirn. „Übersehe ich etwas?"

David bemerkte: „Was wäre, wenn sie Jinshan *nicht* verehrte? Und was, wenn sie einen Grund hätte, ihren Vater zu hintergehen?"

Susan schob ihm einen braunen Umschlag zu, der auf ihrem Schreibtisch lag. „Lesen Sie."

Chase nahm das Dokument heraus und ging es durch.

David beobachtete Chase beim Lesen aufmerksam. „Vielleicht können wir uns ihre Rückkehr nach China zunutze machen."

Chase war auf der zweiten Seite des Berichts angekommen. „Sie war ein Teenager, als das passierte?"

David nickte. „Alle chinesischen Gymnasiasten durchlaufen eine Art militärische Grundausbildung namens Junxun. Das ist Pflicht und findet normalerweise in den Sommermonaten statt. Militäreinheiten vor Ort bringen den Schülern bei, wie man marschiert, salutiert ..."

„... und ein guter Kommunist ist", ergänzte Susan.

David fasste zusammen: „Es ist eine Art Bootcamp für chinesische Patrioten. Aber es ist auch *die* Veranstaltung, bei der das Ministerium für Staatssicherheit künftige Agenten auswählt und anwirbt."

Susan tippte auf den Umschlag. „Auf diese Weise ist Lena rekrutiert worden. Sie wurde während der Grundausbildung herausgepickt und auf eine Schule für die leistungsstärksten MSS-Rekruten geschickt."

Chase las weiter, dann sah er kurz von dem Dokument auf. „Heilige Scheiße, Mann."

David nickte zustimmend. „Ziemlich verkorkst, hm?"

„Ein männlicher Mitschüler sollte sie auf Anordnung des Ministeriums sexuell missbrauchen?"

David sagte: „Schau dir den Namen des Rekrutierungsoffiziers an. Es ist nicht irgendwer. Lena ist einem ehemaligen MSS-Offizier ins Auge gefallen. Einem mit hochgesteckten Zielen."

Chase stieß einen Pfiff aus. „Cheng Jinshan."

„Ohne dass jemand davon wusste, hatte Jinshan arrangiert, dass ihr ein männlicher Student eines Nachts einen unerwünschten Besuch abstattete. Durch die Aktion sollte sie kompromittiert werden. Der Junxun-Kader sollten die beiden ertappen und sie der Ungebührlichkeit beschuldigen. Ihr Vater war damals Oberst bei der VBA. Wenn man sein einziges Kind rausgeschmissen hätte, weil sie mit jemandem im Bett …"

„Sie hat aber nicht freiwillig mit dem Typen geschlafen", unterbrach ihn Chase. „Das ist … Das ist ja so was von abartig …"

Davids Miene drückte Mitgefühl aus. „Es spielte keine Rolle, was tatsächlich geschah. Es ging nur darum, wie es aussah. Lenas Vater war ein Oberst. In den Augen der gehobenen Gesellschaft, der ihre Eltern angehörten, wäre Li, wie sie damals hieß, eine Schande für ihre Familie gewesen. In diesem Moment tauchte Jinshan als Retter auf und bot ihr einen Ausweg."

„Einen Job beim MSS."

„Genau. Die Aussicht, unterzutauchen und einer seiner Spione werden. Eine Schläfer-Agentin, die man zu gegebener Zeit unter einer neuen Identität in die USA einschleusen würde."

Chase hielt den Bericht hoch. „Hier steht, dass sie den Kerl, der in ihr Zimmer kam, fast umgebracht hat."

David sagte: „Ja. Ich glaube nicht, dass Jinshan damals geahnt haben, mit wem sie sich da anlegen. Anscheinend hat sie gewartet, bis er mit ihr fertig war. Dann ist sie später in sein Zimmer gegangen und hat ihm die Zunge herausgeschnitten."

„Heilige Scheiße ..." Chase schüttelte den Kopf und sah weg.

Susan bemerkte: „Aus diesem Grund interessiert mich ihr derzeitiger Gemütszustand. Sehen Sie, Chase, Lena Chou weiß nicht, dass Jinshan den Übergriff damals inszeniert hat. Sie glaubt, dass er hinterher zufällig aufgetaucht ist und ihr aus reiner Herzensgüte geholfen hat. Er hat ihr einen ehrenhaften Ausweg aus der Misere geboten, nachdem sie die Dinge so gewaltsam selbst in die Hand genommen hat."

„Das ist verrückt", entgegnete Chase.

„In dem Dokument steht auch, dass Jinshan sich vor ihrer Rekrutierung mit Lenas Vater, General Chen, beraten hat. Wir wissen nicht, ob Chen im Detail in Jinshas Vorhaben eingeweiht war. Und mit Lenas brutaler Reaktion hat mit Sicherheit niemand gerechnet. Aber es sieht ganz danach aus, als hätte General Chen seine Tochter an Jinshan verschachert, im Austausch für bessere Aufstiegschancen. Jinshan begann wenig später damit, zugunsten des guten Generals Strippen zu ziehen. Lena weiß von all dem nichts."

Chase schüttelte erstaunt den Kopf und wandte sich dann

an Susan. „Sie werden also – was? Das hier freigeben? Es Lena zukommen lassen? Was wollen Sie erreichen?"

„Ich will ihrer Loyalität China gegenüber einen Dämpfer versetzen. Ich will sie motivieren, weiterhin für uns zu spionieren. Und ich möchte ihr dafür ein persönliches Motiv geben."

„Wie lange haben Sie diese Informationen schon?", wollte Chase wissen.

„Sie fragen sich, warum ich sie nicht schon früher verwendet habe?"

„Ja."

Susan sagte: „Weil ich nicht voreilig alle Karten auf den Tisch legen wollte. Ich hatte Sie. Und das Kind."

Nach dem Treffen mit Susan fuhr David Chase zum Quartier der unverheirateten Offiziere auf dem Stützpunkt Pensacola. Letzterer brachte sein Gepäck auf sein Zimmer, bevor die Brüder loszogen, um sich bei Subway etwas zum Mittagessen zu besorgen. Dank der Kriegsrationierung waren die meisten Zutaten aus, aber sie schafften es dennoch, ein halbwegs anständiges Truthahnsandwich zu bekommen.

Chase und David aßen an einem Picknicktisch am Wasser mit Blick auf die Bucht. Eine Trauerweide spendete ihnen Schatten.

„Gibt's was Neues von Victoria?", erkundigte sich Chase. Beide Brüder wussten, was Chase damit meinte – Davids Einblick in die Berichterstattung der US-Geheimdienste.

Davids Miene verdüsterte sich. „Nichts Gutes."

„Irgendetwas Schlimmes?"

„Sie steht auf der Liste eines chinesischen Kriegsgefangenenlagers in der Nähe von Manta. Etwa zwanzig Meilen von dem Ort entfernt, an dem du damals warst."

„Irgendwelche Pläne, um ...", setzte Chase an.

„Das kann ich nicht sagen."

Chase starrte seinen Bruder an und überlegte, ob er sich über diese Antwort ärgern sollte. In den letzten paar Jahren hatte sich für David viel verändert. Er war vom Technologie-experten zum Geheimdienstanalysten aufgestiegen und in Operationen auf höchster Ebene involviert. Er war ein wasch-echter Spion und machte seinen Job, indem er sich nicht in die Karten schauen ließ, wie alle anderen auch, mit denen Chase zusammengearbeitet hatte.

Es war verdammt nervig. Aber er konnte es verstehen.

Chase wechselte das Thema. „Wie geht's meinem ... wie geht's dem Jungen?"

„Lindsay sagt, es geht ihm gut." Nach dem Angriff auf die Militärbasis Eglin hatte man die auf der Basis lebenden Familien der Silversmith-Mitarbeiter umgesiedelt. Das Risiko war zu groß gewesen und hatte für zu viel Ablenkung gesorgt. Davids Frau Lindsay hatte sich bereit erklärt, Lenas Kind vorübergehend in Obhut zu übernehmen. Mit Susans Einverständnis war sie an einen abgelegenen Ort in Colo-rado gezogen. Sie und die Kinder standen unter militäri-schem Schutz und wurden von einer Krankenschwester unterstützt, die sich schon vorher um das Baby gekümmert hatte.

„Bitte richte ihr aus, dass ich ihr sehr dankbar bin."

David nickte. „Natürlich." Er legte sein Sandwich auf den Tisch und ließ seinen Blick über den weißen Strand und das ruhige Wasser schweifen. „Susan wird die Informationen aus dem Bericht einsetzen."

Chase erwiderte: „Ich bin mir nicht sicher, wie das funk-tionieren soll. Lena reagiert generell nicht besonders gut auf

Einflussnahme und Druck. Ich kenne sie. Das könnte nach hinten losgehen."

„Wir sind bereit, dieses Risiko in Kauf zu nehmen."

„Wir?"

„Ich war an der Entscheidungsfindung beteiligt."

Chase fuhr fort: „Ich habe gelesen, dass die chinesischen Truppen jetzt durch Kolumbien nach Norden ziehen. Und dass eine Bodenschlacht unmittelbar bevorsteht."

David schwieg.

Chase sagte: „Ich habe auch gehört, dass die meisten meiner Kumpels in San Diego bald sehr beschäftigt sein werden. Das klingt für mich so, als würde es bald so richtig losgehen?"

„Ich darf darüber nicht sprechen."

Chase schnaubte. „Ich hab's kapiert. Ich bin jetzt ein Aussätziger."

David sah sich um und ging dann zum Sandstrand. „Komm mal her."

Chase folgte ihm. Sein Bruder kniete sich hin, nahm einen Zweig in die Hand und zeichnete damit die Umrisse von Nord-, Süd- und Mittelamerika in den Sand.

„Mein Lieber, künstlerisch hast du es echt nicht drauf."

David grinste. „Du hast es doch erkannt, oder?"

„Ja."

David erklärte: „Also, ich teile jetzt ein paar Dinge mit dir, ohne sie auszusprechen. Ich wurde gebeten, an ein paar Projekten mitzuarbeiten – eines davon ist die Kriegsplanung des Pentagons. Ich bin mit vielen dieser Gerüchte, die du erwähnt hast, bestens vertraut."

David zog mit dem Zweig innerhalb seiner Umrisse ein paar Pfeile ein. Die Zeichnung war sehr grob, aber Chase verstand sie auch so. Die Chinesen waren auf dem Vormarsch durch Kolumbien nach Norden Richtung Mittelamerika.

David zeigte auf diesen Teil seiner Karte und sagte: „Große Zahlen. Wirklich große Zahlen."

„Scheiße."

Dann begann er, im östlichen Pazifik Pfeile einzuzeichnen, die parallel zur südamerikanischen Westküste nach Norden wiesen. „Verstärkung und Nachschub." Er skizzierte Pfeile, die von der Küste Kaliforniens zu einem großen X westlich von Panama verliefen. Chase begriff, dass das US-Militär kurz vor einer großen Bodenoffensive in Kolumbien oder Mittelamerika und einer Seeschlacht im Pazifik stand. David sah zu seinem Bruder auf, um sich zu vergewissern, dass dieser hatte folgen können, bevor er alles verwischte.

Chase bemerkte: „Du siehst nicht gerade glücklich aus."

David schüttelte den Kopf. „Bin ich auch nicht. Wir haben ein paar vielversprechende neue Taktiken entwickelt. Aber die Rechnung geht trotzdem nicht auf. Früher oder später ..."

„Werden die Verteidigungslinien brechen."

David nickte.

Chase fragte „Und, hast du schon was gesagt?"

„Zu den Planern im Pentagon? Bruderherz, da bin ich ein Niemand."

„Hast du nicht die Pläne entwickelt für –"

„Ja, aber das interessiert heute niemanden mehr. Das war letztes Jahr. Und außerdem haben sie *dort* hauptsächlich General Schwartz wahrgenommen. Man kann im Pentagon keinen Stein werfen, ohne drei Flaggoffiziere zu treffen. Egal ob wir uns im Krieg oder im Frieden befinden, manche Dinge ändern sich nie. Jeder will sich profilieren. Jeder will seine Idee verwirklicht sehen. Ich kann mir in D. C. kein Gehör verschaffen. Und offen gestanden bin ich mir nicht sicher, ob das überhaupt eine Rolle spielt. Ich habe im Moment keine Lösung. Ich dachte, ich hätte eine, aber ..."

„Hyperschallwaffen. Davon hast du mir immer wieder erzählt."

David nickte. „Tja, stimmt. Leider fehlt da noch ein Puzzleteil. Wenn wir die Rojas-Technologie zum Laufen brächten, könnte uns das einen großen taktischen Vorteil verschaffen. Ohne sie sind wir dazu verdammt, einen modernen Krieg ohne GPS oder zuverlässige ISR-Maßnahmen zu führen."

„Ist es wirklich so schlimm?"

„Schlimmer als schlimm. Wir zerstören ihre Satelliten und Drohnen und sie zerstören unsere. Beide Seiten können von Glück reden, wenn ihre millionenschweren Vögel für ein paar Stunden ein paar Bilder sammeln können, bevor sie wieder vom Himmel geholt werden."

„Auch die kleinen Drohnen? Die Stealth-Drohnen? Mikro-satelliten?"

„Vieles von dem Zeug ist nur ein Haufen Schlagworte. Ja, wir haben ein paar Tricks auf Lager. Aber das hilft uns hier nicht." Er deutete auf den Sand. „Bei einem großangelegten Angriff oder einer Schlacht braucht man zuverlässige Daten-verbindungen für Zielerfassung, Navigation und Kommunika-tion. Ohne die sind wir wieder bei der Taktik der Vietnam-Ära – nur mit teureren Waffen."

Chase legte seinem Bruder eine Hand auf die Schulter und drückte sie sanft. „Entspann dich. Das wird schon. Du bist der Typ mit den guten Ideen. Dir fällt noch was ein."

David grinste schwach. „Vielleicht. Ich sollte langsam mal zurück ins Büro gehen."

Chase sammelte den Müll ein und schloss sich seinem Bruder an. „David, eine Sache verstehe ich nicht ... Warum liegt euch so viel daran, Lena zu einer Kooperation zu bewe-gen? Ich meine, wir haben doch auch andere Möglichkeiten, Informationen zu sammeln oder nicht?"

David blieb stehen und sah sich um, bevor er antwortete. „Es geht nicht nur um das Sammeln von Informationen."

„Was ist es dann?"

„Lass es mich so formulieren: Glaubst du, wir hätten Lenas Flucht riskiert, wenn wir uns davon nichts versprochen hätten?"

Chase wurde nachdenklich.

David sagte: „Wir haben durchaus erwartet, dass Lena wieder in China landen könnte. Was habe ich zu dir gesagt, bevor du in das Flugzeug gestiegen bist?"

„Das ich dafür sorgen soll, dass sie lebt, ob ich sie zurück-bringen kann oder nicht."

„Und das hast du getan."

„Ja, aber ich sollte sie trotzdem wieder mitbringen", wandte Chase ein.

„Im Idealfall, ja. Aber diese Operationen sind immer eine Art Glücksspiel. Wir müssen stets auf unterschiedliche Ergeb-nisse vorbereitet sein. Ein ganz entscheidender Faktor bei alledem ist der Gesundheitszustand von Jinshan. Er wird bald sterben. Und wenn das passiert, wollen wir, dass sein Nach-folger unser Verbündeter wird."

„Und Lena?"

David zog eine Augenbraue hoch. „Wir glauben, dass Lena uns dabei helfen kann."

17

Lena erkannte Peking kaum wieder. Als sie den Flughafen hinter sich ließ, fand sie eine vom Krieg gezeichnete Stadt vor. In der ganzen Stadt standen alle paar Blocks Panzer und Flugabwehrwaffen. Die extravaganten Geschäfte und der glamouröse Lebensstil von Pekings Elite waren Geschichte. Ebenso wie die einst pulsierenden Straßenmärkte und die moderne Betriebsamkeit des Geschäftsviertels. Männer und Frauen eilten durch die Straßen und trugen einheitliche graue Tuniken mit roten Abzeichen auf der rechten Schulter.

An der Außenseite der meisten Gebäude hingen Propagandaplakate. Einige erinnerten die Bürger daran, sich für den Staatsdienst registrieren zu lassen. Andere forderten sie auf, jeden, der ihnen verdächtig vorkam, auf der MSS-Webseite zu melden. Plakatwände, die einst für Luxusgüter warben, waren durch patriotische Kunstwerke ersetzt worden. Digitale Anzeigen auf Mobiltelefonen deckten sämtliche Spielarten der staatlich geförderten Medien ab. Diese Push-Nachrichten wurden von den chinesischen Spezialisten für psychologische Kriegsführung sorgfältig auf die verschiedenen demografischen Zielgruppen zugeschnitten.

Lenas Auto bog in Richtung des Regierungssitzes Zhongnanhai ab.

„Sie sind alle wieder hier?"

„Ja, Ma'am", antwortete ihr Begleiter.

„Nicht mehr in den Bergen?" Sie war überrascht. Die im Geheimen erbaute Bergfestung sollte eigentlich während des gesamten Krieges als Kommando- und Kontrollzentrum dienen.

Der VBA-Offizier auf dem Beifahrersitz drehte sich um und sah sie an. „Unsere Regierung befindet sich schon seit einiger Zeit nicht mehr in den Bergen. Der Krieg läuft jetzt gut für uns. Es gibt keinen Grund für sie, sich zu verstecken. Unsere Staatsführung ist in Peking gut aufgehoben."

„Ich verstehe."

Sie hatte während des Flugs beschlossen, zwei Dinge für sich zu behalten: ihre vorübergehende Zusammenarbeit mit den Amerikanern und das Kind. Unabhängig davon, wie sehr Jinshan sie mochte, würden ihr ihre „Freunde" im MSS mit Misstrauen begegnen. Wenn sie herausfänden, dass sie Chases CIA-Team geholfen hatte, würde man sie als Verräterin abstempeln.

Lenas erster Besuch galt Jinshan.

Der Vorsitzende Jinshan hielt sich in seinem Privatquartier auf und bekam gerade eine Chemotherapie verabreicht. Sein Zimmer war ein palastartiges Gemach mit Blick auf einen spektakulären Privatgarten. Die Medikamente wurden mittels einer Infusion in seine Venen geleitet. Zwei Adjutanten saßen auf Stühlen neben seinem Bett und machten Notizen, während sie seinen Anweisungen lauschten. Als er Lena erblickte, hörte Jinshan auf zu sprechen. Auf seinem Gesicht breitete sich ein warmes Lächeln aus.

„Sir, Miss Chou ist eingetroffen", verkündete ihre militärische Eskorte mit einer Verbeugung.

„Lassen Sie uns bitte allein", wies Jinshan seine Mitarbeiter an.

Lena wartete, bis sich der Raum geleert hatte. Sogar seine persönlichen Leibwächter traten auf den Balkon hinaus und schlossen die Flügeltüren hinter sich. Jinshan schaute durch das Fenster auf den Garten. Gleißendes Sonnenlicht fiel auf einen dunklen Teich. Sorgfältig beschnittene Bäume säumten einen Steinweg. Es sah friedlich aus.

Dann sagte Jinshan: „Staatssekretär Ma, Sie bleiben bitte."

Lena erkannte, dass einer der Männer gar kein Adjutant war, sondern Jinshans Zögling. Er sah nicht besonders viel älter aus als sie selbst.

„Lena, das ist Staatssekretär Ma", erklärte Jinshan. „Er wird meine Aufgaben übernehmen, wenn die Zeit gekommen ist."

„Es ist mir ein Vergnügen, Sie kennenzulernen, Sir."

„Die Freude ist ganz meinerseits, Miss Chou. Der Vorsitzende Jinshan hat mir berichtet, dass Sie quasi unersetzlich sind."

Sie neigte den Kopf zum Dank und wandte sich dann an Jinshan. „Wie geht es Ihnen, Vorsitzender Jinshan?"

Sein Lächeln wurde breiter. „Nur du würdest aus der Gefangenschaft zurückkehren und als Erstes diese Frage stellen. Mein Ende naht, fürchte ich. Aber heute ist es noch nicht so weit."

Er deutete ihr an, auf einem der Stühle neben seinem Bett Platz zu nehmen.

„Wir haben in der Zeit, in der du weg warst, große Fortschritte gemacht."

„Das erfüllt mich mit großem Stolz", antwortete Lena.

„Minister Dong und dein Vater werden bald hier sein. Hast du sie schon gesehen?"

„Noch nicht."

Es klopfte an der Tür und dann erklangen Schritte, als General Chen und seine Entourage von Stabsoffizieren in den Raum marschierten. Als er Lena wahrnahm, spiegelte General Chens Miene erst Schock, dann Freude wider.

„Ich hatte gehört, dass du auf dem Rückweg warst, Tochter. Willkommen. Geht es dir gut?"

Bevor sie antworten konnte, kam eine weitere Gruppe von Männern um die Ecke, dieses Mal angeführt von Minister Dong.

„Hallo, Miss Chou", begrüßte Dong sie. „Ich habe heute Morgen Ihren Bericht gelesen. Eine erstaunliche Flucht."

Lena erwiderte: „Sie ist ganz der Verdienst meiner Ausbildung beim Ministerium für Staatssicherheit."

Dongs Blick war durchdringend, als versuche er, ihre Gedanken zu lesen. Lena spürte, dass er ihr gefährlich werden könnte. Sein Misstrauen war verständlich. Jeder ranghohe Gefangene, der unversehrt ins Mutterland zurückkehrte, würde auf diese Weise beäugt werden. Ihr dämmerte, dass ihre militärische Eskorte und der Fahrer wahrscheinlich zur Spionageabwehr gehörten. Auch die würden Lena genau im Auge behalten.

Jinshan sagte: „Wir sollten für Lenas Rückkehr dankbar sein. Ich kann es kaum erwarten, dass du mir die Details deiner Flucht erzählst. Leider läuft uns die Zeit davon und wir müssen jetzt zum geschäftlichen Teil übergehen. Bitte fangen Sie an, meine Herren."

Als Erster fasste General Chen die Bewegungen der VBA in Südamerika zusammen. Chinas Vormarsch war beeindruckend. Ganze Divisionen von VBA-Truppen und Panzern hatten den Weg über den Pazifik zurückgelegt.

„Wir konsolidieren unsere Kräfte in Kolumbien und Venezuela. Der Transport auf der Schiene funktioniert gut.

Wir erwarten, dass wir zum Ende der Woche bis nach Panama vordringen werden."

„Ausgezeichnet, General."

General Chen sah Dong an. „Ich bin jedoch besorgt, weil unsere nachrichtendienstliche Unterstützung nach wie vor unzureichend ist. Meine Kommandanten auf dem Schlachtfeld haben wiederholt erklärt, dass sie für unseren Vorstoß nach Norden genauere Informationen benötigen."

Dong räusperte sich. „General Chen wird sich daran erinnern, dass unsere Kapazitäten für Satelliten-Massenstarts begrenzt sind und deren Timing für den Erfolg seiner Männer entscheidend ist. Wenn wir zu früh starten, werden die Amerikaner die Satelliten vorzeitig zerstören."

Lena verfolgte das Wortgefecht der beiden Männer aufmerksam. Ihre Sticheleien waren heftiger als bei dem letzten Treffen, dem sie beigewohnt hatte. Als sie Jinshan ansah, wurde ihr der Grund dafür klar: Er lag buchstäblich auf dem Sterbebett. Es würde nicht mehr lange dauern, bis er tot war. Die Rivalen produzierten sich nicht für Jinshan, sondern für Ma.

Dong war sichtlich verärgert. „Und was ist mit Ihren Drohnen?"

General Chen entgegnete: „Wir wollen sie nicht einsetzen, bevor wir sie wirklich brauchen. Das wissen Sie genau."

Staatssekretär Ma fragte: „Es tut mir leid, General, aber könnten Sie noch einmal erläutern, warum das so ist?"

Lena verbarg ihre Belustigung. Sie wusste, dass die Frage ihren Vater verärgerte.

General Chen antwortete: „Natürlich, Staatssekretär Ma. Sehen Sie, wir können unsere Drohnen nicht tief über feindliches Gebiet fliegen lassen. Amerikanische Cyberattacken und elektronische Angriffe machen Drohnen, die sich nicht in der Nähe ihrer Kontrollstation befinden, sehr verwundbar. Wenn

wir sie zu Aufklärungszwecken über größere Entfernungen
schicken, könnten sie zerstört werden. Wir hatten angenommen, die Satelliten von Minister Dong würden sich um die
Überwachung mit größerer Reichweite kümmern."

Dong verdrehte die Augen. „Nun, Sie hätten wenigstens
Ihre U-Boote in der Nähe der amerikanischen Küste für die
Signalaufklärung verwenden können. Aber die mussten Sie ja
für Ihren Spontanangriff vergeuden. Schlechtes Urteilsvermögen, wenn Sie mich fragen."

Lena nahm die Bemerkung zur Kenntnis. Ihr Vater hatte
den Angriff also angeordnet. Hatte er gewusst, dass sie sich
dort aufhielt?

General Chen konterte: „Weitere U-Boote sind bereits auf
dem Weg …"

Jinshan runzelte die Stirn und hielt eine zitternde Hand
hoch. „Ich habe für heute genug gehört, meine Herren. General, setzen Sie Ihren Vorstoß nach Norden aggressiv fort.
Beraten Sie sich mit mir, sobald Sie die amerikanischen Frontlinien erreichen."

„Jawohl, Herr Vorsitzender."

Jinshan fuhr fort: „Nun, Minister Dong hat recht. Wir
haben ein Kapazitätsproblem. Unsere strategische Raketen-
truppe ist dezimiert. Und nur wenige unserer U-Boote mit
ballistischen Atomraketen sind in Stellung gebracht. Vieles
davon war Absicht, aber wir müssen uns besser aufstellen.
Wir brauchen die Hilfe eines Verbündeten."

Dong fragte: „Russland?"

Jinshan nickte, bevor er seine nächsten Worte an
Lena richtete. „Lena, du wirst dich morgen mit dem
russischen Botschafter treffen. Wir müssen unser Militärbündnis ausbauen. Es reicht nicht mehr, dass sie als
nukleare Abschreckung bereitstehen. Unsere Verhandlungsposition Russland gegenüber hat sich verbessert.

Wir müssen unsere Bedingungen dementsprechend modifizieren."

Lena verbeugte sich. „Wie Sie wünschen, Herr Vorsitzender."

Jinshan entließ die Gruppe, die daraufhin seine Gemächer verließ.

Draußen auf dem Flur überfiel General Chen sie mit einer Frage. „Möchtest du mit mir Tee trinken, Tochter?"

Tochter? Er will etwas von mir, dachte Lena.

„Natürlich, General."

Ein paar Sekunden später saßen sie in seinem Privatbüro. Einer der Köche des Generals brachte ihnen ein Tablett mit Tee und ging wieder hinaus.

„Minister Dong scheint dir nicht zu trauen", bemerkte ihr Vater.

Lena war überrascht, dass er es bemerkt hatte. Oder es erwähnte. Sie antwortete nicht.

„Es ist kein Geheimnis, dass wir beide um die gleiche Position wetteifern. Wenn der Vorsitzende seinem Krebsleiden erliegt, wird Ma einen Vizepräsidenten brauchen. Die Wahl wird auf Dong oder mich fallen. Jeder weiß das."

Lena nippte an ihrem Tee. „Ich verstehe."

„Mein Chirurg sagte mir, dass es wahrscheinlich nur noch eine Frage von Wochen ist. Es ist ein Wunder, dass Jinshan so lange durchgehalten hat." Lena fand, dass ihr Vater fast übermütig aussah, als er das sagte.

Er stellte seine Tasse auf den Schreibtisch und lehnte sich in seinem Stuhl zurück. „Ich bin sehr beeindruckt von deinen Leistungen ... Lena." Ihr fiel auf, dass er sie mit Lena ansprach, mit dem Namen, den sie als MSS-Agentin angenommen hatte. Nicht mit ihrem wahren Namen, Li, wie er es sonst immer getan hatte. Er muss wirklich etwas wollen.

„Danke, General."

„Jinshan meint es offensichtlich sehr gut mit dir, wenn er dir einen so wichtigen Auftrag gibt, kaum dass du wieder zurück bist. Vielleicht wirst du Sondergesandte für die Russischen Föderation?"

„Was auch immer ich tun kann, um zu dienen."

„Ich denke, dass der russische Beitrag minimal ausfallen wird. Statt auf ein einfaches Militärbündnis mit Russland, sollten wir uns auf andere strategisch wichtige Bereiche konzentrieren. Ich will damit nicht sagen, dass du dich Jinshans Wünschen widersetzen sollst. Triff dich auf jeden Fall mit den Russen. Verlange von ihnen das, was er dir aufgetragen hat. Aber am Ende wird es meiner Meinung nach nicht den ausschlaggebenden Unterschied machen."

„Und was wird den Unterschied ausmachen, wenn ich fragen darf?"

„Waffeninnovationen."

Lena verzog keine Miene.

General Chen redete weiter: „Wenn wir die amerikanischen Verteidigungslinien durchbrechen, werden sie eine Entscheidung fällen müssen. Entweder setzen sie ihr Atomwaffenarsenal ein, um den taktischen Vorteil auf dem Schlachtfeld wiederzuerlangen, oder sie finden sich mit einer Niederlage ab. Jinshan hat unsere eigenen nuklearen Fähigkeiten in den ersten Kriegstagen geopfert."

„Aber das Ultimatum der Russen hat schon dafür gesorgt, dass –"

General Chen lachte spöttisch und tat ihren Kommentar mit einer Handbewegung ab. „Was glaubst du, wird passieren, wenn das Ganze *wirklich* zu unseren Gunsten kippt? Wenn wir mit unseren Panzern durch Mexiko hindurch das Gebiet der

Vereinigten Staaten erreichen? Glaubst du, die Russen werden uns dann immer noch zujubeln?"

Lena erkannte, dass er recht hatte. Die Russen waren angetan von der Idee, die Vereinigten Staaten zu Fall zu bringen. Aber der Gedanken an ein so mächtiges China, das ganz Asien und Amerika beherrschte, würde sie gleichermaßen entsetzen. Sie war überrascht, dass ihr Vater ganz allein darauf gekommen war.

Lena sagte: „Der Vorsitzende hat mich beauftragt, die Russen zu überzeugen, uns bei dem kommenden militärischen Angriff auf das US-Festland zu unterstützen."

„Und das wirst du auch tun." Der General nickte. „Aber China hat noch eine andere Forderung. Jinshan hat selbst gesagt, dass wir ein eigenes Mittel zur nuklearen Abschreckung brauchen."

Lena wartete, bis er fortfuhr.

General Chen erklärte: „Ich möchte, dass du die Russen bittest, die Ergebnisse bestimmter Projekte im Bereich Waffenforschung mit uns zu teilen. Jinshans Strategie hat zu einer starken Dezimierung unserer nuklearen Fähigkeiten geführt. Ich habe an einer Lösung gearbeitet – ein Programm zur uneingeschränkten Kriegsführung, das sehr vielversprechend ist. Meine Wissenschaftler berichten mir, die Russen hätten auf diesem Gebiet einen Durchbruch erzielt. Daher möchte ich, dass die Russen einige ihrer Erkenntnisse unseren eigenen Wissenschaftlern zugänglich machen. Wenn es China gelingt, ein neues Abschreckungsmittel gegen den Einsatz amerikanischer Atomwaffen zu entwickeln, sind wir nicht mehr auf die Russen angewiesen. Nur dann werden wir wahre Macht erlangen."

Lena antwortete: „Das klingt sehr interessant, General." Ein uneingeschränkter Krieg. Er sprach von biologischen oder chemischen Waffen.

„Es ist die Art von Fortschritt, die Staatssekretär Ma beeindrucken würde, nicht wahr?"

Lena nickte. „Ja, das ist es. Darf ich fragen, warum die Russen zustimmen sollten, diese Informationen zu teilen?"

General Chen erwiderte: „Wenn ich an der Macht bin, werde ich dafür sorgen, dass die Russen bessere Handelsabkommen bekommen. Das solltest du ihnen anbieten."

„Wenn *Sie* an der Macht sind?"

General Chen legte den Kopf in den Nacken. „Wenn ich Jinshan und Staatssekretär Ma beweisen kann, was sie an mir haben, ist es nur folgerichtig, dass ich als Mas zukünftiger Vizepräsident und Chefberater auserwählt werde. Die Leistungen von Minister Dong sind im Vergleich zu meinen banal. Die Einrichtung dieses neuen Programms für unkonventionelle Waffen wird meinen Anspruch weiter festigen."

„Das ist gut durchdacht, General."

General Chen runzelte die Stirn. „Mit der Bitte um Daten aus ihrer Waffenforschung können wir nur jetzt an die Russen herantreten, in einem Moment, in dem ihnen die Bedeutung der Anfrage nicht wirklich klar ist; und unsere militärische Überlegenheit noch nicht so groß ist, dass sie sich durch uns bedroht fühlen."

„Ich werde den Grundstein dafür während meines Gesprächs legen. Ein solches Ersuchen muss behutsam und an die richtigen russischen Offiziellen herangetragen werden. Es könnte alternative Kanäle geben, die wir eventuell nutzen müssen."

„Gut."

Der General setzte sich anders hin und knetete seine Hände.

„Liegt sonst noch etwas an?"

Er senkte seine Stimme. „Ja. Da ist noch etwas. Du bist doch ein Offizier des Ministeriums für Staatssicherheit."

„Das bin ich."

Er stand auf, trat dicht an sie heran und flüsterte: „Minister Dong, der Minister für Staatssicherheit, traut dir nicht."

Lena sah zu ihm auf. „Ist das so?"

Als er ihre Schulter packte, zwang sie sich, stillzuhalten. „*Wir* sind blutsverwandt. Ich schlage vor, wir handeln zu unserem beiderseitigen Vorteil. Dong hat seine Verbündeten im Politbüro, ich habe meine. Ich kann dafür sorgen, dass Dong nichts unternimmt, um deinen Einfluss auf Ma zu schmälern."

„Könnte er das wirklich tun?"

General Chen ließ Lenas Schulter los und ging wieder um seinen Schreibtisch herum. Er stützte sich mit beiden Händen auf der Tischplatte ab, beugte sich vor und sah auf sie hinab. „Wir müssen uns auf die Übergangsphase nach Jinshans Tod konzentrieren. Wenn diese Zeit kommt, brauche ich etwas, das ich gegen Dong verwenden kann. Sonst wird das keiner von uns beiden überstehen. Kann ich mich auf deine Loyalität verlassen?"

„Natürlich können Sie das, Vater."

18

Victoria erwachte durch die Schreie eines der amerikanischen Gefangenen, der die Wachen anflehte, ihn nicht mehr zu schlagen. Dann wurde die Stimme zu einem Krächzen und Grunzen, gefolgt von weiteren Schmerzensschreien.

In der Dunkelheit konnte Victoria die Insassen in den Zellen auf der anderen Seite des Wegs kaum ausmachen. Die Gesichter an die Gitterstäbe gepresst, lauschten sie denselben Geräuschen, die sie geweckt hatten. Sie erinnerten sie an Hunde in einem Zwinger ...

Die Männer unterhielten sich im Flüsterton, um herauszufinden, wer gefoltert wurde. Dann hörte sie eine knarrende Holztür, die geöffnet und zugeschlagen wurde. Das Knirschen von Stiefeln auf Schotter. Eine Gruppe von VBA-Wachen schleppte den schlaffen Körper des Gefangenen zurück in seine Behausung.

Dann marschierten die Wachen zur nächsten Zelle. Sie erkannte die Stimme des nächsten Opfers. „Hey, Leute. Ich hatte gehofft, dass ihr auftauchen würdet." Es war der Chief. Die Wärter brachten ihn in den Holzbau. Kurz darauf konnte man seine Schreie hören.

Victoria überlegte, was sie ihm antaten, das solche Schmerzen verursachte. Und wer der Nächste sein würde. Es war die Angst vor dem Unbekannten, die einen verrückt machte.

Das Geraune der Zelleninsassen verstummte, als die Schreie des Chiefs lauter wurden. Die Matrosen schauten wegen seines Dienstalters zu ihm auf, und die zu ihnen dringenden Laute waren entsetzlich.

Am nächsten Morgen waren alle übermüdet, hungrig und fragten sich, wann sie selbst an der Reihe sein würden. Die Soldaten stellten vor der Verhörbaracke Lautsprecher auf, die auf die Gefängniszellen ausgerichtet waren, und spielten in einer Endlosschleife eine englischsprachige Propagandaaufnahme ab. Trotz der ohrenbetäubenden Lautstärke konnte Victoria das Rumpeln von schweren Fahrzeugen spüren und das gelegentliche Dröhnen der Jets am Himmel hören.

Sie bekamen jeden Tag eine kleine Schüssel Reis und etwas Wasser. Wenn sie nicht befragt wurden, verbrachten sie die meiste Zeit in ihren Zellen. Die Vernehmungen fanden stets nachts statt. Irgendwann klappten alle zusammen und gaben auf.

Die chinesischen Vernehmungsbeamten wollten Informationen. Aber auch Propagandamaterial. Unterschriebene und auf Video festgehaltene Geständnisse. Wenn Gefangene gestanden, wurden sie belohnt. Meist in Form von warmem Essen, das ihnen in ihre Zellen gebracht wurde, damit es alle anderen riechen konnten.

Während die Häftlinge aßen, wurden ihre Geständnisse über die Lautsprecher im ganzen Lager verbreitet.

Nach einer Woche, in der sie stark abgenommen hatte und wegen des Schlafmangels Halluzinationen bekam, begann Victoria zu fantasieren, was auf diesen Tellern sein könnte.

Eines Tages fand sie es dank des Chiefs heraus, der in

einer der gegenüberliegenden Zellen rechts von ihr eingesperrt war. Sie konnte sein Gesicht sehen, als man ihm den
Teller mit dampfendem Hühnchen, Gemüse und warmen
Tortillas vorsetzte. Victoria lief das Wasser im Mund
zusammen.

Wie üblich wurde als Nächstes die Aufnahme seiner
Aussage abgespielt. Es war der Standardkram: Er gab vor aller
Welt zu, dass er ein Kriegsverbrecher war und dass er und
sein Schiff an illegalen Aktivitäten beteiligt gewesen waren
und ein friedliches chinesisches Volk angegriffen hatten.

Der Chief rührte das Essen zunächst nicht an. Der Teller
stand vor der Gittertür. Aber einen Moment später streckte er
seine Hand durch die Stäbe und begann etwas von dem
Hühnchen zu essen. Nach nur wenigen Bissen musste er sich
übergeben. Danach streckte er seine Hand erneut aus, stieß
den Teller um und möglichst weit von sich weg. Der Chief
begann zu schluchzen, während sein Geständnis noch immer
über die Lautsprecheranlage zu hören war.

Victoria schnippte mit den Fingern, um seine Aufmerksam-
keit zu erregen. Er sah mit roten und tränenüberströmten Augen
auf. Sie konnte nicht sprechen, da sie nicht riskieren wollte, den
Zorn der Wärter auf ihn und sich zu ziehen. Aber sie hielt einen
Daumen hoch und schenkte ihm einen Blick, der sagte, dass
alles gut werden würde. Sie wünschte, sie könnte mit ihm reden.
Ihm sagen, dass er keinen Grund hatte, sich schuldig zu fühlen.
Dass unter Zwang jeder früher oder später einknickte.

„Commander Manning."

Vor ihrer Zellentür stand ein weiblicher VBA-Soldat, flankiert von zwei Wachen. „Man verlangt nach Ihnen."

Das Klimpern der Schlüssel. Dann schwang die Zellentür
auf. Jetzt war sie also an der Reihe. Sie zogen sie heraus und
führten sie weg.

Bis jetzt war Victoria noch kein einziges Mal verhört worden. Sie hatte sich für ihre Erleichterung gehasst, wenn die Chinesen jedes Mal jemand anderen mitgenommen hatten. Eigentlich war sie fast froh, die erste Vernehmung hinter sich zu bringen. Sollten sie doch mit ihr machen, was sie wollten.

Sie versuchte sich einzureden, dass sie tatsächlich so mutig war ...

Victoria saß auf einem Metallstuhl in der Mitte des Vernehmungsraums. Der Zementboden war noch nass von dem Wasser, mit dem Blut und anderen Körperflüssigkeiten entfernt wurden. Ein Rinnsal tropfte in das Metallgitter des Abflusses im Fußboden. Draußen konnte sie Wachen hören, die Befehle bellten, gefolgt von den Schritten ihrer Männer, die auf den Hof des Lagers geführt wurden.

Die Tür knarrte beim Öffnen. Victorias Puls beschleunigte sich, als die vom hellen Tageslicht umrahmte Silhouette eines Mannes erschien. Sie wusste, wer dort stand. Die gestärkte Uniform. Die hohe, verzierte Militärmütze auf seinem Kopf. Schwarze Schuhe, die so poliert waren, dass man sich daran spiegeln konnte. Der Mann strahlte Entschlossenheit und Präzision aus.

Hauptmann Tao. Derselbe chinesische Offizier, mit dem sie am Bahnhof gesprochen hatte. Er musterte sie vom Türrahmen aus. Sein Blick verweilte auf ihren gefesselten Händen in ihrem Schoß. Er lächelte herzlich, als er den Raum betrat.

„Guten Morgen." Seine glänzenden Schuhe klapperten, als er zu dem Tisch in der Mitte des Raums ging.

Er setzte sich ihr gegenüber, breitete seine Unterlagen aus und platzierte daneben einen Filzstift.

„Commander", begann er, „ich möchte betonen, wie erfrischend es ist, Ihnen gegenüber zu sitzen. Es ist wirklich eine willkommene Abwechslung. Im letzten Jahr war ich dazu verdonnert, einfache Soldaten in Ostasien zu interviewen. Die Arbeit war derart eintönig. Es gab keine Herausforderungen. Geht es Ihnen bei Ihrer Arbeit manchmal auch so? Als würde man ständig nur dasselbe machen?" Er machte eine Geste, die seinen Unmut darüber ausdrückte.

Victoria blieb stumm.

Hauptmann Tao fuhr fort: „Die Routineverhöre solcher Männer sind das Einfachste überhaupt – man steckt drei Soldaten in einen Raum, sagt ihnen, derjenige, der zuerst redet, überlebt, erschießt ein paar Sekunden später einen von ihnen, und voilà! Man erhält postwendend ein Geständnis. Manchmal auch zwei."

Seine Augen leuchteten. Er nahm seine Kopfbedeckung ab und legte sie parallel zur Tischkante ab.

Victoria schwieg weiterhin. Sie kontrollierte ihre Atmung und bemühte sich, ruhig zu wirken.

Er studierte sie, wobei er den Kopf zur Seite legte. „Commander Manning, es ist mir eine Ehre, hier mit Ihnen zu sitzen. Sie wurden bereits mehrfach ausgezeichnet. Nach einer Reihe von siegreichen Kämpfen rasant befördert. Imposant. Bis Sie von einer feindlichen Streitmacht gefangen genommen wurden."

Er hielt inne und sah sie an. Gab ihr die Gelegenheit, etwas zu sagen.

Als klar war, dass sie es nicht tun würde, fuhr er fort: „Aber das sollte Ihnen eigentlich eine weitere Aufstiegschance bescheren, nicht wahr? Kriegsgefangene werden in Ihrem Land doch sicherlich gefeiert?" Er änderte seinen Tonfall.

„Hmm. Jedenfalls *wurden* sie das früher. Obwohl ich mir nicht sicher bin, was passieren wird, wenn die VBA die Pennsylvania Avenue hinuntermarschiert. Wissen Sie, was mit den Gefangenen einer unterlegenen Nation geschieht? Haben Sie sich das schon einmal überlegt?"

Victoria zuckte mit den Schultern.

Captain Tao bemerkte: „Denken Sie nicht darüber nach, was geschehen wird, wenn das hier alles vorbei ist? Ich bin sicher, dass Sie das tun. Sie verbringen den ganzen Tag in einer Gefängniszelle. Sie beschäftigen sich in Gedanken wahrscheinlich sogar *sehr oft* mit dem Kriegsende. Sie träumen davon, nach Hause zurückzukehren nach ..." Er prüfte seine Notizen. „Jacksonville, Florida? Das ist Ihr Zuhause, nicht wahr?"

Er machte erneut eine Pause, um ihr Zeit für eine Reaktion zu geben. In Ermangelung einer solchen setzte er das Verhör fort. „Wissen Sie, was vor ein paar Tagen passiert ist? Wir haben eine amerikanische Militärbasis in Florida angegriffen. Und in der Woche davor? Da haben wir einen ganzen Kontinent erobert, indem wir die letzten verbliebenen Amerikaner aus Kolumbien vertrieben haben."

Sie starrten einander schweigend an. Victoria unterdrückte jegliche Gefühlsregung. Aber ihre Gedanken rasten und sie überlegte, ob er die Wahrheit sagte. Er versuchte sie zu zermürben. Ihr die Hoffnung zu nehmen. Sie nach und nach zu vernichten.

„Wurde Florida tatsächlich angegriffen?"

„Oh ja."

„Das glaube ich Ihnen nicht." Sie fragte sich, ob sie ihm wohl noch mehr Informationen entlocken konnte.

Er zuckte mit den Schultern. „Es spielt keine Rolle, ob Sie mir glauben."

Victoria bemerkte: „Sie sprechen sehr gut Englisch."

„Sie auch." Er lächelte, dann lenkte er das Thema zurück auf sie. „Sie sind eine Frau in einem Männerberuf. Und die Tochter eines *Admirals* ..." Er senkte seine Stimme. „Ich sehe hier, dass Ihr Vater verstorben ist. Mein Beileid."

Sie grub ihre Fingernägel in ihre Handrücken.

„Sie sind die ranghöchste Gefangene in diesem Lager. Das bedeutet, dass Sie für das Verhalten und das Wohlbefinden der anderen Insassen verantwortlich sind. Ich werde mich von Zeit zu Zeit mit Ihnen unterhalten, um mich zu vergewissern, dass alles glatt läuft."

Victoria entgegnete: „Die Lebensbedingungen meiner Leute müssen verbessert werden. Sie brauchen mehr Nahrung und Wasser, als Sie derzeit bekommen. Sie müssen aus den Käfigen herausgelassen werden, in denen Sie uns festhalten, damit wir uns bewegen können. Und wir müssen uns waschen."

Captain Tao sagte: „Das lässt sich alles machen."

Victoria war von dieser Antwort mehr als überrascht.

„Im Gegenzug dazu werden Sie mir die Namen aller im Lager befindlichen Personen sowie deren Berufsfelder nennen. Jeder von ihnen wird ein Geständnis unterschreiben. Und es darf bei den Verhören keinen Widerstand mehr geben. Wenn wir eine Frage stellen, erwarte ich, dass Ihre Männer antworten. Als Gegenleistung werden Ihre Männer in Baracken verlegt, die ihrem Rang und ihrer Stellung entsprechen. Sie werden sich auf dem zentralen Hof unter Aufsicht unserer Wärter sportlich betätigen können. Um Essen, Wasser und Hygiene werden wir uns ebenfalls kümmern."

„Ich kann meinen Leuten nicht befehlen, ein Geständnis zu unterschreiben."

Captain Tao runzelte die Stirn. „Nun gut. Dann verlesen *Sie* eben eine kurze Erklärung. Und all Ihre Probleme lösen sich in Luft auf."

Victoria wusste, dass alles, was sie vorlas, als Propaganda verwendet würde. Vielleicht würde man es so verfälschen, dass es noch schlimmer klang, als es ohnehin schon war. Sie wusste aber auch, dass sie ihren Männern gegenüber eine Verantwortung hatte. Sie dachte an den Chief, der sein Essen erbrach, weil er mit der Scham nicht leben konnte. Ihre Lebensumstände mussten sich dringend ändern.

„Geben Sie mir die Erklärung."

Dreißig Minuten später wurde Victoria wieder in ihre Zelle gebracht. Es dämmerte und die Insekten wurden wieder aktiv. Nachdem die Zellentür geschlossen war, fing sie an, riesige Moskitos und Gott weiß was noch alles mit den Händen zu verscheuchen.

„Wann werden wir hier rausgeholt?", fragte sie die weibliche VBA-Wärterin, die vor ihrer Zelle stand.

„Captain Tao sagte morgen. Heute Nacht müssen Sie noch hierbleiben."

„Das haben wir so nicht vereinbart."

Während Victorias Geständnis aus den Lautsprechern dröhnte, marschierten die Wachen zu einer Zelle am Ende der nächsten Reihe. Sie lehnte ihren Rücken an die Betonwand, presste die Füße gegen die Mauer auf der anderen Seite und war wütend auf sich selbst, weil sie sich hatte instrumentalisieren lassen. Sie fühlte sich gedemütigt, weil ihre Männer nun Zeugen ihrer Schmach wurden. Sie hatten sie noch nicht einmal gefoltert. Stattdessen hatten sie sich ihr Bedürfnis, sich um ihre Männer zu kümmern, zunutze gemacht. Sie hatte nicht mehr klar denken können. Ihr war schwindelig von dem Schlafentzug und dem nagenden Hungergefühl.

„Jawohl! Jetzt geht es rund!", erklang eine vertraute Stimme.

Plug wurde zum Vernehmungsgebäude geführt.

Victoria schrie: „Hey! Hey! Captain Tao sagte, die Verhöre würden aufhören ..."

Einer der Wärter kam angerannt und öffnete ihre Zellentür. Er schleifte sie hinaus auf den Schotter, holte einen Schlagstock hervor und ließ ihn auf ihr Gesicht niedersausen.

Ein sengender, weißglühender Schmerz explodierte an ihrem Wangenknochen.

Sie sah Sterne, fühlte sich benommen – und wurde augenblicklich von einem weiteren, unfassbaren Schmerz erschüttert, diesmal in der Nierengegend.

Jemand hob sie hoch und schleuderte sie wie einen Sack Kartoffeln zurück in ihre Zelle. Nach einer Weile ließen die Höllenqualen ein wenig nach und sie begann mit der Bestandsaufnahme ihrer Verletzungen. Sie berührte ihr Gesicht. Es war bereits geschwollen, aus einer Wunde sickerte noch immer Blut.

Um sie herum ertönte das Protestgeschrei der Gefangenen, die den Angriff auf ihre ranghöchste Offizierin miterlebt hatten. Kurz darauf schrillten Trillerpfeifen und von irgendwo her kamen zusätzliche Wachen angelaufen. Dann folgte das Geräusch von eisernen Zellentüren, die auf quietschenden Scharnieren aufschwangen. Weitere heftige Schläge und Aufstöhnen.

Wenige Minuten später war die Strafmaßnahme ordnungsgemäß vollzogen und die Wachen schlossen die Gefangenen wieder in ihren Zellen ein. Anschließend mussten Letztere das bisher lauteste Geschrei aus dem Vernehmungsraum ertragen. Plug führte eine Art Performance auf und musste dafür büßen. Das Verhör dauerte eine Stunde, dann wurde er zurück in seine Zelle geschleppt.

Nachdem die Wachen auch ihn weggesperrt hatten, herrschte für einen Moment völlige Stille. Victoria bekam Angst, dass sie ihn getötet hatten.

Dann brach Plug das Schweigen. „Die ehelichen Besuche in diesem Gefängnis sind *wirklich* unter aller Sau."

Das Lachen, das den Hof kurz erfüllte, erstarb sofort, als ein paar Wärter erneut ihre Runde drehten. Sie zogen auch Victoria wieder aus ihrer Zelle, aber dieses Mal empfand sie die Schläge fast als wohltuend, so, als würden sie sie von ihren Sünden reinwaschen. Außerdem hatte ihr Plugs humorvolle Bemerkung Mut gemacht.

Die Lebensgeister ihrer Männer waren noch nicht gebrochen.

19

Camp David
Maryland

David saß auf einem Stuhl an der Wand des Konferenzraums. Alle Gespräche verstummten, als der Präsident nebst seinem Gefolge eintrat. Der Präsident nickte General Schwartz zu, der neben dem Präsentationsmonitor stand.

„Guten Morgen, General."

„Guten Morgen, Mr. President."

„Sir, im Rahmen dieses Briefings werden wir unsere Pläne für die Operation CENTER SHIELD umreißen."

Auf dem Bildschirm wurde eine Karte von Zentralamerika angezeigt. „Wir stellen die amerikanischen Streitkräfte in drei Verteidigungsgürteln auf: Gürtel eins verläuft durch Panama, Gürtel zwei durch Costa Rica – das ist der Puerto Limón-San José-Caldera-Korridor – und Gürtel drei durch Mexiko-Stadt."

Der Präsident fragte: „Warum Panama, General? Wir hatten doch bereits Militär in Kolumbien stationiert. Warum haben wir unsere Truppen nicht dorthin verlegt?"

„Sir, ehrlich gesagt haben sich die Chinesen schneller

bewegt, als wir erwartet haben. Panama ist wie ein Flaschen-
hals, klein und schmal. Stellen Sie sich ein langgezogenes
Delaware mit dschungelbewachsenem, bergigem Terrain vor.
Der Panamakanal ist das Juwel. Er bietet einen enormen stra-
tegischen Vorteil, wenn man die Gewässer an beiden
Mündungen kontrolliert. Im Operationsgebiet Panama sind
schwere Panzer weniger nützlich, deshalb haben wir dort
Helikopter und Stryker-Brigaden eingesetzt."

„Sehr gut. Fahren Sie fort."

General Schwartz erläuterte: „Gürtel zwei: Costa Rica.
Ebenfalls bergiges Areal und der letzte geografische Engpass,
bevor das Gelände breiter wird und der Feind einfacher flankieren, infiltrieren und weiter nach Norden vordringen kann.
Hubschrauber sind hier das A und O."

General Schwartz zeigte auf den Monitor. „Der letzte
Gürtel: Mexiko-Stadt, ein großes Ballungszentrum. Es gibt
Hügel und Wüstengebiete, insbesondere nördlich der Stadt,
wo unsere Panzergrenadierverbände und gepanzerten Bodeneinheiten manövrieren und große feindliche Formationen bei
einem Gegenangriff à la Desert Storm abschneiden oder
zerschlagen können. Die Kriegsführung wird sich hier ganz
anders gestalten als in Mittelamerika. Für den Fall, dass der
Feind so weit nach Norden vordringt, beinhaltet mein auf
Mexiko fokussierter Gegenangriffsplan auch eine Luft- und
Seeoffensive, um Panama einzunehmen und alle landge-
stützten Flucht- und Nachschubwege abzuschneiden. Ähnlich
wie MacArthurs amphibische Operation in Inchon, die praktisch die gesamte nordkoreanische Armee vernichtete."

Der Generalstabschef, der neben dem Präsidenten saß,
hakte nach: „Was würde die Chinesen daran hindern, die
gleiche Taktik anzuwenden, um unsere Streitkräfte einzuschließen?"

Ein Vier-Sterne-Admiral der Navy am Ende des Tischs

beugte sich vor. „Die Dritte Flotte entsendet beide Trägerkampfgruppen in das Gebiet, zur Unterstützung von Operationen im Ostpazifik. Die Zweite Flotte wird eine
Überwasserkampfgruppe in den Golf von Mexiko beordern."

„Was gibt es Neues über die Bewegungen der chinesischen
Marine?", erkundigte sich der Präsident.

Der Marineadmiral antwortete: „Sir, ihre Schlachtschiffe
der Jiaolong-Klasse und zwei Flugzeugträgerkampfgruppen
befinden sich westlich von Südamerika auf dem Weg nach
Norden. Wir gehen davon aus, dass sie die VBA-Boden-
truppen bei ihrem Feldzug durch Panama unterstützen
werden."

Der Generalstabschef fragte: „Haben sie amphibische
Fähigkeiten?"

Ein paar der ranghohen Offiziere tauschten Blicke aus.
„Davon gehen wir nicht aus, Sir", antwortete einer von ihnen.

David beobachtete, wie sich auf den Gesichtern rund um
den Tisch Enttäuschung breitmachte. Der Generalstabschef
sagte: „Ich möchte nicht hören, wovon Sie ausgehen. Sagen
Sie mir, was Sie wissen."

General Schwartz, der immer noch neben dem Monitor
stand, ergriff das Wort: „Sir, unsere ISR-Fähigkeit ist stark
eingeschränkt und kann nicht allen Anforderungen gerecht
werden. Wir mussten Abstriche machen. Daher haben wir
keinen guten Überblick über die sich nähernde Marineflotte
der VBA."

Der Präsident machte eine auffordernde Handbewegung.
„Machen Sie weiter."

General Schwartz klickte auf eine Schaltfläche und vergrößerte so den Kartenausschnitt von Panama. „Die 25. Infanteriedivision mit ihren Stryker-Brigaden ist nach Panama
verlegt worden. Dort werden sie den Panamericana-Korridor
verteidigen und sich nötigenfalls nach Norden zurückziehen."

Er rief die nächste Folie auf. „Die 101. Luftlandedivision, die 10. Gebirgsdivison und Teile der 2. Infantriedivision sowie die verbleibenden Stryker-Brigaden werden sich jetzt nach Costa Rica begeben. Diese Maßnahme läuft, seitdem die Chinesen in Südamerika landen und sollte bis Anfang nächster Woche vollständig abgeschlossen sein. Sollte dieser Gürtel überrannt werden, müssen die leichten Infanterieeinheiten möglicherweise per Hubschrauber oder auf dem Wasserweg evakuiert werden."

Der Generalstabschef wandte sich an den Admiral der Pazifikflotte. „Das ist Ihr Job, Bob. Die Seewege und der Luftraum müssen offen und sicher sein. Verstanden?"

„Jawohl, Sir, absolut."

Der Präsident wandte sich an General Schwartz. „Was passiert, wenn sie bis nach Mexiko-Stadt vordringen?"

„Sir, wenn den Chinesen das gelingt, werden wir die 1. Panzerdivision, die Infanteriedivisionen Nr. 1-4 sowie die 1. Kavalleriedivision verlegen, um Mexiko-Stadt zu verteidigen. Die 82. Luftlandedivision und die 1. Marinedivision stehen auf dem Territorium der kontinentalen USA bereit. Einheiten des 7. Spezialkräftekommandos und des 75. Ranger-Regiments werden in Nicaragua, Honduras, El Salvador, Panama-Stadt und Guatemala im Bodenkrieg zum Einsatz kommen. Sollten sich diese Gefechte in Richtung Mexiko verlagern, planen wir Hinterhalte und Überfälle mit kleineren Einheiten entlang der Panamericana, um die feindliche Logistik zu stören. Darüber hinaus betreiben wir strategische Aufklärung in Panama, um die zukünftige Planung für Eventualfälle zu unterstützen."

„Ich nehme an, das meiste davon fällt unter das Southern Command? Wo kommt das Northern Command ins Spiel?", erkundigte sich der Nationale Sicherheitsberater.

Das Southern Command war für die Koordination und

Führung aller militärischen Operationen der USA in Süd-
und Mittelamerika verantwortlich, das nördliche Pendant für
Nordamerika.

General Schwartz erwiderte: „Das US Southern
Command wird für die ersten beiden Verteidigungsgürtel,
Panama und Costa Rica, verantwortlich sein. Wir haben ihnen
zusätzliche Lastenhubschrauber, Artillerieaufklärungsradare
und taktische unbemannte Luftfahrzeuge für die Aufklärung
und Überwachung zur Verfügung gestellt. Das US Northern
Command ist für die Verteidigung von Mexiko-Stadt zuständig. Wir mobilisieren Angriffshubschrauber und Logistik, die
für eine erweiterte Verteidigung oder großangelegte Manöver-
operationen geeignet sind."

„Wenn die Chinesen so weit vorstoßen, wohin werden sie
sich am ehesten orientieren?"

„Sir, die Panamericana ist wirklich der einzige Hochge-
schwindigkeitskorridor in weiten Teilen Zentralamerikas."

„Gibt es Eisenbahnschienen, die sie für ihre Lieferkette
und Logistik nutzen können?"

„Negativ, Sir. Das Schienennetz Zentralamerikas ist ein
Flickwerk aus kleinen, unzusammenhängenden Strecken. Die
Panamericana kann von beiden Kriegsparteien durch Artille-
riebeschuss oder Luftangriffe unterbrochen werden. Wir
haben unsere Flugabwehrartillerie, Artillerieaufklärungsradare und Panzerabwehrlenkwaffe Javlin dementsprechend
zugeteilt."

„Was ist der Status des Panamakanals?"

„Alle Durchfahrten wurden eingestellt. Die Schleusen
sind präpariert worden, damit sie gesprengt werden können,
wenn es so aussieht, als würden die Chinesen dieses Gebiet
einnehmen."

Der Präsident bemerkte: „Ich möchte ausdrücklich betonen, dass die Zerstörung des Panamakanals lediglich als Ultima Ratio infrage kommt."

„Die Kommandanten vor Ort wurden informiert, Sir."

Der Präsident verschränkte die Arme und starrte auf den Boden, als würde er im Geist etwas abwägen. Dann sah er auf und fragte: „Wann wird es beginnen?"

General Schwartz antwortete: „Sir, unsere SIGINT-Berichte deuten darauf hin, dass China einen weiteren Massenstart von Satelliten vorbereitet. Es ist möglich, dass sie ihren erwarteten Vorstoß nach Norden schon vorher einleiten werden. Aber wenn sie das tun, werden sie quasi im Blindflug und ohne ihre größten Trümpfe angreifen: GPS-Lenkung und Satelliten-Datenverbindung. Wir vermuten also, dass wir vorgewarnt sein werden – wenn auch nur sehr kurzfristig."

„Wann, General?"

„Ich würde sagen, innerhalb der nächsten achtundvierzig bis zweiundsiebzig Stunden, Sir."

Der Präsident schaute den Generalstabschef an. „Haben Sie dem etwas hinzuzufügen?"

„Unsere Verteidigungslinie in Zentralamerika muss halten."

Der Präsident sagte abschließend: „Viel Glück." Mit diesen Worten stand er auf, woraufhin sich die Anwesenden im Konferenzraum ebenfalls erhoben. Dann verließen er und sein Adjutant den Raum.

Einer der Offiziere befahl: „Wegtreten." David sah zu, wie die müde aussehenden Militärs aus dem Raum schlurften.

General Schwartz nickte David zu. „Sie kommen bitte mit mir, Mr. Manning."

Der General ging den Korridor hinunter, dicht gefolgt von zwei bewaffneten Sicherheitsbeamten. Das Gebäude war weitläufig und erinnerte David an ein großes Konferenzzentrum. Dutzende von Besprechungs- und Tagungsräumen, in denen der Präsident die Kriegsstrategie mit seinen wichtigsten Beratern ungestört erörtern konnte.

Viele der Sitzungsräume waren in Kommando- und Kommunikationszentren umgewandelt worden. Überall, wo er hinschaute, sah David uniformierte Männer und Frauen, die trotz Erschöpfung und Stress pflichtbewusst ihrer Tätigkeit nachgingen. Viele dieser Strategen aus dem Pentagon waren im vergangenen Jahr selbst an der Front gewesen. Jetzt war es ihre Aufgabe, jedes Detail des Krieges zu planen und den kämpfenden Truppen die bestmögliche Ausgangssituation zu verschaffen. Ihre Waffenbrüder waren auf diese Arbeit angewiesen. Schlaf, Essen und jeder persönliche Komfort mussten warten, wenn das bedeutete, den Plan auch nur ein Quäntchen effizienter zu gestalten.

Sie betraten das behelfsmäßige Büro des Generals, das nicht viel mehr war als ein begehbarer Schrank mit einem Schreibtisch und einem Fenster. Die Leibwächter des Generals bezogen ihre Posten vor der Tür und nahmen Haltung an. General Schwartz bedeutet David, sich zu setzen und fragte: „Wie fanden Sie es?"

„Sir, der Plan ist gut durchdacht. Ich bilde mir nicht ein, über Ihr Wissen zu verfügen, wenn es darum geht ..."

„Erzählen Sie mir, was Ihnen durch den Kopf geht, David."

David sprach zögerlich: „Die Zahlen sprechen gegen uns. Ich habe Schätzungen ihrer derzeitigen Truppenstärke in Südamerika gesehen – sie liegt bei knapp achthunderttausend. Die Chinesen haben dort beträchtliche Luft- und Seekampfmittel stationiert. Und sie bauen in diesem Moment mit beängstigender Effizienz Nachschublinien auf und aus."

„Sie glauben also, wir werden überrannt."

„In Panama? Ja. Darüber hinaus kann ich nichts sagen. Aber wie gesagt, Sir, das ist Ihr Metier."

General Schwartz nickte. „Sicher." Er betrachtete sein

Bücherregal. „Das ist das Kabuff, in das sie uns Flaggoffiziere stecken, wenn wir nach Camp David eingeladen werden. Sie stellen stets ein paar Bücher hinein, um das Ambiente aufzulockern. Immerhin wählen sie die richtige Lektüre aus. Haben Sie eins davon gelesen?"

David warf einen Blick auf die Titel und Autoren. Stephen E. Ambrose. James D. Hornfischer. David McCullough.

„Ja, Sir, ich glaube, ich habe die meisten davon gelesen. Mein Vater war ein großer Fan von Hornfischer. *The Last Stand of the Tin Can Sailors. The Fleet at Flood Tide.*"

General Schwartz sagte: „Sie haben sich mit Militärgeschichte befasst und wissen, wie man eine Strategie entwickelt. Ich vermute, Sie haben auch ein paar Dinge von Ihrem Vater aufgeschnappt. Ihre Kenntnisse der neuesten militärtechnischen Möglichkeiten sind einzigartig. Und Sie sind klug genug, sich an Experten zu wenden, wenn Sie einmal nicht weiter wissen. Sagen Sie mir, was Ihnen Sorgen macht."

David antwortete: „Sir, am meisten beunruhigt mich unsere Gesamtsituation. Wir wurden gleich am ersten Tag des Krieges überrumpelt. Unseren Verbündeten hält man eine Waffe an den Kopf, weshalb sie uns nicht helfen können. Und unsere nuklearen Abschreckungsmittel sind nutzlos, es sei denn, wir wollten die Welt vernichten. Wir haben sowohl Produktion als auch Rekrutierung hochgefahren. Viele unserer Konsumgüterwerke wurden in militärische Produktionsstätten umgewandelt. Wir haben Millionen Menschen eingezogen und allen Einschätzungen zufolge war unsere Kampffähigkeit seit 1945 nie besser."

„Aber ..."

„Aber wir wissen beide, dass das nicht ausreichen wird."

General Schwartz ließ seine Fingergelenke knacken. „David, ich habe früher Football gespielt. Wenn ein Mann mit einem Gewicht von hundert Pfund gegen einen antritt, der zweihundert Pfund wiegt, raten Sie mal, wer gewinnt?"

David dachte an sein Meisterstück zurück, das er im Zuge seiner Tätigkeit für das Silversmith-Team abgeliefert hatte: die Planung der Schlacht am Johnston-Atoll. Von seiner heutigen Warte aus erschien es ihm eher wie eine glückliche Fügung. Eine Abfolge von Ereignissen, die eine perfekte Täuschung ermöglicht hatten. Was hatten die Amerikaner jetzt in der Hand? Lena Chou war nach China geflohen und David war sich nicht sicher, ob sie je wieder von ihr hören würden. Die Rojas-Hyperschalltechnologie war ebenfalls bei den Chinesen gelandet. Der Pazifik war so gut wie verloren. Die einzige verbliebene Bastion der amerikanischen Seemacht war Hawaii. Gott sei Dank hatten sie Hawaii gehalten. Aber China beförderte unablässig Männer und damit auch militärische Stärke nach Südamerika. Wenn sie in Panama einmarschierten, könnte es ungemütlich werden.

David betrachtete die Situation im Geiste von allen Seiten. Schließlich äußerte er sich. „Nein. Ich denke nicht, dass unsere jetzigen Pläne ausreichend sind. Wir brauchen einen neuen Ansatz, um das Problem anzugehen."

„Reden Sie weiter."

David blickte beim Nachdenken an die Decke, seine Gehirnzellen liefen heiß. „Sir, ich habe früher für In-Q-Tel gearbeitet. Das ist im Prinzip die private Beteiligungsgesellschaft der CIA."

„Das ist mir bekannt, David. Kommen Sie bitte auf den Punkt."

David räusperte sich.

„Okay. Bei In-Q-Tel habe ich an vielen verschiedenen Projekten gearbeitet. Neue und zukunftsweisende Militärtechnologien erforscht. Aus den meisten Projekten ist nichts geworden. Aber man musste trotzdem Geld hineinpumpen, damit die Entwicklungsarbeit gemacht werden konnte."

„Ich bin mit dem Konzept von F&E vertraut. Es hört sich an, als wollten Sie sagen, dass wir ein Manhattan-Projekt brauchen."

„Vielleicht, Sir, aber ich dachte eher an etwas wie die ‚Operation Bodyguard'. Sind Sie damit vertraut?"

„Ein Ablenkungsmanöver, korrekt?"

„Ja, Sir. Die Operation Bodyguard bestand aus einer Reihe von Operationen, die alle darauf abzielten, Deutschland in Bezug auf die alliierte Invasion in Europa in die Irre zu führen. Ich denke, wir müssen uns im Vorfeld einer chinesischen Invasion in Nordamerika mehrere Varianten eines ähnlichen Vorgehens überlegen."

„David, entgegen dem, was Hollywood suggeriert, sind im Pentagon nicht nur Idioten am Werk. Sie arbeiten mit Sicherheit an Täuschungsplänen –"

„Das ist mir klar, Sir. Meine Sorge gilt der Frage, wie realistisch es ist, so etwas unter Verschluss zu halten, wenn man dabei im eigenen Land operiert. Und in dieser Größenordnung. Als die Task Force vorschlug, Pläne für die Schlacht um das Johnston-Atoll zu entwickeln, haben Sie uns lange Zeit das Pentagon vom Hals gehalten. Jetzt sind Sie selbst im Pentagon. Und alles muss von Mitarbeitern auf drei verschiedenen Hierarchieebenen abgesegnet werden. Das ist langsam und ineffizient. Und je mehr Leute dieses Zeug sehen ..."

„Desto größer die Chance, dass die Chinesen davon erfahren. Ich habe es verstanden, David. Was schlagen Sie vor?"

„Silversmith sollte ein spezielles Projektteam einrichten, um mit der Ausarbeitung von Ideen zu beginnen, die vom US-Militär und den Geheimdiensten direkt umzusetzen sind. Einige dieser empfohlenen Maßnahmen werden immense Investitionen von Zeit, Geld und Ressourcen erfordern. Um das durchzusetzen, muss man im Verteidigungsministerium und im Weißen Haus politischen Einfluss geltend machen. Jemand muss mit der absoluten Autorität ausgestattet sein, sprichwörtliche Berge zu versetzen."

„Ich kann mit dem Weißen Haus und dem Generalstabschef sprechen. Gerüchten zufolge werde ich einen fünften Stern bekommen. Der POTUS will mir die Leitung vom SOUTHCOM übertragen."

„Herzlichen Glückwunsch, Sir."

General Schwartz nickte. „Alles klar, Sie haben mich überzeugt. Stellen Sie ein Team zusammen und beginnen Sie mit der Arbeit. Vorausgesetzt der Generalstabschef und das Weiße Haus stimmen zu, wird Silversmith nur mir Bericht erstatten."

20

China

Lena traf ihren russischen Kontaktmann auf einem Wochen-markt einen Kilometer nördlich seiner Botschaft. Sie begrüßten sich und gingen dann schweigend zu einem nahe gelegenen Gasthaus. Dort angekommen, nahmen sie an einem schlecht beleuchteten Ecktisch Platz und Lena bestellte Getränke.

„Kostja, du machst tatsächlich Karriere. Botschafter? Das letzte Mal, als ich dich in einer Botschaft gesehen habe, war deine Position etwas nebulös."

„Das letzte Mal, als du mich in einer Botschaft gesehen hast, warst du noch eine amerikanische Staatsbürgerin."

„Wir sind alle trügerische Geschöpfe."

Der Russe grinste. „Ja. Aber ich bin nicht mehr der Jüngste. Die alten Zeiten sind vorbei. Jetzt stehe ich im Dienste des Zaren."

Lena warf ihm einen wissenden Blick zu. „Warum nicht. Wenn es für dich passt."

Er zuckte mit den Schultern. „Und du? Dienst du noch immer treu deinem Zaren?"

Lenas Gesicht wurde ernst. „Das tue ich."

„Und wie lange wird er noch das Sagen haben?"

„Das weiß keiner so wirklich."

„Wer wird sein Nachfolger?"

„Ma. Das solltest du bereits wissen."

„Wir bestätigen unsere SVR-Berichte nun mal gerne. Dein Land hat das noch nicht öffentlich gemacht."

Der SVR war der russische Auslandsnachrichtendienst.

„Jinshan will keine ‚lahme Ente' sein, wie die Amerikaner sagen."

Kostja sagte: „Ich habe noch einen Bericht über den Machtwechsel gelesen. Es gibt einen Konkurrenzkampf um den zweiten Platz, und zwar zwischen General Chen und Minister Dong. Ist das wahr?"

Lena hob die Hände. „Vielleicht."

Kostja entgegnete: „Ich denke schon, dass es stimmt. Wem wird deine Loyalität gelten, wenn dieser Übergang stattfindet?"

„Was glaubst du?"

„General Chen ist dein Vater. Ich nehme an, ihm."

Lena schenkte ihm ein Mona-Lisa-Lächeln.

„Okay. Genug davon. Zeit für einen Witz", verkündete Kostja.

„Ah, ja. Deine legendären Witze."

„Zwei Kaninchen hoppeln während Stalins Herrschaft eine russische Straße entlang. Das erste Kaninchen sagt zum anderen: ‚Genosse, Genosse, hast du schon gehört? Sie kastrieren alle Kamele. Wir müssen sofort von hier verschwinden!'"

Lena hörte amüsiert zu.

„Das zweite Kaninchen sieht das erste an, als sei es

verrückt geworden und fragt: ‚Warum bist du so besorgt? Du bist doch kein Kamel.' Woraufhin das erste Kaninchen antwortet: ‚Versuch du mal zu beweisen, dass du kein Kamel bist, wenn sie dich erst einmal gefangen haben.'"

Lena gestattete sich ein höfliches Lachen. Sie mochte ihn. Er durchschaute die Menschen und die Institutionen. Die Chinesen wussten, dass er zuerst ein Spion und dann ein Diplomat war und die Russen wussten, dass sie es wussten. Der SVR und das MSS hielten ihn beide für einen ergebenen Patrioten der Russischen Föderation.

Aber Lena wusste, wie er wirklich tickte. Wie viele Russen betrachtete Kostja das System, dem er diente, mit großem Zynismus. Gemeinsam mit solchen Männern konnte sie eine Menge erreichen. Wenn eine Transaktion ihrer beider Bedürfnisse gerecht wurde, war er stets ein williger Handelspartner. Manchmal lag ein Geschäft im Interesse seines Landes – und manchmal eben im Interesse von Kostja.

Der nippte jetzt an seinem Getränk. „Lena, es ist schön, dich wiederzusehen. Ich hoffe, deine Zeit im Ausland war nicht zu hart." Er beäugte die Narben an der Seite ihres Gesichts.

„Meine Zeit in Amerika war nicht gerade angenehm. Ich bin sehr froh, wieder in meinem Mutterland zu sein." Das Bild ihres Kindes kam ihr in den Sinn.

Kostja fragte: „Wie kann ich dir behilflich sein?"

„Man hat mich beauftragt, mit dir über eine heikle Angelegenheit zu sprechen. Wie du sicher weißt, macht unser Militär in Lateinamerika exzellente Fortschritte. Wir werden demnächst Mexiko einnehmen und dann weiter in Richtung amerikanisches Festland marschieren."

„Die Russische Föderation beglückwünscht Sie zu Ihren großartigen militärischen Leistungen", kommentierte er trocken.

Lena fuhr fort: „Meine Führung betrachtet die russisch-chinesische Partnerschaft als ihre wichtigste strategische Allianz."

Kostja hob eine Augenbraue. „Solange, bis sie es eines Tages nicht mehr ist ..."

Lena legte den Kopf schief. „Meiner Führung ist bewusst, dass es eine Zeit geben wird, in der unsere Stärke ... einschüchternd wirken könnte."

Kostja lachte. „Ich werde dieses Wort garantiert nicht benutzen, wenn ich meinen Bericht für den russischen Präsidenten schreibe."

Lena entgegnete: „Der Vorsitzende Jinshan ist sich darüber im Klaren, dass Russland Zusicherungen braucht. Wir sind in Bezug auf unsere bilaterale Beziehung auf anhaltende Stabilität angewiesen."

„Russland begrüßt jede chinesische Maßnahme, die unserer Beziehung zu beiderseitigem Vorteil gereicht."

„Macht sich dein Land Sorgen darüber, was in der Zukunft passieren wird?"

„Unter Freunden? Ja. Auf jeden Fall."

Jeder andere russische Diplomat oder Geheimdienstoffizier hätte das abgestritten. Aber Kostja sparte sich diesen Unsinn, weil ihm klar war, dass sie ihn sofort durchschauen würde. Das war der Hauptgrund, warum sie ihn mochte: gegenseitiger Respekt und vernünftige Antworten.

Lena führte aus: „Sie haben also Angst davor, dass China zu einflussreich wird und den überschaubaren amerikanischen Feind in eine gigantische chinesische Übermacht verwandelt."

„Noch einmal, nicht die Formulierung, die ich für unseren Präsidenten wählen würde. Aber in der Sache absolut richtig."

„Wenn die Dinge so weiterlaufen wie bisher, wird das Mächtegleichgewicht irgendwann kippen. Aber noch habt ihr ein Druckmittel in der Hand. Und China hat einen militärischen Bedarf, der am besten mit russischen Mitteln bedient werden könnte."

„Meine Nation sollte nicht in euren Krieg mit den Amerikanern hineingezogen werden. Wir haben eine Vereinbarung getroffen, die auf Abschreckung abzielt, nicht auf die Anwendung von Gewalt."

Lena sagte: „Die Amerikaner haben ihre Verteidigungsanlagen im Atlantik ausgebaut. Uns wäre sehr damit gedient, wenn wir diese Abwehrsysteme im Vorfeld eines chinesischen Angriffs mit russischer Unterstützung neutralisieren könnten."

Kostja sah sie von der Seite an. „Stützpunkte im Atlantik? Aber eure Marine bewegt sich im östlichen Pazifik nach Norden. Die Volksbefreiungsarmee ist auf dem Weg nach Panama. Jeder Geheimdienst – verdammt, jeder Nachrichtensprecher auf der Welt weiß das."

„Jinshan will, dass wir langfristig planen. Für die Zeit nach dem Sieg. Wenn wir die Amerikaner in Panama besiegen, folgt irgendwann der Einmarsch in ihr Heimatland. Russland hat U-Boote und Hyperschall-Marschflugkörper, die eingesetzt werden könnten, um kritischen amerikanischen Militäreinrichtungen genau zum richtigen Zeitpunkt einen massiven Schlag zu versetzen. Die Amerikaner werden uns kommen sehen. Und sich darauf vorbereiten. Aber ein *russischer* Angriff ..."

Kostja verschränkte die Arme und lehnte sich auf seinem Stuhl zurück. „Ich vermute, dass mein Präsident damit nicht einverstanden sein wird. Wie die Dinge stehen, hat sich unsere Verhandlungsposition gegenüber Europa, Afrika und dem Nahen Osten enorm verbessert. Unsere wirtschaftliche und politische Stärke war noch nie so groß wie heute. Würden wir alle sichtbar eine solche Maßnahme ergreifen, könnten sich Politiker weltweit gegen uns wenden."

Lena setzte ein verführerisches Lächeln auf. „Wer hat denn etwas von einer zurechenbaren Maßnahme gesagt?"

Kostja kniff die Augen zusammen. „Aber du hast doch gerade –"

„China könnte die Lorbeeren für jede militärische Aktion einheimsen, die ihr durchführt. General Chen wäre darüber sogar mehr als erfreut."

Kostja starrte sie nachdenklich an. „Ich verstehe. Rein hypothetisch, wenn wir das täten, was spränge dabei für Russland heraus?"

Lena schlug die Beine übereinander und schüttelte den Kopf. „Kostja, mein Freund. Du müsstest doch wissen, wie ungeschickt es ist, bereits in diesem Stadium deinen Preis zu nennen. Ich sage dir das, weil ich dich mag. Trefft eure militärischen Vorbereitungen. Dann, wenn wir euch am meisten brauchen, präsentiert ihr uns die Rechnung. Und China wird bezahlen müssen."

Kostja holte tief Luft und musterte Lena. „Du schaffst es immer wieder, mich zu beeindrucken."

Sie trank einen Schluck Wasser. „Okay, lass uns über die anderen Dinge reden, nach denen ich gefragt habe."

„Das war eine sehr interessante Liste."

„Die spezielle Waffenforschung ..."

„Offiziell bestreitet die russische Regierung jede Kenntnis des von dir erwähnten Biowaffenprogramms."

„Und inoffiziell?"

„Es wird nicht billig. Die Annahme, dass wir derart wertvolle und geheime militärische Forschungsergebnisse im Austausch für das Versprechen eines zukünftigen Handelsabkommens teilen würden, ist lächerlich."

„Ich dachte schon, dass das vielleicht etwas weit hergeholt

ist. Ich werde meine Vorgesetzten informieren, dass ihr nicht interessiert seid ..."

Kostja erwiderte: „Na ja – das habe ich nicht gesagt, oder?"

„Lass die Spielchen. Was wollen sie im Gegenzug?"

„Singapur."

„Was ist damit?"

„Ihr habt zwar die Kontrolle an euch gerissen, zögert aber noch, Einfluss auf die Regierung auszuüben."

Lena bemerkte: „Wenn man das Wasser langsam erhitzt, springt der Frosch nicht aus dem Topf."

„China macht es internationalen Unternehmen schwer, zu konkurrieren. Singapur ist nicht China. Aber die dort ansässigen Unternehmen haben in einigen Branchen einen überproportional großen Anteil am asiatischen Markt."

„Jetzt, da es unter chinesischer Kontrolle steht, wird sich das bestimmt ändern."

Kostja hielt eine Hand hoch. „Lass mich ausreden. Wenn russische Unternehmen in der Lage wären, Kapitalbeteiligungen an Unternehmen mit Sitz in Singapur zu erwerben, könnte uns das eine beträchtliche Rendite in Asien bescheren. Es könnte genau die Art von Veränderung sein, die zur Stärkung unserer Beziehungen führen würde."

Lena wusste, dass die russischen Unternehmen, die für dieses Arrangement ausgewählt würden, in großem Stil Schmiergelder und Dividenden an die Oligarchen und an den russischen Präsidenten selbst abführten. Das war der Lauf der Dinge.

„Ich werde den Vorschlag an meine Führung weiterleiten. Was ist mit der anderen Anfrage, die ich dir geschickt hatte? Sind deine Leute fündig geworden?"

„Das sind sie in der Tat." Er schaute auf seine Uhr. „Und wenn du dich beeilst, kannst du dich davon selbst überzeugen."

Lena verließ das Gasthaus und folgte Kostjas Wegbeschreibung so zügig es ging, ohne Aufmerksamkeit zu erregen. Sie bahnte sich gerade ihren Weg durch dichtes Gedränge an einem U-Bahn-Ausgang, als sie ihr Ziel entdeckte. Zwei schwarze SUVs kamen einen Block weiter zum Stehen.

Der chinesische Minister für Staatssicherheit stieg aus dem hinteren Fahrzeug aus und sein Sicherheitsdienst eskortierte ihn zum Seiteneingang eines Geschäftsgebäudes.

Dann fuhren die SUVs wieder ab und die Eingangstür des Gebäudes fiel zu.

Lena fand es etwas beunruhigend, dass der russische Geheimdienst derart gut über den Ort seines geplanten Treffens informiert war. Sie würde dem nachgehen müssen. Aber noch mehr interessierte sie, was der Leiter des MSS allein in diesem Teil der Stadt machte. Aufgrund seiner Stellung kamen die Leute normalerweise zu ihm und nicht umgekehrt ... Es sei denn, er wollte nicht gesehen werden. Nur wenige Straßenzüge von diesem Ort entfernt lagen die meisten internationalen Botschaften. Kostja hatte ihr nur ein paar grundsätzliche Details genannt. Den Rest musste sie selbst herausfinden.

Die Worte ihres Vaters gingen ihr durch den Kopf. *Spüre Informationen auf, die wir gegen Minister Dong verwenden können.* Obwohl sie sich General Chen gegenüber sicherlich nicht verpflichtet fühlte, wusste sie dank ihrer Ausbildung beim Geheimdienst, dass irgendetwas an Dongs Verhalten faul war. Und falls er in skrupellose Machenschaften verwickelt war, lag es in ihrem Interesse, ein Druckmittel gegen ihn aufzuspüren. Unabhängig davon, was sie damit anstellen würde.

Lena passierte nun den Eingang der U-Bahn-Station und

betrat ein ehemaliges Starbucks-Café. Alle amerikanischen Gastronomiebetriebe waren bei Kriegsbeginn umbenannt worden und das Firmeneigentum an die chinesische Regierung übergegangen. Der Laden war größtenteils leer. Lena bestellte eine Tasse Kaffee und setzte sich an einen Tisch am Fenster.

Es vergingen fünfunddreißig Minuten, bevor Minister Dong auf der anderen Straßenseite wieder im Eingang auftauchte. Fast augenblicklich bogen die beiden Geländewagen der Regierung um die Ecke, sammelten ihn ein und fuhren davon.

Nachdem Dong weggefahren war, erhob sich Lena von ihrem Stuhl und ging auf das Gebäude zu. Sie suchte die angrenzende Gasse nach alternativen Ausgängen ab, fand derer drei und runzelte die Stirn. Es war ausgeschlossen, alle vier Türen zu observieren. Instinktiv setzte sie sich auf eine Parkbank mit Blick auf die Seitenausgänge. Sie persönlich würde nicht dieselbe Tür wie Dong benutzen, um das Gebäude zu verlassen. Mit etwas Glück dachte derjenige, mit dem er sich getroffen hatte, genau wie sie.

Dann nahm sie ihr Smartphone aus der Handtasche und schaltete es ein. Sie achtete stets darauf, dass es während eines Einsatzes aus war. Das reduzierte die Wahrscheinlichkeit einer Verfolgung. In den nächsten zwanzig Minuten machte sie Fotos von nicht weniger als acht Personen beim Verlassen des Gebäudes.

Nummer neun war ihre Zielperson. Lena wusste es, weil sie den Mann wiedererkannte. Merkwürdigerweise konnte sie ihn dennoch nicht einordnen.

Asiatisch, männlich. Mittelgroß, durchschnittliche Statur. Tiefschwarzes Haar. Die Beschreibung passte auf mehrere Millionen Pekinger Männer seines Alters. Aber mit Chinas fortschrittlicher Technologie im Bereich Gesichtserkennung wäre es relativ einfach, seine Identität festzustellen.

Trotzdem wollte Lena mehr über ihn herausfinden, wenn sie ihn schon einmal im Visier hatte. Sie folgte ihm durch die Straßen der Stadt, darauf bedacht, genug Abstand zu halten, damit er sie nicht bemerkte. Nach kurzer Zeit war sie davon überzeugt, es mit einem Profi zu tun zu haben. Als er eine abrupte Kehrtwende machte, konnte sie gerade noch so in ein Bekleidungsgeschäft schlüpfen. Nachdem sie die aufdringliche Verkäuferin abgewimmelt hatte, die sich über eine neue Kundin freute, verließ Lena den Laden und hielt verzweifelt Ausschau nach dem Agenten.

Da. Er kam zurück und Lena hängte sich wieder an ihn dran.

Dann war er plötzlich weg.

Verschwunden, direkt vor der japanischen Botschaft.

Nein, begriff Lena.

Er war hineingegangen.

Lena war einer der wenigen Menschen auf der Welt, die Jinhsan jederzeit spontan aufsuchen durften. Sämtliche seiner Sicherheitsleute und Betreuer waren mit ihr vertraut.

Jetzt stand sie neben Jinshan, der auf dem Balkon vor seinem Schlafzimmer seinen Tee trank. Sie blickten auf den beschaulichen Garten hinunter, in dem Sicherheitskräfte mit Automatikgewehren im Schatten der perfekt beschnittenen Bäume patrouillierten.

„Bist du sicher, dass es Minister Dong war?"

Lena nickte. „Ja."

Jinshan runzelte die Stirn. „Es könnte eine Reihe von

Gründen für das Treffen geben. Du selbst hast an solchen Zusammenkünften schon oft teilgenommen."

„Als Agentin im Einsatz, ja. Nicht als ranghöchster Beamter beim MSS. Das kommt mir komisch vor."

„Und du sagtest, du hast Bilder von dem Mann gemacht, mit dem er sich getroffen hat."

„Ja. Ich hatte gehofft, sie jemandem zu übergeben, der diskret recherchiert. Natürlich möchte ich keine MSS-Ressourcen verwenden und riskieren, dass jemand Wind bekommt, womit ich mich befasse."

„Ich werde eine Verbindung zu jemandem herstellen, dem du vertrauen kannst." Jinshan schüttelte den Kopf und murmelte etwas vor sich hin. Er war offensichtlich enttäuscht von Dong.

Lena sagte: „Sie hätten ihn als Mas Vizepräsident vorgezogen? Nach Ihrem ..."

Sie konnte die Worte nicht aussprechen. Es gab wenige Dinge, die Lena emotional machten. Aber der bevorstehende Tod des Mannes, der ihr Leben seit ihrer Jugend geprägt hatte, gehörte dazu. Sie verfluchte sich innerlich. Die Mutterschaft hatte sie verweichlicht.

Jinshan sah zu ihr auf. „Nach meinem Tod."

„Die Gerüchte besagen, dass Sie Ma als Ihren Nachfolger auserkoren haben. Und dass entweder Dong oder mein Vater als Mas Vizepräsident und Hauptberater vorgesehen ist."

„Die Gerüchte entsprechen der Wahrheit. Auch wenn ich möchte, dass Ma diese Entscheidung selbst trifft, habe ich ihm dennoch meine Gedanken zu dem Thema anvertraut. Dein Vater hat sich als erstaunlich geschickter Politiker erwiesen. Es gibt Mitglieder des Politbüros, die jetzt hinter ihm stehen."

Lena schaute zu Boden, um seinem Blick auszuweichen. „Diese Entscheidung muss bald getroffen und bekannt gegeben werden."

„Es ist mir sehr wohl bewusst, dass es ein riesengroßes Durcheinander geben wird, wenn die Nachfolge vor meinem Ableben nicht geregelt ist. Aber wenn ich es zu früh verkünde, werde ich kaltgestellt. Und das darf nicht passieren. Noch nicht."

„Daher die Verzögerung."

Jinshan antwortete: „Genau. Bis jetzt hat Dong gutes Urteilsvermögen bewiesen. Bedeutend öfter als dein Vater. Ich habe Ma empfohlen, sich für Dong zu entscheiden, wenn es an der Zeit ist." Er hielt inne und schaute ihr in die Augen. „Es ist ein zu großer Zufall, dass *du diejenige* bist, die mir gerade jetzt diese Erkenntnisse überbringt. Du bist nicht von selbst darauf gestoßen."

Lena verzog keine Miene. „Mein Vater hat mich gebeten, mich um Dong zu kümmern."

Jinshan wirkte amüsiert. „Natürlich. Er betrachtet dich als eine weitere Schachfigur. Glaubt dein Vater, dass du ihm gegenüber loyal sein wirst?"

„Ich diene unserer Nation."

„Aber in diesem Fall hast du den Auftrag deines Vaters ausgeführt?"

„Sie haben mich gelehrt, meine Augen und Optionen immer offen zu halten."

Jinshan ließ seinen Blick erneut über den Garten schweifen. „Es gibt einen Mann in meiner Cybersicherheitsfirma. Ich werde dir seinen Namen geben. Er wird dir helfen, den Namen der Zielperson herauszufinden."

„Ich werde mich sofort darum kümmern."

Jinshan seufzte. „Ich möchte, dass du dich weiterhin mit Dong beschäftigst. In aller Stille. Folge den Spuren, wohin Sie auch führen. Du wirst wissen, was zu tun ist, nicht wahr? Und jetzt erzähle mir, wie es mit dem Russen gelaufen ist."

Zwei Stunden später stand Lena in einem Büro von Jinshans Cybertechnologiefirma, nur einem der Unternehmen, die ihn reich gemacht hatten.

Sie schaute Jinshans vertrauenswürdigem Cyberspezialisten über die Schulter. Der Mann war ein ehemaliges Mitglied der 3PLA-Cyberkrieger, einer Elitegruppe für Cyberoperationen des chinesischen Militärs. Jetzt arbeitete er ausschließlich für Jinshans Firma, die vorrangig Gesichtserkennungssoftware für die Regierung entwickelte. Trotz der engen Verbindung zur chinesischen Staatsführung waren Jinshans Spitzenleute ihrem Chef treu ergeben.

„Ist es so weit?", fragte Lena.

Der Techniker hatte Lenas Foto des Verdächtigen hochgeladen. Das Softwareprogramm verglich das Bild mit den über einer Milliarde gespeicherten Gesichtern in der Datenbank. Die Ergebnisse erhielt man bereits nach Sekunden.

Der Techniker sagte: „Wir haben eine fünfundneunzigprozentige Übereinstimmung mit diesem Mann." Neben ihrem Foto wurde ein zweites angezeigt.

„Haben Sie seine Biografie?"

„Ja, hier."

Lena überflog die Informationen. „Hmm."

Der Techniker bemerkte: „Ein Beamter der japanischen Botschaft? Hört sich nach einer unbedeutenden Position an."

Lena hingegen fand, dass sich der Lebenslauf des Verdächtigen wie die typische Tarnlegende eines Nachrichtenoffiziers las. Aber ein Japaner? Japan hatte vor China kapituliert. Lena fragte sich, ob Japan dennoch weiterhin Geheimdienstmitarbeiter nach Peking entsandte. Es war denkbar, aber unwahrscheinlich. Das MSS würde die japanischen Militär- und Geheimdienstoperationen sehr genau beobachten, sowohl hier als auch in Tokio. Warum sollte sich ein japanischer Geheimagent unter vier Augen mit dem Leiter des Ministeriums für Staatssicherheit treffen? Die einzige logische Erklärung war, dass Dong nicht wollte, dass die anderen in seinem Umfeld davon erfuhren. Aber warum? Hatte er etwas vor, das Jinshan und einige Politbüromitglieder missbilligen würden?

„Hm, das ist seltsam." Der Techniker scrollte weiter durch die biografischen Details auf dem Bildschirm.

Lena reckte ihren Hals, um besser sehen zu können. „Was ist seltsam?"

Der Mann tippte auf seiner Tastatur etwas ein, woraufhin sich ein neues Fenster mit weiteren Informationen über den Japaner öffnete.

„Ich habe auf ein paar archivierte Dateien auf japanischen Regierungsservern zugegriffen und darin ältere Fotos aus sozialen Medien, E-Mails und seinen früheren Cloud-Speicher-Konten gefunden. Wenn ich versuche, einige dieser älteren Bilder aus den Akten mit ihrem Bild abzugleichen, erhalten wir nur eine fünfundachtzigprozentige Übereinstimmung. Nicht fünfundneunzig wie beim ersten Mal."

Lena runzelte die Stirn. „Was meinen Sie damit?"

„Der erste Gesichtserkennungsabgleich basierte auf dem offiziellen Bild, das hier bei der japanischen Botschaft archiviert ist. Aber wenn ich das Bild, das Sie aufgenommen haben, mit den älteren Bildern vergleiche, sinkt der Zuverlässigkeitsgrad."

„Und das ist ungewöhnlich? Was bedeutet das?"

„Es zählt zwar nach wie vor als ein möglicher Treffer, aber es ist erstaunlich. Das Programm berücksichtigt Veränderungen, die durch das natürliche Altern auftreten. So etwas wie hier sehen wir normalerweise nur, wenn eine Person eine plastische Operation hatte."

„Kommen Sie an diese Informationen dran?"

„Einen Augenblick." Der Techniker begann erneut zu tippen. Eine Minute später erklärte er: „Ich habe japanische Krankenakten durchsucht und keinen Hinweis darauf gefunden, dass dieser Mann jemals eine Schönheitsoperation hatte."

„Erweitern Sie Ihre Suche. Gleichen Sie mein Foto mit allen bekannten amerikanischen Geheimdienstmitarbeitern ab. Bevorzugt jene, die in Japan gearbeitet haben", bat ihn Lena.

Er fuhr mit dem Tippen fort. „Alles klar. Die Suche sollte sehr schnell gehen, da es davon nur sehr wenige gibt. Sehen Sie? Schon erledigt. Keiner mit einem hohen Zuverlässigkeitsgrad. Einer käme vielleicht entfernt infrage. Dieser hier."

Lena erkannte das Gesicht auf dem Monitor. An diesen Mann hatte sie sich spontan erinnert gefühlt, als sie ihn auf der Straße gesehen hatte. Das Gesicht hatte sie vor einem Jahr in Tokio gesehen. Es gehörte dem amerikanischen CIA-Offizier, mit dem Chase Manning zusammengearbeitet hatte.

21

Klopf Klopf Klopf. Klopf Klopf.

Victoria erwachte durch das Geräusch. Es stammte von ihrem Zellennachbarn, der ihr durch die Betonwand eine Nachricht übermittelte. Wenn sie genau hinhörte, konnte sie auch das schwache Klopfen anderer Gefangener hören, die auf ähnliche Weise kommunizierten.

Die Ursprünge des Klopfcodes, der in jüngerer Zeit von Kriegsgefangenen in Vietnam verwendet wurde, gingen auf das antike Griechenland zurück. Jeder amerikanische Soldat war mit dieser Kommunikationsmethode vertraut. Aber wie Victoria schnell feststellen musste, waren Vertrautheit und Beherrschung zwei sehr unterschiedliche Dinge.

Victoria und ihre Mitgefangenen hatten schon in den ersten Tagen nach ihrer Ankunft im Lager begonnen, sich mithilfe des Klopfcodes zu verständigen, auch wenn es eine Weile dauerte, bis sie den Dreh raus hatte. Fünf Reihen mit Buchstaben, von A bis Z. C und K teilten sich ein Kästchen in der obersten Reihe. Die ersten aufeinanderfolgenden Klopf-zeichen bezogen sich auf die senkrecht verlaufene Spalte, von oben nach unten. Die nächsten Klopfzeichen war für die

Reihe, in der sich der Buchstabe befand, von links nach rechts.

Klopf Klopf Klopf. Klopf Klopf. Drei senkrecht, zwei waagrecht. M.

Morgen. In diesem Fall kurz für „Guten Morgen". Ihr Zellennachbar begrüßte sie.

Sie antwortete kurz und erhielt anschließend ihren Morgenbericht.

Alle Einsatzkräfte sind vollzählig anwesend. PO Nordyke krank. Braucht Medikamente.

Petty Officer Nordyke hatte sich eine Lungenentzündung eingefangen. Der arme Junge hatte in den letzten achtundvierzig Stunden Schüttelfrost und Fieber gehabt. Victoria würde bei ihrem heutigen Treffen mit dem Kommandanten des Lagers eine bessere medizinische Versorgung fordern, ihre wichtigste Aufgabe im Augenblick. Sie war die Vertreterin der Kriegsgefangenen in puncto Essen, Wasser und menschenwürdige Behandlung.

Die erste Woche im Lager hatte fast ausschließlich aus Folter und Verhören bestanden, aber selbst die Wachen konnten das hohe Tempo nicht durchhalten. Irgendwann mussten diese Bastarde ja einmal schlafen. Victoria hatte mit dem Kommandanten der Basis verhandelt und ihm „gutes Benehmen" im Austausch für nahrhafteres Essen und ein paar Stunden Bewegung pro Tag versprochen. In einem Moment der Schwäche und völliger Übermüdung hatte sie sogar ein Videogeständnis abgelegt.

Aber Captain Tao hatte Victoria gedemütigt und sich nicht an seine Zusage gehalten. Die Lebensumstände der Gefangenen hatten sich zwar ein wenig verbessert, aber ihr Fehler schürte den Wunsch nach Widerstand nur noch mehr. Sie hatte ihren Mitgefangenen aufgetragen, weiter an einem Fluchtplan zu arbeiten.

Südamerikanische Männer und Frauen, die unter Zwang
für die Chinesen arbeiteten, kochten die Mahlzeiten für die
Gefangenen. Einige von ihnen waren einheimische politische
Häftlinge, die in einer Baracke mit niedriger Sicherheitsstufe
außerhalb des amerikanischen Kriegsgefangenenlagers untergebracht waren. Andere kamen aus der nahe gelegenen Stadt.
Soweit Victoria wusste, zahlte man ihnen einen Hungerlohn.

Aber in der Kantine aßen nicht nur die Inhaftierten. Die
Wachen wurden natürlich zuerst versorgt, als Nächstes kam
ein Team von Wissenschaftlern oder Forschern an die Reihe,
von denen einige weiße Laborkittel trugen. Obwohl sie hispa-
nisch waren, hatte Victoria das Gefühl, dass sie nicht von hier
stammten. Jedes Mal, wenn die Forscher die Kantine betraten,
wurden sie vom chinesischen Wachpersonal aufmerksam
beäugt. Sie erhielten zwar nicht die gleiche liebevolle Behandlung wie Victoria und die amerikanischen Soldaten, aber die
Anspannung war unverkennbar.

Wenn die Wissenschaftler nicht gerade beim Essen waren,
arbeiteten sie in einem Gebäude eine halbe Meile südlich des
Lagers. Auch dort standen sie unter Bewachung. Manchmal
konnte Victoria aus der Anlage ein unglaublich lautes
Rumpeln hören, das fast wie ein Düsentriebwerk klang.

In der Nähe des Kriegsgefangenenlagers befanden sich
mehrere chinesische Einrichtungen und es bedurfte einer
Menge handwerklicher Arbeit, um alles am Laufen zu halten.
Auch venezolanische Militärs wurden manchmal in der
Kantine verköstigt. Sie fuhren mit ihren Jeeps bis direkt an das
Gebäude heran und wirkten bei den Mahlzeiten immer sehr
vergnügt. Victoria interessierte sich hauptsächlich für die
Ausrüstung, die diese Soldaten in ihren Jeeps mitführten. Die
gesamte Kommunikationsausrüstung der Chinesen befand
sich in einem einzigen Gebäude, das den zentralen Hof des
Lagers von Norden her überblickte. Dort befand sich auch das

Büro von Hauptmann Tao. Aber in den venezolanischen Jeeps gab es UHF/VHF-Funkgeräte, die der Standardausrüstung der Amerikaner ähnelten, sowie eine lange HF-Antenne am Heck jedes Fahrzeugs. Sie hatte Plug und sein Fluchtkomitee damit beauftragt, einen Weg zu finden, Zugang zu dieser Kommunikationsausrüstung zu bekommen.

Nach einer Weile setzten die Chinesen die amerikanischen Gefangenen schließlich gemeinsam mit den Einheimischen ein, um Wäsche zu waschen, zu putzen und zu kochen.

Einige Wochen später gab Victoria ihren Leuten die Anweisung, ernsthafte Fluchtversuche zu unternehmen. Es gab mehrere erfolglose Unternehmungen, von denen eine mit dem Tod eines Leutnants endete. Der Junge hatte tatsächlich versucht, einem VBA-Soldaten die Seitenwaffe aus dem Holster zu reißen. Er wurde von Scharfschützen auf zwei verschiedenen Wachtürmen erschossen. Einige der Amerikaner vermuteten, dass es ein Selbstmordversuch gewesen sein könnte, aber darüber wollte Victoria nicht nachdenken. Auch wenn sie über diesen speziellen Ausbruchsversuch nicht informiert gewesen war, war er dennoch eine weitere Sache, die sie sich nicht verzeihen konnte.

Die meisten Tage waren endlos, langweilig und verdammt heiß. Sie verbrachte ihre Zeit damit, auf den schmalen Streifen Dschungelvegetation zu starren, den sie von ihrer Zelle aus sehen konnte, oder durch die Wand mit dem jungen Mann nebenan zu kommunizieren. Manchmal spielten sie Stille Post und gaben Informationen von einer Zelle weiter an die Nächste. Ein anderes Mal führten sie sehr persönliche Gespräche und erzählten sich gegenseitig von ihrem Zuhause.

Sie ertappte sich dabei, wie sie ihrem Gefängnisnachbarn von ihrer Kindheit erzählte. Davon, wie sie mit ihren Brüdern in der Chesapeake Bay selbst gebaute Krebsreusen aus dem Wasser gezogen hatte. Von dem Siegestor, das sie bei einem

Lacrosse-Spiel am College geschossen hatte. Heitere Geschichten aus einer unbeschwerten Zeit. Geschichten, an die sie schon ewig nicht mehr gedacht hatte. Ihr Leben war von Arbeit und Zielstrebigkeit bestimmt gewesen, ihr Rang und ihre Position das Ergebnis von jahrelangem Stress und Schweiß. Aber wenn sie jetzt zurückblickte, stellte sie fest, dass diese einfachen Zeiten die Erinnerungen bereithielten, die sie am meisten schätzte. Es waren jene, von denen sie sich wünschte, sie hätte mehr davon.

Victoria hörte auf zu klopfen, als sie den Schlagstock eines Wärters hörte, der nicht weit entfernt an den Gitterstäben der Zellen entlang gezogen wurde.

„Reihe eins und zwei. Frühstück."

Das Englisch der Wachen wurde immer besser. Einige von ihnen unterhielten sich regelmäßig mit ihren amerikanischen Gefangenen, und Victoria vermutete, dass es ihnen Spaß machte. Ihr ständiger Befehl an ihre Männer lautete, sich mit jedem anzufreunden, der dafür empfänglich war. Nützliche Verbindungen zu knüpfen. Informationen zu sammeln. Schwachstellen und mögliche Lösungen ausfindig zu machen.

Flucht. Das war ihr ultimatives Ziel, trotz aller vorgetäuschter Kooperation.

Sie wünschte sich nichts sehnlicher, als alle ihre Leute lebend von hier wegzubringen, damit sie sich wieder dem Kampf anschließen konnten. Während sie darüber nachdachte, erzitterte der Boden unter ihren Füßen. Ein weiterer Triebwerkstest aus der Forschungseinrichtung im Süden.

Eine Wache öffnete ihre Zellentür mit einem Klirren, und sie streckte sich, als sie die Behausung verließ und sich aufrichtete. Victoria entdeckte Plug, der in der nächsten Zellenreihe untergebracht war. Sie würden beim Frühstück – oder Morgenreis, wie ihre Männer es nannten – nicht zusammen sitzen dürfen. Aber anschließend auf dem unbefestigten Trainingsplatz würde sich schon eine Gelegenheit ergeben, mit ihm zu sprechen.

Sie rückte in der Essensschlange langsam nach vorne. Eine schwangere Latina servierte jedem von ihnen eine Schüssel mit Reis und einen Plastikbecher mit Wasser. Heute lag in der Schüssel noch ein hartgekochtes Ei, eine willkommene Zugabe. Sie aßen schweigend, denn keiner von ihnen wollte die drei bewaffneten chinesischen Wächter auf dumme Ideen bringen, schon gar nicht den bösartigen mit dem kahlgeschorenen Kopf, der immer auf ihre Brust starrte.

Nach dem Essen wurden Plug und ein anderer Amerikaner angewiesen, dazubleiben und beim Aufräumen der Kantine zu helfen. Der Rest wurde für die ihnen zustehende „Ertüchtigungszeit" auf den Hof hinausgeführt. Die amerikanischen Kriegsgefangenen stellten sich in einer Formation auf, fast so, als wären sie zurück auf der Basis und absolvierten eine Trainingseinheit. Victoria war froh, unter den Männern auch den Chief zu erblicken. Er schien langsam über die gewaltsame Ankunft hinwegzukommen und leitete sogar eine ihrer täglichen Übungen.

Nachdem er in der Küche fertig war, schlüpfte Plug in die hinterste Reihe und tauschte dann den Platz mit dem Soldaten vor ihm, wodurch er neben Victoria zu stehen kam. Er achtete peinlich darauf, dass die Wachen davon nichts mitbekamen. Er wollte keine Aufmerksamkeit erregen. Als der Chief sah, was Plug vorhatte, spornte er die Gruppe besonders lautstark an.

„Jetzt zählen wir ein bisschen lauter, OK? Eins!"

„Eins!", antworteten die Gefangenen unisono.

„Zwei!"

„Zwei!", kam die Antwort.

So ging es eine Weile weiter und die Gruppe machte

einfache Armdehnungen, während Plug Victoria Bericht
erstattete.

„Übermorgen.“

„Wie?“

Plug zuckte mit den Schultern. „Der fette venezolanische
Soldat, der den Jeep fährt, hat etwas mit einem der Mädchen
aus der Wäscherei. Einem einheimischen venezolanischen
Mädchen.“

Victoria runzelte die Stirn. „Ist sie eine Gefangene?“

„Nein. Sie ist nur ein hiesiges Mädchen mit fragwürdiger
Moral, das zufällig hier arbeitet.“

Victoria warf Plug einen Blick zu.

„Sie macht alle an, Boss.“

„Danke, Plug. Ich verstehe.“

Der Chief wollte jetzt Sit-ups sehen. Die Gruppe setzte
sich auf den staubigen Boden und begann erneut laut zu
zählen.

„Eins!“

„Eins!“, wiederholte die Gruppe.

„Zwei!“

„Zwei!“

Plug raunte Victoria weitere Details zu. „Das verruchte
Wäschemädchen arbeitet also *nachts*. Anscheinend missbilligen ihre Eltern die Beziehung. Also sind der fette venezolanische Soldat und das verruchte Wäschemädchen auf der Suche
nach einem Ort, an dem sie … Sie wissen schon …“

„Plug, was hat das mit –“

„Sie kennen doch die Frau aus der Kantine? Die hübsche
Schwangere? Sie ist die einzige Frau im Forschungsteam. Die
Chinesen lassen ihren Mann und seine Forscher rund um die
Uhr arbeiten, also hat sie ihre Baracke ganz für sich allein.“

„Und –“

„Wenn ich in der Kantine bin, unterhalte ich mich immer

mit beiden Frauen. Mein Spanisch kommt mir da wirklich zugute. Mein Highschool-Lehrer wäre stolz auf mich. Wie auch immer, ich habe gemeinsam mit ihnen einen Plan ausgeheckt. Na ja, technisch gesehen habe ich sie nur belauscht und anschließend meinen Deal mit der hübschen Schwangeren gemacht. Die wiederum dann ihrerseits etwas mit dem verruchten Wäschemädchen ausgehandelt hat."

„Und wie soll das Ganze funktionieren?"

Plug erklärte: „Ich werde ihr die Nachricht mitsamt Anweisungen übergeben. Während die beiden Turteltäubchen in ihrem Schlafzimmer sind, wird die schwangere Dame zu seinem Jeep gehen und auf der Notfrequenz einen Funkspruch absetzen. Ich habe ihr eine einminütige Morsecode-Nachricht aufgetragen. Die, auf die wir uns geeinigt haben."

„Namen von Gefangenen?"

„Ja. Ein paar Namen und die Gesamtzahl. Wenn die SIGINT-Jungs gut sind, können sie unsere Übertragung triangulieren."

„*Wenn* sie sie hören ..."

Plug fuhr fort: „Nach der Funkübertragung wird die Schwangere die Geräte abschalten, den Zettel mit dem Morsecode verbrennen und vor ihrer Baracke warten, bis die Turteltauben fertig sind."

„Was, wenn sie beim Funken entdeckt wird?"

„Sie ist bereit, das Risiko einzugehen. Das chinesische SIGINT-Personal wird es nicht sofort mitbekommen, wenn überhaupt."

„Das können wir nur hoffen."

„Boss, das ist der beste Weg."

„Gut, aber sorgen Sie dafür, dass Vorsichtsmaßnahmen getroffen werden. Und stellen Sie sicher, dass sie niemandem sonst erzählt, was sie wirklich vorhat."

„Klar. Der venezolanische Soldatentyp wird seinen Jeep

hinter ihrer Baracke parken, wo er nicht so leicht zu sehen ist. Er will auch nicht, dass jemand weiß, dass er dort ist."

„Woher wissen Sie, dass die Frauen vertrauenswürdig sind?"

„Nun, die Einzige, die im Bilde ist, ist das schwangere Mädchen aus der Kantine. Und mit ihr habe ich eine Abmachung getroffen."

„Eine Abmachung? Plug, sagen Sie mir nicht, Sie haben –"

„Was? *Nein*. Skipper, kommen Sie. Ich meine, mein Zeitplan gibt das gar nicht her. Wir sind fast den ganzen Tag eingesperrt. Außerdem ist das eine Frage der Ritterlichkeit. Sie ist ganz offensichtlich in ihren Mann verliebt, den leitenden Wissenschaftler."

„Ihr Mann ist der leitende Wissenschaftler?"

Plug starrte sie an, als käme sie von einem anderen Planeten. „Ja, das wissen Sie doch. Sie erzählt uns doch pausenlos, dass er für das amerikanische Militär megawichtig ist oder so. Wie kann es sein, dass Sie davon nichts mitgekriegt haben? Unfassbar. Das mit der Stillen Post klappt scheinbar gar nicht."

Victoria fragte: „Plug, können Sie herausfinden, woran ihr Mann drüben in diesem Gebäude arbeitet?"

„Vielleicht, warum?"

„Ich möchte die Morsecode-Nachricht eventuell noch abändern."

22

VBA-Hauptquartier
Peking

Lena ging den Flur hinunter in Richtung des Büros ihres Vaters. Auf beiden Seiten der Eingangstür waren bewaffnete Wachen postiert. Als sie Lena erblickten, hielt einer von ihnen die Tür auf, um sie in das Vorzimmer zu lassen. Dort wuselten mehrere Sekretärinnen und Stabsoffiziere umher, telefonierten oder unterhielten sich eindringlich.

Die Militärangehörigen warteten alle nervös auf ihren Termin. Vom Korridor her hörte man, wie sich Türen öffneten und schlossen. Das Kommen und Gehen der rund um die Uhr stattfindenden Besprechungen mit dem Führungsstab. Und wenn die Gäste *besonders* wichtig waren, bekamen sie vielleicht eine Audienz bei General Chen selbst, dem ranghöchsten General in ganz Asien.

„Hallo Tochter."

General Chen stand in seiner privaten Bürotür. Lena bemerkte, dass im Wartebereich alle sofort schweigend Haltung annahmen, in ihren Augen spiegelten sich Respekt und Angst wieder. Ihr Vater war mächtiger geworden. Das durfte sie nie vergessen.

„Guten Morgen General." Sie stand bei ihrer Begrüßung ebenfalls stramm, wobei sie ihre Arme an den Körper anlegte, wie es beim chinesischen Militär üblich war.

„Komm herein", rief er und drehte sich um, um sein Büro zu betreten.

Sie nickte und folgte ihm, dann machte sie die Tür hinter sich zu.

„Es ist so schön, dich zu sehen." General Chen schenkte ihr ein seltenes Lächeln.

Lena verzog keine Miene. Sie durchschaute seine Beweggründe. Jegliche Form von Wohlwollen, das er ihr entgegenbrachte, war eine Farce. Dennoch war sie für ihn zu einer wichtigen Person geworden, vielleicht zum ersten Mal in ihrem Leben.

In dem Moment, in dem sich das änderte, wäre es auch mit seiner aufgesetzten Zuneigung wieder vorbei. Einem Mann wie ihrem Vater lag nichts wirklich am Herzen, nicht einmal sein einziges Kind. General Chen wurde von Geltungssucht und Machthunger getrieben. Aus ihrer Erfahrung beim Geheimdienst wusste sie, dass solche Männer ausgezeichnete Angriffsflächen boten.

„Der Vorsitzende Cheng ist zufrieden mit deinen Fortschritten bei den Russen."

„Ich diene China, General."

„Der russische Präsident hat um ein Treffen gebeten. Er möchte die Modalitäten besprechen."

Lena zog eine Augenbraue hoch. „Ist das so?"

General Chen fuhr fort: „Wir müssen einen Vertreter schicken. Ich delegiere diese Aufgabe an dich."

Lenas Gedanken rasten. Ihr Vater beobachtete ihre Reaktion.

„Der Vorsitzende will, dass ich das übernehme?"

„Ich sagte, ich delegiere die Aufgabe an dich."

Jinshan würde ihr so etwas persönlich mitteilen. Also hatte er ursprünglich ihren Vater damit beauftragt.

„Wie Sie befehlen, General. Wird mich jemand begleiten?"

„Du bist kein Kind mehr, Li. Du solltest ohne Begleitung auskommen." Er schob ein paar Dokumente auf seinem Schreibtisch hin und her und wich ihrem durchdringenden Blick aus. „Und ich bin kein Bediensteter, den man schicken kann, um die Befehle eines sterbenden Mannes auszuführen. Außerdem habe ich keine Zeit, um mit diesem russischen Egomanen zu verhandeln."

Den letzten Teil murmelte er hastig vor sich hin, aber er erklärte alles. Das war das typische Verhalten ihres Vaters. Er mochte es nicht, wenn man ihm sagte, was er zu tun hatte. Da Jinshan nur noch wenig Zeit blieb, hatte sich Chens Angst vor ihm etwas gelegt. Und Angst war der wahre Motivator ihres Vaters. Die Furcht, dass der russische Präsident ihn bei diplomatischen Verhandlungen übertrumpfen könnte, wog im Moment schwerer.

„Du musst dafür sorgen, dass die Russen sich bereit erklären, die von mir angeforderten Forschungsergebnisse zu teilen", erklärte General Chen gereizt.

Lena erwiderte: „Ich verstehe, General. Der Vorsitzende Jinshan hat militärische Ziele, bei denen er auf die Hilfe der Russen setzt. Angesichts der Wichtigkeit des Treffens bitte ich um etwas Zeit mit Ihrem Führungsstab, um unsere militärischen Angelegenheiten durchzusprechen, damit ich Ihnen und dem Vorsitzenden besser dienen kann."

General Chen winkte mit der Hand. „Ja, ja. Natürlich."

Lena sagte: „Dann werde ich jetzt gehen –"

„Warte noch kurz. Es gibt noch eine andere Sache, die wir besprechen müssen. Dong."

Lenas Herz setzte einen Schlag aus. Wusste ihr Vater
bereits, was sie entdeckt hatte?

„Und?", fragte er. „Was hast du herausgefunden?"

Lena spürte den forschenden Blick ihres Vaters, er
versuchte, ihre Loyalität auszuloten. Sie wusste, dass Jinshan
eines Tages sterben und sie gezwungen sein würde, sich für
eine Seite zu entscheiden. General Chen oder Minister Dong.
Die Jinshan unterstehenden Machthaber konnten seinen Tod
kaum erwarten, damit sie Staatssekretär Ma zu ihrer Marionette formen konnten.

Ihr Vater wollte, dass Lena vorerst beiden Lagern ange-
hörte, weil er sie als seine Spionin einsetzen wollte. Ihr
Verhalten in den nächsten Wochen würde letztendlich über
ihr Schicksal entscheiden. Vor ihrem geistigen Auge blitzte
noch einmal das Bild ihres Kindes auf. Ein Kind, das sie in
einem Land zurückgelassen hatte, in das China bald einmar-
schieren könnte.

Sie sah ihren Vater an und sagte: „Minister Dong hat sich
kürzlich mit jemandem getroffen. Mit einer Person, die er
nicht hätte treffen sollen."

Am nächsten Tag dachte Lena im Flieger nach Russland über
ihr Dilemma nach. Sie hatte ihrem Vater schlussendlich nur
eine unvollständige Zusammenfassung ihrer bisherigen
Erkenntnisse gegeben. Gerade so viel, dass ihr genug Spielraum blieb, während sie entschied, welchen Weg sie
einschlagen würde.

Sie schaute aus dem Flugzeugfenster und dachte darüber
nach, was das alles konkret für sie bedeutete. Tausende Fuß
unter ihr lag die sibirische Taiga, ein weites Land mit hohen
Kiefern und Fichten. Berge, Seen und Flüsse, die bis zum

Horizont reichten. Es war wunderschön und ein Teil von ihr wünschte sich, dort unten zu sein, unbelastet und frei.

„Wir werden bald landen, Miss Chou", informierte sie das militärische Besatzungsmitglied, das den Gang entlang schritt.

Sie nickte ihm zu und überprüfte ihren Sicherheitsgurt, bevor ihre Gedanken zu dem Konzept von Pflicht und Ehre zurückkehrten, an das sie sich gebunden fühlte.

Lena wusste, dass es gefährlich war, ihrem Vater gegenüber auch nur *anzudeuten*, dass Dong eventuell für die Amerikaner arbeitete, es sei denn, sie wusste vorab, wie er diese Informationen zu verwenden gedachte. Deshalb hatte sie ihm nicht erzählt, dass Dong sich ihrer Meinung nach mit einem amerikanischen Agenten getroffen hatte. Sie hatte nicht einmal erwähnt, dass die verdächtige Person in der japanischen Botschaft arbeitete.

Lena hatte ihrem Vater lediglich offenbart, dass Dong sich insgeheim mit jemandem traf und dass sie mit der Feststellung der Identität dieser Person befasst war. General Chen war angesichts des Mangels an Einzelheiten verständlicherweise nicht zufrieden gewesen, aber sie hatte ihm versprochen, sich nach ihrer Rückkehr aus Russland persönlich mit Dong zu treffen und mehr Informationen einzuholen.

Ein persönliches Gespräch mit Minister Dong würde ihr die Gelegenheit geben, ihn auszuhorchen. Lena würde einen harmlosen Grund erfinden müssen, um bei ihm eine Audienz zu bekommen. Sie könnte beispielsweise behaupten, dass sie ihn auf Anweisung Jinshans direkt über das Ergebnis ihres Russlandbesuchs informieren solle. Bevor Lena ihr weiteres Vorgehen festlegte, wollte sie herausfinden, ob Dong selbst für die Amerikaner arbeitete oder einen von ihnen als Doppelagenten für das MSS führte.

Lena spürte das Schlingern des Fahrgestells, als das Flugzeug auf der Landebahn eines abgelegenen Flugplatzes in Sibirien aufsetzte, der vom russischen Präsidenten und diversen Oligarchen meist für ihre Luxustrips genutzt wurde. Wenige Augenblicke später saß sie auf dem Rücksitz eines Geländewagens mit Allradantrieb, der eine kurvenreiche Bergstraße hinauffuhr. Riesige Kiefern warfen Schatten auf die Fahrbahn.

Die Jagdhütte des russischen Präsidenten war einzigartig. Sie bot eine spektakuläre Aussicht auf die Berge. Prunkvolle Dekoration und Ausstattung. Ein Anwesen, das eines Zaren würdig war.

Bei ihrer Ankunft wurde Lena von russischen Sicherheitskräften durchsucht und in das Haus eskortiert. Kostja erwartete sie auf der hinteren Terrasse, wo in einer runden Feuerstelle umgeben von gepolsterten Sofas ein Holzfeuer brannte. Ein rollbarer Servierwagen mit Getränken und abgedeckten Tellern stand in der Nähe. Zwei Kellner hielten sich außer Hörweite bereit, in Sichtweite patrouillierten Dutzende von Sicherheitsleuten. Und es gab noch viele andere, die sie nicht sehen konnte, da war sich Lena sicher. Die russische Militärpräsenz auf dem Flugfeld war beeindruckend gewesen. Es war eine Botschaft vom Präsidenten, der Stärke demonstrierte.

Kostja sah nervös aus, als er sie erblickte.

„Wo ist dein Vater?"

Warum fragte er sie das? Hatte man ihm nicht mitgeteilt, dass anstelle des Generals sie anreisen würde? Lena spürte, wie sie aus Verlegenheit und vor Wut rot wurde, und verfluchte im Stillen ihren Vater. Sein Mangel an Rücksichtnahme und seine unzureichende Kommunikation könnten das Treffen ruinieren und setzten ein wichtiges Militärbündnis aufs Spiel.

Sie riss sich zusammen und antwortete: „Leider musste

sich General Chen um eine unaufschiebbare operative Aufgabe kümmern. Ich versichere dir, dass ich über alle notwendigen Befugnisse und Kenntnisse verfüge, um ..."

„Lena, bist du total verrückt?"

Sie warf einen Blick auf die Türen des Anwesens. Einige der Sicherheitsleute bewegten sich jetzt hektischer.

Kostja fuhr fort: „Unser Präsident ist in der Erwartung angereist, auf Chinas ranghöchsten Militärkommandanten zu treffen. Der einzige Grund, warum er dem überhaupt zugestimmt hat, war, dass eine *Chance* besteht, dass dein Vater Vizepräsident wird, wenn Cheng Jinshan stirbt. In dem Moment, als du allein aus dem Flugzeug gestiegen bist, hat man meinen Präsidenten umgehend benachrichtigt. Er wäre fast auf der Stelle wieder zurück nach Moskau geflogen. Ich habe das Menschenmögliche getan, um ihn zum Bleiben zu überreden, aber jetzt steht mein Ruf auf dem Spiel."

„Ich verstehe."

Äußerlich blieb Lena gelassen. Sie ging im Geiste ihre Optionen durch. Ihr Druckmittel war noch intakt.

„Da kommt er."

Lena drehte sich zur Jagdhütte um. Der Präsident und ein paar Leibwächter kamen aus Richtung des Nordflügels auf sie zu. Lena entfernte beiläufig die Haarnadel, die ihren Dutt zusammenhielt. Sie strich sich mit der Hand durchs Haar, ließ es über die Schultern fallen und hoffte, dass sie nicht zu dick auftrug. Sie machte auch den Reißverschluss ihrer Jacke auf und öffnete diskret zwei weitere Knöpfe ihrer Bluse. Nur ein bisschen Dekolleté. Der russische Präsident war ein sehr maskuliner Mann. Er wusste schöne Dinge zu schätzen. Dann erinnerte sie sich an die Narben, die sich von der Seite ihres Gesichts über ihren Körper erstreckten. Sie waren zwar verheilt, aber immer noch unansehnlich. Sie seufzte.

„Herr Präsident, ich möchte Ihnen Lena Chou aus der Volksrepublik China vorstellen."

Der russische Präsident, der mit zusammengepressten Lippen gelangweilt oder verärgert aussah – es war schwer einzuschätzen – nickte einmal. Seine Augen glitten über ihr Gesicht und dann über ihren Körper, wenn auch nur kurz.

Er sprach sie auf Russisch an. Lena sprach mehrere Sprachen, aber Russisch gehörte nicht dazu. Der zwischen ihnen stehende Übersetzer gab seine Worte in Mandarin weiter.

„Der Präsident will wissen, warum General Chen nicht hier ist."

Lena gab eine lange Erklärung ab und entschuldigte sich ausführlich. Dann fügte sie hinzu: „Ich habe die uneingeschränkte Autorität, im Namen meiner Nation zu sprechen."

Der russische Präsident sagte wieder etwas, woraufhin der Übersetzer fragte: „Wie lange noch, bis China einen neuen Führer bekommt?"

Kostja sah sie an.

„Bald", sagte sie und blickte in die blauen Augen des russischen Staatschefs.

Der Präsident wechselte zur englischen Sprache, die er mit einem starken Akzent sprach. „Sie haben für den Geheimdienst gearbeitet. Sie waren diejenige, die bei der CIA eingesetzt wurde, ja?"

Lena nickte. „Ja, Mr. President. Ich war ein Geheimdienstoffizier – wie Sie." Sie schmeichelte seinem Ego.

In seinen Augen erschien ein Leuchten. Er hielt seinen Kopf ein wenig höher, als er sagte: „Es ist kalt. Lassen Sie uns am Feuer Platz nehmen und überlegen, wie wir zusammenarbeiten können."

Sie unterhielten sich beim Essen. Kellner brachten Tabletts mit Tapas und teurem Wein, aber Lena verzichtete auf Letzteren. Je mehr der russische Präsident trank, desto öfter glitten seine Augen zu ihrem Dekolleté. Aber es waren ihre Worte, die den Ausschlag gaben. Sie war eine Expertin der Manipulation und darin, mächtige Männer dazu zu bewegen, Dinge für sie zu tun.

Zwei Stunden später leerte der russische Präsident sein Glas zum letzten Mal und stand auf. Lena und Kostja taten es ihm gleich.

Dann erklärte der Staatschef: „Ich bin zufrieden mit unserem Gespräch. Ich halte es für möglich, dass unsere Nationen zum beiderseitigen Nutzen kooperieren. Aber Tatsache ist: General Chen hätte sich mit mir treffen sollen. Dass er es nicht getan hat, ist ein Zeichen von Respektlosigkeit."

Er starrte sie an und einen Moment lang dachte Lena, dass er den Deal platzen lassen würde. Aber dann fuhr er fort: „Wenn Ihr Land Sie zur Vertreterin auserkoren hat, auch gut. Dann soll es so sein. Von nun an wird die Zusammenarbeit zwischen Moskau und Peking über Sie abgewickelt werden, und zwar ausschließlich. Ganz gleich, wer in Ihrem Land das Sagen hat – für die russische Unterstützung sind von nun Sie die Ansprechperson, Miss Chou. Ist das klar?"

Lena erwiderte: „Vollkommen, Mr. President. Ich werde meiner Führung Ihre Nachricht überbringen."

23

Chase reiste an Bord einer C-17 von den USA zum internationalen Flughafen von Mexiko-Stadt. Die vier größten Flughäfen Mexikos waren praktisch dem US-Militär übergeben
worden. Die Flugverkehrskontrolle wurde nun von der US Air
Force durchgeführt und alle Flüge mussten vom
SOUTHCOM Air Operations Center (SAOC) genehmigt
werden. Auch wenn auf dem Flughafen nur noch wenig
kommerzieller Flugverkehr stattfand, gab es einen ständigen
Betrieb mit Militärtransportern, Kampfflugzeugen und
Hubschraubern, die rund um die Uhr starteten und landeten.

Chase bestieg für den nächsten Teil seiner Reise eine V-22
der Luftwaffe. Als die Maschine abhob und in niedriger Höhe
den Flughafen überflog, staunte er über die Unmengen von
Personal und amerikanischen Militärflugzeugen auf dem
Boden. Der internationale Flughafen von Mexiko-Stadt war
nun die Heimat von Tausenden US-Soldaten. Panzer und
Stryker-Fahrzeuge bildeten Karawanen und befuhren die
Autobahnen Richtung Süden. Am Himmel waren unzählige
dunkelgrüne Hubschrauber zu sehen, die wie Gänse-
schwärme auf dem Weg in ihr Winterquartier wirkten.

Aber die Hubschrauber zogen nach Süden in den Krieg.

Der Flug mit der V-22 dauerte mehrere Stunden. Schließlich begann das Flugzeug über einem kleinen Militärlager zu kreisen, das in den mit Dschungel bedeckten Bergen Costa Ricas lag. Das Gelände war nur eine Schneise im Regenwald, kaum größer als ein Footballfeld. US-Militärfahrzeuge parkten am Rand einer asphaltierten Straße, die eine Meile weiter westlich verlief, und sorgten für Sicherheit, während ein Konvoi von weiteren Militärfahrzeugen in Richtung Süden fuhr.

Die V-22 setzte in der Landezone auf, wobei ihre Rotoren das Gestrüpp aufwirbelten. Chase stieg aus und begab sich zum Kommandozelt. Das Lager beherbergte mehrere Spezialkräfteteams. Chase hatte kurz nach seiner Ankunft ein Treffen mit dem DEVGRU-Kommandanten, der ihm einige Teammitglieder vorstellte.

„Die meisten der Jungs pennen gerade." Er nickte in Richtung der Zeltstadt am Rande des Regenwalds. „Wir werden heute Abend trainieren und morgen aufbrechen."

„Wohin?"

„Ich schätze Panama. Chinesische Luftlandetruppen sind dort in den südlichen Sektoren angekommen. Laut Geheimdienstinformationen sind sie für die Verteidigung der Raketenabwehranlagen und Nachschubdepots für das größere Kontingent an Bodentruppen vorgesehen. SOUTHCOM bereitet eine Liste von akuten und zukünftigen Zielen vor. Ich bin sicher, die Chinesen tun dasselbe. Gehen Sie jetzt und beziehen Sie ihr Quartier. Briefing ist um achtzehn hundert Stunden. Besorgen Sie sich vorher was zu essen."

„Jawohl, Sir."

Chase ging zum DEVGRU-Zelt und warf seinen grünen Nylonseesack auf ein leeres Feldbett. In dem dunklen, schwülwarmen Innenraum hielt sich etwa ein Dutzend Männer auf, die meisten schliefen, andere lasen oder hörten Musik. Er konnte die lauten Rufe der Dschungelbewohner und Vögel hören.

Um achtzehn hundert Stunden war Chase satt, gerüstet und einsatzbereit. Ein CIA-Mann in T-Shirt und Cargohose leitete die Einsatzbesprechung. Während alle ihre Plätze einnahmen, unterhielt er sich mit dem Befehlshaber.

„Meine Herren, es gibt eine Planänderung. Wir haben gerade neue Informationen erhalten. Eine NSA-Abhörstation hat gerade einen Morsecode-Funkspruch aufgefangen. Er enthielt die Namen mehrerer amerikanischer Gefangener und noch ein weiteres Wort: Hyperschalltests. Wir gehen davon aus, dass wir unseren vermissten Wissenschaftler gefunden haben."

Chase fragte: „Wer hat das Signal gesendet?"

„Das wissen wir noch nicht. Könnte ein CIA-Agent vor Ort sein, der untergetaucht ist. Oder ein Ausländer, der mit unserer Sache sympathisiert."

„Könnte es eine Falle sein?"

„Das ist unwahrscheinlich. Der Funkspruch wurde auf ungewöhnliche Weise gesendet, mehrere venezolanische Militärbunker haben ihn automatisch weitergeleitet. Wir vermuten, dass das nicht beabsichtigt war. Die Betreiber wussten vielleicht nicht, was sie da taten. Im Ergebnis ist das sowohl gut als auch schlecht. Wäre der Funkspruch nicht auf diese Weise abgesetzt worden, hätten wir ihn vielleicht nicht entdeckt."

„Und die schlechte Nachricht?"

„Wir können nicht mit Sicherheit sagen, woher er kommt. Aber wir konnten es auf etwa ein Dutzend Standorte eingrenzen."

Einer der SEALs erkundigte sich: „Wie lautet die Mission?"

„Wir müssen jeden einzelnen der möglichen Sendeorte überprüfen. Sie werden heute Nacht mit dem Ersten anfangen. So wie es sich anhört, werden wir amerikanische Kriegsgefangene und die Wissenschaftler am selben Ort entdecken."

„Gibt es ISR-Unterstützung?"

„Negativ. Nicht heute Abend. Seien Sie also vorsichtig beim Waffengebrauch. Bis nächste Woche sollten wir über bessere Luftüberwachung verfügen."

Das Briefing dauerte weitere fünfundvierzig Minuten, bis die Sonne vollständig untergegangen war. Das Team hatte eine fünfzehnminütige Pause, bevor das dumpfe Klopfgeräusch von Rotoren ertönte. Die Hubschrauber der Armee – drei MH-60M – näherten sich aus den Bergen und landeten mit ausgeschalteten Lichtern in der dunklen, grasbewachsenen Landezone. Chase stand in der letzten Reihe der Gruppe.

Auf ein Handzeichen hin begann das Team in Richtung der Vögel zu joggen. Jeder Mann trug ein Vier-Augen-Nachtsichtgerät (NSG), das an seinem Helm befestigt und hochgeklappt war. Chase führte eine modifizierten M4 mit. Das obere Verschlussgehäuse der Waffe war kürzer als normal, weshalb er sie in urbanen Kampfsituationen vorzog. Das Sturmgewehr hatte auch einen PEQ-15-Infrarotlaser, der am Ende der Schiene montiert war, direkt über dem Schalldämpfer.

Ihre Flugzeit mit dem Hubschrauber betrug etwas mehr als eine Stunde. Die Männer verbrachten die Zeit damit, in der Dunkelheit zu dösen und mental die Mission durchzugehen. Schließlich tippte der neben ihm sitzende SEAL Chase auf die Schulter und bedeutete ihm, seine Nachtsichtbrille aufzusetzen. Chase klappte das NSG herunter und griff nach hinten, um sicherzustellen, dass sie eingeschaltet war. Die Hubschrauberkabine wurde in grünes Licht getaucht.

„Noch eine Minute", schrie ein Besatzungsmitglied des

MH-60M. Der Soldat zielte mit einem GAU-21-Minigun aus dem Kabinenfenster, während ein anderer Flieger eine der Kabinentüren aufschob, um die Abseilvorrichtung vorzubereiten. Durch sein Nachtsichtgerät sah Chase, wie die beiden anderen Blackhawk-Hubschrauber ihre Nasen nach oben zogen, um die Geschwindigkeit zu reduzieren. Er spürte ein Flattern in der Magengrube, als ihr Fluggerät dasselbe tat, bevor alle drei in einen steilen Sinkflug übergingen.

Wenig später schwebten die Hubschrauber über einem Feld und Chase begann, sich in gebückter Haltung zur offenen Kabinentür zu bewegen. Er folgte den Männern, die nacheinander in der Dunkelheit verschwanden, während der Abwind der Rotorblätter das Gras und die Blätter der nahen Bäume peitschte. Dann war er an der Reihe.

Er verknotete die Beine um das Seil, um mit den Füßen bremsen zu können, umfasste es mit seinen behandschuhten Händen und glitt daran hinunter.

Er versuchte den dumpfen Aufprall beim Landen mit den Knien abzufedern, bevor er losrannte, um zum Rest des Teams aufzuschließen, das sich bereits im hohen Gras verteilte und auf die Hütten im Osten zubewegte.

Durch sein NSG konnte Chase über ein Dutzend PEQ-15-Laser erkennen, die sich in der Dunkelheit bewegten und auf die Behausungen zielten.

Mit den vier Augen des NSG fing er hastige Bewegungen in der Nähe ein. Männer mit Gewehren. VBA-Soldaten, die in der Nähe der Gebäude in Deckung gingen.

Und dann begann die Schießerei.

Rechts und links von ihm wurden schallgedämpfte Salven abgegeben. Die VBA-Soldaten gingen zu Boden.

Die Spezialkräfte preschten voran und näherten sich dem Lager. Erneute Bewegung. Laser auf das Ziel ausrichten.

Mehrere Schüsse abfeuern, bis das Ziel zusammenbricht. Und wieder von vorne.

Innerhalb weniger Minuten hatte das SOF-Team fünf VBA-Soldaten getötet, die drei kleinen Gebäude durchsucht und eine Geisel genommen. Dann ging es zurück zur Landezone. Die drei kreisenden Blackhawks timten ihre Landung, um gleichzeitig mit den SEALs anzukommen, und das DEVGRU-Team hechtete in Rekordzeit an Bord.

Unmittelbar darauf hoben die Fluggeräte mit maximalem Schub ab und gewannen rasch an Geschwindigkeit, hielten sich aber knapp über den Baumkronen, während sie zurück nach Norden flogen. Chase beobachtete, wie einer der SEALs einen Augen- und Fingerabdruckscanner benutzte und Bilder vom Gesicht der männlichen Geisel machte, um sie zu identifizieren. Danach zog er dem an den Händen gefesselten Mann wieder eine Decke über den Kopf.

Nach der Landung wurde der Gefangene in das CIA-Zelt gebracht und Chase schloss sich dem kommandierenden Offizier der Einheit zur Nachbesprechung an.

„Er ist es nicht", erklärte der CIA-Mann.

Chase stieß einen Fluch aus.

Am nächsten Tag wurden Chase und der CIA-Agent nach Panama beordert, um den verantwortlichen General des US-Südkommandos, dem SOUTHCOM, zu unterrichten. Chase nahm mit Interesse zur Kenntnis, dass General Schwartz befördert und mit der Position betraut worden war.

Der General und sein Stab hatten ihr Lager auf einem behelfsmäßigen Armeeflugplatz aufgeschlagen, der auf einem hügeligen Landstrich etwa sechs Meilen nördlich von Panama-Stadt lag. Von ihrem Standort aus konnten sie den

Kanal und umfangreiche militärische Bewegungen überblicken.

„Das da drüben ist die 25. Infanterie. Stryker-Brigade."

Chase betrachtete die Straße. Mehrere Dutzend M1126
Infanterie-Transportfahrzeuge rollten darauf entlang. In der
Ferne rumpelte ein Jet.

Einer der Stabsoffiziere, der in der Nähe stand, drückte die
Muschel eines Kopfhörers an sein Ohr. Er sagte: „General
Schwartz, Sir, ich denke, es ist an der Zeit, Sie nach Norden zu
verlegen. Unsere Späher haben mehrere VBA-Bodeneinheiten
gesichtet, Sir. Es geht bald los."

„Deshalb bin ich hier", antwortete Schwartz, ohne sein
Fernglas abzusetzen.

Chase bewunderte den General dafür, dass er sich an die
Front begeben hatte. Er war immerhin der erste Amerikaner
seit einem halben Jahrhundert, der in den Fünf-Sterne-Rang
befördert worden war. Aber Chase hatte auch ein Gespür
dafür, wenn ein ranghoher Offizier den Mut über die Vernunft
stellte.

General Schwartz blickte durch sein Fernglas und ignorierte den Aufruf zur Evakuierung. „Wie ist die Operation
verlaufen?"

Der CIA-Mann erwiderte: „Sir, letzte Nacht hatten wir
kein Glück, aber wir haben noch ein paar andere potenzielle
Standorte. Wir müssen allerdings eine andere Spezialeinheit
damit beauftragen. Das DEVGRU-Team hat eine neue
Aufgabe erhalten."

General Schwartz drehte sich zu Chase und dem Nachrichtenoffizier um.

„Warum wurde es zurückgepfiffen? Was ist wichtiger, als
diesen Hyperschall-Forscher zu finden?"

Chase erklärte: „Sir, das Silversmith-Team hat ausdrücklich die DEVGRU um die Übernahme des Sonderauftrags gebeten."

General Schwartz grunzte und schaute wieder durch sein Fernglas. „In Ordnung. Setzen Sie ein weiteres Tier-1-Team auf die andere Sache an. Wir müssen diesen verdammten Kerl finden ..."

Ein Schwarm A-10er dröhnte über sie hinweg, machte über den Bergen eine scharfe Kehre und flog in Richtung der Stadt weiter. Selbst aus meilenweiter Entfernung konnte er das *Brrrrrrtttt* ihrer 30-mm-Gatling-Maschinenkanone GAU-8/A Avenger hören. Ein Strom gelber Leuchtspurmunition schoss aus der Bugwaffe jeder A-10 in Richtung ihrer Bodenziele. Es folgten donnernde Geräusche und Explosionen in einem entfernten Waldstreifen auf der anderen Seite des Panamakanals. Gelb-schwarze Feuerbälle schossen durch das grüne Dschungeldach empor, das die chinesischen Panzer verbarg.

General Schwartz wischte sich den Schweiß von der Stirn. „Nun, meine Herren, es ist so weit. Die Schlacht hat begonnen."

Der Stabsoffizier, der immer noch das Headset an sein Ohr hielt, bemerkte: „Sir, J-2 meldet eine chinesische Luftmobilisierung. Wir müssen Sie von hier wegbringen, Sir. Ich muss darauf bestehen." Der Stabsoffizier warf einen Blick auf mehrere Spezialkräfte in der Nähe, die als persönliche Leibwächter des Generals fungierten.

Jetzt konnte Chase Schüsse aus dem gesamten Stadtgebiet hören. Er drehte sich um und sah eine Gruppe chinesischer Infanteriefahrzeuge, die auf der anderen Seite des Kanals parkte. Sie eröffneten mit ihren Maschinenkanonen das Feuer, das ein paar amerikanische Stryker-Fahrzeuge erwiderten.

„Sagen Sie dem Fliegerleitoffizier, er soll die A-10er auf

diese Position schicken", wies General Schwartz ihn an, während er auf die chinesischen Infanteriefahrzeuge zeigte.

„Verstanden, Sir", rief der Stabsoffizier und gab den Befehl über sein Funkgerät weiter.

Die A-10-Erdkampfflugzeuge machten kehrt, wobei sie wie fliegende Kreuze aussahen, als sie erneut über sie hinwegflogen.

Und dann verschwanden sie plötzlich.

Zwei chinesische Boden-Luft-Raketen waren von einer Stellung in der Stadt gen Himmel gestartet und neben den Flugzeugen detoniert. Chase sah entsetzt zu, wie brennende Teile der A-10er auf die Erde regneten.

Ein Mitglied der Spezialeinheit ging auf den General zu, tippte ihm auf die Schulter und sagte mit ruhiger Stimme: „Sir, wir müssen Sie evakuieren."

Das von schräg oben kommende Rotorengeräusch veranlasste Chase, nach links zu schauen. Eine Rotte Apache-Kampfhubschrauber verharrte nur eine halbe Meile entfernt und gut getarnt im Schwebeflug, bevor sie zum Angriff ansetzte. Ihre gelben Leuchtspurgeschosse nahmen die chinesischen Bodeneinheiten ins Visier, gefolgt von zig Raketen, die in die chinesischen Infanteriefahrzeuge einschlugen.

Dieses Mal sah Chase die Boden-Luft-Raketen. Wenn auch nur eben so, da sie unfassbar schnell waren.

Die chinesische Flugabwehr traf beide Apache-Hubschrauber voll. Die Armeefluggeräte gingen in Flammen und schwarzem Rauch auf, ihre Wrackteile fielen aus Hunderten von Fuß zu Boden, nicht einmal vierhundert Fuß von Chase entfernt.

„Ordern Sie die gesamte verfügbare Luftunterstützung hierher, sofort!", brüllte General Schwartz.

Einer seiner Mitarbeiter gab eine Reihe von Befehlen über sein Funkgerät weiter.

Eine weitere Gruppe von Apache-Hubschraubern erschien über den Bergkämmen und hielt auf die Stadt zu. Sie feuerten mehrere Raketen und Flugkörper ab und erzielten diverse Treffer, bevor sie abdrehten, sich im rasanten Sinkflug entfernten und dabei Düppel und Leuchtraketen abwarfen. Chinesische Flugabwehrkanonen verfolgten sie mit ihren Geschossen.

„Sir, chinesische Luftstreitkräfte in ein paar Meilen Entfernung. Dort, auf ein Uhr."

„Ich sehe sie." General Schwartz hatte sein Fernglas wieder in die Hand genommen und Chase folgte seinem Blick. Ein Schwarm chinesischer Kampfhubschrauber näherte sich aus dem Süden. Sie flogen in nördlicher Richtung über den Strand auf die sogenannte „Brücke der Amerikas" zu, direkt außerhalb der Panamakanalzone.

Chase beobachtete, wie die chinesischen Hubschrauber einer nach dem anderen explodierten, als sie von amerikanischen Boden-Luft-Raketen erwischt wurden, die von einem nahe gelegenen Hügel aus starteten. Der CIA-Mann neben ihm machte eine Siegerfaust.

Die Stadt war nun erfüllt vom Knattern der schweren Maschinengewehre. Aus vielen Gebäuden stieg Rauch auf, als Truppen und Militärfahrzeuge beider Seiten anfingen, sich durch das Stadtgebiet zu wälzen. Ein Orts- und Häuserkampf, ausgefochten von zwei Mächten der Ersten Welt, bei dem ganze Häuserblocks mit Waffen eingeebnet wurden, die für den Feind bestimmt waren.

Von einem nicht weit entfernten Hügel, auf dem sich amerikanische Flugabwehrstellungen befanden, stiegen ebenfalls Rauch und Flammen auf. Kurz darauf wurde Chase von den Druckwellen mehrerer Bomben erwischt, die ihre Position trafen. Dann folgte das Dröhnen von Düsentriebwerken über dem Flugplatz. Chase blickte hoch und duckte sich instinktiv. Er konnte die beiden dunklen Formen am Himmel kaum ausmachen, aber er nahm an, dass es sich um chinesische Kampfflugzeuge in zehntausend Fuß Höhe handelte.

Wenig später tauchte ein weiterer Schatten auf, der die ersten beiden jagte. Kurz darauf verwandelte sich das führende Flugzeugpaar in qualmende Feuerbälle, als ein amerikanischer Kampfjet zwei Abschüsse erzielte.

Die Schlacht um ihn herum nahm an Fahrt auf. Ein Krieg, wie er ihn noch nie erlebt hatte. Zwei Militärmächte der Ersten Welt, die sich gegenseitig mit modernster Waffentechnologie zerstörten. Es überforderte seine Sinne.

Auf eine Reihe von grellen Explosionen irgendwo am Panamakanal folgten wenig später die Schallwellen.

„Sir, das EOD-Team hat gerade die Schleusen des Panamakanals gesprengt." EOD war die Kampfmittelabwehr.

„Verstanden." Die Miene von General Schwartz war grimmig.

Das Kampfgeschehen war bis zur Brücke über den Panamakanal vorgedrungen. Mehrere chinesische Panzer hatten sich auf der Südseite formiert und feuerten auf amerikanische Einheiten im Norden.

„Sir, wir sind in Reichweite der Panzer."

Der General nickte. „Scheiße. In Ordnung, gehen wir." Er marschierte auf das in der Nähe geparkte Stryker-Kommandofahrzeug zu. Chase und der CIA-Mann schlossen sich ihm an und gemeinsam fuhren sie in Richtung Norden.

Die Schlacht um Panama hatte begonnen.

24

NAS Pensacola

David stand im Überwachungszentrum der Silversmith-Einsatzzentrale im alten Blue Angels-Gebäude. An mehreren Reihen von Computermonitoren saßen Mitglieder der Task Force, eine Mischung aus Militärs und Geheimdienstlern, die den Ausbruch der Kampfhandlungen in Zentralamerika überwachten.

„Morgen, David", sagte Susan Collinsworth. Sie stand mit verschränkten Armen in der Mitte des Raums und verfolgte auf mehreren Bildschirmen gleichzeitig die Updates.

„Guten Morgen, Susan. Ist das gerade passiert?" Er zeigte auf einen Monitor zu seiner Rechten, der Videoaufnahmen von einer der amerikanischen Bodeneinheiten zeigte: Leucht-spurgeschosse, die von der anderen Seite des Panamakanals auf Kampfflugzeuge der Air Force abgefeuert wurden.

Ein Armeeoffizier an einem Arbeitsplatz in der Nähe sagte: „Das ist weniger als dreißig Minuten her."

Susan nickte. „China versucht, seine vordersten Infanterie-

divisionen über den Kanal zu verlegen. In Panama-Stadt sind
Gefechte ausgebrochen."

David atmete hörbar tief aus. „Ich wünschte, wir hätten
mehr Zeit."

Der Armeeoffizier wandte sich an Susan. „Einheiten der
Stryker-Brigaden von der 25. Infanteriedivision sind jetzt in
Kampfhandlungen verwickelt. Die Luftstreitkräfte haben es
schwer, sich anzunähern, da die chinesische Flugabwehr sehr
effektiv ist."

„Danke, Major."

Susan und David verließen die Überwachungszentrale,
um sich unter vier Augen zu unterhalten. Sie sagte: „Das wird
schnell sehr ungemütlich werden. Wenn amerikanische und
chinesische Einheiten versuchen, sich gegenseitig zu überflü-
geln, wird daraus ein Orts- und Häuserkampf in Panama-
Stadt und ein Dschungelkrieg in den umliegenden Hügeln.
Unsere massiven Vorstöße in den nächsten Tagen werden
schnell vonstatten gehen. Aber die Nachwehen werden sich
hinziehen. Unsere Militärexperten glauben, dass wir uns am
Boden auf ein monatelanges Unentschieden einstellen
müssen."

David fragte: „Was kann ich tun?"

„Sie tun genau das, was General Schwartz von uns
verlangt hat. Kümmern Sie sich um Ihr Spezialprojekt. Die
Leute in diesem Raum werden mich über den Stand der
Kampfhandlungen auf dem Laufenden halten. Von hier aus
werden wir die Situation vor Ort im Blick haben, sehen, wie
sie sich in das größere strategische Bild einfügt und Informationen an die entsprechenden Parteien weitergeben."

David nickte. „Dann gehe ich jetzt rüber zu meinen
Leuten."

„Gut. Ich komme später noch vorbei."

David verließ Susan und begab sich zum Ostflügel des Gebäudes, wo sein Team bereits versammelt war.

Nach seinem Camp-David-Gespräch mit General Schwartz war David mit der Leitung der Silversmith-Sonderprojekte betraut worden. Von den mehreren Hundert Mitarbeitern der Task Force wusste etwa die Hälfte von der Existenz des aktuellen Sonderprojekts. Sie nannten es kurzerhand das Projekt.

Es gab keine digitalen Dokumente, die das Programm erklärten. Keine Unterlagen oder Dateien, die Politiker im Geheimdienstausschuss einsehen oder in die sich chinesische Agenten einhacken konnten.

Wenn das Projekt funktionieren sollte, durfte niemand davon erfahren. Die erarbeiteten Pläne würden auf den Befehl von General Schwartz oder einem der anderen kürzlich beförderten Kampfkommandanten direkt ausgeführt werden. Es war erstaunlich, wie leicht ein fünfter Stern Berge versetzen konnte ...

Aber zuerst mussten David und seine Leute diese Pläne entwickeln.

Sein Projektteam bestand aus vierundzwanzig Männern und Frauen, die alle bis auf Weiteres streng bewacht auf der Basis untergebracht waren. Zu der Gruppe zählten einige der besten Köpfe, die das Land auf den Gebieten Verteidigung und Nachrichtendienst zu bieten hatte. David hatte auch hochkarätige Teilnehmer abseits der Regierungskreise rekrutiert. Sechs Teammitglieder waren Superhirne aus Unternehmen der Privatwirtschaft. Die Senkrechtstarter ihrer Generation.

David musste zwangsläufig an eine ähnliche Gruppe denken, der er ein paar Jahre zuvor angehört hatte. Dieses Team hatte unter der Aufsicht von Lena Chou auf einer Pazifikinsel gearbeitet. Die Arbeitsweise der aktuellen Expertengruppe basierte auf seinen damals gemachten Erfahrungen.

Am ersten Tag hatte sich David mit allen zusammengesetzt und ihnen eine Reihe von Was-wäre-wenn-Fragen gestellt.

„Was wäre, wenn China Hawaii einnähme? Panama? Alaska?"

„Was wäre, wenn China sein Hyperschallwaffenprogramm vor uns perfektionierte? Was passiert, wenn wir unseres zuerst vollenden?"

„Was wäre, wenn die chinesische Armee weiter durch Mittelamerika nach Norden zöge? Was wäre, wenn wir sie in der Schlacht um Panama besiegten?"

Das führte zu einigen Fragen der zweiten Ebene.

„Wie wird sich das Verhältnis zwischen Russland und China verändern, wenn China mächtiger wird?"

„Mit welchen Waffenprogrammen könnten wir einen chinesischen Vormarsch am ehesten stoppen?"

Jede Frage zielte darauf ab, neue Erkenntnisse zu gewinnen. Um die Situation im Detail zu verstehen. Um alles scheinbar Unstrittige zu hinterfragen und die aktuelle Kriegsstrategie auf den Kopf zu stellen. Aufgrund dieser Gespräche konnten sie neue Lösungen und Strategien aufdecken, die es zu verfolgen galt.

Nach dem ersten Arbeitstag hatte David das Team in kleinere Arbeitsgruppen eingeteilt, die jeweils separate Zielvorgaben erhielten. Die Gruppenleiter sollten die Ergebnisse auf einer altmodischen, aber bewährten Kreidetafel in jedem Raum zusammenfassen. Der begrenzte Platz auf den Tafeln zwang sie dazu, sich auf umsetzbare Strategien zu konzentrieren.

Jeden Tag bewegte sich David zwischen den Gruppen hin

und her, hörte Gesprächen zu und bot seine eigenen Fragen und Ideen an. Am Ende jeden Tages versammelte er das gesamte Projektteam, um zu sehen, wie die einzelnen Gruppenpläne miteinander verknüpft und verbessert werden konnten. David und Susan leiteten anschließend Informationen und Empfehlungen an General Schwartz weiter, damit er entsprechende Maßnahmen ergreifen konnte.

Nun gesellte sich David zu der ersten Gruppe in deren kleinem Arbeitszimmer.

„Guten Morgen, meine Damen und Herren." Drei Ingenieure und ein Marineoberst mit einem Doktortitel in Astrophysik begrüßten ihn. Drei Teammitglieder saßen der Tafel gegenüber, das Vierte stand und leitete die Diskussion. Diese Gruppe hatte die Aufgabe, innovative militärische Technologien zu identifizieren, die skaliert werden konnten, um China gegenüber einen sofortigen großen Vorteil zu erlangen. Ungefähr so einfach, wie mit einer neuen Erfindung aufzuwarten, die unmittelbar Milliarden einbringt.

„Guten Morgen, David", antwortete Kathleen Marshall, die Teamleiterin. Sie war von einer der großen Tech-Firmen geholt worden und galt weltweit als eine der besten Expertinnen für künstliche Intelligenz.

„Morgen, Kathleen. Fortschritte?"

„Wir haben uns auf diese vier verständigt." Auf der Tafel waren ein Dutzend Technologien aufgelistet, dazu jeweils Randnotizen. Alle bis auf vier waren durchgestrichen.

David sagte: „Sie haben R.O.G. durchgestrichen. Wofür steht das noch mal?"

„Rods of God", erklärte einer der anderen Ingenieure.

Ein anderer sagte: „Die Technik klingt toll, aber es gibt ein Masseproblem. Wolfram und andere Schwermetalle wären am besten dafür geeignet. Aber das erforderliche Energie-

Masse-Verhältnis, um sie in die Umlaufbahn zu bringen, ist ein großes Hindernis."

Der Marineoberst warf ein: „Ganz zu schweigen davon, dass Russland und China die Massenstarts unweigerlich mitbekommen und wahrscheinlich als ICBM-Start auslegen würden."

David antwortete: „OK, danke. Aber denken Sie daran – Ihre Aufgabe ist es, Dinge auszusortieren, die unter physikalischen Gesichtspunkten keinen Sinn machen. Wir haben andere Teams, die sich mit den feindlichen Frühwarnsystemen und Ähnlichem beschäftigen."

Kathleen fragte: „David, stimmt es, dass die Kämpfe in Panama begonnen haben?"

„Ja, das stimmt."

Alle Anwesenden machten betretene Gesichter.

David fuhr fort: „Bei der heutigen Teambesprechung werden wir alle auf den aktuellen Stand bringen. Aber jetzt müssen wir uns auf das hier konzentrieren." Er studierte weiter die Tafel. „Also, die vier Technologien, die wir Ihrer Meinung nach in Betracht ziehen sollten, sind Hyperschallwaffen, Robotik, KI und gerichtete Energiewaffen."

Kathleen nickte. „Basierend auf unseren Recherchen und Diskussionen im Team sind diese Technologien am vielversprechendsten. Wir haben für alle vier spezifische Anwendungsmöglichkeiten herausgearbeitet."

„Ich weiß, dass ich das keinem von Ihnen sagen muss, aber in all diesen Bereichen existieren bereits Forschungsprojekte der Verteidigung sowie Waffenprogramme", bemerkte David.

„Ja. Einige von uns waren in diese involviert. Wir haben die Forschungsdaten und Status-Updates aller bestehender Programme zusammengetragen."

„Wenn Sie die Technologie auswählen müssten, die uns

am schnellsten den größten Vorteil verschafft, welche wäre das?"

Kathleen erwiderte: „Hyperschall. Ohne jede Frage."

David kannte einen der Wissenschaftler am Tisch. Er arbeitete für die Defense Advanced Research Project Agency, kurz DARPA, einer teilstreitkräfteübergreifenden Forschungsbehörde des Pentagons. Jetzt sagte dieser: „Ihr CIA-Mann hat uns den Prototyp der chinesischen Hyperschall-Marschflugkörper gezeigt. Vor sechs Monaten hätte ich noch gesagt, dass die USA China bei der Entwicklung von Hyperschallraketen tatsächlich voraus sind. Aber die Rojas-Technologie räumt die Überhitzungsprobleme aus. Damit können sie ihre ballistischen Hyperschallwaffen mittlerer Reichweite und Hyperschall-Marschflugkörper mit viel höherer Geschwindigkeit betreiben. Und Geschwindigkeit macht brandgefährlich. Die Rojas-Technologie ist eine schnelle Lösung. Laut der Geheimdienstberichte haben sie es bald geschafft."

David erkundigte sich: „Was ist mit unseren Programmen? Gibt es Fortschritte bei der Rekonstruktion der Rojas-Technologie?"

„Wir haben Maschinen, die die neue Beschichtung aufsprühen könnten. Aber Materialkunde ist eine Kunst für sich. Wir brauchen Rojas. Wenn wir ihn hätten, könnten wir unsere bestehenden Hyperschallwaffen schnell aufrüsten."

David zeigte auf die Tafel. „Was ist mit den anderen Optionen?"

„Wir haben noch Arbeit vor uns, bevor wir darüber was erzählen können", antwortete Kathleen.

„Machen Sie weiter."

David verließ den Raum und betrat den Nächsten. Die zweite Gruppe stand um ihre eigene Kreidetafel neben einem großen Bildschirm versammelt, der die aktuellen Positionen aller amerikanischen und chinesischen Streitkräfte auf dem Globus anzeigte.

Zu diesem Team gehörten fünf Männer und zwei Frauen, allesamt handverlesene Strategen und Taktiker. Zwei hatte er direkt aus dem Silversmith-Team rekrutiert, einen CIA-Agenten und einen DIA-Analysten. Die anderen drei waren Militäroffiziere, die verschiedenen Stäben des Pentagons und einem Combatant Commander angehörten. Diese Offiziere waren mit den neuesten Schlachtplänen und organisatorischen Möglichkeiten bestens vertraut. Sie verarbeiteten pausenlos nachrichtendienstliche Berichte, fast so wie Börsenhändler an der Wall Street den laufenden Börsenticker analysierten.

„Morgen, Leute", sagte David, als er durch die Tür trat. Nicken und Winken zur Begrüßung. Die Mienen waren düster. Das Team wusste natürlich, dass die amerikanischen Streitkräfte jetzt in und rund um Panama Feindkontakt hatten, was ihre Arbeit noch dringlicher machte.

Der DIA-Analyst, PJ Everett, war der Teamleiter. Als pensionierter Army WO5 hatte Everett sechs Monate im Ruhestand verbracht, bevor es ihm langweilig wurde und er eine Stelle bei der Defense Intelligence Agency annahm, der Startschuss für eine lange und beachtliche Zweitkarriere. Sein kurzgeschorener Haarkranz umgab eine glänzende Glatze und er sprach mit einem tiefen Bariton.

„Mr. Manning, wir haben vier verschiedene COAs identifiziert." David durchforschte sein Gedächtnis nach militärischen Akronymen. Course of Action, also Vorgehensweisen.

„Lassen Sie hören", antwortete er.

„COA 1: mehr produzieren als die Chinesen. Ähnlich wie im Zweiten Weltkrieg, als die amerikanischen Produktionsstätten auf Kriegswirtschaft umgestellt wurden."

„Das passiert bereits."

„Ja, Sir, das ist korrekt." Der Mann war zehn Jahre älter als er und hatte wahrscheinlich eine höhere Besoldungsstufe als David, benutzte aber dennoch penibel die Anrede *Sir*. Eine Angewohnheit, die er sich zweifellos während des jahrzehntelangen Militärdienstes angeeignet hatte. „Unsere Nation hat die Produktion hochgefahren. Unsere Autofabriken stellen Panzer und Stryker-Fahrzeuge her, unsere Frachtschiffbauer Kriegsschiffe. Das Gleiche geschah mit anderen Unternehmen, die unsere Produktionsraten hinsichtlich Flugzeugen, Waffen, Munition und Raketen erhöhen."

Die Frau neben ihm sagte: „Und wir haben die Wehrpflicht wieder eingeführt. Das hat geholfen. Wir haben die Ausbildungskapazitäten für Militärpersonal hochgefahren und die Prozesse beschleunigt."

David konnte an der Körpersprache und dem Tonfall beider ablesen, was als Nächste kam. „Aber – Sie wollen mir sagen, dass das nicht gut genug ist."

Der DIA-Mann schüttelte den Kopf. „Nicht einmal annähernd. Die Chinesen haben einfach zu viele Soldaten, zu viele Fabriken und zu viele Ressourcen. Ihre Minen für seltene Erden sind unseren um Jahre voraus. In den letzten Jahrzehnten ist China zum Weltproduzenten geworden. Sie haben einen enormen Entwicklungsvorsprung und ihre Kapazitäten sind unübertroffen. Selbst wenn wir an allen Ecken und Enden sparten und jeden arbeitsfähigen Amerikaner in unseren umgebauten Kriegsfabriken einsetzten, würde es immer noch nicht reichen."

„Also ..."

„Also geben wir weiterhin unser Bestes. Wenn wir COA 1 nach besten Kräften umsetzen, werden wir relativ lange mithalten können. Aber den Krieg werden wir dadurch nicht gewinnen. Daher nun zu COA 2: die Versorgungskette der angreifenden Nation unterbinden. Sagt Ihnen der Name ‚Unternehmen Barbarossa' etwas?

David erwiderte: „Ich erinnere mich vage. Deutschlands Einmarsch in Russland, richtig?"

Der DIA-Mann erklärte: „Ursprünglich Operation Fritz genannt, war es der Codename für die deutsche Invasion der Sowjetunion im Jahr 1941. Deutschland griff mit fast einhundertfünfzig Divisionen an – oder etwa drei Millionen Mann. Es war die größte Landinvasion in der Geschichte der Menschheit."

Einer der Armeeoffiziere im Raum bemerkte: „Bis jetzt."

Der DIA-Mann nickte und ließ seinen Blick zwischen seinem Kollegen und David hin und her wandern. „Die Chinesen haben ihren Angriff in Panama gerade gestartet. Das ist die Speerspitze. Dahinter stehen unseren Schätzungen nach bereits fast *vier Millionen* chinesische Truppen in Südamerika bereit. Und es werden jeden Tag mehr, auf dem Wasser- und dem Luftweg. Sie investieren enorme Summen und Ressourcen, um ihre Armee nach Südamerika zu bringen. Denn sie wissen, dass sie so in der Lage sein werden, nach Norden vorzudringen und uns zu überwältigen."

David erkundigte sich: „Das ist jetzt bestimmt der Punkt, an dem Sie mir die gute Nachricht überbringen, nicht wahr?"

Der DIA-Mann lächelte ernst. „Zurück zum Unternehmen Barbarossa. Die deutsche Nachschublinie erstreckte sich über Tausende von Meilen. Den deutschen Truppen machte ein Winter mit extremen Minusgraden zu schaffen, viele besaßen keine Winteruniformen. Aber Hitler wurde versichert, dass Moskau in Reichweite lag. Während der Führer also zum Handeln drängte, ging den deutschen Panzerdivisionen der Treibstoff aus, um ihre Mission zu erfüllen."

David fragte: „Und sehen Sie eine ähnliche Chance für uns?"

„Das Wetter war damals ein wichtiger Faktor. Solange die VBA das amerikanische Festland nicht erreicht, wird uns auf dem Schlachtfeld kein Winterwetter zur Hilfe kommen."

„Und wenn es so weit käme, sähen wir wahrscheinlich schon alt aus."

„Genau. Aber die Chinesen sind auf eine massive Nachschublinie über den Pazifik und durch Süd- und Mittelamerika angewiesen."

„Mit diesem Aspekt bin ich vertraut. Die Chinesen errichten schon seit Jahrzehnten die Infrastruktur für diese Versorgungslinie", sagte David. Natesh und die anderen Mitglieder der Roten Zelle hatten die Details damals ausführlich diskutiert. Chinesische Unternehmen hatten in den letzten zwanzig Jahren mit dem Segen der chinesischen Regierung in Straßen, Schienennetze, Flughäfen und Häfen in Lateinamerika investiert.

„Während uns die lateinamerikanische Geografie durchaus Handlungsmöglichkeiten eröffnet, glauben wir, dass das Abschneiden ihrer Nachschublinien im Südpazifik ebenfalls Aussichten auf Erfolg hätte. Die von den Chinesen kontrollierten Einrichtungen in Südamerika werden nicht ausreichen, um die gewaltige Armee zu versorgen. Die VBA wird auf die Lieferung von Munition und Ersatzteilen aus Asien angewiesen sein", erläuterte der DIA-Mann.

„Ich verstehe."

Der DIA-Mann sagte: „An dieser Stelle greifen COA 1 und 2 ineinander. Wenn wir die militärische Produktion ausweiten, steht uns eine konventionelle Waffe zur Verfügung, die für unsere Strategie entscheidend sein wird: die LRASM. Die Long Range Anti-Ship Missile."

„Die wir bereits einsetzen …", warf David ein.

„Ja, aber im Moment sieht unsere diesbezügliche Planung nur die Verwendung in einzelnen Schlachten vor. Wenn wir ihre Nachschublinien über den Pazifik lahmlegen wollen, brauchen wir einen massiven Ausbau von Produktion und Waffentraining. Und wir müssen damit alles bestücken, was als Träger infrage kommt. Und zwar bald."

„Verstanden." David zeigte auf die auf dem Monitor dargestellte Karte. „Der Fokus der Pazifikflotte liegt auf Hawaii, dem Johnston-Atoll und den Midwayinseln. Aber wir müssen harte Entscheidungen treffen. Je mehr Marine- und Lufteinheiten wir auf Hawaii stationieren, desto weniger bleiben uns für die Unterstützung unserer Streit- kräfte in Panama und zur Verteidigung der Westküste der USA."

Einer der Militäroffiziere, ein U-Boot-Kommandant der Marine namens Kristopher Frigetto, sagte: „Was die Zuwei- sung unserer Marinestreitkräfte angeht, wird sich in den nächsten Tagen viel entscheiden. Die VBA-Flotte steht im Pazifik kurz vor einem Zusammentreffen mit unseren Kampf- gruppen. Wenn diese Schlacht zu unseren Gunsten ausgeht, könnten einige unserer Schiffe frei werden, was uns erlauben würde, nach Süden vorzustoßen und die chinesischen Versor- gungslinien im Pazifik zu unterbrechen."

Everett erklärte: „Mr. Manning, ich kenne viele unserer Planer im Pentagon. Ich kann Ihnen garantieren, dass sie das im Blick haben. Aber unsere Militärs sind nun einmal dafür ausgebildet worden, den Schutz der Truppen im Kampf zu priorisieren. Viele Generäle werden verständlicherweise unsere Luft- und Seemacht in der Nähe von Panama bündeln wollen, um die Truppen vor Ort zu unterstützen. Aber das ist kurzsichtig gedacht. Wir müssen der Zerstörung der chinesi- schen Nachschublinien Vorrang einräumen, selbst auf die Gefahr hin, kurzfristig mehr Opfer zu beklagen. Ich bitte Sie, Ihren Einfluss geltend zu machen, um die Bedeutung dieser Maßnahme zu unterstreichen."

David nickte. „Ich werde General Schwartz darauf hinweisen und ihm unsere Überlegungen erläutern."

Der DIA-Mann bedankte sich, bevor er sich wieder der Kreidetafel zuwandte. „Das bringt uns zu COA 3: Chinas heimische Kriegsmaschinerie zerstören. Wir müssen die sogenannte Clausewitzsche Dreifaltigkeit angreifen: die Regierung, das Volk und das Militär. Wir müssen ihre Kampfmoral zerstören und ihre Kampffähigkeit unterbinden. Das ist der unangenehme Teil, über den wir reden müssen. Die Geschichtsbücher glorifizieren diese Ereignisse nicht, aber die Brandbombenangriffe auf Japan und Deutschland hatten einen großen Einfluss auf den weiteren Kriegsverlauf. Ebenso wie der Einsatz von Atomwaffen."

David beschlich ein ungutes Gefühl. „Der POTUS wird keinen erneuten Einsatz von Kernwaffen genehmigen ..."

Der DIA-Mann hob abwehrend die Hand. „Das ist mir klar und das ist auch nicht das, worauf ich hinauswill. Aber wir werden Maßnahmen ergreifen müssen, um ihren nationalen Kampfeswillen zu schwächen. Brandbomben und Atomwaffen sind schreckliche Methoden, aber die psychologischen und physischen Auswirkungen sind beträchtlich. Wir werden auf jeden Fall eine Strategie entwickeln müssen, um Chinas Stärken zu zerstören: die heimischen Produktionskapazitäten und den Willen des Volkes. Das bedeutet nun mal, direkt vor Chinas Haustür ein umfassendes konventionelles Kampfgeschehen zu entfesseln. Mir ist bewusst, dass das erst erreicht werden kann, wenn wir zuvor auf dem amerikanischen Kontinent die Oberhand gewinnen."

Es klopfte an der Tür. Susan trat ein und setzte sich. Alle Anwesenden nickten ihr zur Begrüßung zu. Sie sagte: „Entschuldigen Sie die Störung. Fahren Sie bitte fort."

David wandte sich an den Mann von der DIA. „Ich fasse es für Susan kurz zusammen. COA 1 sieht vor, mehr als China zu produzieren, was wir angesichts unseres strukturellen Nachteils für unmöglich halten. COA 2 hat zum Ziel, ihre Versorgungskette zu unterbrechen, was angesichts ihrer unangefochtenen Dominanz im Südpazifik *noch nicht* möglich ist, aber in Erwartung eines eventuellen militärischen Sieges in den kommenden Tagen vielleicht bald möglich sein könnte. COA 3 basiert auf der Idee, das chinesische Festland in Grund und Boden zu bomben, was wir nicht tun können, solange wir militärisch nicht in Reichweite einer Luftkampagne sind." David seufzte. „War es das ungefähr?"

Der DIA-Mann antwortete: „Es gibt noch eine letzte Vorgehensweise. COA 4: den ‚Großen Vorsitzenden' eliminieren. Wenn Jinshan die treibende Kraft hinter diesem Krieg ist – könnten wir ihn durch jemand anderen ersetzen, der uns mehr liegt?"

David und Susan tauschten kurz einen Blick aus, schwiegen aber beide. Schließlich sagte David: „Ihr Vorschlag wird zur Kenntnis genommen. Das ist alles, was wir diesbezüglich besprechen werden."

Der DIA-Mann schaute David direkt in die Augen. Jeder wusste, was das zu bedeuten hatte, weshalb alle weiteren Gespräche zu dem Thema versiegten.

David erklärte: „In Ordnung, Leute. Danke für die ausgezeichneten Vorschläge. Bitte beschäftigen Sie sich jetzt mit der jeweiligen Umsetzung und welche Voraussetzungen dafür geschaffen werden müssten." David und Susan verließen den Raum und blieben draußen auf dem leeren Flur stehen.

Das Flugzeug mit General Schwartz an Bord wurde von zwei F-15 Abfangjägern eskortiert und landete auf dem Stützpunkt Pensacola, wo es von David und Susan auf der Rollbahn erwartetet wurde. Nachdem die Bordtreppe ausgeklappt worden war, stiegen David und Susan diese hinauf und gesellten sich in der Kabine zu ihrem Chef.

Außer General Schwartz war nur ein Stabsoffizier anwesend, der die Anweisung hatte, keine Notizen zu machen.

„Was haben Sie für mich, David?", fragte der General.

„LRASMs, Sir."

„Langstrecken-Anti-Schiffs-Raketen?"

„Ja, Sir. Momentan werden sie hauptsächlich im Pazifik eingesetzt. Das Luftgeschwader der *USS Ford* und die Jets der Air Force in Mexiko-Stadt rüsten sich für das kommende Gefecht mit der Flotte der VBA-Marine vor Panama."

General Schwartz sagte: „Das klingt vernünftig ..."

„Das wird über sechzig Prozent unseres kompletten LRASM-Bestands beanspruchen. Wir müssen die Produktion verdoppeln. Unser Sonderprojektteam hat einen Plan erarbeitet, der nicht nur eine optimierte Produktion der Seezielflugkörper vorsieht, sondern auch eine Steigerung der Anzahl einsatzfähiger Flugzeuge, die auf diese Waffen geschult und damit ausgerüstet sind. Das ist *die* Leistungskennzahl, die wir verbessern müssen. Unser Endziel besteht nicht darin, die nächste Schlacht zu gewinnen. Wir wollen diesen Schlüsselindikator – startbereite Flugzeuge, die mit LRASMs bestückt sind – auf ein Niveau bringen, das hundertmal höher ist als der aktuelle Stand."

General Schwartz fragte: „Was soll ich tun?"

David schaute Susan an, die dem General daraufhin ein einseitiges Dokument überreichte und sagte: „Wir müssen einige der Flugzeuge abziehen, die an der Westküste stationiert sind. Und sie zu diesen drei Basen in der Nähe von Norfolk schicken."

„Admiral Funk wird einen Mordskrach schlagen", gab der Stabsoffizier zu bedenken.

General Schwartz nickte zustimmend. „Die Pazifikflotte wird bald in den Kampf ziehen. Sie werden diese Flugzeuge und Waffen brauchen, wenn sie mit dem Feind in Kontakt kommen."

„Wir haben versucht, nur Einheiten aufzulisten, die sich noch auf dem Territorium der USA befinden", erklärte David. „Flugzeuge, die in Kalifornien und Texas stationiert sind, sowie Schiffe, die bereits im Atlantik unterwegs sind. Wir kooperieren aktuell mit dem Verteidigungsunternehmen, um die Produktion zu erhöhen. Die gelisteten Stützpunkte sind als Drehkreuze für das Training und die Montage der Kampfmittel vorgesehen. Viele dieser Flugzeuge werden Wartungsarbeiten benötigen, um sie auf den Einsatz der LRASMs vorzubereiten."

Der Stabsoffizier sagte: „Das wird dennoch den Bestand der Reserveflugzeuge dezimieren, Sir."

General Schwartz fragte: „Sind Sie davon überzeugt, dass das hier wichtig genug ist, um das zu riskieren?"

David nickte. „Ja, Sir. Wir müssen auf lange Sicht denken. Die chinesische Nachschublinie über den Pazifik sollte unser Fokus sein."

„Sehr gut." Schwartz sah sich das Dokument genauer an. „Ich sehe, hier sind auch die Schiffe aufgeführt. In der Addition sind die Zahlen beträchtlich, das wird sich nicht verbergen lassen. Und es wird einige Gemüter erhitzen."

„Das wissen wir, Sir."

Der General grinste. „Dafür haben Sie ja mich, oder?"

„Wir wissen Ihre Unterstützung zu schätzen, General." Nachdem er und Susan aufgestanden waren, schaute sich David im Flugzeug um und fragte: „Wo geht es als Nächstes hin?"

„Mittelamerika. Ich will da runter und mit meinen Kommandanten sprechen, bevor es losgeht."

Nachdem das Flugzeug des Generals abgehoben war, gingen Susan und David zurück ins Silversmith-Gebäude, um sich mit einer anderen Gruppe des Sonderprojekts zusammenzusetzen.

„Irgendwas Neues aus Peking?", erkundigte sich David.

„Tetsuo hat heute Morgen seinen letzten Bericht geschickt. Staatssekretär Ma und Minister Dong haben sich beide mit Lena getroffen. Und das im Beisein von Jinshan."

„Das ist sehr gut."

Susan stimmte ihm zu.

Sie erreichten den Konferenzraum, in dem Davids letztes Team versammelt war. Drinnen wurden sie von einer Gruppe erschöpfter Männer und Frauen empfangen. Müde Augen. Zerrauftes Haar. Überall leere Kaffeetassen. Sie stritten sich untereinander so lautstark, dass sie David und Susan kaum bemerkten, als sie eintraten.

Susan sah David von der Seite an. „Welche Gruppe ist das?"

„Das sind die Weltraum-, Satelliten- und Cyber-Freaks. Diejenigen, die herausfinden sollen, wie man die Probleme in den Bereichen Überwachung, globale Positionierung und Kommunikation lösen kann." Sie arbeiteten für Behörden wie die NSA, NASA, DARPA und dem NRO.

David stieß einen Pfiff aus, um sich Gehör zu verschaffen. „Was ist das Problem?"

Die hitzige Diskussion erstarb augenblicklich, alle Augenpaare richteten sich auf ihren Chef. Dann begannen mehrere gleichzeitig in einem Jargon zu reden, der wie eine seltene Fremdsprache klang. David kannte sich mit Technik und Akronymen aus, aber diese Typen spielten in einer anderen Liga.

Als er beschwichtigend die Hände hob, verstummte die Gruppe erneut. „Kann das bitte jemand übersetzen?"

Karen Baltzley, eine zierliche rothaarige Frau von der NASA, erläuterte: „Wir haben eine Idee, wie wir die neuen chinesischen Minisatelliten stören könnten, sobald sie einen weiteren Massenstart zu Überwachungszwecken durchführen."

Susan sagte: „Das hört sich gut an. Warum gehen Sie sich gegenseitig an die Gurgel?"

„Wir sind nicht in der Lage, die Idee umzusetzen", antwortete Karen.

Einer der Ingenieure lief rot an. „Wir werden es schon noch herausfinden!"

„*Manche Leute* wollen nicht einsehen, dass wir ein weiteres Teammitglied brauchen." Sie fixierte einen übergewichtigen Mann Ende dreißig auf der anderen Seite des Tischs, der erbost zurück starrte.

Karen sprach weiter. „Wir haben eine Wissens- und Erfahrungslücke. Wir brauchen jemanden, der in den letzten Jahren sowohl mit amerikanischen als auch chinesischen Kommunikationsunternehmen zusammengearbeitet hat. Und der Ahnung von deren neueren Projekten hat, die sich mit einem WLAN befassen, das auf einem Minisatelliten-Netzwerk basiert."

„Wie das Projekt, das eine große Tech-Firma auf den Weg bringen wollte ... um die Welt mit Satelliten-WLAN zu verbinden?", fragte Susan.

„Ja, genau. Es gibt nur eine Handvoll Leute weltweit, die sich sowohl auf amerikanischer als auch auf chinesischer Seite gut mit diesem Thema auskennen. Und die meisten von ihnen leben in China."

Der gereizte Ingenieur fragte: „Und wo zum Teufel sollen wir jemanden finden, der dafür infrage kommt?"

David rieb sich das Kinn. „Tja, ich habe da vielleicht genau den richtigen Mann an der Hand ..."

***

Drei Stunden später befand sich David auf einem sonnigen Parkplatz in Strandnähe, mit einem Fuß auf der Staatsgrenze zu Florida, mit dem anderen in Alabama. Vor ihm stand ein baufälliges zweistöckiges Holzgebäude, das aussah, als wäre es diversen Wirbelstürmen zum Opfer gefallen. Daneben war ein Spirituosenladen.

Neben einem Schild mit der Aufschrift „FLORABAMA Lounge & Bar" hing eine riesige amerikanische Flagge.

David war mit zwei FBI-Spezialagenten unterwegs, die ihm halfen, seinen nächsten Rekruten aufzuspüren. Momentan waren die drei Beamten von sonnenverbrannten Einheimischen umgeben. Die meisten hatten bereits mehrere Drinks intus.

Einer der FBI-Agenten lächelte, als zwei Frauen im Bikini auf das Wasser zugingen. „Ich schätze, wir sollten besser auch an den Strand gehen", sagte er.

Stattdessen betraten sie das zweistöckige Gebäude und bahnten sich einen Weg durch die darin angesiedelte Bar, die aus allen Nähten platzte. Die Kulisse vermittelte einen Hauch von Vorkriegswelt. David war schon einmal hier gewesen, als seine Schwester die Flugschule abgeschlossen hatte. Das Florabama war eine der berühmtesten Bars an der Golfküste und triefte förmlich vor Lokalkolorit. Männer mit Baseballmützen eines berühmten Jagdausstatters in Tarnfarben. Leicht zu erkennende Fans der rivalisierenden Footballteams der Universitäten Alabama und Auburn. Wasserstoffblonde Frauen in Bikinis mit amerikanischer Flagge, die Bier in durchsichtige Plastikbecher zapften.

„Hier könnte ich es ewig aushalten", bemerkte einer der FBI-Beamten, als sie das Gebäude durch den Hintereingang verließen und auf einen zuckerweißen Sandstrand hinaustraten.

Sein Kollege bemerkte: „Es ist fast so, als wüssten sie nicht, dass da draußen Krieg ist."

„Oh, ich denke, sie sind sich dessen sehr bewusst", widersprach David.

Auf einem großen Transparent am Strand stand: „Florabama Meeräschen-Weitwurf: Weltuntergangsparty".

David sagte: „Ah, der sagenumwobene Meeräschen-Weitwurf."

„Der Meeräschen-Weitwurf. Davon habe ich schon mal gehört ..."

Vor ihnen wurde die Menschenmenge immer dichter. Inmitten einer Schar von Feierwütigen stand ein kleiner Mann Ende fünfzig mit nacktem Oberkörper. Sein Brusthaar ließe selbst Magnum P.I. alias Tom Selleck vor Neid erblassen ...

„Henry Glickstein", kommentierte David. „Wie er leibt und lebt."

Henry hatte in jedem Arm eine Zwanzigjährige und eine brennende Zigarre zwischen den Zähnen. Jemand hatte ihm einen missratenen Vokuhila-Haarschnitt verpasst – vorne Business, hinten Party. Der Vokuhila-Look war – wer hätte es gedacht – die offizielle Frisur des Meeräschen-Weitwurfs, weil im Englischen beides den Namen „Mullet" trug.

Eine riesige Horde biertrinkender Strandbesucher hatte sich um einige Leute geschart, die in einer Reihe standen. Ein Zeremonienmeister sah zu, wie sie große Fische, besagte Meeräschen, aus einem Plastikeimer nahmen und sie möglichst weit schleuderten. Bei jedem Wurf wurde die

Entfernung vom Abwurf bis zum Aufprall auf dem Strand gemessen.

David und die FBI-Agenten konnten sich angesichts des Spektakels ein Lächeln nicht verkneifen. Tausende von Meilen entfernt war ihr Land in Mittelamerika in den Eröffnungsschlag einer Bodenoffensive verwickelt. Selbst die US-Nachrichtenquellen waren pessimistisch und gingen davon aus, dass die VBA bis Weihnachten Texas erreicht haben könnte. Aber hier, an dem Strand, der Florida und Alabama verband, feierten diese Amerikaner, als gäbe es kein Morgen.

„David! David Manning!"

Henry hatte seinen Freund entdeckt und stolperte nun auf David zu, Zigarre in der einen, Bier in der anderen Hand. Eine seiner Begleiterinnen war grade dabei, einen Fisch zu werfen, der ihr aber aus der Hand flutschte und zu ihren Füßen im Sand landete. Die andere Frau sah zu und lachte, immer noch bei Henry eingehakt, und kraulte mit der anderen Hand sein üppiges, lockiges Brusthaar. David versuchte diesen Umstand zu ignorieren, als er sich mit Henry unterhielt.

„Was macht ihr denn hier?" Henry runzelte leicht die Stirn und sah aus, als würde er versuchen, den ihm doppelt erscheinenden David dazu zu bringen, zu einer Person zu verschmelzen. Dann bemerkte er die beiden Männer in Poloshirts und Einsatzhosen daneben. „Oh. Du arbeitest immer noch für *die*?" Als gehörten sie zu den „Männern in Schwarz" und kämen von der Area 51.

David antwortete: „Henry Glickstein, schön, dich wiederzusehen. Hör zu, es gibt etwas, das du dir mal ansehen solltest. Es ist ziemlich dringend. Kannst du mit uns kommen?" David sah ihn an und lächelte. „Wir können dir einen Kaffee besorgen."

Ein silberner Fisch landete direkt vor ihren Füßen und

wirbelte eine Wolke aus weißem Sand auf. Sie drehten sich um und sahen den Werfer an.

„Entschuldigung!" Eine Frau, die ein nasses T-Shirt mit der Aufschrift „War Damn Eagle" trug, dem Schlachtruf der Auburn Tigers, sprang hoch und winkte ihnen zu, wobei ihr Busen wild hüpfte.

Henry betrachtete sie eingehend und fragte: „David, was soll ich mir ansehen?"

„Ähm. Henry, es ist wirklich wichtig."

Er drehte sich zu David um. „Tut mir leid. Worum geht es denn?"

„Wir brauchen deine Expertise. Wir können die Details durchgehen, wenn wir dort sind."

„Wo ist dort?"

„Henry, vertrau mir. Es gibt ein sehr interessantes Problem, das gelöst werden muss. Und du würdest deinem Land einen großen Dienst erweisen."

Henry legte den Kopf in den Nacken und zog an seiner Zigarre. Er pustete einem der FBI-Agenten unabsichtlich eine Rauchwolke ins Gesicht, der zu husten begann. „Klingt interessant. So etwas wie eine Chance auf Rache?"

David zwinkerte ihm zu.

Henry fiel auf die Knie und bohrte die brennende Zigarre in den toten Fisch, um sie auszumachen. „Ich bin dabei."

„Henry! Sie warten schon auf dich!" Mehrere vollbusige junge Frauen, alle in Tarnbikinis, kamen auf ihn zugelaufen, hängten sich bei ihm ein und führten ihn weg. Henry wendete den Kopf und rief: „Aber ich muss zuerst noch eine Sache erledigen ..."

Einer der Agenten fragte: „Wer *ist* dieser Typ?"

Der andere fügte hinzu: „Ja, und wie wird man wie er?"

David und seine Begleiter beobachteten, wie Henry auf eine Art Podest in der Nähe des Strands gebracht wurde. Auf einer Seite der Bühne war eine große Vorrichtung angebracht, die einem Kran ähnelte.

„Was zum Teufel ist das?"

Der Zeremonienmeister hatte Henry gerade einen Helm aufgesetzt, der einem Fisch nachempfunden war. Henry saß nun auf einem Stuhl, an dessen Seiten lange dicke Gummibänder befestigt waren. Eine Gruppe großer tätowierter Männer begann, den Stuhl mitsamt Henry nach hinten zu ziehen, wobei die gewaltigen Gummibänder immer straffer wurden, je mehr sie sich dehnten.

„Was zum ..."

David sagte: „Oh *Scheiße* ..."

„Das sieht gefährlich aus."

David versuchte, die FBI-Agenten anzuschauen, konnte seinen Blick aber nicht von Henry abwenden. „Leute – sollten wir?"

„Ich weiß, wir sollten das stoppen", bemerkte einer der Agenten, „aber ich *muss* sehen, was passiert ..."

Die Menge skandierte gemeinsam mit Henry. „MEERÄSCHEN-WURF, MEERÄSCHEN-WURF ..."

Ein Typ mit einer Jägermütze schrie: „Scheiß auf diese verdammten kommunistischen Schlitzaugen! Die werden uns das Florabama niemals wegnehmen!"

Die Menge johlte wie wild, als Henry, der sowohl einen Fischhelm als auch einen Ausdruck wilder Entschlossenheit trug, in dem Katapult fast zwanzig Fuß nach hinten gezogen wurde.

Dann ließen alle Männer gleichzeitig los.

Henry wurde in die Luft geschleudert, fuchtelte mit den Gliedmaßen und schrie wie ein kleiner Junge, als sein Körper in Richtung des Golfs von Mexiko flog.

Die grölende Masse schnappte fast über.

Später behaupteten einige lokale Nachrichtensender,

Henry habe eine Höhe von dreißig Fuß erreicht. Das *Pensacola News Journal* gab die zurückgelegte Entfernung über den Ozean gar mit einhundert Fuß an. David glaubte nicht, dass es so weit war. Aber es gab zwischen Henrys Aufprall auf dem Wasser und seiner Bergung durch das Jet-Ski-Rettungsteam ein paar flüchtige Momente, in denen David sich gefragt hatte, ob das Silversmith-Team gerade einen der weltbesten Experten für Satellitenkommunikation verloren hatte. Und zwar beim Florabama Meeräschen-Weitwurf.

25

Am nächsten Morgen saß Henry Glickstein mit hochgelegten Beinen auf einem Stuhl, umgeben von Mitgliedern von Davids Sonderprojektteam. Er trug eine Sonnenbrille, nippte an einer Tasse Tee und lauschte der Zusammenfassung der ISR- und Kommunikationsgruppe.

David war froh, dass Henry sich nach einer kurzen medizinischen Behandlung vollständig von der Katapultnummer im Namen der Florabama-Meeräschen-Festivitäten erholt hatte. Aber als er nun in die skeptischen Gesichter der Wissenschaftler und Verteidigungsexperten blickte, dachte er, dass Henry eventuell besser daran täte, etwas mehr Zurückhaltung an den Tag zu legen.

Henry sagte: „Mal sehen, ob ich das richtig verstanden habe. Hier ist die Problemstellung: Eine große chinesische Streitmacht bekämpft uns in Mittelamerika und wird von Tag zu Tag stärker. Ihre Minisatelliten-Konstellationen verschaffen ihnen an kritischen Knotenpunkten einen erheblichen Vorteil gegenüber den US-Streitkräften. Diese großangelegten Satellitenstarts geben den Chinesen periodischen Zugang zu GPS und sicheren Datenverbindungen."

„Ja, das ist korrekt."

„Unsere eigene Satellitenkapazität hingegen ist begrenzt. Das ist der Teil, der mich verwirrt. Damit musste ich mich bisher noch nicht befassen. Antisatellitenwaffen – das sagten Sie doch, oder?"

Einer der Luftwaffenoffiziere bestätige das. „Ja. Sowohl die USA als auch die Chinesen schießen Aufklärungs- und Kommunikationssatelliten fast so schnell ab, wie der andere sie ins All bringen kann. Aber die Chinesen haben so etwas wie eine technische Wunderwaffe geschaffen. Auf einer kleinen Insel bei Hainan haben sie einen Weltraumbahnhof gebaut, der alles übertrifft, was uns zur Verfügung steht. Es ist eine Anlage für den Abschuss unzähliger Minisatelliten. Sie können bis zu tausend davon simultan starten. Ihre wiederverwendbaren Trägerraketen landen auf einem Stützpunkt einige Tausend Meilen entfernt und werden dann zur Wartung, zum Aufladen und zum erneuten Start zurück zum Kosmodrom transportiert. Jede Rakete ist so ausgelegt, dass sie mehr als fünfzig Mal gestartet werden kann, bevor ein Austausch erforderlich wird. Das senkt die Kosten pro Start drastisch. Die bestehenden Sachzwänge sind also die benötigte Zeit für die Herstellung all dieser Minisatelliten und für den Rücktransport und die Vorbereitung der wiederverwendbaren Raketen für den nächsten Start. Ihr momentaner Zyklus unterstützt einen Raketenstart pro Monat. Dadurch entsteht jedes Mal ein engmaschiges Netz von Datenverbindungen und ISR-Möglichkeiten."

Henry nahm erneut einen Schluck von seinem Tee und nahm die Füße vom Stuhl. „Warum jagen Sie es nicht einfach in die Luft?"

„Ihr Kosmodrom? Wir haben es versucht. Dabei haben wir zwei U-Boote verloren. Die Anlage befindet sich in einer strategisch guten Lage nahe der Küste, stark geschützt durch eine

U-Boot- und Flugabwehr. Unsere einzigen U-Boote, die nahe genug herankommen könnten, sind zu wichtig, um sie einem etwaigen Angriff auszusetzen."

Der Luftwaffenoffizier bemerkte: „Wir haben Waffen, die Hainan erreichen könnten."

Der Wissenschaftler fügte hinzu: „Er meint Kernwaffen."

David nickte. „Aber aus verschiedenen Gründen wollen wir sie nicht benutzen."

Henry schlug sich auf das Knie und sah erleichtert aus. „Oh, Gott sei Dank. Es freut mich zu sehen, dass Sie alle über einen gesunden Menschenverstand verfügen. Aber mal ganz ehrlich, warum genau wollen wir das nicht?"

„Abgesehen vom Auslösen einer massiven Vergeltungsaktion der Russen, dem nuklearen Winter und der sofortigen Massenvernichtung unserer Mitmenschen?"

Henry zog eine Augenbraue hoch. „Ist eine langsame Vernichtung vorzuziehen?"

Einer der zivilen Verteidigungsexperten antwortete: „Es handelt sich um ein größeres strategisches Problem; und es offenbart den eigentlichen Grund, warum die Chinesen überhaupt in der Lage sind, hierherzukommen und uns mit konventionellen Mitteln anzugreifen. Ihr politischer Einfluss ist beträchtlich und da die Russen ihr eigenes, sehr schlagkräftiges Atomwaffenarsenal auf uns gerichtet haben, lassen sich die Chinesen durch nichts abschrecken. Die Russen ihrerseits können es kaum erwarten, dass wir eine weitere Atomrakete auf China abschießen. Das würde ihnen den Vorwand liefern, nach dem sie schon lange suchen."

Henry sah den Sprecher an. „Das kann doch nicht Ihr Ernst sein. Glauben Sie tatsächlich, die Russen wollten das?"

Der Mann zuckte mit den Schultern.

Henry fragte: „Was ist mit konventionellen ballistischen Raketen?"

Ein weiblicher Offizier der Air Force meldete sich zu Wort „Das Problem ist, dass jeder Start einer ballistischen Rakete als potenzielle nukleare Bedrohung interpretiert wird."

„Und wir können keine ..."

David hielt eine Hand hoch. „Henry, vertrau uns. Wir haben bereits unzählige Optionen durchgespielt. Wir brauchen einen Plan, wie wir den chinesischen Satellitenvorteil ausschalten können. Und wir brauchen ihn bald. Es ist wie bei einem Geysir. Wir wissen nicht, wann er eine Fontäne ausstoßen wird, aber wenn er es tut, ist es sehr beeindruckend. Jedes Mal, wenn sie einen dieser Massenstarts vornehmen, führt das auf dem Schlachtfeld zu einer für uns kritischen Situation. Es ist quasi wie das Stichwort für einen oder mehrere kommende Angriffe. Wenn wir ihre Fähigkeit aushebeln könnten, über das Satellitennetz zu kommunizieren und zu zielen, wären wir zumindest auf Augenhöhe."

Henry nahm seine Sonnenbrille ab, klappte sie zusammen und stopfte sie in seine Hemdtasche. „Nun, ich will nicht lügen – das klingt nach einer sehr großen Herausforderung."

Die Gruppe schaute ihn misstrauisch an.

„Aber es war euer Glückstag, als ihr mich angerufen habt", fuhr er fort.

Die NASA-Frau verdrehte die Augen.

Am nächsten Tag kehrte Chase aus Panama zurück.

„Wie schlimm ist es?", fragte David.

Chase stieß einen Seufzer aus. „Das Schlimmste, was ich je gesehen habe. Ganz Panama-Stadt ist ein Kriegsgebiet. Die Kanalzone erstreckt sich über fünfzig Meilen. Das ist jetzt alles Frontgebiet. Alle wichtigen Brücken wurden zerstört. Der sumpfige Dschungel und das Ackerland, die Städte im

Umkreis ... alles ist von amerikanischen und chinesischen Divisionen belagert, die auf beiden Seiten des Kanals Mörser und Artillerie abfeuern. Dazu Marschflugkörper- und Raketenangriffe."

„Wissen Sie, wie es für uns läuft? Machen wir Fortschritte?", wollte Susan wissen. Sowohl David als auch Susan lasen die täglichen Geheimdienstberichte, aber die Einschätzungen von jemandem, der vor Ort gewesen war, waren unbezahlbar.

Chase sah sie an. „Beide Seiten haben moderne Flugabwehrschilde errichtet. Der größte Teil der Luftdeckung ist nutzlos, weil alles abgeschossen wird, sobald es auf dem gegnerischen Radar auftaucht. Als ich bei General Schwartz war, mussten wir fünfzig Meilen nach Norden fahren, nur um eine Landezone zu erreichen, die sicher genug für eine Hubschrauberevakuierung war."

David fragte: „Was ist aus der Rojas-Mission geworden?"

Chase schüttelte den Kopf. „Ich habe eine Spezialeinheit bei einer Überprüfung einer unserer mutmaßlichen Geiselorte begleitet. Eine Person wurde in Gewahrsam genommen. Allerdings stellte sich heraus, dass er nicht der Gesuchte war, sondern irgendein Lokalpolitiker, den die Chinesen zum Verhör in eine sichere Unterkunft gebracht hatten. General Schwartz weiß, wie wichtig es ist, Rojas zu finden. Er bat mich auszurichten, dass die Suche für ihn noch immer höchste Priorität hat."

Sie betraten das kleine Auditorium, in dem das Silversmith-Team täglich über die neuesten nachrichtendienstlichen Erkenntnisse unterrichtet wurde. Ungefähr nach der Hälfte der Zeit erschien auf dem Monitor ein Bild der mittelatlantischen Küste. Auf dem Meer waren große roten Flächen markiert.

Chase beugte sich vor und flüsterte seinem Bruder zu: „Warum reden wir über den Atlantik?"

David zeigte auf den Bildschirm.

Der Berichterstatter erklärte: „Das sind unsere derzeitigen Grauzonen. Passives Sonar und Signalaufklärung deuten darauf hin, dass in diesen Bereichen die chinesischen und russischen U-Boot-Aktivitäten zugenommen haben. Außerdem operiert ein russisches Aufklärungsschiff knapp außerhalb unserer Hoheitsgewässer."

„Erhöhte russische U-Boot-Aktivität an der Ostküste der USA?", hakte jemand nach.

Der Berichterstatter antwortete: „Korrekt."

Susan fragte: „Gibt es Anzeichen für eine Koordinierung der chinesischen und russischen Seestreitkräfte?"

„Ja, es sieht so aus, Ma'am."

„Damit verstießen die Russen gegen ihre eigene Vereinbarung."

„Nur wenn sie erwischt werden."

Ein Ein-Sterne-General der Armee in der ersten Reihe sagte: „Überbring du ihnen doch die gute Nachricht, Jim."

Der Angesprochene fuhr fort: „Wir haben gestern ein Signal abgefangen, das darauf schließen lässt, dass die Russen möglicherweise einen Angriff auf einen US-Stützpunkt vorbereiten."

„Auf welchen?", wollte Susan wissen.

„Das wissen wir noch nicht, Ma'am. Wir werden alle neuen Informationen unverzüglich an Sie weiterleiten."

Die Besprechung zog sich noch eine Weile hin. Nachdem die Silversmith-Mitarbeiter entlassen worden waren, wandte sich Chase an seinen Bruder. „Ich bin auf dem Weg nach Norfolk."

David umarmte ihn. „Sei vorsichtig."

Anschließend machte sich David auf den Weg, um sich mit seinen verschiedenen Projektteams auszutauschen.

„Das wird nie funktionieren", sagte die NASA-Frau im Moment seines Eintretens.

„Vielleicht doch", antwortete der DIA-Mann.

„Was könnte vielleicht funktionieren?" fragte David.

Der DIA-Mann sagte: „Wir bereiten uns auf den nächsten Massenstart von chinesischen Satelliten vor. Henry glaubt, dass er weiß, wie man das chinesische Satellitennetzwerk infiltrieren kann."

David legte den Kopf schief und grinste Henry an. „Und genau deshalb haben wir dich beim Meeräschen-Weitwurf eingepackt und weggeschleift. Zeig es mir."

„Was ist ein Meeräschen-Weitwurf?", fragte die NASA-Frau.

Henry ignorierte sie und stellte sich vor eine der weißen Tafeln. „Die Insel, von der sie ihre Massenstarts durchführen, dient gleichzeitig als primäre Kommando- und Kommunikationszentrale."

David nickte. „Was bedeutet, dass alle Datenverbindungs- und Aufklärungssatelliten ihre Befehle von einer dort angesiedelten Bodenstation erhalten. Also ..."

Henry sagte: „Zufälligerweise wurde diese von einer Firma gebaut, die ich damals beraten habe. Ich bin sehr vertraut mit den dort zur Anwendung kommenden Systemen. Ich bin zwar nicht in der Lage, das benötigte Programm selbst zu schreiben, aber ich kann mir vorstellen, dass die NSA Leute hat, die das können."

„Das tun wir", erwiderte der NSA-Cyberexperte.

„Sie sind natürlich auf meine Hilfe angewiesen. Unter meiner Anleitung können sie etwas entwickeln, das die Nutzung der Satelliten durch das chinesische Militär unterbinden kann," fügte Henry hinzu.

„Wie lange würden wir dafür brauchen?"

Henry hob die Hände. „Hey, *ich* kenne mich nur mit Satellitenkommunikation aus ..."

Der NSA-Mann antwortete: „Das hängt vom System ab, aber normalerweise dauert es etwa eine Woche, ein solches Programm zu entwerfen, vielleicht eine weitere, um es zu schreiben. Es könnte in drei Wochen einsatzbereit sein. Aber nur, wenn es absoluten Vorrang vor allen anderen Dingen erhält. Und ich kann nichts dazu sagen, wie wir es tatsächlich in das chinesische Netzwerk *einspeisen* würden."

„Nein, nein, vollkommen klar", sagte David. „Das ist trotzdem toll. Gute Arbeit. Bitte machen Sie es zu Ihrer Priorität."

Henry und der NSA-Mann nickten und begannen sich im Flüsterton zu unterhalten.

David wandte sich an den Raum. „Meine Damen und Herren, ich gratuliere Ihnen zu diesem Fortschritt. Aber das bedeutet trotzdem, dass wir noch Wochen von einer Lösung entfernt sind. Angenommen, China überquert morgen den Panamakanal? Was dann?"

Einer der Armeeoffiziere erwiderte: „Der Plan von General Schwartz sieht Eventualfälle vor. In diesem Fall werden amerikanische Truppen aus Costa Rica und auch Mexiko-Stadt abgezogen."

David winkte ab. „Ich weiß, ich weiß. Ich meine nur ... Wir hinken immer hinterher. Die Chinesen verfolgen eine langfristige Strategie. Selbst wenn wir ihre Satelliten ausschalten, ist das US-Militär in Zentralamerika zahlenmäßig stark unterlegen. Wir müssen daran denken, was als Nächstes kommt. Was, wenn sie Panama angreifen? Oder Costa Rica? Oder Mexiko-Stadt?"

Einer der Marineoffiziere sagte: „*Falls* sie so weit vordringen, bedeutet das, dass wir große Probleme im Pazifik haben.

Es bedeutet wahrscheinlich auch, dass die Pazifikflotte besiegt wurde oder sich zurückgezogen hat."

Ein Offizier der Luftwaffe meinte: „Selbst wenn der Panamakanal eingenommen wird, haben wir noch die Atlantikflotte und eine überlegene Luftmacht an der Ostküste in Reserve."

Der DIA-Mann grunzte: „Machen Sie sich nichts vor. China wird auch dort zuschlagen. Wenn sie Costa Rica überwinden, stehen als Nächstes Luftangriffe auf das Festland der USA auf dem Zettel. Und da, wo es Ziele gibt, werden sie angreifen."

David dachte darüber nach. *Und da, wo es Ziele gibt, werden sie angreifen.* In seinem Hinterkopf begann sich eine Idee zu formen.

„Was wäre, wenn China unsere an der Ostküste stationierten Luftstreitkräfte erfolgreich ausschalten würde?", fragte er. „Wenn sie unsere Atlantikflotte träfen? Was würden sie mit dieser Überlegenheit anfangen?"

Der Marineoffizier schnaubte. „Das wäre es dann gewesen für die Ostküste. Ich denke, sie würden wahrscheinlich eine amphibische Landung irgendwo im Mittelatlantik versuchen."

„Die Golfküste wäre einfacher", warf jemand ein.

„Vielleicht sollten wir anfangen, Vorschläge für Verteidigungsanlagen entlang der Küste zu machen?", fragte David.

„An diesem Punkt befänden wir uns schon in der Todesspirale", mischte sich ein Armeeoberst ein. „Ohne Luftüberlegenheit oder eine Marineflotte? Wir haben allein deshalb in Mittelamerika eine Chance, weil die geografischen Gegebenheiten ein Vorrücken nur in begrenztem Umfang zulassen. Aber sobald unsere Luftmacht vernichtet ist, können die Chinesen überall auf dem amerikanischen Festland Truppen absetzen. Wenn ihre Containerschiffe mit Truppen und Panzern landen, sind wir wirklich am Arsch."

Der DARPA-Wissenschaftler sagte: „Das bringt uns zurück zur Hyperschalltechnologie. Der einzig wahre Weg, den chinesischen Ansturm zu neutralisieren, ist die Verwendung von Rojas Hyperschalltechnologie. Das ist der große Gleichmacher. Wir könnten ihren Vorteil zunichtemachen."

David rieb sich das Kinn. Er hatte recht. Die zahlenmäßige Überlegenheit der Chinesen auf allen Gebieten ließ sich nicht wegdiskutieren. Mit Rojas' Technologie könnten sie Hunderte von Zielen mit Hyperschallwaffen präzise treffen. Und das Auslöschen von ein paar Hundert Zielen – Radaranlagen, Kommunikationsknoten oder einige ihrer Schiffe der Jiaolong-Klasse – wäre mehr als ausreichend, um der amerikanischen Luftwaffe eine dominante Ausgangsposition zu verschaffen.

Henry erklärte: „Selbst wenn es gelingen sollte, diese vielbeschworene mythische Hyperschallwaffen-Überlegenheit zu erreichen, klingt es für mich so, als müsste man sich immer noch um die Russen sorgen. Vergessen Sie nicht, dass sie immer noch Nuklearwaffen haben. Die meisten unserer Langstrecken-Hyperschallwaffen verwenden ballistische Raketen als Träger. Es wird für Russland weiterhin so aussehen, als würden wir Atomwaffen abfeuern. Wenn sie also nicht bluffen, was wir wahrscheinlich nicht testen wollen, würden sie einen atomaren Vergeltungsschlag durchführen."

Die Gruppe seufzte unisono. Jemand warf einen Stift an die Wand.

Henry verschränkte die Arme. „Ich meine ja nur. Probleme verschwinden nicht einfach, nur weil man so tut, als gäbe es sie nicht. Sie müssen auch die russische Nuklearbedrohung ausschalten. Sonst wird nichts davon funktionieren. Auch nicht Ihr Plan mit den Hyperschallwaffen."

Der DARPA-Wissenschaftler entgegnete: „Das können wir

nicht. Es gibt keine realistische Option, die atomare Bedrohung zu beseitigen."

Henry zuckte mit den Schultern. „Warum nicht?"

„Sie werden niemals alle Kernwaffen vernichten können", sagte ein Marineoffizier, der ein Abzeichen für U-Boot-Kriegsführung trug. „Wir haben in den ersten Kriegstagen versucht, alle chinesischen Atomwaffen zu eliminieren. Wir haben ICBM-Angriffe auf alle bekannten Atomraketenstandorte sowie alle strategischen Bomber und U-Boote mit ballistischen Raketen ausgeführt. Dennoch sind uns etwa zehn Prozent durch die Lappen gegangen. Es gibt immer unbekannte Variablen. Und da ging es nur um China. Jetzt reden wir auch noch über Russland? Das sind wesentlich mehr Ziele und unsere ICBM-Fähigkeit ist jetzt schon eingeschränkt."

Der Experte der Air Force sagte: „Wir arbeiten aktiv am Ausbau unserer Raketenstreitmacht. Und zwar rund um die Uhr."

Die Lautstärke nahm zu, als alle anfingen, durcheinanderzureden.

Der DARPA-Wissenschaftler sagte: „Wir müssen ja nicht nur ICBMs verwenden."

„... aber was ist mit Lkws – die könnten doch ..."

„... unbemannte Unterwasserfahrzeuge könnten den Unterschied machen, wenn wir ..."

David schlug mit der flachen Hand auf den Tisch. „Okay, okay. Immer mit der Ruhe."

Der Raum verstummte.

Er schaute jeden Einzelnen der Reihe nach an. „Was wäre, wenn wir 99,9 % aller feindlichen Nuklearwaffen auslöschen könnten?"

Der Marineoffizier antwortete: „David, wie ich schon sagte, wir haben es versucht. Wenn –"

„Tun Sie mir den Gefallen. Rein hypothetisch, was wäre, wenn wir es schaffen würden. Was bliebe dann noch übrig?"

„Ich würde sagen, im besten Fall vernichten wir etwa fünfundneunzig Prozent."

Der Raketenexperte der Air Force sagte: „Das könnte durchaus reichen, um eine Wende herbeizuführen."

David rieb sich das Kinn. „Reden Sie weiter."

„Das geht jetzt hier in die Psychologie, aber wenn wir genug Atomwaffen zerstören, könnte das dazu führen, dass sie deren Einsatz grundsätzlich überdenken. Sie dürfen auch nicht vergessen, dass nicht alle dieser Waffen einsatzfähig sein werden."

Ein Offizier des Marinekorps und Jetpilot runzelte die Stirn. „Was meinen Sie damit?"

Statt einer Antwort kam eine Gegenfrage: „Wie viele Militärflugzeuge hat eine Jet-Staffel?"

„Etwa zehn."

„Und wie viele sind zu jeder Zeit flugfähig?"

Der Marine nickte verstehend. „Vielleicht fünf oder sechs."

Einer der Zivilisten hielt eine Hand hoch. „Das ist wieder die typische Verschwendung der Regierung. Das ist ja furchtbar. Nur fünfzig Prozent sind tatsächlich einsatzbereit?"

David griff ein: „Nein, das ist ganz normal. Das sind komplexe Maschinen, die einen enorm hohen Wartungsbedarf haben, damit sie betriebsfähig bleiben." Er wandte sich wieder an den Raketenexperten. „Nehmen wir an, wir können zweitausendneunhundert der dreitausend nuklearen Sprengköpfe des russischen Arsenals auslöschen. Erklären Sie mir, wie das funktioniert."

„Nun, wir bräuchten natürlich Zielinformationen. Aber angenommen, wir bekommen sie und zerstören die Ziele. Danach wird etwa die Hälfte der restlichen hundert Sprengköpfe sofort verwendbar sein. Nun ist ein Sprengkopf aber nicht mit einer sofort einsatzfähigen Waffe zu vergleichen. Ein Gefechtskopf muss nicht notwendigerweise mit einem Flugkörper verbunden sein. Er könnte irgendwo in einem Bunker herumliegen, ohne jede Möglichkeit, ihn zu einem Ziel zu befördern. Wir reden im Endeffekt also von einer viel geringeren Zahl. Aber sagen wir mal, fünfzig Sprengköpfe sind übrig. Von denen sind viele vielleicht nicht auf Raketen montiert, die automatisch abschussbereit sind. Die Russen benötigen vielleicht Stunden oder Tage, um sie einsatzbereit zu machen."

Der Marine fragte: „Aber wie sollen wir so viele Ziele so schnell nacheinander treffen?"

David erwiderte: „PGS – Prompt Global Strike. Die Idee ist, dass man innerhalb einer halben Stunde oder so überall auf der Welt zuschlagen kann. Wenn wir die Rojas-Technologie in die Finger bekommen, könnten wir das vielleicht schaffen."

„Konnten wir das in den letzten fünfzig Jahren nicht schon mit unseren ICBMs?"

„Ja, aber konzentrieren wir uns jetzt mal kurz auf das hier. Was ist unser ultimatives Ziel?", fragte David.

„Das Ende des Krieges", sagte die NASA-Frau.

„Den Krieg zu gewinnen und einen Planeten zu erhalten, auf dem man leben kann ...", fügte der NSA-Mann hinzu.

David zeigte auf ihn. „Ganz genau. Der Einsatz von ICBMs war immer für Atomwaffen gedacht. Aber was wäre, wenn wir ICBMs als konventionelle Waffen einsetzen könnten? Militärtaktiker verwenden den Begriff ‚Simultaner Zieleinschlag'. Die Idee dahinter ist, dass alle abgefeuerten Waffen ihr Ziel zur gleichen Zeit treffen."

Der Marineoffizier sagte: „Übrig blieben nach einem globalen Schlag gegen alle feindlichen Atomziele höchst-

wahrscheinlich deren ballistische Atom-U-Boote. Die Handvoll, die sich in unseren Küstengewässern versteckt hält. Wenn
wir Glück haben, sind es nur ein oder zwei. Den Rest werden
wir hoffentlich versenken. Aber ein oder zwei von denen
bedeuten immer noch genug Atomwaffen, um einen Großteil
der Bevölkerung auszulöschen und eine Katastrophe herbeizuführen."

Der NSA-Mann ergänzte: „Fünfundzwanzig Atomsprengköpfe in den Händen eines labilen Spinners reichen aus, um
ernsthaften Schaden anzurichten."

Davids Gesichtszüge verhärteten sich. „Dann müssen wir
den Spinner eben auch eliminieren."

26

Der Minister für Staatssicherheit dachte über die Worte des amerikanischen CIA-Offiziers nach, der in der japanischen Botschaft arbeitete. *Lena Chou will, dass der Krieg ein Ende findet. Sie ist Jinshan gegenüber loyal, aber sie wird orientierungslos sein, wenn er seiner Krankheit erliegt. Im Interesse des Friedens müssen wir sicher sein, dass Sie, Minister Dong, Einfluss auf Jinshans Nachfolger nehmen werden.*

Er betrachtete den USB-Stick in seiner Hand, den ihm der CIA-Offizier während des Treffens überreicht hatte. Dong öffnete seinen Safe und entnahm diesem einen Laptop, den er speziell für solche Zwecke aufbewahrte. Der Computer hatte keine drahtlose Verbindung und war selbst gegen die raffiniertesten elektronischen Angriffe gehärtet. Normalerweise benutzte er ihn, um die äußerst sensiblen Berichte einzusehen, die er von seinen MSS-Agenten aus Übersee erhielt. Die Nachricht auf dem USB-Stick war mit einer älteren Version der Verschlüsselungssoftware des Ministeriums gesichert, die die Amerikaner hinter dem Rücken der Chinesen geknackt hatten. Das war clever. Wenn Dong erwischt wurde, konnte er sagen, dass ihm ein chinesischer Agent die Informationen zugespielt hatte. Die CIA war sehr darauf bedacht, ihm nichts zu geben, was nicht auf diese Weise erklärbar wäre.

Dong schloss den Speicherstick an, der nur eine Datei enthielt. Innerhalb weniger Sekunden hatte er das fünfseitige Dokument mit immer größer werdenden Augen überflogen.

———

Lena erreichte ihre Wohnung, ein Luxusapartment in Peking, vor deren Tür zwei Mitarbeiter des MSS-Sicherheitsdienstes Wache hielten.

„Guten Abend, meine Herren", sagte sie.

Sie bekam keine Antwort, aber einer hielt ihr die Tür auf. Auf dem Sofa im Wohnzimmer saß Minister Dong und telefonierte mit einem Handy. Als er sie sah, hob er eine Hand, um ihr zu signalisieren, dass sie warten sollte. Lena bereitete sich mental auf das kommende Gespräch vor, worum auch immer es gehen mochte.

„Hallo, Lena." Dong beendete das Telefonat und stand auf, um ihr die Hand zu schütteln. „Ich hoffe, es stört Sie nicht, dass ich mich in Ihrer Wohnung breitgemacht habe. Ich habe mir erlaubt, mich zu vergewissern, dass es hier keine Abhörgeräte gibt."

Und dabei wahrscheinlich ein paar installiert, dachte Lena.

„Ich heiße Ihre Gesellschaft willkommen, Minister Dong."

„Bitte setzen Sie sich."

Lena stellte ihre Tasche ab und nahm Dong gegenüber Platz. Sie waren allein in der Wohnung, die Sicherheitsleute hatten die Tür von außen geschlossen. Durch ein Balkonfenster zu ihrer Linken fielen die schimmernden Lichter der Stadt herein.

Minister Dong sagte: „Ich habe gehört, Sie haben einen

neuen Titel – Sondervermittlerin für die Russische Föderation. Wie hat Ihr Vater die Nachricht aufgenommen?"

Lena dachte kurz nach und entschied sich dann für die Wahrheit. „Nicht gut."

General Chen hatte sich aufgeregt, als er die offizielle russische Mitteilung las. *Alle militärischen und nachrichtendienstlichen Angelegenheiten mit Bezug zu Russland müssen über das neu eingerichtete Büro des Sondervermittlers abgewickelt werden.* Er hatte verstanden, was der russische Präsident vorhatte.

Dong fuhr fort: „Ich denke, wir werden die Russen brauchen, wenn wir am Ende siegreich hervorgehen wollen. Und jetzt haben Sie wieder ein Druckmittel in der Hand."

„Mir war nicht bewusst, dass es mir abhandengekommen war, Minister Dong."

Um Dongs Lippen spielte ein Lächeln. „Noch nicht. Aber Jinshan lebt nicht mehr lange."

Da war es. Bis jetzt hatte es nur niemand laut ausgesprochen.

Ihre Macht beruhte letztlich nur auf ihrer persönlichen Bindung zu Jinshan. Diese Beziehung war auch der einzige Grund, weshalb ihr Vater ihr Aufmerksamkeit schenkte. Ohne Jinshans schützende Hand hätte Dong sie außerdem längst inhaftiert, weil er sie verdächtigte, mit den Amerikanern zu kooperieren. Die ihr zuteilwerdende Gunst des russischen Präsidenten schien als neue Rettungsleine zu fungieren. Aber Lena hatte noch einen anderen Trumpf im Ärmel, von dem Dong bisher nichts ahnte.

Es war an der Zeit, ihn auszuspielen.

Sie fragte: „Wie lange arbeiten Sie schon für die Amerikaner?"

Dongs Lächeln verblasste.

Lena konnte das Pulsieren seiner Halsschlagader sehen.

Aus einem Moment des Schweigens wurden zwei. Dann fragte Dong: „Warum haben die Amerikaner Sie gehen lassen?"

„Haben sie nicht. Ich bin geflohen."

„Ich glaube nicht, dass –"

Lena unterbrach ihn: „Sie haben meine Frage nicht beantwortet."

„Ich kann nur annehmen, dass Sie etwas falsch verstanden haben, das Sie gehört oder gesehen haben."

Lena zog eine Augenbraue hoch. „Ich habe es gesehen."

Dong brummte. „Ich verstehe. Der besagte Agent gehört zu mir. Er arbeitet für das MSS."

„Nicht für die Amerikaner?"

„Er versorgt mich mit Informationen. Deshalb weiß ich jetzt, wo sich die amerikanischen Streitkräfte konsolidieren werden."

Es trat einen Moment Stille ein, in dem sich gegenseitig anstarrten und Lena überlegte, wie sie auf die Lüge reagieren sollte.

„Wahrscheinlich sollte ich mich entschuldigen, Minister Dong. Ich war wohl nur Zeugin eines Treffens, das ich, wie Sie sagen, nicht richtig verstanden habe. Danke, dass Sie das aufgeklärt haben."

„Sie brauchen sich nicht zu entschuldigen."

„Was möchten Sie besprechen?"

„Ihren nächsten Auftrag."

Jetzt packte er seinen Köder aus.

„Was haben Sie für mich vorgesehen, Minister?"

„Mein Plan sieht vor, Mas Vizepräsident zu werden, wenn Jinshan stirbt. Ich bitte Sie, mich dabei zu unterstützen. Und brechen Sie diese lächerliche Mission ab, die Sie auf Geheiß Ihres Vaters durchführen. Spionieren Sie mir nach?"

Er war also im Bilde. Natürlich war er das. Lenas unterschwellige Wut flammte wieder auf. Aber sie ärgerte sich nicht über Dong, sondern über sich selbst, weil sie wieder einmal zugelassen hatte, dass ihr Vater ihr Urteilsvermögen trübte.

„Lena, ich muss Ihnen etwas zeigen. Es könnte Sie verstören. Ich bin mir sogar sicher, dass es das tun wird. Aber bevor ich es Ihnen gebe, sollten Sie wissen, dass Sie mir vertrauen können. Ich erkenne und schätze Ihre Stärke und Fähigkeiten ebenso wie Jinshan. Wenn Sie mich unterstützen, werde ich mich zehnmal revanchieren. Ich werde Ihnen zu Geltung verhelfen. Aber Sie müssen diesen Unsinn im Auftrag Ihres Vaters unterlassen. Sie müssen erfahren, mit wem Sie da kollaborieren, Blutsverwandtschaft hin oder her."

Dong zog einen Umschlag aus seiner Jackeninnentasche und reichte ihn ihr. Lena zog ein einzelnes Blatt Papier heraus, das vorne und hinten bedruckt war. Ein mehrseitiges Dokument war offenbar so eingescannt worden, dass es auf ein Blatt passte. Die Schrift war winzig, aber lesbar.

Ihr richtiger Name und ein Bild aus ihrer Kindheit.

Sie runzelte die Stirn. „Was ist ..."

Lena las weiter und hielt den Atem an. Ihre Augen flogen über Sätze, die unmöglich wahr sein konnten.

Dong lehnte den Oberkörper nach vorne, die Hände verschränkt. „Ich kann mir vorstellen, was für ein Schock das sein muss. Aber Sie müssen die Wahrheit erfahren. Jinshan wird sterben. Und wenn dieser Moment eintritt, werden Sie wie viele von uns eine Entscheidung treffen müssen. Sie werden wählen müssen, wem Ihre wahre Loyalität gilt. Ihrem Vater oder mir. Aber jetzt wissen Sie, dass Ihr Vater Sie auf die denkbar schlimmste Weise betrogen hat."

Ihre Hände zitterten, als sie das Dokument erneut durchlas.

„Woher soll ich wissen, dass das wahr ist? Warum sollte ich Ihnen glauben?", Lena blinzelte, um die Tränen zurückzuhalten.

Dong neigte den Kopf zur Seite. „Sie wissen, dass es wahr ist."

Und er hatte recht.

Es machte alles Sinn. Damals war sie fast noch ein Kind und hatte keine Ahnung, wie sorgfältig diese Rekrutierungen inszeniert wurden, wie groß die Manipulation war. Aber aus ihrer heutigen Perspektive ergab sich ein anderes, stimmiges Bild. Sie hielt den Bericht des früheren Ministers für Staatssicherheit über ihre eigene Junxun-Rekrutierung in der Hand. Das psychologische Profiling, das man durchgeführt hatte, als sie erst fünfzehn war, ein Jahr vor dem Vorfall. Die sorgfältige Auswahl der Jungen mit bestimmten physischen und psychischen Eigenschaften, die in ihre Klasse kommen sollten. Die ganze Operation war inszeniert. Man hatte die Rahmenbedingungen dafür geschaffen, dass sie von einem der Jungen vergewaltigt oder geschwängert würde, um so dem MSS ein Druckmittel zu verschaffen. Sie wussten, dass sie auf der Suche nach einem Ausweg schlussendlich auf das Ministerium angewiesen sein würde.

Sie las zum dritten Mal den letzten Abschnitt. Er handelte von der Absicht, sie zu einer Attentäterin auszubilden oder eben hinauszuwerfen, falls sie damit nicht zurechtkäme. Sie konnte es nicht fassen. Der Bericht enthielt Details, die niemand wissen konnte, der nicht dabei gewesen war.

Dongs Stimme war jetzt ein Flüstern.

„Ihr Vater hat Sie verraten. Er hat Sie an Jinshan verkauft, um seine militärische Karriere anzukurbeln. Sie verdanken diesem Mann *nichts*. Und selbst nach Ihrer Rückkehr benutzen Sie Ihren Familiennamen nicht. Lena, ich akzeptiere Sie so, wie Sie sind. Ich werde Sie weiterhin unterstützen und Ihre Beiträge wertschätzen. Aber ich brauche Ihre Hilfe. Sowohl Jinshan als auch der russische Präsident haben Ihnen Macht eingeräumt. Und jeder, der Macht ausüben kann, muss eine Entscheidung treffen, wenn Jinshan stirbt. Sie müssen mich General Chen vorziehen."

Es summte leise und Dong nahm sein Telefon von der Armlehne des Sofas. „Hier spricht Dong. Ja. Gut. Ich komme jetzt." Er legte auf und sagte dann zu Lena: „Gute Nachrichten. Die Seeschlacht hat begonnen. Ich muss los. Ich schlage vor, Sie vernichten das Dokument. Aber vergessen Sie nicht, was ich gesagt habe."

Er drehte sich um und verließ ihre Wohnung.

Lena starrte mit versteinertem Gesicht aus dem Fenster in den Nachthimmel.

27

USS Delaware
200 Seemeilen westlich von Panama

Kapitän Davidson und seiner Crew war bewusst, dass sich das Ganze rasch zu einem Himmelfahrtskommando entwickeln konnte.

Aber wenn der amerikanische Schlachtplan erfolgreich sein sollte, mussten die chinesischen Kriegsschiffe der Jiaolong-Klasse ausgeschaltet werden. Und nach monatelanger Sondierung der chinesischen Marineoperationen sah PACFLEET in dieser Mission ihre einzige Chance.

Kapitän Davidson befahl: „Pilot, gehen Sie auf fünf null Fuß."

„Decksoffizier, aye. Pilot, alle Maschinen ein Drittel Kraft voraus."

„Alle Maschinen ein Drittel Kraft voraus, Steuermann aye."

Kapitän Davidson beobachtete seine Offiziere und die Besatzung von Amerikas neuestem Jagd-U-Boot bei der Ausübung ihrer Pflichten in der Operationszentrale. Vieles hatte sich seit seiner Zeit als junger U-Boot-Offizier verändert. Sein Decksoffizier war eine Frau. Physische Periskope waren durch Joystick-gesteuerte Photonenmasten ersetzt worden. Einen Sonarraum gab es auch nicht mehr, die Sonarwache war jetzt ebenfalls im Kontrollraum untergebracht.

Aber die größte Veränderung, über die sein Command Master Chief vielleicht nie hinwegkommen würde, war die Art und Weise, wie das U-Boot gesteuert wurde. Im Gegensatz zu ihren Vorgängern der Los Angeles-Klasse hatten die U-Boote der Virginia-Klasse *Piloten* – genau wie ein Flugzeug. Der Tauchoffizier, der Wachführer, der Rudergänger und die Außenbordwache waren durch einen Piloten und Copiloten ersetzt worden.

Admiral Rickover würde sich im Grab umdrehen.

Anfangs hatte sich Davidson damit nicht wirklich anfreunden können. Aber nach dem ersten Einsatz auf der *USS Delaware* musste er zugeben, dass die neue Konfiguration bemerkenswert effizient war. Er konnte nur hoffen, dass das auf ihre neue Taktik ebenfalls zutraf.

„Die Orcas sind in Position, Captain."

„Zielentfernung?"

„Orca Alpha ist vierzigtausend Yard vom CPA mit der feindlichen Oberflächenkampfgruppe entfernt. Orca Bravo ist zweiunddreißigtausend Yard entfernt."

Die extragroßen autonomen Unterwasserfahrzeuge (AUV) namens Orca befanden sich ebenso wie die *USS Delaware* auf Periskoptiefe. Die Entfernung wurde zum Closest Point of Contact, dem Punkt der größten Annäherung mit dem Feind gemessen.

„Geschwindigkeit reduzieren und UAV ausbringen", wies der Kapitän an. UAV stand für Unmanned Aerial Vehicle, also ein unbemanntes Luftfahrzeug.

Sein Befehl wurde im Kontrollraum wiederholt. Wenige

Augenblicke später marschierte das U-Boot nur noch mit der erforderlichen Mindestgeschwindigkeit, um manövrierfähig zu bleiben. Die *Delaware* brachte aus einem speziellen Abteil im Schiffsheck eine drei Fuß lange Boje aus. Nach dem Ausstoß trieb diese an die Oberfläche, blieb aber durch ein Kabel mit dem U-Boot verbunden.

An der Wasseroberfläche öffnete die Boje ihre wasserdichte Luke und gab eine zwanzig Pfund schwere Quadrocopter-Drohne frei, die mit einer verschlüsselten Datenlink-Antenne und einer speziell für diesen Zweck entwickelten Kommunikationsausrüstung ausgestattet war.

„UAV ausgebracht, Captain, warten auf Verbindung … Verbindung steht. Wir haben eine guten Up- und Downlink zu beiden Orcas, Sir."

„Gute Verbindung, aye. Los geht's, Leute. Die Uhr tickt."

„Jawohl, Sir."

Kapitän Davidsons Jagd-U-Boot der Virginia-Klasse kommunizierte jetzt mit den beiden Orca-Tauchbooten, die meilenweit entfernt waren. Die *Delaware* übermittelte ihre verschlüsselten Informationen an die fliegende Drohne, die wiederum verschlüsselte Sichtweite-Datenverbindungen mit den Periskop-Antennen der beiden Orca-Unterwasser-drohnen aufgebaut hatte. Dadurch konnten die beiden unbe-mannten Tauchboote in Echtzeit mit der *USS Delaware* kommunizieren, was riskant war. Die elektronischen Emissionen waren zwar codiert, aber jedes dieser Signale konnten von chinesischen Überwachungssatelliten, Überwasser-schiffen und Flugzeugen aufgefangen werden.

Die Chinesen wüssten dann innerhalb weniger Augenblicke, dass sich jemand in der Nähe aufhielt. Was für ein angreifendes U-Boot tödlich ausgehen konnte.

Davidson beobachtete auf einem Display, wie die Orcas die Daten ihrer Sonargeräte und anderen elektronischen

Aufklärungsmittel an ihr Mutterschiff *USS Delaware* übermittelten. „Mutterschiff" war eigentlich nicht das richtige Wort, dachte Davidson. Schließlich hatten die unbemannten U-Boote zu keinem Zeitpunkt tatsächlich einen Verband mit der *USS Delaware* gebildet. Alle drei Schiffe waren von der Naval Base Kitsap aus in See gestochen und hatten in regelmäßigen Abständen ihre Antennen ausgefahren, um Daten zu synchronisieren.

„Decksoffizier, Orca-Datensynchronisation abgeschlossen, UAV kehrt zur Boje zurück. UAV sicher an Deck, Luke geschlossen. Bereit zum Einholen."

„Boje einholen."

„Verstanden, bereithalten. Zwanzig Sekunden, Sir."

Normalerweise erfolgte die Datenübertragung im Nahbereich direkt von der Antenne des U-Boots zur Antenne der Unterwasserdrohne. In dieser entscheidenden Angriffsphase musste die Informationsübertragung jedoch über die Drohnenboje laufen, damit die Unterwasserdrohnen ihr Ziel in größerem Abstand zur *Delaware* und damit aus dem Hinterhalt angreifen konnten.

„Kontrollraum, Sonar, neuer Kontakt, Peilung null-eins-null, Spurbezeichnung Sierra-vier-zwei. Einstufung als feindlich."

„Sonar, aye."

Davidson fragte: „Typ des U-Boots?"

„Die Sonarsignatur sieht aus wie eine Han-Klasse, Sir", antwortete der Sonarbediener.

Captain Davidson fluchte innerlich, als er sich zur Sonarstation begab. Dort saßen ein Chief und ein First-Class Petty Officer mit Kopfhörern vor quadratischen Monitoren und studierten Wasserfallanzeigen. Davidson schaute ihnen über die Schulter, bevor er quer durch den Raum zeigte und sagte: „Geben Sie mir eine Feuerleitlösung für diese Spur. Warten

Sie auf meinen Befehl. Priorität hat weiterhin das Schiff der
Jiaolong-Klasse."

„Aye, Sir."

Sein Herz schlug schneller, die Anspannung im Raum war
greifbar. Auf der digitalen Anzeige konnte der Kapitän sehen,
dass sich der zwölf Kriegsschiffe umfassende chinesische
Überwasserverband bis auf wenige Meilen ihrer Position
angenähert hatte.

Die in nordöstlicher Richtung fahrende Kampfgruppe
stand unter dem Geleitschutz der mächtigen Schiffe der Jiaolong-Klasse, von denen seit Kriegsbeginn nur wenige versenkt
worden waren. Ihre heimtückischen Starrluftschiffe, die der
U-Boot-Abwehr dienten, spuckten eine Sonoboje nach der
anderen aus und umgaben ihre Kriegsschiffe so mit schüt-
zenden Barrieren. Die Jiaolong-Klasse war mit gerichteten
Energiewaffen ausgestattet, tödlichen Flugabwehrwaffen mit
riesigen Radargeräten. Diese erkannten jeden ankommenden
Seezielflugkörper und jedes Flugzeug, das sich im Umkreis
von fünfzig Meilen befand, sofort und konnten es mit gebün-
delten Energiestrahlen ins Visier nehmen.

Wer die chinesische Flotte besiegen wollte, musste zuerst
die Schiffe der Jiaolong-Klasse ausschalten. Und wenn das
überhaupt machbar war, dann nur mit dieser neuen Taktik,
die Captain Davidson gerade anwenden wollte.

„Zielentfernung?"

„Fünfundzwanzigtausend Yard."

Der Schiffsführer wischte sich den Schweiß von der Stirn
und schaute auf die Uhr über seinem Kopf. Er stellte fest, dass
auch alle anderen auf die Uhr starrten.

„Zehn Sekunden", sagte der Waffenoffizier. „Drei ... zwei ...
eins ... los."

Der Sonartechniker sagte: „Orca Alpha bewegt sich. Bravo
ist auch unterwegs, Sir. Bereithalten für Bestätigung. Sir, beide

Unterwasserdrohnen haben den richtigen Kurs und beschleunigen. Ihre Geschwindigkeit beträgt jetzt fünfunddreißig Knoten, Sir, sie nähern sich der chinesischen Flotte."

Schlachtschiff der Jiaolong-Klasse 332

„Captain, der Sonarraum meldet zwei sich nähernde Unterwasserkontakte aus nördlicher Richtung."

Der chinesische Schiffskapitän schaute den Junioroffizier stirnrunzelnd an, der diese Informationen gerade telefonisch entgegennahm. „*Zwei*?"

„Ja, Sir. Unbekannter Typ. Die U-Jagd-Zeppeline sind bereits aufgestiegen."

Der Kapitän erhob sich von seinem Stuhl. „Rufen Sie Gefechtsalarm aus."

„Jawohl, Sir."

Die Sirene hallte durch das ganze Schiff. Die Matrosen rannten zu ihren Gefechtsstationen und fingen an, sich auf den Kampf vorzubereiten.

Der Decksoffizier sah seinen Vorgesetzten an. „Sir, soll ich einen Kurs einschlagen, der uns von der Bedrohung wegführt?"

Der Kapitän betrachtete gedankenversunken die Navigationskarte und wägte seine Optionen ab.

Das Schiff war fast schon dicht genug an der Küste Panamas und damit in Reichweite, um die Flugabwehr für die dortigen Truppen zu übernehmen. Letzten Endes war es ihre Aufgabe, den chinesischen Landstreitkräften Luftdeckung geben, wenn diese den Panamakanal in Richtung Norden überwanden.

Wenn er jetzt nach Süden abdrehte, um Ausweichma-
növer zu fahren, würde ihr Schiff vom Kurs abkommen, was
Sie wahrscheinlich mehrere Stunden kosten würde. Der
Kapitän wusste, dass für die heutige Offensive die VBA-Luft-
waffe, die Bodentruppen, die Marine und sogar weltraumge-
stützte Mittel mobilisiert wurden. Es war ein gewaltiges
Unterfangen und sein Schiff sollte dazu einen wichtigen
Beitrag liefern.

Die Jiaolong war im Bereich der U-Boot-Abwehr unübertroffen. Bisher war nur ein einziges Schiff dieser Klasse im
Kampf besiegt worden, und zwar in der Schlacht um das
Johnston-Atoll, was auf eine amerikanische List zurückzuführen war. Das U-Jagd-System der Luftschiffe bestand aus
einem fortschrittlichen Tauchsonar, wiederverwendbaren
Sonobojen und Computern mit KI-Technologie, die sämtliche
Entscheidungen lenkten. Das alles gab ihm die Zuversicht,
dass ihnen so schnell keine Gefahr drohte.

Trotzdem – zwei amerikanische U-Boote, die sich gleichzeitig näherten?

Das war recht ungewöhnlich. Amerikanische U-Boote
operierten normalerweise nicht in Teams. Zwei U-Boote
erschwerten seinen Kampfeinsatz, aber er war noch immer im
Vorteil. Die Jiaolong führte acht Zeppeline mit. Sechs waren
gerade in der Luft. Die KI-Computer des Schiffs würden jede
Boje und jedes Sonargerät optimal positionieren, um mit den
so gelegten Bojenfeldern den Vormarsch der Angreifer zu
blockieren. Außerdem ermöglichten sie einen schnellen
Einsatz ihrer leichten Torpedos in der perfekten Angriffsposition.

„Halten Sie unseren Kurs und unsere Geschwindigkeit bei.
Die Amerikaner wollen uns ausbremsen. Das dürfen wir nicht
zulassen. Ich gehe jetzt in die Operationszentrale, um die U-
Boot-Abwehr persönlich zu überwachen."

„Jawohl, Sir."

Kurz bevor der Kapitän die Brücke verließ, stoppte ihn ein Nachwuchsoffizier, der einen Telefonhörer in der Hand hielt.

„Sir, der Wachführer der Gefechtswache ist am Telefon, er hat ein dringendes Update."

Der Kapitän kam zurück und nahm den Hörer entgegen. „Was gibt es?"

„Sir, wir werden attackiert. Ein elektronischer Störangriff aus Richtung Norden."

Der Kapitän betrachtete das taktische Display an der Wand. „Nördlich von uns gibt es keine Oberflächenkontakte."

„Ich glaube, der Störangriff wird von amerikanischen Flugzeugen ausgeführt, Sir."

15.000 Fuß über dem Pazifik

LT Kevin „Speedracer" Suggs umklammerte beim Aufsteigen das Steuerhorn und den Schubhebel seines Navy-Kampfjets. Sie waren gerade von der *USS Ford* gestartet und schlossen nun zu den anderen drei Flugzeugen seines Schwarms auf. Sein Waffensystemoffizier (WSO) LTJG Norman „Root" Laverne überwachte die Mission vom hinteren Tandemsitz aus.

„Der elektronische Angriff hat gerade begonnen. Sollte nicht mehr lange dauern."

„Verstanden", antwortete Suggs.

Suggs behielt das Führungsflugzeug bei seiner Annäherung scharf im Auge und nahm mit seiner Steuerung blitzschnelle Mikrokorrekturen vor, bis sein Visierbild dem perfekten Formationsprofil entsprach.

„JSTARS und AWACS sind beide auf Station", meldetet Laverne.

Suggs blickte auf die Cockpitcomputer hinunter und schaltete mit der linken Hand schnell auf die taktische Anzeige um.

Laverne bekam mit, was er tat. „Konzentrier du dich mal nur aufs Fliegen, Mann. Frag mich, wenn du was wissen willst."

Suggs schüttelte den Kopf. „Ihr fliegenden Marineoffiziere auf den billigen Plätzen wollt mir immer sagen, was ich zu tun habe ... Mach's dir einfach gemütlich da hinten, OK?"

„Hör zu Kumpel, du bist nur ein Affe, der fliegen kann. Die Waffensystemoffiziere sind das Hirn jeder Operation. Jetzt halt die Klappe und mach hin."

Suggs lachte. „Ich habe nur nachgesehen, wo der Rest ist."

Sein Fluggefährte sagte: „Du kannst die ganze Meute von der *Ford* direkt vor deinem Seitenfenster sehen ..."

Suggs blickte nach links. Mindestens sechzig Jets absolvierten in Vierergruppen Warteschleifen auf verschiedenen Flughöhen, Tausende von Fuß über dem Flugzeugträger. Während sie auf die Erlaubnis warteten, Kurs nach Süden einzuschlagen, verheizten sie wertvollen Treibstoff.

„Die Screwtops haben uns mit dem Datenlink der AWACS verbunden – ich danke meinen mitdenkenden WSO-Brüdern – und wir haben jetzt die Air Force auf dem Display. Heiliger Strohsack, das sind eine Menge Flugzeuge."

„Wie viele?"

„Ich schätze ..."

Suggs konnte ihn zählen hören.

„Mindestens zweihundert, glaube ich. Und es sind wahrscheinlich noch mehr am Start."

Während des Briefings hatte ihnen der Nachrichtenoffizier der Fliegergruppe erklärt, dass dies der größte militärische

Luftwaffeneinsatz seit den Tagen der „Mighty Eighth" sei, einer amerikanischen Luftflotte im Zweiten Weltkrieg. Die Vorbereitungen hatten Wochen in Anspruch genommen, was immer noch nicht gereicht hatte. Sie verfügten weder über die von den Einsatzplanern geforderte Anzahl an Flugzeugen noch Langstrecken-Anti-Schiffsraketen. Gerüchten zufolge gab es Produktions- und Ausbildungsengpässe. Andererseits hatte ein Pilot, der erst vor Kurzem zu ihrer Staffel gestoßen war, behauptet, dass an der Ostküste Hunderte von Flugzeugen herumstanden.

Trotzdem war der Angriffsbefehl vorverlegt worden.

Die chinesische Marineflotte rückte unbarmherzig näher und chinesische Bodentruppen hatten mit Militäroperationen in Panama begonnen. Der heutige Satelliten-Massenstart von einem militärischen Weltraumbahnhof im Südchinesischen Meer hatte den verfrühten Startbefehl endgültig besiegelt. Spätestens am Abend könnten die Chinesen auf Satellitenkommunikation und Datenverbindungen zurückgreifen – zumindest so lange, bis die Air Force die Trabanten allesamt runterholte. Aber das brauchte Zeit. Und die amerikanischen Bodentruppen in Panama brauchten akut Unterstützung.

„Okay, es geht los. Neues Update von den Screwtops. Wegpunkte sind eingegeben. Der Schwarmführer sollte bald abdrehen." Die E2-D-Frühwarnflugzeuge benutzten verschlüsselte Kommunikation, um den Kampf- und Jagdflugzeugen bestimmte Wegpunkte und Ziele zuzuweisen.

Über sein externes Funkgerät hörte Suggs: „Gunslinger Bravo-Schwarm, nach Süden abdrehen, auf viertausend Fuß runtergehen." Suggs hielt seine Position am Außenflügel des Führungsflugzeugs, als dieses nach links abdrehte.

„Zwei", sagte er.

„Drei."

„Vier."

Die vier Superhornets drehten ab und traten den Sinkflug als eine Einheit an. Dutzende anderer Formationen machten es ihnen nach. Unzählige graue Metalljäger, bis an die Zähne bewaffnet, tauchten ab Richtung Meer. Und steuerten direkt auf ihre Ziele zu.

USS Delaware

„Kontrollraum, Sonar, zweiter Torpedo im Wasser."

„Sonar, Kontrollraum, aye."

Kapitän Davidson verkündete: „Hier spricht der Captain, ich habe das Steuer. Leutnant Everett kontrolliert das Deck. Pilot, alle Maschinen ein Drittel Kraft voraus, gehen Sie nach links auf Kurs eins-sechs-null."

„Ein Drittel Kraft voraus, komme links auf Kurs eins-sechs-null, Pilot, aye."

Das amerikanische U-Boot beschleunigte und wendete, um die chinesische Flotte besser abfangen zu können.

„Kontrollraum, Sonar, Transient. Aal ist im Wasser. Orca Alpha hat gerade auf die Jiaolong gefeuert, Sir."

Ein Transient war ein kurzes Schallereignis, meist ein Knack- und Klappergeräusch. In der Operationszentrale machte sich gedämpfte Begeisterung breit. Jeder wusste, dass das eine gute Nachricht war. Sie hatten sich gefragt, ob es den Orcas überhaupt gelingen würde, einen Schuss abzugeben. Selbst als teure Lockvögel hätte sich ihr Einsatz schon gelohnt. Aber wenn einer von ihnen tatsächlich einen Treffer landete, wäre das natürlich eine enorme Hilfe.

„Kontrollraum, Sonar, feindliche Schiffe führen Ausweichmanöver durch."

„Kontrollraum, aye."

Der Sonarbediener presste seinen Kopfhörer fest auf seine Ohren, die Augen weit aufgerissen. „Sir, ich höre eine Unterwasserexplosion. Ich glaube, Alpha wurde gerade getroffen."

Schlachtschiff der Jiaolong-Klasse 332

„Sir, das erste U-Boot wurde getroffen. Der Torpedo ist weiterhin im Anmarsch."

„Entfernung des angreifenden Torpedos?"

„Zehntausend Meter, Entfernung sinkt, Sir."

„Warum halten wir Kurs in diese Richtung? Drehen Sie ab nach Nordwesten, weg von der Bedrohung."

„Ich drehe ab, Sir."

Der Kapitän blickte auf das taktische Display auf dem mittleren Tisch. Das digitale Torpedosymbol auf dem Bildschirm steuerte geradewegs auf seine Flotte zu. Zwei seiner kleineren Kriegsschiffe fuhren quer zur erwarteten Laufrichtung des zielsuchenden Torpedos, so wie sie es gelernt hatten. Beide zogen einen Schlepptäuschkörper hinter sich her. Mit etwas Glück würde der amerikanische Torpedo von der Jiaolong ablassen und einem der Täuschkörper folgen. Der Torpedo könnte sogar eines dieser anderen Kriegsschiffe treffen. Das wäre unglücklich, aber einem Einschlag in die Jiaolong vorzuziehen.

Der Kapitän studierte die Positionen der U-Boote auf dem taktischen Display und versuchte sich zu beherrschen. „Wie konnten die so schnell einen Torpedo abschießen?"

„Sir, ihre Manöver waren sehr merkwürdig. Es könnte ein Himmelfahrtskommando gewesen sein. Das erste U-

Boot fuhr mit voller Geschwindigkeit direkt auf uns zu und –"

Der Kapitän fiel ihm ins Wort: „Wie sieht es mit der Verfolgung des zweiten U-Boots aus?"

Der Matrose schaute auf seinen Monitor. „Sir, die Luftschiffe haben seine Position trianguliert und werden ihren Torpedoangriff gleich starten." Eine legte eine Pause ein. „Torpedo hat sich von Luftschiff fünf gelöst. Torpedo hat Ziel erfasst und beginnt die Zielsuche."

Dann kam ein Update vom Informationsoffizier der Gefechtswache. „Sir, der feindliche Torpedo verfolgt einen unserer Täuschkörper."

Endlich einmal eine gute Nachricht. Der Kapitän atmete erleichtert aus.

USS Delaware

Als Kapitän Davidson den Feuerbefehl erteilte, schalteten seine Männer im Kontrollraum automatisch einen Gang hoch. Trotzdem war kaum ein Geräusch zu hören, als ihr U-Boot in rascher Folge mehrere Torpedos abfeuerte. Ein unheilvoller, lautloser Angriff.

Die Torpedos der *Delaware* rasten gnadenlos auf ihre Ziele zu. Zwei der MK-48 ADCAPs waren für die Jiaolong bestimmt, die anderen nahmen deren Begleitschiffe ins Visier.

Schlachtschiff der Jiaolong-Klasse 332

. . .

„Sir, das zweite amerikanische U-Boot wurde getroffen. Erwarte Bewertung des Kampfschadens."

„Sehr gut", antwortete der Kapitän.

„Sir, Transienten! Peilung drei-drei-null, Entfernung weniger als dreitausend Meter!"

Das Schiff schlingerte nach Steuerbord, das Deck kippte unter ihren Füßen weg. Der Decksoffizier leitete augenblicklich Ausweichmanöver ein, so wie es sein ständiger Befehl in solchen Situationen vorsah.

„Das kann nicht sein." Der chinesische Kapitän lief fassungslos auf das Display zu. „Wie ist das möglich? Es waren zwei U-Boote – hier und hier – wir haben eines zerstört und das andere nur getroffen. Selbst wenn eines überlebt hätte, waren sie doch kilometerweit entfernt ..."

„Sir – es muss ein Drittes geben."

Kapitän Davidson und seine Mannschaft waren jetzt hoch konzentriert bei der Sache und verfolgten mit Computerprogrammen aufmerksam die Manöver jedes Oberflächenziels. Die chinesischen Kriegsschiffe pflügten Hunderte von Fuß über ihnen durch das Wasser, während ein einzelnes feindliches U-Boot im Süden verblieb.

„Die chinesischen Zerstörer werden aktiv, Sir."

Mit einem Mal ertönten multifrequente Pings – der Schiffsrumpf reflektierte Schallwellen. Davidson registrierte ein paar nervöse Gesichter. Es handelte sich aber lediglich um eine reine Verzweiflungstat der Chinesen. Die aktiven Sonare waren viel zu weit von dem amerikanischen U-Boot entfernt, um brauchbare Resultate zu liefern. Die Umsicht gebot dennoch, etwas zu unternehmen.

Kurz nachdem sie eine zweite Salve Torpedos ausgestoßen

hatten, ordnete Kapitän Davidson eine scharfe Wende und einen Tiefenwechsel der *USS Delaware* an. Die Ausweichmanöver würden den VBA-Zerstörern das Aufspüren der Amerikaner erschweren, falls sie sie überhaupt orten konnten. Es war unwahrscheinlich. Ein U-Boot der Virginia-Klasse war selbst mit annähernd Höchstgeschwindigkeit leiser als ein U-Boot der Los-Angeles-Klasse, das fünf Knoten machte.

Die *USS Delaware* hatte ihren Schlag gegen das kürzlich entdeckte chinesische U-Boot gestartet, noch bevor das Schlachtschiff der Jiaolong-Klasse überhaupt getroffen wurde. Aufgrund der Tarnkappenfähigkeit und der schonungslosen Effizienz, mit der die amerikanische U-Boot-Besatzung ihren Angriff durchführte, hatte das chinesische U-Boot der Han-Klasse kaum eine Chance.

Das feindliche U-Boot erfasste das Geräusch des zielsuchenden Torpedos und versuchte auszuweichen, aber der MK-48 ADCAP detonierte bereits wenige Augenblicke später unter seinem Rumpf. Die Unterwasserexplosion erzeugte eine Luftblase von der Größe eines Schulbusses, die sich direkt unter der Mitte des Schiffs bildete. Heck und Bug, in denen sich die Ballasttanks befanden, verloren den Kampf mit der Schwerkraft augenblicklich und der Rumpf brach mittschiffs auseinander.

Währenddessen beschleunigten die ersten beiden MK-48-Torpedos der *Delaware* auf über fünfzig Knoten und nahmen Kurs auf das Schiff der Jiaolong-Klasse. Trotz des verzweifelten Ausweichmanövers der VBA-Marine betrug die Laufzeit zwischen Abschluss und Zieleinschlag weniger als eine Minute.

Das erste Geschoss traf die Jiaolong mittschiffs. Der 600-Pfund-Sprengkopf zündete beim Kontakt mit der Bordwand knapp unter der Wasserlinie. Aus dem Schiff schoss eine riesige Fontäne empor und die enormen, futuristischen

Radartürme fielen in sich zusammen, da ihre Fundamente zerstört waren. Dann folgten sekundäre Explosionen.

Der zweite Torpedo schlug in der Nähe des Hecks ein, wo er gewaltige Feuerbälle und den für brennenden Treibstoff so typischen dichten schwarzen Rauch verursachte.

Die erschütterten Besatzungen der chinesischen Begleitzerstörer sahen zu, wie das Schiff, das sie beschützen sollten, vor ihren Augen sank. Zunächst setzte der chinesische Geleitzug seine verzweifelte Suche nach dem amerikanischen U-Boot fort, von dem er gejagt wurde. Doch nachdem amerikanische Unterwasserwaffen zwei weitere Zerstörer torpediert hatten, befahl der Gruppenkommandant nach Süden abzudrehen und sich von der Bedrohung zu entfernen.

Genau darauf hatte die Besatzung der *USS Delaware* spekuliert.

Sie hatten vorzeitig zwei drahtgesteuerte Torpedos in Position gebracht. Nachdem sie die chinesischen Zerstörer zusammengetrieben hatten, begannen die amerikanischen Torpedos ihre Drähte abzuspulen und begannen mit der Zielsuche

Sie erzielten zwei weitere Treffer. An Bord der *Delaware* war die Besatzung vor Erleichterung und Freude ganz aus dem Häuschen. Der Angriff hätte nicht besser laufen können. Sie hatten diesen Teil der chinesischen Flotte in die Flucht geschlagen und ihr tödliches Flugabwehrradar außer Gefecht gesetzt.

Der Luftoffensive konnte beginnen.

Die chinesische Flotte war riesig und die *Delaware* nur auf die nördlichste Kampfgruppe angesetzt gewesen. Amerikanische U-Boote und Orca-Drohnen führten ähnliche Angriffe auf die VBA-Armada Hunderte von Meilen weiter südlich in der Nähe der

Galapagosinseln durch. Hier hielten sich die Juwelen der Flotte auf: vier atomgetriebene Flugzeugträger und vier weitere Schiffe der Jiaolong-Klasse. Jede der hochwertigen Einheiten verfügte über Dutzende von Begleit- und Versorgungsschiffen, die alle zur Unterstützung der chinesischen Bodentruppen gedacht waren, während diese durch Panama nach Norden vorstießen.

Die Chinesen hatten nach Kriegsbeginn die Produktion von Flugzeugträgern hochgefahren und sie mit der neuesten Generation von Kampfflugzeugen bestückt. Die amerikanischen Störangriffe auf die Radarsysteme riefen nun diese chinesischen Kampfflugzeuge zusammen mit den in Venezuela, Peru und Ecuador stationierten Jets der VBA-Luftwaffe auf den Plan.

Auf dem Vordersitz seiner F/A-18 Superhornet hörte Leutnant Suggs seinen WSO sagen: „Wir haben den Ausführungsbefehl. Waffen sind scharf und abschussbereit. Operation GHOSTRIDER läuft wie am Schnürchen."

„Verstanden." Suggs konzentrierte sich darauf, seine Position in der Formation zu halten, während sein Schwarm von F-18-Jets durch dünne Wolkenschichten hindurch in Richtung Ozean abtauchte. Hinter ihnen war der Himmel mit weiteren Navy-Jets gefüllt, die aus großer Höhe abstiegen. Die Formation blieb flach über der Wasseroberfläche, um eine Radarerfassung zu vermeiden. Bald würde sie sich auflösen und den Angriff aus mehreren Richtungen einleiten.

GHOSTRIDER war der fliegerische Teil der Großoffensive. Wenn sie grünes Licht bekamen, bedeutete das, dass die amerikanischen U-Boot-Streitkräfte gerade die drei verbliebenen Schiffe der Jiaolong-Klasse ausgeschaltet hatten. Die herannahende Luftstreitmacht würde es noch mit den Boden-Luft-Raketen der neuesten Generation zu tun bekommen, die von den chinesischen Zerstörern abgeschossen wurden.

Aber diese konnten besiegt werden.

Hoffte er jedenfalls.

Über ihren Köpfen leiteten AWACS-Flugzeuge der US-Luftwaffe eine Abteilung von Lockheed-Martin F-22-Abfangjägern, auch Raptors genannt, in Richtung der kürzlich aufgestiegenen chinesischen Kampfflugzeuge.

„Fünfzig Meilen bis zum Abschuss."

„Verstanden", antwortete Suggs.

„Oh Mann, Scheiße, schau mal nach oben. Die Raptors haben das Feuer eröffnet."

Suggs tat wie geheißen. Durch sein getöntes Visier und das Cockpitglas der F-18 konnte er die Kondensstreifen der F-22er und die ihrer sich noch schneller bewegenden Luft-Luft-Langstreckenraketen erkennen.

„Fünfundzwanzig Meilen bis zum Abschuss. Anschließender Kurs null-drei-null."

„Null-drei-null, verstanden."

Suggs warf nochmals einen kurzen Blick auf den Luftkampf, der sich vierzigtausend Fuß über ihnen abspielte. Eine unvorstellbar große Anzahl von Kondensstreifen näherte sich nun aus der entgegengesetzten Richtung und streute gelbliche Lichtblitze. Zuerst dachte Suggs, die chinesischen Jets hätten das Gegenfeuer eröffnet. Einen Moment später realisierte er, dass er Zeuge der Explosionen der von den Raptors ausgebrachten Raketen wurde, die ihre Ziele trafen. Die weit entfernten Detonationen erinnerten ihn an das große Finale eines Feuerwerks, wenn Tausende von Funken auf die Erde regneten. Gewalt, der ein zweifelhafter Anflug von Schönheit innewohnte.

Über den externen Funkkanal vernahm Suggs seinen Staffelkommandanten, der als WSO im Führungsflugzeug saß: „Gunslinger-Schwarm, Feuer frei."

Sein Waffensystemoffizier drückte den Waffenauslöseknopf und meldete: „Bruiser 1 weg."

Er spürte, wie das Flugzeug erzitterte, als sich die schwere
Waffe aus ihrer Tragflächenhalterung löste.

„Bruiser 2 weg."

Ein weiteres Vibrieren.

Von jedem Flugzeug starteten zwei Seezielflugkörper, die
kurzzeitig mit gleicher Geschwindigkeit unter den Jets herflo-
gen. Dann starteten die Triebwerke der Waffen, aus denen
Stummelflügel ausfuhren. Suggs beobachtete, wie über und
unter ihnen Hunderte von Flugkörpern unter den Navy-Jets
hervorschossen, beschleunigten und hinter dem Horizont
verschwanden.

Die Langstrecken-Anti-Schiffs-Raketen steuerten knapp
über der Meeresoberfläche auf ihre Ziele zu.

„Gunslinger-Schwarm, nach links abdrehen."

„Zwei."

„Drei."

„Vier."

Die Superhornets kippten hart nach links weg und flogen
zurück zur USS Ford.

28

Lena betrat die militärische Kommandozentrale, die sich direkt neben dem Regierungssitz Zhongnanhai befand. Der Raum brodelte vor Energie. Etwas Großes war im Gange. Ihr Vater war bereits da und wirkte im Gespräch mit diversen ranghohen Militärführern frustriert.

Ein Oberst aus dem Stab ihres Vaters sah sie in der Nähe der Eingangstür stehen. „Hallo Miss Chen." Er sah verlegen aus. „Entschuldigen Sie, Miss *Chou*. Kann ich Ihnen helfen?"

„Ich bin mit dem General verabredet, aber er war nicht in seinem Büro. Was ist passiert?"

„Haben Sie es noch nicht gehört? Die Amerikaner haben uns bei Panama angegriffen. Dazu ein massiver U-Boot-Angriff auf unsere VBA-Marineflotte in den Gewässern vor Peru. Die Hälfte unserer Jiaolong-Schiffe wurde versenkt und wir haben drei Flugzeugträger verloren. Momentan tobt ein Luftgefecht."

Lenas Blick wanderte zu dem Display mit den digitalen Karten im vorderen Teil des Raums. Hunderte, nein, Tausende von digitalen Spuren wuselten über dem Festland und dem Meer rund um Panama.

„Wie läuft die Schlacht?"

Der Colonel schüttelte den Kopf. „Es ist zu früh, um das zu sagen. Aber ich fürchte, Ihr Vater wird für den Rest des Tages unpässlich sein. Ich würde ihn unterbrechen, aber –"

„Bemühen Sie sich nicht. Wo ist Jinshan? Ich nehme an, dass er hier ist …"

„Der Vorsitzende erholt sich gerade von einer weiteren Chemo. Er hat alle militärischen Entscheidungen an General Chen delegiert."

„Danke, Colonel."

Lena machte kehrt und begab sich zum Präsidentenquartier.

Der Wachposten ließ Lena ungehindert Jinshans Gemächer betreten und schloss die Tür hinter ihr. Der höhlenartige Raum wurde nur von Jinshans Nachttischlampe erhellt. Draußen herrschte fast völlige Dunkelheit, der Mond war nur eine dünne Sichel. Ihre Schritte hallten auf dem Marmorboden, als sie sich dem Bett des chinesischen Präsidenten näherte. Aus einem Deckenlautsprecher erklang Chopins Nocturne in cis-Moll. Geige und Klavier.

Jinshan lag auf seinem Bett, im Rücken ein dickes Kissen. Er trug seine Lesebrille und hatte einen Stapel Unterlagen auf dem Schoß. Als er sie kommen hörte, sah er auf.

„Ah, meine liebe Lena. Ich hoffe, du bringst gute Nachrichten. Ich fürchte, General Chen spürt, wie es um mich steht. Er enthält mir in diesem entscheidenden Moment täglich mehr Informationen vor."

Lena blieb schweigend am Fußende seines Betts stehen. Sie studierte das Gesicht des Mannes, den sie ihr ganzes

Leben lang bewundert hatte. Und der sie ebenso lang getäuscht hatte.

Als sich ihre Blicke trafen, bemerkte Lena in seinen Augen einen Anflug von Verwirrung.

„Was ist los, Lena? Haben die Amerikaner uns in Panama besiegt?"

Sie machte einen Schritt auf ihn zu. Das Licht der Nacht-tischlampe fiel auf ihre vernarbte Gesichtshälfte.

„Ich muss mit Ihnen über etwas Wichtiges sprechen."

„Natürlich. Worum geht es?"

Lena fragte: „Wann haben Sie beschlossen, mich zu rekrutieren?"

Jinshans Augen wurden schmal.

„Bringst du mir keine Neuigkeiten über die Schlacht?" Einen Moment lang dachte Lena, er würde wütend werden, aber dann sagte er: „Ich habe dich rekrutiert, als du am Junxun teilgenommen hast. Das weißt du doch. Warum fragst du das jetzt? Was ist –"

„Wer hat dem älteren Jungen den Schlüssel zu meinem Zimmer gegeben? In der Nacht, bevor Sie mich rekrutiert haben, war meine Tür abgeschlossen. Wer hat ihm den Schlüssel gegeben?"

Jinshan hob den Kopf von seinem Kissen und setzte sich weiter auf. Sein Mund stand halb offen, er schien nach einer passenden Antwort zu suchen. „Wovon redest du?"

„Ein älterer Junge aus meiner Junxun-Klasse hatte einen Schlüssel zu meinem Zimmer. Er kam in dieser Nacht zu mir und wollte mich missbrauchen. Ich habe ihm meinen Körper überlassen. Ein paar Stunden später, als er wieder in seinem eigenen Bett schlief, habe ich mich an ihm gerächt." Ihre Stimme war ruhig. Sie fühlte sich wie benommen, als sie an die schmerzhaften Ereignisse zurückdachte.

„Ich erinnere mich."

„Diese Nacht hat mich verändert. Ich war danach nicht mehr in der Lage ... Dinge auf dieselbe Weise zu empfinden wie davor." Sie sprach halb zu Jinshan, halb zu sich selbst.

Jinshan nahm die Papiere von seinem Schoß und legte sie auf den Nachttisch. Er sah besorgt aus. Ob um sie oder sich selbst, konnte sie nicht beurteilen.

Seine Stimme klang erschöpft. „Lena, du bist mit bestimmten Gaben geboren worden. Ich wollte dir nur helfen, etwas daraus zu machen. Und es war mir eine große Ehre, mit dir zu arbeiten." Er schenkte ihr ein mildes Lächeln.

Lena schien seine Worte nicht wirklich gehört zu haben. „Sie haben es so aussehen lassen, als würden Sie mir einen Gefallen tun, als Sie mich mit einer Gewalttat ungestraft davonkommen ließen."

„So war es. *Ich habe dir geholfen.*" In seiner Stimme lag ein Hauch von Empörung, als er über ihre Schulter blickte. Sie wusste, dass er sofort nach seiner Leibwache rufen würde, falls er sich bedroht fühlen sollte. Lena glaubte zu hören, dass sich Jinshans Zimmertür öffnete, aber als sie sich in diese Richtung umdrehte, war dort niemand zu sehen.

Die Wachen hätten sich gezeigt. Sie waren allein. Lena wandte sich wieder dem Bett zu.

Und trat einen weiteren Schritt an ihren Meister heran.

General Chen betrat die persönlichen Wohnräume des Vorsitzenden Jinshan Cheng und machte leise die Tür hinter sich zu. Wenn der alte Mann schlief, wollte er ihn nicht wecken. Es sah schlecht aus im Pazifik und der General zog es vor, nicht der Überbringer der schlechten Nachrichten zu sein.

Egal wie nahe Jinshan dem Tod auch stand, er war nach wie vor die ultimative Autoritätsperson in China. Noch könnte er General Chen in das politische Gefängnis in Qingcheng verbannen oder ihn in den vorzeitigen Ruhestand schicken. Aufgrund des politischen Einflusses, den General Chen in den letzten Monaten gewonnen hatte, würde Jinshan bei einem solchen Schritt vielleicht ein wenig sein Gesicht verlieren, aber das wäre letztendlich unerheblich. Der Anschein der Macht war das, was zählte.

Wenn General Chen bis zu Jinshans Ableben seinen derzeitigen Titel behielt, wäre alles gut. Er war zuversichtlich, dass Staatssekretär Ma mithilfe der richtigen Verbündeten überzeugt werden konnte, Chen zum Vizepräsidenten zu ernennen. Dann könnte er seine Macht ausbauen. Aber das alles würde nicht eintreten, wenn Jinshan ihn vorher feuerte, weshalb General Chen ihn weiterhin auf dem Laufenden halten musste. Und das bedeutete wiederum, dass er ihm nicht zu viele schlechte Nachrichten überbringen durfte ...

Über diese Dinge dachte General Chen nach, während er in den abgedunkelten Privatgemächern des Vorsitzenden Jinshan stand und einen Moment lauschte, statt gleich um die Ecke zu treten.

Er hoffte, ein Schnarchen zu hören.

Stattdessen vernahm er die Stimme seiner Tochter.

Lena beugte sich über Jinshans gebrechlichen Körper.

Sie sah den ersten Schimmer von Angst in seinen Augen. Jinshan wusste, dass sein Ende gekommen war. Oder er begann es zumindest zu ahnen.

„Was hat dich so getroffen, Lena? Irgendjemand muss doch etwas gesagt haben." Jinshan wandte die Taktik eines erfahrenen Nachrichtenoffiziers an. Informationsgewinnung, getarnt als Mitgefühl.

„Das hat jemand in der Tat."

Sie konnte sehen, wie er sich den Kopf zermarterte. Versuchte, eine Lösung zu finden.

„Dein Vater", vermutete Jinshan.

Lena antwortete nicht.

„Hör mir zu, Lena. Du weißt, dass man ihm nicht trauen kann. Dein Vater will deine Loyalität. Er sieht die Art, wie du und ich zusammengearbeitet haben und –"

„Sie haben meine Frage noch immer nicht beantwortet. An dem Tag, bevor Sie mich angeworben haben – wer hat dem Jungen da den Schlüssel zu meinem Zimmer gegeben?"

Seine Stimme war leise, aber sie konnte die Antwort bereits an seinen Augen ablesen.

Jinshan schloss die Augen. „Das Leben ist ein grausames Geschenk ..."

Lena verspürte das altbekannte Ziehen in der Brust, dieses innere Bedürfnis nach Gewalt. Obwohl es dieses Mal mehr als nur ein Blutrausch war. Es war ein Verlangen nach Rache. Sie zwang sich zur Zurückhaltung und hörte dem alten Mann auf seinem Sterbebett weiter zu.

Jinshan öffnete seine Augen wieder und schaute sie an. „Es ist schon lange her, dass ich absolutes Vertrauen in unser System hatte. Als ich dann etwa in deinem Alter für das MSS arbeitete, wurde ich obendrein desillusioniert. Ich sah die Korruption. Das Versagen der Regierungen. Nicht nur der unsrigen. Bei meinen Reisen erkannte ich, dass es in jedem Land dasselbe war, nur unter anderen Vorzeichen. Ich hatte kein Ziel, dafür aber Fähigkeiten. Ich konnte andere beeinflussen. Ich war meinen Gegnern intellektuell überlegen. Also nutzte ich meine Verbindungen, um mein Vermögen und meine Macht auszubauen, einfach nur, weil es sich gut anfühlte. Aber trotzdem hatte ich lange kein Ziel. Bis zu diesem einen Punkt." Er streckte seine Hand aus, um seinen

Worten Nachdruck zu verleihen.. „Dieser Krieg, der alle Kriege beenden sollte. Das war meine Sinfonie. Meine Bestimmung. Ich setzte meine Talente ein, um die Kontrolle über China zu übernehmen, um die Nationen der Welt zu vereinen. Ich habe jedes Mittel eingesetzt, das dafür nötig war – denn das Endergebnis wird es wert sein." Ihm stiegen beim Sprechen Tränen in die Augen.

Lenas Lippen zitterten. Das war das Lied der Sirenen, das sie all die Jahre eingelullt hatte. Aber nun lag die Sache ein wenig anders. Jinshans Ausführungen über die Wahrheit und sein ultimatives Ziel fanden bei ihr nach wie vor Anklang. Auch sie erkannte die Unzulänglichkeiten der Regierungen weltweit. Die unzähligen Versäumnisse. Aber er hatte sie belogen. Von Anfang an hatte er gelogen.

Jinshan fuhr fort: „Ich habe nie geheiratet. Hatte nie ein Kind. Du warst der Mensch, der mir am nächsten stand ..."

Lena schüttelte energisch den Kopf, eine Träne lief über ihre Wange. „Hören Sie auf. Sie haben mich als Ihre Rekrutin ausgewählt, *bevor* der Junge in jener Nacht mein Zimmer betrat. Der Missbrauch war Teil Ihres Plans. Man hat mich aufgrund meiner Leistungen in diesem Camp für das MSS-Programm auserkoren. Sie haben einen Deal mit meinem eigenen Vater gemacht, um mich in Ihre Organisation einzugliedern. Wusste er davon? Wusste er, wie Sie es anstellen wollten?"

Nun flossen auch bei Jinshan die Tränen.

Lena sprach durch zusammengebissene Zähne weiter. „Sie haben Pläne geschmiedet, um mich zu vernichten. Dieser Junge sollte in Ihrem Auftrag meinen Körper schänden. Meine Unschuld zerstören, damit ich innerlich zerbreche und angreifbar bin. Sie haben diese Verletzlichkeit als Druckmittel benutzt, um mein Vertrauen und meine Kooperation zu gewinnen. Damit Sie mich formen konnten ..."

Jinshan fing langsam an zu nicken. „Ja." Seine Stimme war
nur noch ein Flüstern. „... zu meiner Attentäterin und Nachrichtenoffizierin. Ich habe dich zu meinem größten Kapital
gemacht, Lena. Du bist meine stolzeste Errungenschaft."

Sie antwortete: „Sie sind nicht der, für den ich Sie gehalten
habe. Früher habe ich an Sie geglaubt. Aber alles, was Sie mir
gegeben haben, alles, was Sie gesagt haben ... Das alles
begann mit diesem unverzeihlichen Verrat."

Jinshans Gesicht lief rot an. „Ich weiß, warum du hergekommen bist. Ich kann es in deinen Augen sehen. Wahrscheinlich habe es nicht anders verdient."

„In der Tat."

„Dann mach es jetzt, wenn es sein muss."

Die geübte Attentäterin zog in Sekundenschnelle ein
rasiermesserscharfes Messer aus der an ihrer Hüfte verborgenen Scheide, beugte sich vor und führte die Klinge
vorsichtig über Jinshans Kehle.

Auf der Haut erschien eine dunkelrote Linie.

Sie hatte den Schnitt einen halben Zoll tief angesetzt und
dabei seine Halsschlagader und Luftröhre verletzt. Aus der
Wunde begann Blut zu fließen, Luftblasen entwichen der
Luftröhre.

Jinshans Gesicht verzerrte sich, der Schmerz musste unerträglich sein. Es riss die Augen auf und führte die Finger zum
Hals, während Lena zusah, wie das Leben aus ihm heraus-
floss. Sein leerer Blick ging in den dunklen Abgrund, in dem
sich seine Seele nun befand.

Ihr Herz pochte wie wild, als sie ihre blutverschmierte
Hand betrachtete.

Sie hatte gerade den mächtigsten Mann der Welt getötet.

Lena erstarrte, als sie hinter sich ein Schlurfen vernahm.
Sie drehte sich um und sah ihren Vater in dem schwach

beleuchteten Raum stehen. Er war allein. Ihr Puls fing an zu rasen.

Sie hielt noch immer das Messer in der Hand.

„Ist er tot?" General Chen starrte Jinshans Leiche mit offenem Mund an.

Jeden Moment würde er die Wachen herbeirufen, um sie verhaften zu lassen.

Dann hörte sie, wie sich die Tür ein zweites Mal öffnete. Erneut Schritte auf dem Marmorboden. Lena rechnete fest mit einem der Leibwächter, aber dann erschien Staatssekretär Ma, der abrupt neben General Chen stehen blieb.

Ma schlug die Hand vor den Mund, bevor er aufschrie, zu Jinshans Bett rannte und dem toten Anführer vergeblich die Hände auf den Hals presste. Er war zu spät.

Lena schaute ihren Vater an, der sie ebenfalls fixierte.

Dann rief General Chen: „Wachen!"

David konnte den allgemeinen Aufruhr schon beim Betreten der taktischen Operationszentrale der Silversmith-Task Force hören. Männer und Frauen klatschten sich ab und umarmten sich.

„Der Krieg ist bald vorbei!", rief einer der Analysten.

David sah Susan in der Tür ihres Büros stehen und mit einem der Einsatzleiter sprechen.

„Was ist passiert?", erkundigte sich David.

„Wir haben gerade erfahren, dass Jinshan Cheng gestorben ist", antwortete sie.

Davids Augen wurden groß. „Ist das ein Scherz?"

Einer der jüngeren CIA-Agenten sagte: „Ich meine, das war es doch jetzt, oder? Ma wird das Kommando übernehmen. Er will Frieden. Das wissen wir von unseren Quellen."

Jemand anderes bemerkte: „Das ist wohl ein wenig voreilig. Wir müssen erst mal abwarten."

David folgte Susan in ihr Büro und machte die Tür zu. Er konnte den Jubel auf dem Gang noch immer hören.

„Warum feiern Sie nicht?", fragte David.

„Ich bin verhalten optimistisch. Die Schlacht um Panama war bestenfalls ein Unentschieden."

„Wir haben drei ihrer Flugzeugträger und die Hälfte ihrer Schiffe der Jiaolong-Klasse versenkt."

„Stimmt, aber die chinesische Armee hat unsere Bodentruppen in der Nähe der Panamakanalzone geschwächt. Und die Hälfte ihrer Flotte ist verschwunden."

„*Verschwunden*?"

„Die Truppentransporter sind nicht in der Nähe der Galapagosinseln aufgetaucht, wo wir sie eigentlich erwartet hatten. Eine große Anzahl ihrer Kriegsschiffe ist ebenfalls unauffindbar."

„Vielleicht haben sie ihre Truppen und ihre Fracht abgesetzt und wurden zum Nachladen nach China zurückgeschickt?"

„Wahrscheinlich. Was nicht gerade dafür spricht, dass dieser Krieg bald Geschichte ist."

David sagte: „Jinshan ist gerade erst gestorben. Wir müssen abwarten, wie sich Ma verhält. Unsere Agenten in China sagen, er stehe uns wohlwollender gegenüber als Jinshan. Vielleicht können wir früher als gedacht ein Friedensabkommen unterzeichnen."

„Es wird nach wie noch gekämpft. Noch hat sich nichts geändert."

David sagte: „Es wird eine Weile dauern, bis die neuen Befehle das Schlachtfeld erreichen. Haben Sie Geduld."

Susan sah trotzdem nicht besonders glücklich aus.

„Wie kam es zu Jinshans Tod? Natürliche Ursachen oder ...", wollte David wissen.

Susan nahm an ihrem Schreibtisch Platz und gab etwas in den Computer ein. Anschließend drehte sie den Monitor in Davids Richtung. Der Bildschirm war so polarisiert, dass man die Anzeige nur sehen konnte, wenn man direkt draufschaute.

Als er die Nachricht erkennen konnte, las er sie schnell und fragte dann: „Kommt das von Tetsuo? Heiliger Strohsack, woher hat er diese Informationen?"

Susan antwortete nicht.

Tetsuo hatte ein Telegramm aus Peking geschickt, in dem stand, dass Lena Chou Jinshan getötet hat. Weitere Details gab es zu diesem Zeitpunkt nicht.

Susan drehte den Bildschirm wieder und David setzte sich auf den Stuhl ihr gegenüber. Er lehnte sich zurück und schüttelte fassungslos den Kopf. „Es hat funktioniert. Ihr Plan ist aufgegangen. Woher wussten Sie, dass sie es tun würde?"

Susan erwiderte: „Mir war eines klar – wenn ich Lena gemeinsam mit Chase auf diese Mission schickte, bestand eine realistische Chance, dass etwas Positives dabei herauskam. Es gab mehrere potenzielle Resultate, die alle gleichermaßen akzeptabel gewesen wären. Wir ließen ein paar der weltbesten Spezialisten für psychologische Operationen (PSYOPS) ein detailliertes Persönlichkeitsprofil von Lena erstellen. Ich kannte ihre Trigger. Durch die Sorge um ihr Kind war sie psychisch labil – und vor Gewalt hat sie sich noch nie gescheut. Sie wurde in China wieder aufgenommen, weil Jinshan ihr vertraute. Die NSA hatte sich bereits vor Jahren in ihre MSS-Rekrutierungsunterlagen gehackt. Aber erst im letzten Jahr erfuhren wir, dass Li Chen Lena Chou war. Ihre tiefe Verbundenheit mit Jinshan war ihre treibende Kraft. Wenn diese wegfiele …"

David fragte: „Die PSYOPS-Spezialisten waren sich also sicher, dass sie Jinshan toten würde?"

„Nein. Ich hatte beabsichtigt, dass Tetsuo in Peking wieder Kontakt mit ihr aufnimmt. Damit sie dort für uns arbeitet, an der Seite von Dong."

David stieß einen Pfiff aus. „Und jetzt kommt Ma an die Macht und Dong wird Vizepräsident. Dong hat Tetsuo gegenüber schon erwähnt, dass er den Krieg beenden will, oder? Angesichts des Einflusses, den Dong auf Ma ausüben kann, ist das genau das, worauf wir gehofft haben."

Es klopfte an der Tür.

Susan rief: „Kommen Sie rein."

Einer der CIA-Agenten steckte den Kopf durch die Tür. „Susan, das sollten Sie sich ansehen." Er sah angespannt aus.

Susan und David standen auf und betraten den allgemeinen Arbeitsbereich.

Die Stimmung war komplett gekippt. Alle Augen waren auf einen Fernsehbildschirm geheftet. Die Frau, die bei Davids Ankunft noch ausgelassen gefeiert hatte, hielt sich jetzt entsetzt den Mund zu. Jemand anderes fluchte.

Susan fragte: „Was ist hier los?"

Eine Frau in einer Luftwaffenuniform meldete sich zu Wort. „Wir haben in den letzten zwei Stunden versucht, über inoffizielle Kanäle mit Dong oder Mitgliedern seines Teams in Kontakt zu treten. Wir haben mit dem Außenministerium kommuniziert, dort versucht man das Gleiche über offizielle und inoffizielle Kanäle. Bislang keine Reaktion."

David flüsterte: „Was läuft da gerade? Warum sind alle so aufgeregt?"

„CNN überträgt eine Liveschaltung in das chinesische Politbüro. Dessen Mitglieder wurden nach Jinshans Tod zu einer Notfallsitzung einberufen."

David las den Newsticker am unteren Rand des Bildschirms.

GENERAL CHEN ALS NEUER CHINESISCHER STAATSCHEF BENANNT

„Kann jemand den Fernseher bitte lauter machen."

Jetzt konnte David eine Stimme hören, eine Nachrichtensprecherin mit britischem Akzent.

„Gerade hören wir, dass General Chen, der ehemals rang-

höchste Militäroffizier in China, nach dem Tod von Jinshan Cheng die Führungsrolle übernommen hat. General Chen war ..."

Die Stimme listete Eckdaten von Chens Laufbahn auf.

David wandte sich an Susan. „Wie ist das möglich? Ich dachte, alle unsere Analysten sagten, dass Ma als Nachfolger bereits feststand?"

Susan starrte weiterhin schweigend auf den Bildschirm.

Die Nachrichtensprecherin fuhr fort.

„Und jetzt sehen Sie General Chen in seiner Paradeuniform, wie er den Mittelgang des großen Saals hinunter schreitet. Tausende Anwesende sind aufgestanden und applaudieren. General Chen wird von seinen ranghöchsten Mitarbeitern flankiert und, wie wir hören, auch von seiner Tochter."

David sah, wie General Chen die Treppen des Auditoriums hinaufmarschierte und sich an das Podium stellte. Die Massen von chinesischen Politikern und Führungskräften setzten sich und im Saal kehrte Ruhe ein. General Chen begann mit aufgeregter Stimme zu sprechen, das Ganze begleitet von affektiert wirkenden Handbewegungen. David konnte nicht verstehen, was er sagte, und es wurde auch keine Übersetzung angeboten. Aber die Rede erinnerte ihn sehr an alte Schwarz-Weiß-Aufnahmen eines anderen Führers aus einem dunklen Kapitel der europäischen Geschichte ...

Die Stimme von General Chen wurde fester. Seine Tonlage höher. Er sprach immer schneller und steigerte sich zu einem Crescendo. Das Publikum wurde von seiner Energie angesteckt und in einen regelrechten Rausch versetzt. Alle sprangen erneut von ihren Stühlen auf und klatschen frenetisch Beifall. Dann verließ Chen die Bühne und marschierte wieder Richtung Ausgang, dicht gefolgt von seinem Stab.

Das Auditorium begann sich zu leeren, da sich die Zuhörer ihm und seiner Entourage anschlossen.

„Was machen die da? Warum folgen sie ihm alle?"

Der CIA-Analyst sagte: „Sie gehen nach draußen in den Innenhof."

„Warum?" David fiel auf, dass diejenigen, die Mandarin sprachen, verstörter wirkten als der Rest des Silversmith-Teams.

Die Fernsehbilder wechselten zu einer Ansicht eines weitläufigen Innenhofs, der zunächst weitgehend leer zu sein schien. Vor einer Reihe von Soldaten standen zwei Panzerfahrzeuge.

Die Nachrichtensprecherin sagte: „*Uns wurde gesagt, dass es sich hierbei um ... Gefangene handelt. Sie haben Gefangene antreten lassen.*"

Die Häftlinge trugen Handschellen und standen dicht aufgereiht den Panzern und Soldaten gegenüber. Angeführt von General Chen kamen nun die Männer und Frauen aus dem Auditorium ins Blickfeld. Die Mitglieder des Politbüros versammelten sich in der Nähe der Panzer. Kurz darauf bildeten Tausende weitere Zuschauer einen Kreis um die Gefangenen.

In Erwartung der öffentlichen Hinrichtung.

General Chen überquerte den Hof und baute sich vor den Häftlingen auf. Nachdem er etwas in ein Mikrofon gesagt hatte, führten zwei Soldaten einen Gefangenen zu ihm. Letzterer begann ebenfalls zu sprechen. Seine Stimme wurde durch Außenlautsprecher übertragen.

„Das ist Dong. Ach du Scheiße. Der Typ, der jetzt redet, ist Dong."

„Was sagt er?"

„Dass die Männer, die dort stehen, Verbrechen gegen den Staat begangen haben – dass er und seine Landsleute dankbar sein sollten, dass General Chen ihnen in Zukunft ein exzellenter Führer sein wird ... So etwas in der Art. Dong leistet im Grunde genommen einen öffentlichen Treueid auf Chen."

Einer der Analysten sagte: „Ich glaube, diese Gefangenen sind Dongs Mitarbeiter. Verdammt. Ich denke, einige davon sind sogar mit Dong verbündete Mitglieder des Politbüros. General Chen exekutiert öffentlich Dongs Gefolgsleute. Und er hat Dong gerade dazu gebracht, ihm öffentlich die Treue zu schwören."

„Moment mal, wer ist das da?"

„Oh, heilige Scheiße. Das ist Ma. Das ist Staatssekretär Ma."

„Dong sagte nur, dass Staatssekretär Ma einen Putschversuch angeführt habe. Dass Ma derjenige sei, der Jinshan getötet hat."

„Ich dachte, das war Lena Chou?"

„Das war sie auch."

„... und dass die Strafe für einen solchen Verrat der Tod ist. Er sagt gerade, Ma wird ..."

In diesem Moment hob General Chen seine rechte Hand und zeigte auf die Reihe der Gefangenen. Zwei auf den Panzern montierte Kettengewehre feuerten eine Salve gelber Leuchtspurmunition ab, die die Männer bestialisch niederstreckte, ihr Blut spritzte in alle Richtungen. Gliedmaßen und Körperteile wurden Dutzende von Meter weit geschleudert.

David warf einen Blick auf Susan, die aussah, als hätte sie einen Schlag in den Magen abbekommen. Ihr sorgfältig ausgearbeiteter Plan, Dong zu einer einflussreichen Position zu verhelfen, war durch eine sekundenwährende Gewaltorgie zunichtegemacht worden. „Das ist mehr als ungut", bemerkte sie und schüttelte niedergeschlagen den Kopf.

Im Fernsehen applaudierte das Publikum der Hinrichtung wie verrückt, geradezu fanatisch, als General Chen erneut das Wort ergriff. Vom Dach des Regierungsgebäudes hinter ihm wurden riesige Fahnen heruntergelassen. Gigantische rote Propagandabanner mit gelben Sternen in der Mitte.

„Was sagt er? Er wiederholt immer wieder den gleichen Satz. Was sagt er da?"

Einer der Anwesenden, der Mandarin sprach, erläuterte: „Das ist ein chinesisches Sprichwort, das so viel bedeutet wie ‚jetzt werden härtere Saiten aufgezogen'. Er verkündet gerade, dass sie im Krieg gegen ihre amerikanischen Feinde Fortschritte machen. Und dass sie in die USA einmarschieren und ihre Feinde vernichten werden."

David beobachtete, wie sich General Chen von der Menge anstacheln ließ. Er spuckte beim Reden und seine energischen Gesten und sein besessener Blick riefen Bilder vergangener Diktatoren hervor. David konnte sich des Gedankens nicht erwehren, dass Chens Aufstieg erst durch Lenas Handlungen möglich geworden war.

Sie hatten einem Monster den Weg zur Macht geebnet.

30

SOUTHCOM Hauptquartier
Doral, Florida

David und Susan nahmen am morgendlichen SOUTHCOM-Briefing mit General Schwartz teil und verfolgten die Besprechung von ihren Plätzen im hinteren Teil des Raums aus.

„Wie viele Schiffe umfasst diese Flotte?", fragte der General.

„Wir gehen von bis zu fünfzig aus, Sir. Darunter mindestens zwei Dutzend Docklandungsschiffe. Das Modernste, was China zu bieten hat."

Auf dem Bildschirm an der Vorderseite des Raums wurde eine Karte von Süd- und Nordamerika dargestellt. Die verschwundenen chinesischen Schiffe waren wieder aufgetaucht, nachdem die Flotte die Südspitze Südamerikas umrundet und den Atlantik erreicht hatte. Sie bewegte sich nach Norden.

„Die Chinesen haben vor einigen Wochen das an Bord befindliche VBA-Bodenpersonal und die Ausrüstung in den großen Pazifikhäfen Callao, Peru, und Buenaventura, Kolumbien, abgeladen. Das war das letzte Mal, dass wir diese Schiffe im Blick hatten. Unsere HUMINT-Quellen haben uns damals Videos und Fotos geschickt, die sie im Hafen gemacht hatten. Innerhalb der letzten achtundvierzig Stunden sind jedoch mehrere dieser Transportschiffe einzeln und paarweise in Chile und Argentinien aufgetaucht."

„Die Chinesen schicken also leere Truppentransporter in den Atlantik?", erkundigte sich General Schwartz.

Der Ein-Sterne-Marinegeneral, der Bericht erstattete, nickte. „Das ist korrekt, Sir. Wir glauben, dass die Bodentruppen in der Nähe der Kampfzone in Panama an Land gegangen sind, um den VBA-Kommandanten vor Ort bei Bedarf als Verstärkung zu dienen."

Auf dem Monitor erschien als Nächstes ein Luftbild der chinesischen Schiffe, das David an ein Foto erinnerte, das im Büro seines Vaters an der Wand gehangen hatte. Alle Schiffe fuhren relativ dicht beieinander und malten mit ihrem Kielwasser lange weiße Streifen in den dunklen Ozean.

Der Berichterstatter sprach weiter: „Das wurde vor sechs Stunden von einer Triton-Überwachungsdrohne aufgenommen. Etwa sechshundert Meilen nordöstlich von Rio de Janeiro, Brasilien."

Die anwesenden Frauen und Männer, allesamt Militärangehörige, kommentierten diese Aussage beunruhigt.

„Wir glauben, dass es sich hierbei um die nördlichste Gruppe handelt, Sir."

General Schwartz sagte: „Wenn sie diese chinesische Flotte in den Atlantik verlegen, hat General Chen sicher nicht die Absicht, diese Truppentransporter leer zu lassen. Wo könnte er sie einsetzen?"

„Chinesische Bodentruppen sammeln sich in Venezuela. Am wahrscheinlichsten ist es, dass die Atlantikflotte der VBA-Marine dorthin unterwegs ist. Die VBA-Luftwaffe ist bereits in tägliche Gefechte mit US-Flugzeugen über der Karibik und dem Golf von Mexiko verwickelt. Bis jetzt dachten wir, dass sie mit ihrer Strategie verhindern wollten, dass wir in Panama Kriegseinsätze durchführen können. Aber möglicherweise versuchen sie, die Luftüberlegenheit zu erlangen – um ihre eigenen Marineoperationen und amphibischen Landungen in der Region zu unterstützen."

Ein anderer General ergänzte: „Wenn ihnen beispielsweise in Nicaragua eine Landung gelänge, könnte das die US-Nachschublinien nach Panama faktisch abschneiden und ihren Bodentruppen den Weg durch den geografischen Flaschenhals freimachen."

General Schwartz hob den Kopf und atmete tief aus. „Es scheint, dass unser Seesieg im Pazifik nur ein Teilerfolg war." Er wandte sich dem einzigen Admiral am Tisch zu. „Was denken Sie, Scott?"

Der Zwei-Sterne-Admiral antwortete: „Sir, fünfzig Schiffe – und nur die Hälfte davon sind Kriegsschiffe? Die Tatsache, dass sie auf den Atlantik zusteuern, spricht Bände, stellt aber keine unüberwindbare Herausforderung dar. Unsere Atlantikflotte wird bereit sein. Wir haben die Produktion von Langstrecken-Schiffsabwehrraketen sowie Abwurf-Seeminen und elektronischen Angriffsdrohnen, wie wir sie bei der Schlacht am Johnston-Atoll eingesetzt haben, bereits eklatant hochgefahren. Unsere Schiffe bereiten sich in Norfolk, Kings Bay und Mayport auf eine großangelegte Offensive vor. Wir haben so gut wie alle Luftfahrzeuge, die mit LRASMs bestückt werden können, auf den drei größten Militärflugplätzen in der Nähe von Norfolk gebündelt. Dort werden die Maschinen gewartet und die Besatzungen eingewiesen, bevor wir sie auf Basen im Südosten und auf unsere Flugzeugträger im Atlantik verlegen. Wir verfügen somit über einen robusten und koordinierten Plan für einen Luftschlag, der zeitnah umgesetzt werden kann."

David beugte sich vor und flüsterte Susan zu: „Die Chinesen wissen doch, dass unsere Atlantikstreitkräfte ihrer fünfzig Schiffe umfassenden Flotte zahlenmäßig überlegen sind. Irgendetwas stimmt hier nicht."

General Schwartz sah ihn direkt an. „Möchten Sie noch etwas hinzufügen, Mr. Manning?"

David spürte, wie er rot anlief, als sich alle Augen auf ihn richteten. „Sir, die Chinesen müssen sich der Stärke unserer Atlantikflotte und unserer Luftstreitkräfte auf amerikanischem Territorium bewusst sein."

„Worauf wollen Sie hinaus, David?"

„Nun, sie müssen ... einen Angriff geplant haben, Sir."

Der Zwei-Sterne-Admiral fragte: „Aber womit? Ihr nächster VBA-Luftwaffenstützpunkt ist mehrere Tausend Meilen entfernt. Wir haben bis auf eine Handvoll im Atlantik alle ihre U-Boote versenkt. Die, die noch übrig sind, haben nicht genug Feuerkraft, um –"

General Schwartz hielt seine Hand hoch. „David, wir reden nachher weiter."

„Ja, Sir."

„Admiral, bis zum Ende des Tages möchte ich unseren Plan für den Angriff auf die chinesische Atlantikflotte auf dem Tisch haben."

General Schwartz setzte sich nach seinem Briefing mit Susan und David zu einem Privatgespräch zusammen. Davids Blick wurde von den fünf Sternen, die Schwartz jetzt trug, magisch angezogen. Er erinnerte sich daran, dass er als Fähnrich an der Marineakademie die Namen aller amerikanischen Fünf-Sterne-Admirale hatte auswendig lernen müssen.

„Was haben Sie für mich?", fragte General Schwartz.

Susan antwortete: „Rojas. Der Experte für Hyperschall-waffen. Wir stehen hoffentlich kurz davor, den Ort zu identifizieren, an dem die Chinesen ihn festhalten. Die Spezialeinheiten haben die Auswahl auf drei Lager eingegrenzt."

Der General nickte. „Gut. Ändert das etwas?"

David erläuterte: „Wenn wir ihn zurück in die Staaten holen und er uns zeigt, wie man die Beschichtung herstellt, könnte der Prozess in ein paar Wochen implementiert werden. Mein Team hat das Problem der Skalierung bereits gelöst. Wir arbeiten mit STRATCOM daran, sämtliche Hyper-schall- Gleitkörper – auch HGVs genannt – und Sprengköpfe zu modernisieren."

STRATCOM war die im Pentagon angesiedelte Komman-dostelle für die Atomstreitkräfte aller Teilstreitkräfte der Vereinigten Staaten.

„Übrigens müssen Sie heute für uns mit STRATCOM sprechen." David reichte ihm ein einseitiges Dokument in einer Mappe. „Hier ist eine Liste von Dingen, für die wir eine Genehmigung brauchen. Die Liste muss anschließend vernichtet werden. Wenn er in den USA ankommt, schicken wir Rojas umgehend zum STRATCOM, damit sein Verfahren implementiert werden kann."

Es klopfte an der Tür.

„Herein", rief der General.

Seine Sekretärin steckte den Kopf herein. „General, ich soll Sie daran erinnern, dass Sie in fünf Minuten Ihren Zwei-Uhr-Termin mit dem POTUS haben."

„Danke." Nachdem die Sekretärin gegangen war, sah der

General David an. „Ich muss ihm von unserem absoluten Notfallplan erzählen."

„Ja, Sir, das dachte ich mir schon."

„Er wird es vielleicht nicht gut aufnehmen. Politiker scheuen Risiken."

David biss sich auf die Lippe. „Sir, in Anbetracht der aktuellen Lage denke ich, dass wir die Notfallpläne, die Sie und ich besprochen haben, sofort umsetzen müssen. General Chens Machtergreifung und die jüngsten Bewegungen des chinesischen Militärs rechtfertigen diese Maßnahme in meinen Augen."

General Schwartz stand auf. „Einverstanden."

„Müssen wir die Zustimmung des Präsidenten abwarten?"

„Wozu hat man denn einen fünften Stern? Da darf man den Präsidenten schon mal verärgern. Sie haben meine Erlaubnis, die Dinge anzuleiern. Und wenn ich jemanden anrufen soll, geben Sie mir die nötigen Informationen durch, wie Sie es bisher auch getan haben."

„Jawohl, Sir."

31

Lena saß neben ihrem Vater, während die Panzer durch die Straßen von Peking rollten. Die Militärparade war seine Idee gewesen, um die Kampfmoral und den Patriotismus zu fördern. Das Militär hatte sich mehr als eine Woche auf das einstündige Ereignis vorbereitet. Unzählige Reihen von Soldaten in Paradeuniform mit auf der rechten Seite geschulterten Waffen, die im Gänsemarsch die Straße hinunterschritten. Glänzende Bajonette auf modernen schwarzen Gewehren. Neu konstruierte mobile ICBM-Abschussrampen. Staffeln von Kampfhubschraubern.

Scharen von unterernährten Zivilisten schwenkten rote Fahnen, als hinge ihr Leben davon ab. Und die allsehenden MSS-Überwachungskameras benutzten Gesichtserkennungssoftware, um jeden Einzelnen von ihnen zu identifizieren.

Lena bekam von all dem fast nichts mit. General Chen hingegen war von der schier endlosen Zurschaustellung seiner Militärausrüstung entzückt. Er saß auf einem erhöhten Logenplatz, umgeben von kriecherischen Politikern und Militärkommandanten, von denen einige die Positionen der kürzlich Hingerichteten übernommen hatten.

Jinshan war eine mächtige Figur gewesen. Aber General Chen war ein ganz anderes Kaliber. Es überraschte Lena, wie schnell er seine Macht festigte, seine Feinde auslöschte und sein Umfeld in Angst und Schrecken versetzte. China war nun eine autoritäre Militärdiktatur mit ihrem Vater als oberstem Anführer.

Nach etwa der Hälfte der Parade blieben die Soldaten plötzlich stehen und wandten ihm ihre Gesichter zu. Ein Adjutant flüsterte General Chen etwas ins Ohr, woraufhin dieser sich erhob, nickte und erwartungsvoll grinste. Eskortiert von einer Handvoll Soldaten, stapfte der korpulente Mann anschließend die Treppe hinunter, um von dem Kommandanten der Einheit eine Medaille entgegenzunehmen.

Minister Dong beugte sich zu ihr hinüber und flüsterte: „Das ist der Orden des Ersten August. Chinas höchste militärische Auszeichnung, die bisher erst zehn Menschen verliehen wurde.“

Lena schaute Dong an. Der entmachtete Leiter des MSS hatte zwar seinen Titel behalten dürfen, war aber nur noch eine Galionsfigur. General Chen hatte Dong einen seiner ergebenen Anhänger zur Seite gestellt, der nun im Ministerium für Staatssicherheit alle Entscheidungen traf.

Lena fragte: „Was hat er getan, um das zu verdienen?“

Dong fragte zurück: „Spielt das eine Rolle?“

Sie sahen zu, wie General Chen die Medaille um den Hals gelegt wurde. Lena konnte praktisch fühlen, wie sein Herz pochte, wie die Endorphine ausgeschüttet wurden, da sein lebenslanges Streben nach Macht und Bestätigung gekrönt wurde. Er erklomm die steinernen Stufen zu seinem erhöhten Sitzplatz und winkte den Massen zu. Hunderttausende chinesischer Bürger jubelten. Lenas Vater strahlte.

Stunden später, nach einem üppigen Mittagessen mit

ranghohen Militäroffizieren und ihren aufstiegsorientierten Ehefrauen, war es endlich an der Zeit für das Tagesgeschäft. General Chen saß am Kopfende des langen Konferenztischs und wurde von seinen Führungskräften mit Lob überschüttet, bis er schließlich die Stirn runzelte und verlangte, über den Kriegsstand informiert zu werden.

Ein VBA-General beugte sich vor und begann mit den Statusberichten. Lena kannte ihn – er war ein ehemaliger Befehlshaber einer ihrem Vater unterstellten Einheit. Es sah so aus, als hätte er sich in der letzten Woche ein paar zusätzliche Sterne an seinen Kragen geheftet. Sie fragte sich, was aus dem General geworden war, der diese Position bis dato bekleidet hatte. Für General Chen ging Loyalität über alles, das war bekannt.

„Die Situation in Zentralamerika ist ein wenig festgefahren, General. Unsere Kräfte machen zwar Fortschritte, aber die Amerikaner haben sich nördlich des Panamakanals verschanzt. Aufgrund unserer jüngsten Niederlage im Pazifik ...“

Ein Marineoffizier unterbrach ihn empört. „Von Niederlage kann keine Rede sein. Wir haben fünf amerikanische Schiffe versenkt und fast einhundert Flugzeuge abgeschossen.“

Lena wusste, dass das eine Übertreibung war. Sie hatte die ungeschönten Geheimdienstberichte gelesen. Es waren lediglich ein paar Dutzend amerikanische Flugzeuge zerstört worden, nicht die astronomische Zahl, die die VBA-Luftwaffe behauptet hatte. Und vier der fünf amerikanischen Schiffe waren *beschädigt*, nicht versenkt worden. Aber das waren Fakten, die in dieser Gruppe niemand zu erwähnen wagte.

Nichts vermochte einen stetigen Strom guter Nachrichten so zu gewährleisten wie eine öffentliche Hinrichtung ...

„Wir gehen davon aus, die amerikanischen Verteidigungslinien in der nächsten Woche zu durchbrechen, General."

General Chen betrachtete die Karte. Leuchtend rote Pfeile
führten mitten durch die blauen amerikanischen Stellungen.

„Wie?", fragte er.

„Sir, wir beabsichtigen –"

General Chen stand auf. „Seit Wochen kämpfen Sie mit
denselben Soldaten und derselben Ausrüstung."

„Ja, Sir, aber –"

„Die Amerikaner halten uns auf. Was habe ich in meiner
Rede vor dem Politbüro gesagt? Wir müssen mehr Stärke
zeigen."

„Jawohl, Sir."

General Chen riss die Augen weit auf und unterstrich die
Bedeutung seiner Worte mit energischen Handbewegungen.
„Wir müssen sämtliche Ressourcen nutzen. Es ist entschei-
dend für unsere Siegesbemühungen, dass wir weiter nach
Norden vorstoßen. Unsere Marineflotte bewegt sich jetzt die
Ostküste Südamerikas hinauf. Sie wird Venezuela in – wann
kommt sie dort an, Admiral?"

„Nächste Woche, Sir."

„Nächste Woche?!" General Chen schnaubte. „Hmpf. Wir
müssen *jetzt* handeln."

„Unsere Soldaten an der Front sind nach den jüngsten
Angriffen in der Unterzahl. Wir warten auf Verstärkung ..."

„Ganz in der Nähe gibt es eine große Anzahl von Truppen.
Was machen die denn, wenn nicht kämpfen?"

„Sir, es gibt viele Dinge, die zu erledigen sind ..." Der Offi-
zier, der die Frage beantwortete, war sichtlich überrumpelt.
„Logistikaufgaben. Sie müssen Treibstoff und Geschütze nach
Norden an die Frontlinien bringen. Und einige werden zur
Bewachung von Häftlingen eingesetzt – wir haben mehrere
Kriegsgefangenenlager eingerichtet. Sie müssen –"

General Chen schüttelte den Kopf. „Nein. Das ist eine Verschwendung von Ressourcen. Schließen Sie die Lager."

„Und wer soll die Amerikaner bewachen?"

Er zuckte mit den Schultern. „Beseitigen Sie die Gefangenen."

Dem Offizier fiel die Kinnlade herunter. „Sir ... das ist ... *illegal*."

Als General Chen von seinem Stuhl aufsprang, kippte dieser polternd um. „Wagen Sie es nicht, mir zu sagen, was ich tun kann oder nicht. Ich habe Ihnen gesagt, Sie sollen die Gefangenen beseitigen. Wir müssen alle unsere Soldaten im Kampf einsetzen. Wir müssen größtmögliche Anstrengungen unternehmen!"

Er wandte sich an einen anderen General und fragte: „Was ist mit den unkonventionellen Waffenprogrammen, die wir entwickeln. Könnten wir die Pattsituation damit auflösen?"

Auf den meisten Gesichtern machte sich Entsetzen breit.

Jemand war intelligent genug, ihn zu beschwichtigen. „Wir werden uns damit befassen, Sir."

General Chen fuhr fort: „Ein chemischer Angriff würde die Amerikaner unvorbereitet treffen. In Korea hat es gut funktioniert. Wir könnten Giftgas einsetzen, um die mittelamerikanische Landmasse zu durchbrechen."

Lena musterte die Männer rund um den Tisch. Sie hatten Todesangst. Trotz der irrsinnigen Dinge, die Chen von sich gab, würde es keiner von ihnen wagen, ihm zu widersprechen.

General Chen redete weiter: „Es ist zwingend notwendig, dass wir diese Linien durchbrechen und unseren Vormarsch nach Norden einleiten, bevor die Marineflotte in Venezuela landet. Wir müssen erreichen, dass die Amerikaner ihre Ressourcen auf Mittelamerika konzentrieren. Das wird Druck von unseren Schiffen im Atlantik nehmen. Sobald unsere Marineflotte Venezuela erreicht hat, können wir mit der

Atlantikflotte eine amphibische Landung auf amerikanischem Boden durchführen. Dieser Schlag wird vernichtend sein. Aber vorher müssen wir uns in Panama durchsetzen."

Einige der anwesenden Generäle und Admiräle begannen eifrig Vorschläge zu machen. In Lenas Augen klangen sie wie Kinder, die ein Spiel spielten. Diese Männer hatten in Friedenszeiten Karriere gemacht. Und jetzt verlegten sie auf einmal Hunderte von Kampfdivisionen auf der anderen Seite der Erde, im größten Krieg, den die Welt je erlebt hatte.

General Chen fragte: „Lena, was denkst du?"

Der Raum wurde still und alle Augenpaare richteten sich auf sie.

Lena hielt den Kopf hoch, während sie sprach. „Die amerikanische Luftwaffe hat genug Reichweite, um unsere Marineflotte anzugreifen, während sie sich nach Norden bewegt. Der letzte Geheimdienstbericht vom MSS deutet darauf hin, dass die Amerikaner ihre Kampfflugzeuge auf ein paar bestimmten Militärbasen zusammenlegen. Sie nutzen diese Stützpunkte als Drehscheiben, um ihre Kapazitäten im Bereich Langstrecken-Schiffsabwehrraketen zu erhöhen. Eine amphibische Landung würde eine chinesische Luft- und Seeüberlegenheit erfordern."

„Die werden wir haben!", rief einer der VBA-Generäle.

Lenas Skepsis war nicht zu übersehen.

„Du glaubst also nicht, dass wir erfolgreich sein werden?", wollte ihr Vater wissen.

„Nicht, wenn wir es nicht schaffen, jene amerikanischen Luft- und Seestreitkräfte zu schwächen, die den Gegenangriff durchführen würden."

Einer der Generäle bemerkte: „Wir haben viele unserer Luftstreitkräfte in diese Region verlegt. Wir können jederzeit eine Offensive starten –"

Lena unterbrach ihn. „Ihre Streitkräfte sind damit

beschäftigt, die Pattsituation in Mittelamerika aufrechtzuerhalten. Jede Umverteilung dieser Luft- und Bodentruppen würde Ihre Fähigkeit beeinträchtigen, den Bodenkrieg weiterzuführen. Und ein Angriff auf Ziele in der Nähe der kontinentalen Vereinigten Staaten würde unsere Truppen teuer zu stehen kommen."

„Das ist nicht wahr!", widersprach derselbe General, zweifellos bemüht, vor ihrem Vater sein Gesicht zu wahren. „Wir haben letzte Woche im Rahmen der Panama-Schlacht einen amerikanischen Stützpunkt angegriffen –fünfundachtzig Prozent Trefferquote bei nur zehn Prozent Verlusten."

Lena erwiderte: „Da konnten Sie auf Überwachungsinformationen zurückgreifen. Sie wussten, wo die Ziele waren und hatten dank eines Satelliten-Massenstarts wertvolle Zielsuche- und Kommunikationsfähigkeiten. Unser nächster Satellitenstart wird erst in ein paar Wochen stattfinden. Das Ganze wäre ein Blindflug, General. In der Hoffnung, dass Ihre Ziele dort sind, wo sie sein sollten. In der Hoffnung, dass die Amerikaner Ihre Luftwaffe nicht auslöschen. Dieselbe Luftwaffe, die für die Luftunterstützung in Mittelamerika gebraucht wird."

Keiner machte einen Mucks. Der VBA-Luftwaffengeneral kochte vor Wut.

General Chen sah amüsiert aus. „Was würdest du vorschlagen, Lena?"

„General, erlauben Sie mir, mit meinem russischen Kontakt zu sprechen. Die Russen haben eine beträchtliche U-Boot-Präsenz in der Nähe der Militärbasen an der Ostküste Amerikas. Diese U-Boote könnten Aufklärungs- und Zielinformationen bezüglich der Positionen der US-Marine sammeln. Und es ist denkbar, dass die Russen über eine Reihe von Marschflugkörpern verfügen, die kritische Einrichtungen der Luftwaffe schwer beschädigen könnten. Dieselben

Einrichtungen, auf denen in diesem Moment die amerikanische Schiffsabwehr ausgebaut wird."

General Chen nickte. „Mir gefällt diese Idee. Sollen doch die Russen ein paar ihrer U-Boote verlieren und uns dabei helfen, die amerikanischen Streitkräfte zu schwächen. So können wir unsere Ressourcen schonen, bis sie wirklich gebraucht werden."

Lena erklärte: „Wenn die Russen dem zustimmen, werden sie das aus politischen Gründen nach außen hin vermutlich abstreiten wollen."

„Was soll das bedeuten?"

Lena antwortete: „Wir werden behaupten müssen, dass wir es waren."

„Noch besser." General Chen lächelte.

„Dann werde ich mit meinem russischen Kontakt sprechen", sagte Lena abschließend.

32

Victoria rechnete fest damit, die Nacht nicht zu überleben. Aber sie mussten es trotzdem wagen.

In den letzten Wochen waren Wachposten aus dem Lager abgezogen worden, um die chinesischen Kriegsanstrengungen zu unterstützen. Die amerikanischen Gefangenen wurden zunehmend für manuelle Arbeiten eingesetzt. Streng bewacht wurden sie in kleinen Gruppen verstärkt zum Küchendienst und zu Reinigungs- und Bauarbeiten herangezogen. Mit den meisten dieser Aufgaben waren zuvor Personen betreut gewesen, die Victorias Männer nur die „Einheimischen" nannten.

Victoria hatte sich inzwischen mehrmals mit der Frau des Wissenschaftlers getroffen. Diese hatte ihr verraten, dass ihr Mann von der CIA angeworben worden war. Er war ein Experte für irgendeine Art von materialwissenschaftlichem Verfahren, das Hyperschallwaffen effektiver machte. Aber die Chinesen hatten ihn am Tag ihrer Landung in Peru gefangen genommen und gezwungen, in der Forschungseinrichtung neben dem Kriegsgefangenenlager zu arbeiten. Er wusste, dass seine Frau mit den Amerikanern sprach und dass

Victoria alles Menschenmögliche tat, um eine Nachricht in die USA zu senden.

Sie hatten mithilfe des venezolanischen Militärjeeps noch zwei weitere Morsecode-Funksprüche abgesetzt. Als das chinesische Militär die Quelle des Funkverkehrs schließlich aufspürte, wurde der fettleibige Soldat getötet. Victoria war dankbar, dass es nur ihn erwischte.

Plug war in der Waschküche tätig, wo er von Rojas' Frau, die ebenfalls dort arbeitete, regelmäßige Updates über die Außenwelt erhielt. Die hiesigen Gefangenen hatten gelegentlich Zugang zu Informationen von draußen, die Plug per Klopfcode an das Gefangenennetzwerk weitergab, das sie dann an Victoria weiterleitete.

Einer dieser Informanten war der Fahrer eines Lebensmittellasters, der wöchentlich aus einer nahe gelegenen Stadt zum Lager kam. Er hatte sie über das brutale Vorgehen von General Chen unterrichtet.

„Der Lkw-Fahrer hat erzählt, dass sie in anderen Gefangenenlagern bereits Exekutionen durchführen", erzählte Plug. „Sie erschießen die Gefangenen und verbrennen ihre Leichen dann in Gruben. Brennende Erdlöcher, in denen das Feuer nie erlischt. Der Ascheregen geht auf die umliegenden Städte nieder ... Der Lkw-Fahrer sagte auch, dass eine Gruppe chinesischer Soldaten seit gestern etwa eine Meile von hier entfernt mit Baggern eine große Grube aushebt."

Victoria spürte, wie sich ihr die Nackenhaare aufstellten, als sie Captain Tao vom Gefängnishof aus beobachtete. Der chinesische VBA-Offizier, der in seinem Büro im zweiten Stock saß, sprach mit mehreren Wärtern. Alle hatten ernste Mienen aufgesetzt. Tao traf sich normalerweise nicht mit so vielen Wachleuten in seinem Büro. Tatsächlich konnte sich Victoria nicht daran erinnern, jemals so viele auf einmal dort gesehen zu haben.

„Der Fluchtplan", sagte sie. „Kann er vorverlegt werden?"

Plug antwortete: „Wir sind noch nicht mit allem fertig. An wie bald dachten Sie denn?"

„Heute Abend. Es muss heute Abend passieren."

Es ging kurz nach Mitternacht los. Der einsame dienstha-bende Wachmann schlief. Victoria konnte ihn schnarchen hören. Plug hatte den Schlüssel von Rojas' Frau erhalten, die ihn bei einem Metallschmied in der Stadt hatte anfertigen lassen. Er schloss zuerst seine Zellentür auf, dann die der anderen. Es ging nur langsam voran und sie zuckte bei jedem Geräusch zusammen. Jeder Schritt und jedes Schniefen, jedes metallische Quietschen einer Zellentür erschien ihren über-empfindlichen Ohren unerträglich laut.

Dann kam der schwierige Teil: Das Töten der Wache.

Dafür hatte Victoria den Chief und Plug ausgewählt. Der Chief hatte das BUD/S-Training der SEALs vor Jahren wegen einer Verletzung abbrechen müssen, war aber selbst nach dem wochenlangen Lageraufenthalt noch muskelbepackt. Plug war als ehemaliger Footballspieler ebenfalls athletisch. Sie betete nur, dass sie schnell und leise vorgehen würden, um die anderen Wärter nicht zu alarmieren.

Fast einhundert Kriegsgefangene kauerten vor ihren Zellen und warteten in der Dunkelheit. Wenn die Wachtürme ihre Scheinwerfer einschalteten, würden sie reihenweise ausgemergelte Amerikaner anstrahlen, die auf dem Boden knieten.

Plug und der Chief schlichen auf den schlafenden Mann zu. Sie hatten nur noch wenige Minuten Zeit, bis die beiden Wäschewagen das Haupttor durchbrechen sollten. Victoria versuchte nicht über die Erfolgschancen der Aktion nachzudenken. Sie wusste, dass der Plan Schwachstellen hatte, aber die Rückkehr auf amerikanischen Boden war nicht ihr primäres Ziel. Sie mussten alles in ihrer Macht Stehende tun, damit ihr Land den Krieg gewinnen konnte. Selbst wenn sie nur ein paar Stunden zwischen sich und das Lager legen konnten, um die chinesischen Truppen zu zwingen, ein paar Tage nach ihnen zu suchen ... würde auch das die amerikanischen Kriegsanstrengungen unterstützen. Und wenn sie heute Nacht sowieso starben, war es besser, kämpfend abzutreten.

Es war ehrenhaft.

Es war ihre Pflicht.

Aber es jagte ihr trotzdem eine Scheißangst ein.

Das Rumpeln eines Dieselmotors dröhnte durch den Dschungel. Sie schaute auf die schwach beleuchtete Uhr, die durch das Fenster der Kantine kaum zu erkennen war. Wenn das einer ihrer Fluchtfahrzeuge war, war es zu früh dran.

Ein Scheinwerfer auf einem der Wachtürme ging an und warf sein Licht auf die unbefestigte Straße vor dem Haupteingang des Lagers. Victoria blickt rasch zu Plug und dem Chief, jetzt nur noch wenige Schritte von der schnarchenden Wache entfernt.

Das Motorengeräusch wurde lauter. Es war einer ihrer Lastwagen. Sie konnte auf dem Vordersitz zwei Männer ausmachen, beide hatten eine Maske über das Gesicht gezogen. Ein weiterer Suchscheinwerfer erstrahlte hell.

Dann ertönte ein Pfiff und Victoria riss den Kopf herum, um erneut den schnarchenden Wachmann anzusehen.

Nur schnarchte der jetzt nicht mehr. Der Pfiff hatte ihn geweckt.

Selbst in der Dunkelheit konnte sie seine großen, entsetzten Augen erkennen, als er die Gefangenen taxierte, die auf ihn zukamen.

Er fing laut an zu schreien, es klang wie „HAU-JIE! HAU-

JIE!" Daraufhin gingen weitere Scheinwerfer an und es erklangen wieder Pfiffe, diesmal aus Richtung der Türme. Dann ein Schuss, und einer der Gefangenen brach tot zusammen. Die anderen rannten los und suchten Deckung. Erneut Schüsse. Victoria konnte sehen, wie chinesische Soldaten mit ihren Gewehren auf den Wäschewagen zielten, der angehalten hatte. Seine Windschutzscheibe hatte Einschusslöcher und war gesprungen.

Zusätzliche Wärter rannten zu den Gefängniszellen und richteten ihre Waffen auf die zurückweichenden Amerikaner. Plug und der Chief gingen rückwärts und hielten dabei ihre Hände hoch.

Innerhalb weniger Minuten hatte man sie auf dem zentralen Hof zusammengetrieben. Die Wachen zählten durch. Tao brüllte einen Befehl und alle wurden wieder in ihre Zellen verfrachtet.

Alle, bis auf den Chief.

Sie brachten ihn außer Sichtweite. Captain Tao stand vor ihrer Zelle, als es passierte. Der Knall eines Gewehrschusses. Und dann noch einer. Die amerikanischen Gefangenen schrien Zeter und Mordio. Die Hände an die Metallstangen gepresst, rüttelten sie an ihren verschlossenen Zellentüren. Die Wärter sahen trotz ihrer Waffen nervös aus.

Hauptmann Tao starrte Victoria an, die seinen Blick mit zusammengebissenen Zähnen erwiderte. Er zeigte auf sie, woraufhin zwei Wachen auf ihre Zelle zukamen.

Jetzt war es also so weit.

Ihr Ende.

Die anderen Gefangenen protestierten lautstark, als sie sahen, was geschah. Sie fluchten. Sie spuckten und warfen mit Dreck und menschlichen Exkrementen. Alles, um zu verhindern, dass noch jemand von ihnen ermordet wurde. Alles, um Victorias Hinrichtung abzuwenden.

Als sie das Klirren der Schlüssel schon hören konnte, ertönte aus den auf Pfosten montierten Megafonen das Heulen einer Sirene.

Die Wärter begannen, sich gegenseitig auf Chinesisch anzuschreien. Hauptmann Tao sah besorgt aus, zeigte auf etwas und brüllte ebenfalls. Nachdem er ein paar Befehle erteilt hatte, zerstreute sich das Wachpersonal. Sie ließen die Gefangenen in ihren verschlossenen Zellen auf dem Hof zurück und rannten zu ihren Baracken.

Dann gingen die Lichter aus, eins nach dem anderen.

„Was haben sie gesagt?", flüsterte jemand in ihrer Nähe.

„Es ging um eine Art Luftangriff", antwortete eine andere Stimme.

Victoria lehnte sich mit dem Rücken gegen die Betonwand, umfasste ihre Knie und dachte an den Chief. Ein weiterer Mann, der unter ihrem Kommando sein Leben verloren war. Vor ihrem geistigen Auge tauchten Bilder von Schiffskameraden auf, die nach dem Verlassen des Schiffs unter Wasser gezogen wurden. Das gleiche lähmende Gefühl der Hilflosigkeit. Sie hatte es nicht geschafft, ihre Männer zu retten.

In der stillen, dunklen Zelle wehrte sich Victoria nicht länger gegen die Trauer. Sie dachte an den Tod ihres eigenen Vaters durch einen Raketenangriff auf seinen Flugzeugträger, den sie von ihrem kreisenden Hubschrauber aus mitangesehen hatte.

Sie biss die Zähne fest zusammen, sie würde nicht weinen. Ihre Emotionen schlugen in Wut um. Wo war Gott in all dem? Was für einen Sinn machte das alles überhaupt? Warum war sie hier, wenn sie den Ausgang keines dieser Ereignisse kontrollieren konnte? Sie war wie benommen, als sie zu den dunstigen Wolken hinaufblickte, die den Halbmond teilweise verschleierten.

Plötzlich tauchten am Himmel zwei vertraute Objekte auf. Sie setzte sich aufrecht hin und lauschte ...

Ein ohrenbetäubender Lärm überdeckte die Rufe der tierischen Dschungelbewohner. Das rhythmische Klopfen von Hubschrauberrotoren, wie Victoria es noch nie zuvor gehört hatte.

Sie blickte hinauf zu den Wachtürmen. Im Mondlicht konnte sie auf dem nächstgelegenen Turm ein paar Gesichter ausmachen. Junge chinesische Männer, die schwitzend ihre Gewehre umklammerten, ängstlich abwarteten und Moskitos verscheuchten.

Bumm.

Der Kopf eines Soldaten wurde nach hinten geschleudert und er klappte zusammen.

Bumm.

Sein Nebenmann taumelte rückwärts, fiel vierzig Fuß tief und landete mit einem dumpfen Aufprall auf dem Boden.

Jetzt wurde die Nacht von automatischem Gewehrfeuer aus mehreren Richtungen zerrissen. Stumme Gestalten huschten durch das Lager. Ein Spezialkommando, wurde Victoria sofort klar. Dunkle Silhouetten mit Vier-Augen-Nachtsichtgeräten, die an ihre Helme geklippt waren. Sie agierten als Einheit und bewegten sich mit hoher Präzision. Alle paar Sekunden ertönten aus ihren Waffen Salven von unterdrücktem Gewehrfeuer.

Der Geräuschpegel stieg, als eines der Fluggeräte auf dem zentralen Hof landete. Victoria hatte jetzt direkte Sicht: Es war einer der Tarnkappenhubschrauber, den die Piloten der Special Forces im Rahmen der Operation zur Tötung von Osama bin Laden benutzt hatten.

Ein Angehöriger der amerikanischen Spezialkräfte erschien vor ihrer Zelle. „Commander Manning?"

„Ja."

„Wie viele Gefangene sind hier?"

„Achtundneunzig." Sie schüttelte den Kopf. „Siebenundneunzig, meine ich."

„Wissen Sie, wo sich dieser Mann aufhält?"

Der Soldat richtete eine gedimmte Lichtquelle auf ein Foto von Rojas.

„Sie halten die Wissenschaftler in einem Gebäude einhundert Yard von hier entfernt fest." Sie zeigte in Richtung der Forschungseinrichtung.

Während der Soldat in sein Lippenmikrofon sprach, fiel Victorias Blick auf die chinesische Wachkaserne. Die Fenster wurden immer wieder hell, als tobte dahinter ein Blitzgewitter – die Amerikaner machten kurzen Prozess. Währenddessen benutzten Mitglieder des Sonderkommandos Bolzenschneider, um die Schlösser der Zellen zu öffnen.

Victoria hörte, wie der Soldat sagte: „Bestätige, siebenundneunzig. Verstanden." Sie schnitten das Schloss ihrer Zelle durch und sie war frei. Einfach so.

„Ma'am, Sie kommen mit uns."

Sie folgte zweien der US-Soldaten, die sie entschlossen zu einem der wartenden Tarnkappenhubschrauber führten. Der Wissenschaftler und seine Frau stiegen Sekunden später ein.

„Moment mal, was ist mit den anderen Gefangenen?", fragte sie.

„Nicht genug Platz", antwortete eines der Besatzungsmitglieder knapp.

Victorias Augen weiteten sich und sie versuchte wieder aussteigen. „Ich kann nicht ohne sie gehen."

Ein Angehöriger der Spezialkräfte drückte sie sanft zurück in ihren Sitz.

„Ma'am, bitte setzen Sie sich. Zwei Chinooks sind bereits unterwegs. Darin gibt es genug Platz für die anderen. Sie bleiben hier." Ein Besatzungsmitglied schnallte sie an. Ihr Körper und ihr Verstand kamen nicht ganz mit, sie konnte noch immer nicht fassen, wie rasant die Befreiungsaktion abgelaufen war. Dann spürte sie die vertraute Vibration eines Hubschraubers, der vom Boden abhob und beschleunigte. Einen Moment später flogen sie in geringer Höhe und mit großer Geschwindigkeit über den dunklen Dschungel.

33

Norfolk, Virginia

Norfolk hatte schon immer zu den größten Militärzentren der Welt gezählt, aber seit Kriegsbeginn hatte sich die dortige Militärpräsenz verzehnfacht. Die Stadt beherbergte mehrere riesige Stützpunkte, alle in einem Radius von zwanzig Meilen voneinander. Die Norfolk Naval Station war die Heimat der Atlantikflotte. In der Nähe befanden sich außerdem die Langley Air Force Base, das FTC Dam Neck Training Center, die Naval Air Station Oceana und die Naval Amphibious Base Little Creek.

Chase hatte Norfolk noch nie so erlebt. Seit der Wiedereinführung der Wehrpflicht hatte man Millionen von Menschen in eine Uniform gesteckt und in verschiedenen militärischen Berufssparten ausgebildet. Auf den Autobahnen stauten sich Konvois von Humvees und Transportfahrzeugen, und das Dröhnen von Militärjets am Himmel war allgegenwärtig.

Chase war weiterhin der DEVGRU zugeteilt, auch bekannt als SEAL Team Six, einer der elitärsten Einheiten der

Welt. Nachdem er die letzten Jahre der CIA-Sondereinsatz-
gruppe angehört hatte, bedeutete die Rückkehr zum militärischen Trainingsprogramm eine Umstellung für ihn.
Insgeheim hasste er einen Großteil des Trainings, aber Chase
war dabei, so fit zu werden wie noch nie – mental und
körperlich.

Die High Altitude Low Opening (HALO)-Fallschirm-
sprünge waren kräfteraubend und gefährlich. Jeder musste
sich erneut qualifizieren. Die Einheit wollte sicherstellen, dass
die neuen Teammitglieder die Abläufe ohne jedes Zögern
abspulen würden, wenn es ernst wurde.

Nach ein paar Tagen Überlandtraining begannen sie über
dem kalten Atlantik mit nächtlichen Absetzmanövern aus C-
17-Transportern. Das Fallschirmtraining ging nahtlos in
Unterwasseroperationen über. Das Team schwamm mit
modernster Ausrüstung und wurde mit der neuesten Version
des SEAL Delivery Vehicle vertraut gemacht, einem Mini-U-
Boot mit einem sehr leisen Elektroantrieb. Sie gingen an Bord
eines U-Boots der Virginia-Klasse und übten das Ein- und
Aussteigen durch dessen Spezialschleusen.

Chase und das Team verbrachten mehrere Tage in den
abgelegenen Wäldern North Carolinas in einem Trainingszen-
trum für Orts- und Hauskämpfe, wo sie Gebäudeangriffe
simulierten. Außerdem trainierten sie Missionen in schwer
zugänglichen Gebieten und Operationen mit und ohne den
Einsatz ihrer Hochgeschwindigkeits-Kommunikationsaus-
rüstung.

„Ziehen Sie das hier an."

Chase war in einem der Trainingszentren für urbane
Kriegsführung, wo ihnen ein Waffenausbilder ein neues
Spielzeug näherbrachte.

Chase zog die schwarze Armbinde über sein linkes Handgelenk. Sie erinnerte ihn an die Manschette eines NFL-Quar-

terbacks, obwohl dieses Modell wahrscheinlich ein wenig schwerer war.

„Wofür ist das?"

„Sie werden es gleich sehen", antwortete der Ausbilder und reichte ihm mehrere klare Brillen, die wie teure Skibrillen aussahen. Chase und zwei weitere SEALs setzten sie auf.

„Bequem", stellte er fest.

„Bereit?", fragte der Ausbilder.

„Jep."

„Drücken Sie die Taste oben links an Ihrer Armsteuerung, um sie einzuschalten."

Das Gerät an seinem Handgelenk sowie die Brille gingen an. Zusätzlich zu einem uneingeschränkten Sichtfeld wurden nun Informationen und Videoprojektionen eingespeist.

„Verdammt. Das ist ja abgefahren."

„Sie haben das Beste noch nicht gesehen. Drücken Sie diese Taste und wählen Sie UAV Eins aus."

Chase benutzte das an seinem Handgelenk befestigte Steuergerät, um die auf dem Brillendisplay angezeigten Auswahlmöglichkeiten durchzugehen. Er konnte die Außenwelt immer noch deutlich sehen und es war ein wenig unangenehm, auf den Text umzuschalten, der so dicht vor seinen Augen stand.

„Sie werden sich daran gewöhnen. Vertrauen Sie mir, Sie werden das Ding mögen ..."

Chase wählte die gewünschte Option aus, woraufhin auf seinem Head-up-Display ein quadratisches Fenster mit dem Video-Feed erschien. Darunter befand sich eine Luftbildkarte.

Chase stieß einen Pfiff aus. „Ist das von einer Drohne?"

„Korrekt. Sie werden in der Lage sein, damit bis zu drei auf einmal zu steuern. Es sind kleine Quadrocopter. Diese können Ihnen in Echtzeit Informationen über das Schlachtfeld liefern, wodurch Ihr Situationsbewusstsein gesteigert wird. Sie können aber auch den Angriffsmodus wählen."

Er demonstrierte es, indem er einer der Drohnen befahl, ein Ziel in fünfundzwanzig Yard Entfernung anzugreifen. Chase und die anderen SEALs blickten auf, als sie das Summen über ihren Köpfen hörten. Dann explodierte das Ziel auch schon – ein Holzpfosten auf einem leeren Feld.

„Oh Scheiße. Das ist irre."

Sie verbrachten die nächsten Tage damit, den Einsatz der Drohnen in Kampfsituationen zu trainieren.

Diese Einheit war die Crème de la Crème, mehr ging nicht. Und obwohl es aus beruflicher Sicht befriedigend war, dazuzugehören, machte es Chase verrückt, auf amerikanischem Boden festzusitzen, während in Mittelamerika Krieg herrschte. Alle paar Tage erstattete der weibliche Geheimdienstoffizier der Einheit einen streng geheimen Bericht über den aktuellen Stand der Gefechte. Die neuesten Nachrichten waren düster.

„Die russischen Streitkräfte sind in höchster Alarmbereitschaft. Sie haben ihre strategischen Bomber vom Flugplatz Engels-2 in den Norden Russlands verlegt. Es gibt auch Hinweise darauf, dass mehrere ihrer U-Boote ihre Aktivität vor der amerikanischen Ostküste ausgeweitet haben. Möglicherweise versorgen sie die Chinesen mit Informationen."

„Wahrscheinlich belauschen sie dieses Treffen", witzelte einer der SEALs.

Ein anderer sagte: „Hey, sag den Russen, wenn sie Kurnikowa und Scharapowa rüberschicken, können sie von mir alles haben."

„*Da*, Genosse", erwiderte der erste.

Die Nachrichtenoffizierin verdrehte die Augen. „Die nördlichsten Schiffe der chinesischen Atlantikflotte befinden sich momentan östlich von Brasilien. Ihre atlantische Flotte ist in mehrere Überwasserkampfgruppen unterteilt und über mehr als tausend Seemeilen verstreut. Die meisten ihrer hochwertigen Einheiten gruppieren sich um die drei atomgetriebenen Schlachtschiffe der Jiaolong-Klasse, die den SAGs Schutz vor Angriffen aus der Luft und durch U-Boote bieten."

„Voraussichtliche Ankunftszeit am Zielort?", fragte der DEVGRU-Kommandant.

„Es wird erwartet, dass sie Venezuela innerhalb der nächsten zwei Wochen erreichen."

Der Kommandant fragte: „Ich nehme an, das ist der Grund, warum alle unsere Jets jetzt auf den Stützpunkten NAS Oceana und Langley AFB geparkt sind? In Vorbereitung unseres Angriffs auf die chinesische Flotte?"

„Sir, soweit ich weiß, ist Norfolk einer der logistischen Knotenpunkte, wo wir Lufteinheiten mit LRASMs bewaffnen und in die anzuwendende Taktik einweisen. Langstrecken Anti-Schiffs-Raketen. Fast alle Kampfflugzeuge der Air Force und fast alle Maschinen der Navy, die nicht im Pazifik kämpfen, befinden sich dort. Sie werden entweder gewartet oder ihre Besatzungen im Umgang mit diesen Raketen geschult. Sie sollten bald auf eine Reihe von Stützpunkten und Flugzeugträgern verlegt werden."

Der Kommandant sagte: „Das klingt so, als würde es auf eine große Seeschlacht in der Karibik hinauslaufen."

„Das wäre auch meine Vermutung, Sir."

Der Kommandant musterte Chase und die Geheimdienstlerin eingehend. „Weiß einer von Ihnen beiden, was *unser* Ziel sein wird?"

Beide zuckten mit den Schultern. „Negativ, Sir."

„Also gut. Machen Sie weiter."

Als die Frau mit dem Briefing fortfuhr, konnte Chase die Frustration im Raum spüren. Später, während das Team die

Ausrüstung für einen weiteren Tag Orts- und Häuserkampf-training überprüfte, sprach ihn ein jüngerer SEAL an.

„Wie lange sollen wir hier noch weitermachen? Warum sind wir nicht da unten, Mann?"

„Ich wünschte, ich hätte darauf eine gute Antwort." Das war alles, was er sagen konnte.

„Die Chinesen rücken durch Costa Rica nach Norden vor. Dieses Sonderprojekt wird uns nicht viel nützen, wenn wir immer noch hier trainieren, wenn die Chinesen einmar-schieren."

Chase konnte nur mit den Schultern zucken und zustim-men. Das Gleiche würde er später an diesem Tag zu seinem Bruder sagen.

Einmal pro Woche flog Chase nach Pensacola, um im Silversmith-Hauptquartier Updates abzuliefern und zu empfangen. Die Mission, für die er und die DEVGRU-Mitglieder trainierten, war so sensibel, dass sich das Pentagon nicht auf sein übliches elektronisches Kommunikations-system verließ. Stattdessen erhielten Chase und der weibliche Nachrichtenoffizier der Einheit wöchentlich persönliche Brie-fings in einer Sensitive Compartmented Information Facility auf der Militärbasis Pensacola.

Es war schon nach Mitternacht, als Chase von seiner Basis zum Marinestützpunkt Norfolk fuhr, wo er um null zweihun-dert Stunden einen militärischen Lufttransporter nach Pensa-cola nehmen würde. Eines von mehreren kleinen Flugzeugen, die fast rund um die Uhr zwischen Florida, Norfolk und den Militärbasen in D. C. verkehrten.

Die Fahrt war angenehm, auch wenn seine Ohren von dem Schießtraining am Mittag noch klingelten. Jetzt genoss er die leere Straße und den sternenklaren Nachthimmel. Die Aussicht, bald seine kürzlich aus einem Kriegsgefangenen-lager befreite Schwester zu sehen, machte ihn glücklich.

David hatte ihr Zusammentreffen in Pensacola arrangiert und Chase war dankbar für dieses Geschenk.

Dann wanderten seine Gedanken zu einem anderen unerwarteten Geschenk. Seinem Sohn. In seiner Freizeit wurde er von Instinkten und Emotionen übermannt, die Chase völlig neu waren. Seine einzige Rettung war, dass er so wenig Zeit zum Nachdenken hatte ... Aber auf dieser langen Fahrt beschloss er, mit David über den Jungen zu sprechen und ihn baldmöglichst besuchen zu gehen. Wer wusste schon, wann das sein würde ...

Der Oceana Boulevard mündete in den Highway 264 in westlicher Richtung, der um diese Zeit wie ausgestorben war. Als er den Militärflughafen Oceana passierte, warf er einen Blick nach links. Selbst in der Dunkelheit konnte er unzählige Reihen von Jets erkennen, die auf dem Flugfeld geparkt waren. Mehr F-18er und F-35er, als er je zuvor an einem einzigen Ort gesehen hatte. Es war erstaunlich, dass sie hier so zahlreich herumstanden, wenn man bedachte, wie viele von ihnen im Pazifik eingesetzt waren, um den Krieg in Mittelamerika zu unterstützen.

Sein Blick bewegte sich zwischen der Fahrbahn und dem Marinefliegerstützpunkt hin und her. Die dunklen Silhouetten der geparkten Jets waren recht weit von der Straße entfernt, aber es sah so aus, als ob auf dem Vorfeld dennoch ordentlich etwas los war. Dutzende – nein, Hunderte – von kleinen LED-Leuchtstäben bewegten sich im direkten Umfeld der Flugzeuge. Chase schüttelte den Kopf. Das Wartungspersonal musste rund um die Uhr im Einsatz sein. Den Chinesen war es egal, ob man Zeit zum Schlafen hatte.

Schlaf. Chase rieb sich die Augen und konzentrierte sich wieder auf die Straße. Hoffentlich konnte er auf seinem Flug nach Pensacola gut schlafen.

Ein weiß-gelber Blitz erhellte den Himmel über dem Stützpunkt.

Dann noch einer. Anschließend knallte und donnerte es mehrmals.

Chase steuerte den Wagen auf den Randstreifen und hielt an, um das Geschehen genauer zu betrachten. Aus gelben Feuerbällen schossen Stichflammen und Rauchfahnen in die Luft. Zwei Detonationen. Dann vier. Dann knallte es ununterbrochen. Ein großes Finale wie beim Feuerwerk am Unabhängigkeitstag.

Es war unerträglich. Ein Feuerball nach dem anderen. Das Dröhnen und Donnern hallte aus mehr als einer Meile Entfernung zu ihm herüber.

Unmittelbar in der Nähe der Flugzeuge.

Chase beobachtete das Inferno fassungslos mehr als eine Minute lang, er war erschüttert. Er wollte sich gerade abschnallen und aus dem Auto steigen, als hinter ihm das Blaulicht eines Fahrzeugs der Militärpolizei auftauchte.

Die Explosionen hatten jetzt aufgehört. Drei mit Gewehren bewaffnete Männer umringten Chases Auto, einer bedeutete ihm, sein Fenster aufzumachen.

„Sir, bitte zeigen Sie uns Ihren Ausweis."

Chase holte seinen Militärausweis heraus, den der Mann musterte und dann wieder zurückgab. Die Sicherheitskräfte waren auf der Hut und hielten Chase und die Umgebung fest im Blick.

„Sir, wir müssen Sie bitten, weiterzufahren. Der Highway wird aus Sicherheitsgründen gesperrt."

Chase nickte. Er startete sein Auto und fuhr los. Das Militärfahrzeug blieb mit blinkenden Lichtern mitten auf der Straße stehen. Chase meinte, das Donnern der Nachbrenner von Düsenjets zu hören. Vielleicht waren das die Vorboten eines weiteren Angriffs? Es fühlte sich falsch an, einfach weiterzufahren, aber es gab nichts, was er tun konnte.

Chase merkte, dass er das Steuer viel zu fest umklammerte, während seine Gedanken rasten. Er dachte über die Folgen nach, die der Verlust von Gott weiß wie vielen hochmodernen Jets mit sich brachte. Scheiße, die LRASMs waren ja ebenfalls dort gelagert. Das konnte ja heiter werden.

Erst als Chase den Flugplatz der Naval Station Norfolk erreichte, wurde ihm das ganze Ausmaß der Verwüstung bewusst. Trotz der Dunkelheit konnte er den Qualm und die Flammen sehen, die von den Piers aufstiegen. Dutzende von Bränden waren noch nicht gelöscht. Überall Sirenen und Blaulichter von Einsatzfahrzeugen, alles ausgeleuchtet durch Suchscheinwerfer der darüber schwebenden Hubschrauber.

„Was ist passiert?", fragte Chase den diensthabenden Petty Officer am Terminal.

„Das wissen wir nicht. Vor etwa einer halben Stunde hörten wir plötzlich Explosionen aus der Richtung des Marinestützpunkts."

„Wie hoch ist der Schaden?"

„Das weiß noch keiner. Sie haben den Zugang zur Basis komplett gesperrt. Telefone sind verboten. Keiner kommt rein oder raus. Ich bin überrascht, dass man Sie durchgelassen hat. Wie dem auch sei, Sir, Ihr Flug hat Verspätung. Der gesamte Flugverkehr wurde eingestellt. Sie sind der Erste auf der Liste, wenn es weitergeht."

Chase schlief auf einer Couch im Terminal und stand bei Sonnenaufgang auf. Er nippte an seinem Kaffee und schaute in Richtung der Piers. Noch immer stieg aus den Trümmern schwarzer Rauch auf.

In den Morgennachrichten wurde eindringliches und verstörendes Filmmaterial gezeigt. Chase war überrascht, dass das Militär das Material zur Veröffentlichung freigegeben hatte. Zahlreiche beschädigte Schiffe, viele mit großen Löchern in ihren Rümpfen und Aufbauten, drumherum alles schwarz und verkohlt. Ein Zerstörer war getroffen worden und beide Flugzeugträger schienen außer Gefecht zu sein.

Gerade sagte der Nachrichtensprecher: „Heute Morgen haben uns Berichte über ähnliche Angriffe auf andere Militärbasen an der Ostküste erreicht. Sowohl die Naval Air Station Oceana als auch die Langley Air Force Base wurden angegriffen. Es gibt noch keine Informationen darüber, wie es den feindlichen Kräften gelang, diesen Angriff durchzuführen, aber es wird erwartet, dass sich das Pentagon im Laufe des Tages öffentlich dazu äußern wird."

Der Nachrichtensender zeigte das Filmmaterial kein zweites Mal. Chase war überzeugt, dass chinesische Agenten es sofort nach Peking weiterleiten würden. Wertvolle Informationen zur Einschätzung des Gefechtsschadens ausgelöst durch einen unglaublich erfolgreichen Angriff.

Chase überlegte, was das für den weiteren Kriegsverlauf bedeutete. Eine chinesische Atlantikflotte bahnte sich ihren Weg nach Norden und Amerikas Schiffsabwehr war gerade entscheidend dezimiert worden.

34

„Unsere Zusammenarbeit mit den Russen läuft gut", verkündete General Chen.

Lena und ihr Vater standen mit einigen seiner ranghohen Militär- und Geheimdienstchefs zusammen. Einer der Männer zeigte ihnen gerade eine Zusammenfassung der internationalen Schlagzeilen der letzten vierundzwanzig Stunden. Die Berichterstattung aller globalen Nachrichtenorganisationen außerhalb der Vereinigten Staaten war mit dem überraschenden chinesischen Angriff auf amerikanische Militäreinrichtungen an der Ostküste gepflastert.

Sie sahen mit Handys aufgenommene Videos von den Angriffsschäden, die ursprünglich im amerikanischen Fernsehen ausgestrahlt worden waren. Inzwischen wurden sie kontinuierlich von internationalen Nachrichtenagenturen gezeigt und auf sozialen Medien geteilt. Das Filmmaterial war unglaublich. Nicht nur wegen der darin festgehaltenen Schäden, sondern auch wegen ihres Werts für den chinesischen Geheimdienst.

Lena sagte: „Ich bin sehr zufrieden mit dem überwältigenden Erfolg der Operation, Vorsitzender General."

Während sie die Monitore betrachtete, auf denen reihenweise zerstörte amerikanische Jagdflugzeuge, Bomber und Raketen zu sehen waren, überlegte sie, wo die Amerikaner wohl ihr Kind hingebracht hatten ...

Minister Dong bemerkte: „Die Amerikaner hatten ihre Luftstreitkräfte zusammengezogen, um sie mit neuen, moderneren Anti-Schiffs-Raketen auszurüsten. Diese Jets sollten im Pazifik eingesetzt werden und unsere Versorgungslinien angreifen. Nachdem sie die Bewegungen unserer Atlantikflotte entdeckt hatten, wurden die Prioritäten angepasst. Daher lagen auch die meisten amerikanischen Atlantikschiffe im Hafen, um Vorräte, Treibstoff und Waffen zu laden, bevor sie in See stechen sollten, um unsere Flotte abzupassen."

General Chen sagte: „Unser Timing war sehr gut."

Auf einem der Großbildschirme erschien ein Satellitenbild der Norfolk Naval Station bei Nacht, das lichterloh brennende Kreuzer und Zerstörer zeigte. General Chen grinste.

Minister Dong fuhr fort: „Unsere Analysten gehen davon aus, dass mindestens fünfundsiebzig Prozent ihrer Schiffe und mehr als neunzig Prozent ihrer Flugzeuge auf diesen Basen außer Gefecht gesetzt wurden."

Anfangs hatte es Lena überrascht, dass ihr Vater Minister Dong an diesen Treffen weiterhin teilnehmen ließ. Aber dann hatte sie begriffen, dass es seiner narzisstischen Persönlichkeit schmeichelte, einen besiegten Rivalen in seinem inneren Zirkel zu halten. Dong erinnerte ihn stets an seine neu erlangte Machtposition und diente all jenen als Warnung, die mit dem Gedanken spielten, ihn zu stürzen.

General Chen wandte sich an einen Oberst der VBA, der ein wenig abseits der Führungskräfte wartete. Lena wusste, dass er für das unkonventionelle Waffenprogramm zuständig war. Ein unterwürfiger Mensch.

Der Oberst legte einen Tablet-Computer auf den Tisch und deutete mit dem Finger auf ausgewählte Daten.

„Unsere chemischen Waffen werden in den nächsten Tagen in Panama und Hawaii eingesetzt."

Eines der Politbüromitglieder fragte: „Ist das klug?"

„Stärke ist die einzige Sprache, die ein Feind versteht", antwortete General Chen.

Aus den Augenwinkeln sah Lena, wie Minister Dong sein Gewicht verlagerte. Er wirkte, als wäre ihm das Gespräch unangenehm.

General Chen fragte: „Und was ist mit unserem strategischen Abschreckungsprogramm? Hat die russische Biowaffenforschung uns weitergebracht?"

„In der Tat, General. Die Russen wollten zwar nicht alle Geheimnisse preisgeben, aber dank der bisher geteilten Informationen waren wir in der Lage, eine ihrer wirksamsten Biowaffen nachzubauen." Der VBA-Offizier fing an, den Durchbruch bei den biologischen Waffen zu erklären. „Der Sprengkopf enthält eine einzige Dosis des Erregers. Die Übertragung erfolgt über die Luft. Das Virus überlebt die extremsten Wetterbedingungen und breitet sich rasant aus. Es befällt Tiere aller Art. Vögel und Moskitos übertragen das Virus auf den Menschen."

General Chen beobachtete die Reaktionen der Anwesenden. „Was passiert mit den Infizierten?"

„Es beginnt wie eine hartnäckige Grippe. Die Infizierten fühlen sich unwohl, aber das Virus ist von den meisten anderen Erkrankungen der Grippefamilie nicht zu unterscheiden. Nach ein paar Wochen verschlechtert sich ihr Zustand dann stetig. Dieser Zeitrahmen ist wichtig. Wenn das Virus zu schnell abgetötet wird, kann es sich nicht ausbreiten. Aber durch die wochenlange Inkubationszeit kann eine beträchtliche Anzahl von Menschen zu Überträgern werden.

Wenn das Virus in einem großen Ballungsraum wie New York City ausbricht, könnten unseren Schätzungen nach mindestens hundert Millionen Menschen infiziert werden."

Minister Dong fragte: „Wie hoch ist die Sterblichkeitsrate?"

„Einmal infiziert, sterben über neunzig Prozent zumeist in der dritten bis vierten Woche."

Lena wurde übel. Trotz ihrer immensen Selbstbeherrschung konnte sie ihre Abscheu nicht verbergen. Sie sah ihren Vater an. „Was wäre unser Ziel beim Einsatz einer solchen Waffe? Die Russen haben sich doch verpflichtet, an unserer Stelle einzuschreiten, wenn die Amerikaner Atomwaffen einsetzen."

„Den Russen kann man eine so wichtige Rolle nicht anvertrauen. Das hat Minister Dong in einem Gespräch mit Jinshan selbst gesagt."

Der Erwähnte schaute auf den Boden. „Ich mache mir Sorgen über die Instabilität einer so gefährlichen Biowaffe."

General Chen runzelte die Stirn. „Es versteht sich von selbst, dass die biologische Waffe nur der Abschreckung dient. Angesichts ihrer Zerstörungskraft ist sie mit einem amerikanischen Atomangriff auf China gleichzusetzen. Leider hatte Jinshan die Dezimierung unserer nuklearen Sprengköpfe zugelassen. Mit dem Virus besitzen wir eine derart tödliche Waffe, dass es kein Land in Erwägung ziehen würde, unsere geschwächte Kernwaffenfähigkeit auszunutzen, denn diese biologische Waffe würde ..."

„... die Menschheit auslöschen", ergänzte Dong.

General Chen starrte ihn wütend an. „Sie würde jeden Feind auslöschen, der es wagte, uns mit Atomwaffen anzugreifen. Eine organische Abschreckung, die uns von wankelmütigen Verbündeten befreit."

Minister Dong bemerkte: „General Chen, bei allem

Respekt, unsere Pläne sehen nach der Eroberung den massiven Einsatz chinesischer Truppen und eventuell chinesischen Zivilpersonals in den USA vor. Ich kann den Einsatz *einiger* dieser unkonventionellen Waffen nachvollziehen, etwa um taktische Hindernisse zu überwinden, aber halten Sie es wirklich für klug, mit solchen Waffen im großen Stil zu operieren?"

„Ich denke, es ist klug, zu gewinnen, Mr. Dong. Ich denke, es ist wirklich klug, zu gewinnen." General Chens Blick streifte über die Gruppe, bis er an Lenas Augen hängen blieb.

„Was sagst du dazu, Tochter?"

Lena hörte das wilde Pochen ihres Herzens, während sie den Gedanken, dass ihr Kind vergast oder an einer synthetischen Variante der Beulenpest sterben würde, zu verdrängen versuchte.

„General, Ihr strategischer Weitblick und Ihr Talent, unser großartiges Militär zu befehligen, sind unübertroffen. Aber dank des Erfolgs des russischen Angriffs ..."

„Du meinst *unseres* Angriffs ..."

Wie Lena vorausgesagt hatte, wiesen die Russen eine Beteiligung an dem Angriff auf Norfolk weit von sich. Angefacht von einer Informationskampagne des MSS berichteten Nachrichtenagenturen weltweit, dass der Angriff auf chinesische U-Boote und Langstrecken-Hyperschall-Marschflugkörper zurückzuführen sei. Lena wusste, dass das absurd war. Abgesehen von russischen U-Booten und einem großen Kontingent russischer Flugzeuge war keine Militärmacht in der Lage, einen solchen Schlag auszuführen. Aber die schlecht und falsch informierte Weltpresse wusste das nicht, was wiederum den diplomatischen Bestrebungen des russischen Präsidenten entgegenkam, die Beteiligung seiner Nation zu leugnen. Und das Ego ihres Vaters freute sich über die Lorbeeren.

„Natürlich, General. *Unser* Angriff." Eine respektvolle Verneigung mit dem Kopf. „Beim derzeitigen Stand der Dinge bin ich zuversichtlich, dass wir den Sieg ohne den Einsatz unkonventioneller Waffen erringen können."

General Chen verzog das Gesicht zu einer hässlichen Fratze. „Du hast das sanfte Gemüt einer Frau, Lena. Aber der ultimative Sieg erfordert größte Entschlossenheit. Wir werden unsere chemischen Waffen einsetzen, um taktische Barrieren im pazifischen Raum zu durchbrechen. Und wir werden die biologische Waffe zur Abschreckung einsetzen. Ich beabsichtige, die Amerikaner baldmöglichst über unsere neue Fähigkeit zu informieren."

Die Besprechung löste sich auf und Lena begab sich wieder in ihre Wohnung. Sie betrachtete die Wolkenkratzer Pekings bei Sonnenuntergang und war in Gedanken bei ihrem Sohn.

Sie dachte auch an Jinshan und seine Motivation für die Eroberung der Welt. Er hatte es stets für einen dummen Systemfehler gehalten, dass die Entscheidungsgewalt in einer Demokratie in den Händen der Masse liegt. Die Demokratie erlaube die Herrschaft der Unwissenheit, lautete sein Argument. Jinshan hatte sich einen aufgeklärten Weltführer vorgestellt und gewünscht.

Stattdessen hatte ihr Vater den Thron bestiegen. Lena ging im Geiste noch einmal durch, was ihr Vater über die chemischen und biologischen Waffen gesagt hatte. General Chen wollte den totalen Sieg, koste es, was es wolle. Um den Sieg zu erreichen, würde er alles zerstören, was sich ihm in den Weg stellte.

Lena hatte den Blutrausch in seinen Augen gesehen, als er die Hinrichtung seiner politischen Rivalen anordnete. Sie vermutete mittlerweile, dass sie ihren eigenen Hang zur Gewalt von ihrem Vater geerbt hatte. Eine Art perverser genetischer Fluch. Ihr eigenes Verlangen zu töten hatte zwar seit der Geburt ihres Sohns nachgelassen, schlummerte aber noch immer dicht unter der Oberfläche.

Ihre Aufgaben als Jinshans Attentäterin hatten Lena ein Ventil für diese dunklen Begierden geboten. Aber sie war darüber hinaus auch eine Gelehrte und Intellektuelle. Ihr Vater wies keine dieser rettenden Eigenschaften auf.

Und er besaß keine der Qualitäten, die sie an Jinshan bewundert hatte.

Jinshan hatte mit seinem Handeln utopische Ziele verfolgt. Seine Entscheidungen basierten immer auf sorgfältigen Überlegungen und Strategie. Ihr Vater hingegen glaubte an rohe Gewalt und verbrannte Erde. Sie stellte sich vor, was für ein Leben ihrem Kind unter einem solchen Herrscher drohte.

Und sie befasste sich mit ihrer eigenen Rolle beim Aufstieg ihres Vaters. War nicht letztlich sie dafür verantwortlich, dass er an die Macht gekommen war? Hatte nicht ihr Mord an Jinshan das alles überhaupt erst ermöglicht? Sie hatte vorgeschlagen, dass die Russen die amerikanischen Schiffsabwehrzentren bei Norfolk angreifen sollten – ohne ihre Idee wäre China vielleicht gar nicht in einer so vorteilhaften Position.

Sie fühlte sich hin- und hergerissen zwischen Pflichtgefühl und Loyalität.

Schließlich stellte sie ihr Glas auf den Tisch, stand auf und verließ ihre Wohnung. Durch die Straßen von Peking machte sie sich auf den Weg.

Tetsuo rang um Fassung, als er sie das kleine Restaurant betreten sah, das von japanischen Einwanderern geführt wurde. Er kam alle paar Tage zum Essen her, traf sich dort aber nie mit Informanten. Es war ein Ort, den er aufsuchte, um nachzudenken. Ein Ort, an dem er sich entspannte und von dem stressigen Leben als verdeckter Agent auf feindlichem Territorium erholte.

Als also Lena, eine Frau, die für dieses feindliche Land viele Male getötet hatte, ihm gegenüber Platz nahm, war er verständlicherweise beunruhigt.

„Wir müssen reden", sagte Lena.

Tetsuo versuchte, einen gewissen Anschein von Professionalität zu wahren. Es schien unwahrscheinlich, dass sie diese Einleitung wählte, wenn er kurz davor stünde, vom MSS enttarnt zu werden. Aber selbst wenn sie mit guten Absichten gekommen war, bedeutete das noch lange nicht, dass sie nicht beobachtet wurden.

„Sicher." Er legte seine Stäbchen auf den Tisch und nahm einen Schluck Wasser. „Ich kenne einen Ort, wo wir –"

Sie schüttelte den Kopf. „Wir sind allein. Ich wäre nicht hergekommen, wenn sie mir folgen würden. Und sie wissen nichts von Ihnen." Sie flüsterte: „Außer mir weiß niemand Bescheid. Und ich habe den einzigen Beweis vernichtet."

Tetsuo merkte, wie er blass wurde. Was auch immer sie sagte, er war aufgeflogen. Er musste Vorkehrungen treffen, um aus dem Land zu verschwinden. Er würde ...

„Hören Sie auf, nur an sich selbst zu denken und hören Sie mir zu. Ich möchte mit jemandem sprechen. Ich glaube, Sie haben schon mal mit ihm gearbeitet. Chase Manning."

Tetsuo wurde am ganzen Körper heiß. Er musste eine Entscheidung treffen. Seine Ausbildung mahnte ihn, die Dinge langsam anzugehen. Sich erst zu vergewissern, dass sie beide tatsächlich in Sicherheit waren, und dann mit der

Sammlung von Informationen zu beginnen. Aber sein Instinkt – und ihre geballte Faust auf dem Tisch – sagten ihm, dass er das Gelernte über den Haufen werfen musste. Und mit ihr hier reden sollte, in einem fast leeren japanischen Restaurant, in dem sie vielleicht oder vielleicht auch nicht vor Abhörgeräten sicher waren. Verdammt.

„Sie können in einer Woche mit ihm sprechen, wenn wir einen Plan für ein Treffen ausgearbeitet haben – oder Sie können mir jetzt eine Nachricht geben, die ich weiterleiten werde. Sie können nicht schnell mal eben mit ihm reden, das wissen Sie genau."

„Ich weiß, wer Ihr ranghoher Kontaktmann war. Ich habe Sie beide gesehen, als Sie sich getroffen haben. Anschließend habe ich ihn damit konfrontiert, weswegen er den Kontakt zu Ihnen abgebrochen hat. Das ist nicht nur geschehen, weil mein Vater ihn unter Beobachtung gestellt hat."

Tetsuo blinzelte. Er hatte seit dem Tod von Jinshan nichts mehr von Dong gehört. Genau wie Lena gesagt hatte, war er davon ausgegangen, dass die Situation für Dong einfach zu riskant geworden war. „Warum hat mich dann niemand angesprochen?", fragte er. Statt „angesprochen" hätte er auch „verhaftet" wählen können. Oder „erschossen".

„Weil ich niemandem sonst davon erzählt habe." Den Cyberspezialisten, der ihr bei der Gesichtserkennung geholfen hatte, konnte sie vernachlässigen. Er würde nicht reden. Und sie hatte die Beweise sowieso vernichtet.

„Sagen Sie Susan, dass ich weiß, dass die jüngsten Angriffe auf amerikanische Militärbasen an der Atlantikküste nicht von den Chinesen ausgingen. Und richten Sie ihr aus, dass sämtliche Gespräche zwischen der russischen und chinesischen Führung über mich laufen."

Tetsuos Gesicht blieb teilnahmslos, aber Lena bemerkte, dass sich seine Pupillen weiteten.

Sie nahm einen Stift aus ihrer Tasche und schrieb einen Benutzernamen und den Namen einer verschlüsselten Social-Media-Anwendung auf eine Serviette. Aufgrund ihres Einblicks in die MSS-Cyberoperationen war ihr bekannt, dass es sich um einen der wenigen sicheren Messengerdienste handelte, der mit ein paar Tricks die chinesische Cyberüberwachung umgehen konnte.

„Benutzen Sie diese Anwendung, um mich zu kontaktieren. Kennen Sie den?"

Er nickte.

„Haben Sie sich den Benutzernamen gemerkt?"

Er nickte abermals. Sie hielt die Serviette an die Kerzenflamme und ließ das Papier im gläsernen Windlicht verbrennen.

„Geben Sie mir den Wochentag minus drei und die Uhrzeit plus vier durch. Ich komme dann wieder her. Bringen Sie ein sicheres Kommunikationsmittel mit. Und zwar bald."

Tetsuo nickte. Er hatte eine sichere Kommunikationsausrüstung in einer konspirativen Wohnung in der Nähe der japanischen Botschaft versteckt. Es wäre riskant, sie dort zu treffen, und noch riskanter, die Ausrüstung mitzubringen. Aber wenn sie wirklich vorhatte, für sie zu arbeiten und obendrein noch den behaupteten Zugang zu allen Beteiligten hatte, würde es sich lohnen.

Die Serviette war verbannt. Lena erhob sich von ihrem Platz und verließ das Restaurant, ohne sich nochmals umzudrehen.

35

NAS Pensacola

Die drei Geschwister holten sich bei einem Burger-Laden auf dem Stützpunkt etwas zu essen und nahmen es mit an den Strand. Dort breitete David eine dünne weiße Decke aus und sie setzten sich. Es war warm. Seichtes, türkisfarbenes Wasser schwappte ans Ufer. Eine leichte Sommerbrise machte die drückende Luftfeuchtigkeit fast erträglich.

„Gibt es hier keine Klimaanlage?", fragte Victoria.

David antwortete besorgt: „Es ist ein bisschen warm, nicht wahr?"

Sie legte die rechte Hand auf ihr Herz, ein flüchtiger Ausdruck der Dankbarkeit. „Mir geht's gut. Es ist schön hier. Danke, dass du das organisiert hast."

Victoria war im Begriff, zu ihrem nächsten Auftrag aufzubrechen, und Chase war ebenfalls nur für ein paar Stunden da. Sie würden sich vielleicht für eine ganze Weile nicht mehr sehen.

Chase sagte: „Ich dachte, du wärst jetzt an Hitze gewöhnt." Ein leichtes Lächeln. Victoria registrierte, dass sie mit Samthandschuhen angefasst wurde. Das typische Geplänkel, das sonst zwischen ihnen herrschte, war aufgrund ihres monatelangen Aufenthalts in einem chinesischen Gefangenenlager abgemildert.

David fragte: „Wie ist es dir ergangen?"

Beide Brüder musterten sie eingehend. Sie erklärte: „Ehrlich gesagt – es war ätzend. Aber im letzten Jahr sind viele beschissene Dinge passiert."

Chase sah David fragend an. „Irgendwelche Vorhersagen für das kommende Jahr?"

David errötete. Er war stets der gute Junge, der Pfadfinder. Derjenige, der keine Regeln brechen wollte. Victoria war klar, dass er inzwischen in diese unglaublich wichtige Position hineingewachsen war, aufgrund derer er Einblick in kriegsentscheidende Staatsgeheimnisse hatte. David würde nichts tun, was den Erfolg und die Sicherheit ihres Landes gefährden könnte.

Sie schlug Chase auf die Schulter. „Lass ihn in Ruhe."

Chase rieb sich die Schulter, als hätte sie ihn schwer verletzt. Victoria verdrehte die Augen.

David erwiderte: „Wir arbeiten alle hart an verschiedenen Projekten. Es ist ... kompliziert. Das ist leider alles, was ich im Moment sagen kann."

Victoria sah David mitfühlend an. „Du siehst frustriert aus."

Chase hob einen kleinen Stein auf und warf ihn ins Wasser. „Das ist er auch."

Victoria fragte: „Ist es wegen des Wissenschaftlers? Rojas? Das war doch der Grund, warum sie uns hierhergebracht haben, oder? Der Wissenschaftler aus meinem Lager war wichtig für euch."

David räusperte sich, dann schüttelte er den Kopf. „Darüber können wir nicht reden."

„Tut mir leid", entschuldigte sich Victoria.

David winkte ab. „Nein, ist schon in Ordnung. Du weißt schon. Operative Sicherheit und so ..."

Chase wischte sich Ketchup vom Mund. „Reden ist Silber, Schweigen ..." Dann schien ihm einzufallen, dass Victoria eine ganze Weile mundtot gemacht worden war und er verstummte. Beide Brüder nutzten die eingetretene Pause, um ihre Burger zu verspeisen. Eine Weile war außer Kaugeräuschen nichts zu hören.

David fragte: „Für dich geht es weiter nach Jax?" Jax war kurz für Naval Air Station Jacksonville.

Victoria nickte. „Ja. Der Fliegerarzt wollte mir Mediation verordnen, aber ich habe mit dem Admiral geredet und die Sache ins Rollen gebracht. Ich schließe mich einer Reserveeinheit an, ist das zu fassen? Sie stecken alle Hubschrauberpiloten, mit denen sie sonst nichts anzufangen wissen, in dieses Geschwader und schicken uns auf irgendeinen Kahn, der noch schwimmt."

Chase warf ein: „Ich habe gehört, dass sie in Philadelphia einige Schiffe aus der Mottenkiste geholt und umgerüstet haben."

Victoria sagte: „Da hast du richtig gehört."

„Geht das wirklich schneller, als neue zu bauen? Das scheint mir nicht der richtige Weg zu sein."

Victoria ahmte die Stimme ihres Vaters nach. „Sohn, es gibt den richtigen Weg, den falschen Weg und den Navy-Weg."

Die Brüder mussten lachen.

„Ich vermisse den alten Mann."

Wieder waren alle still.

Chase fragte: „Übernimmst du das Kommando über eine Staffel?"

Victoria entgegnete: „Nein, tatsächlich werde ich mit etwa

fünfzig anderen Piloten in die Offiziersmesse gepfercht. Die meisten von ihnen sind Reservisten, aber ein paar Typen sind wie ich im aktiven Dienst. Mein XO hat nach meiner Internierung das Kommando über meine ehemalige Staffel übernommen. Und anscheinend hat man nicht in Betracht gezogen, das wieder rückgängig zu machen. Also habe ich die Gelegenheit, einfach mal nur zu fliegen – was, abgesehen von der Todesgefahr, ziemlich nett sein dürfte."

Chase nickte zustimmend.

David nahm es nicht so locker. „Pass bitte auf dich auf."

„Natürlich, David. Ist es das, was dich so beunruhigt? Du weißt, was auf uns zukommt, und es macht dir Angst?"

David antwortete: „Niemand weiß, was auf uns zukommt. Und alle haben Angst."

„Also, was macht dir dann Sorgen?"

David erklärte: „Ich verbringe den ganzen Tag mit Puzzeln und Schachspielen. Ich versuche immer, meinen Gegnern drei Züge voraus zu sein."

„Und?", wollte Victoria wissen.

Schließlich lenkte David ein. „Unsere Gegner haben zu viele Figuren. Und wir können unsere nicht vollzählig einsetzen. Wir können nicht einmal alle möglichen Züge machen, und einige davon will ich auch gar nicht machen …"

Victoria fragte: „Was hat Papa immer gesagt, als er uns Kindern Schach beigebracht hat?"

Chase zog eine Grimasse. „Mir hat er geraten, mit Lacrosse anzufangen."

Seine Geschwister prusteten los.

Victoria zitierte: „Manchmal ist es am besten, wenn man es dem Gegner überlässt, sich selbst zu besiegen. Kriegst du das irgendwie hin?"

David nickte. „Wir versuchen es jedenfalls."

„Das schaffst du schon. Immer schön das Schachbrett studieren."

David schaute auf seine Uhr. „Oh Mist. Ich muss los."

„Jetzt schon?"

Alle drei erhoben sich und David umarmte seine Schwester zum Abschied. „Ihr findet den Weg raus?"

Chase nickte. „Ich weiß, wo wir hinmüssen."

Dann waren Victoria und Chase allein.

„Ist David jetzt immer so?"

Chase nickte. „Er ist zum waschechten Spion mutiert. Oder zu einem Boss. Oder einem Spion-Boss. Ich weiß nicht einmal, wie ich es beschreiben soll. Aber es ist wirklich nervig. Er ist in all diese Dinge eingeweiht, die sonst niemand weiß. Und er ist gestresst und so, wie alle anderen auch, aber ..."

„Aber was?"

„Aber er ist es eben nicht wirklich. China steht kurz davor, unsere Verteidigungslinien in Mittelamerika zu durchbrechen und außerdem Hawaii einzunehmen. Eine riesige chinesische Flotte ist auf dem Weg hierher, und obwohl David für General Schwartz die Fäden zieht, hat es den Anschein –"

„Was?!"

„Es scheint, als hätte er *kein Problem damit*, dass wir verlieren."

Victoria legte den Kopf schief und sah ihren Bruder derart missbilligend an, dass eine Steigerung kaum vorstellbar war.

„Du siehst ihn also jetzt regelmäßig, richtig?"

„Einmal pro Woche fliege ich hierher, bekomme eine halbtägige Einweisung und fliege dann wieder zurück zu meiner neuen Einheit." Chase senkte seine Stimme. „Sie lassen uns wie verrückt trainieren, aber wir haben keine Ahnung, wofür das gut sein soll. Es ist das verdammte SEAL Team Six, und sie haben bislang kein Sterbenswort über

unsere Mission verloren. Es ist fast so, als wollten sie uns auf
jedes denkbare Szenario vorbereiten."

„Nun, und was sagt David, wenn du deine Bedenken
bezüglich des Kriegsverlaufs anbringst?"

„Er sagt, dass er nicht darüber reden kann. Genauso, wie
er es auch vorhin gemacht hat. Das eine Mal, als ich ihm ein
paar Sachen aus der Nase gezogen habe, faselte er etwas von
‚wir beschränken uns auf das Wesentliche'."

Victoria klopfte ihm auf die Schulter. „Mach dich nicht
verrückt. David ist einer der klügsten Menschen, die ich
kenne. Und er gibt nicht auf. Wenn er es auf diese Weise
macht, gibt es einen Grund dafür. Also, reiß dich zusammen
und vertraue ihm."

Als David zum Silversmith-Gebäude zurückkehrte, fand er
Susan in seinem Büro vor.

„Wir haben gerade ein Telegramm aus Peking erhalten.
Raten Sie mal, wer Tetsuo kontaktiert hat? Lena."

David setzte sich auf seinen Stuhl, rieb sich das Kinn und
schaute zu Boden, während sich seine Gedanken überschlu-
gen. „Es ist sicher keine Spionageabwehroperation?"

Susan schüttelte den Kopf. „Nein. Dafür ist Tetsuo ein zu
großes Risiko. Sie hätten ihn zum Verhör mitgenommen und
so lange gefoltert, bis sie herausgefunden hätten, mit wem er
da drüben noch alles zu tun hatte."

Sie hatte recht. David fragte: „Hat sie uns etwas
angeboten?"

„Sie hat nur eine sichere Kommunikationsmethode
verlangt."

„Worum geht es Ihrer Meinung nach?"

Susan fragte: „Haben Sie von dieser Biowaffensache gehört?"

„Ja, natürlich."

„Ich glaube, sie hat wieder Angst um ihr Kind. Bislang hat sie sich immer sicher gefühlt. Aber das ist jetzt für alle Zeiten vorbei. Das Vorgehen ihres Vaters gibt ihr Anlass, sich Sorgen zu machen."

„Wir müssen einen Weg finden, das in unsere bestehenden Pläne zu integrieren."

„Ich arbeite bereits daran."

Victorias feierliche Aufnahme in die Offiziersmesse der HSM-60 Jaguars fand in einer abgedunkelten Kneipe in der Nähe von Jacksonville Beach statt. Über fünfzig Piloten, alle Mann in Fliegerkombi, belegten so ziemlich jeden Platz in dem Pub. Zwei Barkeeperinnen waren pausenlos damit beschäftigt, Bierkrüge zu füllen.

Die Wände waren mit Relikten aus der Luftfahrt gesäumt. Geschwaderabzeichen und Propeller. Die Cockpittür eines alten Hubschraubers. An der Decke hing eine aufblasbare Gummipuppe mit fragwürdigen Proportionen.

Victoria konnte all das durch ein Fenster von draußen beobachten. Sie stand mit sechs anderen „Neulingen" – Plug eingeschlossen – direkt vor der Bar. Obwohl man sie als Lieutenant Commander und Commander mit Tausenden von Flugstunden kaum als Frischlinge bezeichnen konnte, waren beide neu in der Staffel und wurden dementsprechend empfangen.

In der Bar fingen jetzt alle Piloten an, im Gleichtakt auf die Tische zu klopfen.

Plug grinste breit. Er hatte bereits ein paar Tequila intus gehabt, als ihn die Geschwaderpiloten spielerisch aus der Bar geworfen hatten, da es Zeit für die Zeremonie wurde. Jetzt betrachtete er den Offiziersanwärter und die beiden Oberstleutnante, die ebenfalls zu ihrer kleinen Gruppe gehörten. Sie kamen direkt von der Flugschule und das Aufnahmeritual schien ihnen mehr Angst zu machen als eine Begegnung mit den Chinesen.

Die Tür der Bar wurde abrupt aufgestoßen und ein durchschnittlich großer, sehr breiter Mann mit dem traditionellen Kopfschmuck der Polynesier und in einem ärmellosen Fliegeranzug stand ihnen gegenüber. Letzteres sollte ihm das Aussehen von Footballtrainer Bill Belichick verschaffen ...

„Kommt rein, Frischlinge!" Der stämmige Kerl sah Victoria an und schenkte ihr ein schelmisches Grinsen. „Sie natürlich auch, Ma'am ... *bitte* ..."

Victoria lachte und verdrehte die Augen, bevor sie den anderen Neuzugängen in die dunkle Bar folgte. Das Geräusch von Piloten, die auf ihre Stühle klopften, hallte durch den Raum. Gejohle und Gebrüll. Dazu der säuerliche Geruch von auf dem Boden verschüttetem Bier. Auf einer beleuchteten Bühne zu ihrer Linken sah Victoria den Geschwaderkommandanten und ein paar der ranghöheren Lieutenants auf Stühlen sitzen, die wie Throne dekoriert waren. Die erfahrenen Offiziere, die alle wussten, wer sie war, lächelten entschuldigend.

In den nächsten dreißig Minuten wurden die neuen Piloten auf spielerische und humorvolle Weise schikaniert. Es wurden Witze erzählt. Beleidigungen ausgeteilt. Als er ordentlich einen im Tee hatte, rannte einer der Nachwuchspiloten in das Tattoo-Studio nebenan und ließ sich sein Rufzeichen auf den Hintern tätowieren. Die meisten schienen immensen Durst zu haben, bis auf Victoria, die nur ein einziges Bier trank. Sie hatte sich noch nie viel aus Alkohol gemacht.

Anschließend wurden die Neuzugänge feierlich in das Geschwader aufgenommen und wer noch keines hatte, bekam jetzt ein Rufzeichen.

Der Kommandant des Geschwaders kam auf Victoria zu und schüttelte ihr die Hand. Die Runde löste sich langsam auf. „Danke, dass Sie mitgespielt haben."

Sie lachte. „So viel Spaß hatte ich nicht mehr, seit ich im Gefangenenlager war."

Er lächelte unbeholfen und kam dann auf ihre neue Mission zu sprechen.

Die Party der verbliebenen Nachwuchsoffiziere, die immer betrunkener wurden und rauflustiger wurden, zog sich hin.

Als es dunkel wurde, fuhr ein grau lackierter, verkürzter Schulbus vor, der wie ein Navy-Flugzeug aussah. Ein junger Absolvent der Flugschule, der nicht an den Feierlichkeiten teilgenommen hatte, musste an diesem Abend den Fahrdienst übernehmen. Anstatt die Telefone des Geschwaders zu besetzen, war es seine Aufgabe, die Piloten mit dem Bus in Jacksonville Beach von einer Bar zur nächsten und schließlich nach Hause zu fahren.

Ein betrunkener Plug stand auf einem Barhocker und rief: „Jaguars! Uniformwechsel! Alle, die am „Bargolf" teilnehmen wollen, treffen sich in angemessener Kleidung in fünf Minuten am Bus! Ich habe eure Scorecards."

Einer der Lieutenants begann, Zettel und Bleistifte zu verteilen. „Hey! Hey! Alle mal zuhören … Okay … Okay … Es handelt sich um einen Neun-Loch-Kurs. Jede Bar entspricht einem Loch. Jeder Schluck von eurem Getränk wird als ein Schlag gewertet. Als ein Golfschlag."

„Ein Schwung!", verbesserte ihn jemand.

„Richtig. Richtig. Ein Schwung. Also … Wir werden uns in jedem Pub – also an jedem Loch – dreißig Minuten aufhalten. Einige der Pubs sind als Sandbunker markiert. Das heißt, man

darf die rechte Hand nicht benutzen. Einige sind als Wasser-
hindernisse gekennzeichnet. Das bedeutet, dass ihr an diesem
Loch nicht auf die Toilette gehen könnt."

„Und wenn ich groß muss?"

„Halt die Klappe, Trainwreck!"

Plug sagte: „Wenn es ein Par-fünf-Loch ist, müsst ihr euer
Getränk mit fünf Schlucken leeren. Bei Par drei bekommt
man drei Schlucke. Hat das jeder verstanden?"

„JAWOHL!", schrie die Gruppe.

„Okay, wenn ihr in Golfklamotten losziehen wollt, geht
euch umziehen. Der Bus fährt in fünf Minuten ab."

Die Gruppe zerstreute sich und die eigentliche Party ging
los. Bald zogen die abenteuerlustigeren Mitglieder des
Geschwaders von einer Kneipe zur andern, und alles
verschwamm zu einem Gemisch aus Lachen, Bier und Flie-
gerkombis.

Als Victoria sich in der nächsten Bar noch ein Bier
genehmigte, gesellte sich Plug zu ihr. Er gab wieder einmal
alles, wirkte aber dennoch etwas zurückhaltender als vor
ihrer Zeit im Internierungslager. Sie mussten laut reden, um
sich gegen die Musik einer Band im zweiten Stockwerk
durchzusetzen.

Plug fragte: „Gehen Sie auch zum Psychiater?" Alle Kriegsgefangenen hatten die Anweisung, einen Therapeuten
aufzusuchen.

Sie nickte.

„Hilft es?"

Sie zuckte mit den Schultern.

„Ja. Bei mir auch nicht."

„Hilft das hier?" Sie hielt ihr Bier hoch und nickte in Richtung seines Glases.

„Irgendwie schon." Er lächelte.

Victoria sagte: „Es sind eine Menge chinesischer Schiffe

im Anmarsch. Das wird wahrscheinlich der letzte Ausflug dieser Art sein, bevor wir auslaufen."

„Jep. Wie schätzen Sie unsere Chancen ein?"

Victoria wusste, worauf er hinauswollte. Die anrückende chinesische Flotte war größer und fähiger als das, was von der US-Atlantikflotte nach dem Angriff auf die Ostküstenstützpunkte vor ein paar Wochen noch übrig war. In ihrer Rolle als Kommandantin hätte sie so reagiert, wie man es von ihr erwartete: mit einer positiven, aufmunternden Antwort. Aber jetzt unter vier Augen mit Plug sagte sie, was sie wirklich dachte.

„Es wird wahrscheinlich verdammt hart werden."

Plug blinzelte kurz. „Tja – Scheiße, Boss. Aber ich habe immer davon geträumt, mit Glanz und Gloria ruhmreich abzutreten. Wir werden wie die letzten Starfighter sein ..."

Sie beendeten ihre Unterhaltung und Plug begab sich in das Obergeschoss, um der Band zuzuhören und sich einen weiteren Drink zu besorgen. Victoria trank ihr Bier aus und verließ die Bar, ohne sich zu verabschieden.

Am nächsten Morgen stand sie bei Sonnenaufgang auf und absolvierte eine große Laufrunde auf dem Strand von Jax Beach. Das Schwitzen fühlte sich großartig an. Und nirgends war das Gefühl von Freiheit größer als beim Joggen am Ozean.

Sie machte in der Nähe der Lemon Bar eine Pause und kicherte vor sich hin, als sie Plugs vertraute Gestalt auf dem Rücken auf einer kleinen Sanddüne liegen sah.

Sie stieß ihn mit ihrem Turnschuh an. „Hey, leben Sie noch?"

„Mein Kopf tut weh ..."

„Haben Sie es geschafft, Ihren Kummer zu ertränken?"

„Ja, Ma'am. Ich glaube, das hat geklappt." Er öffnete die Augen und blickte zu ihr auf. „Sie sehen aus, als hätten Sie das ganze Elend bereits ausgeschwitzt."

Victoria antwortet: „Das habe ich vielleicht tatsächlich ...“

David betrat den Westflügel des Weißen Hauses und wurde zum Situation Room geführt.

„Sie können jetzt reingehen, Sir“, sagte einer der Mitarbeiter, die davor warteten. Der US-Geheimdienstler hielt ihm die Tür auf.

General Schwartz, der seine grüne Dienstuniform trug, nickt und winkte ihm zu und bedeutete David, sich auf den freien Stuhl zu seiner Rechten zu setzen. David nahm Platz, während sich die Mitglieder des Nationalen Sicherheitsrats weiterhin unterhielten.

Die Anspannung im Raum war spürbar. Präsident Roberts saß am Kopfende des langen Konferenztischs. Er sah fünf Jahre älter aus als beim letzten Mal, als David ihn gesehen hatte. Um den Tisch herum hatte sich der Nationale Sicherheitsrat versammelt. Es waren einige der ranghöchsten Mitglieder der US-Regierung anwesend: die Minister für Auswärtiges, Finanzen, Verteidigung, Energie, Heimatschutz sowie Justiz, der Stabschef des Weißen Hauses, der Koordinator der Nationalen Nachrichtendienste, der Generalstabschefs, der Direktor der CIA, der Heimatschutzberater und der amerikanische Botschafter bei der UNO. An den Blicken der Politiker und Militärs konnte man ablesen, dass ihnen das, was sie gerade hörten, nicht gefiel.

Der Generalstabschef erklärte: „Wir gehen davon aus, dass die chinesische Atlantikflotte spätestens Anfang nächster Woche den Hafen von Venezuela erreichen wird. Zu diesem Zeitpunkt werden das Gros der Karibik und des Golfs von Mexiko in Schlagdistanz der VBA sein.“

Der Außenminister, der den Präsidenten laut Gerüchten

privat zum Rücktritt drängte, ergriff das Wort: „Lassen Sie mich also zusammenfassen, General. Im Südpazifik hat die chinesische Marine ihre Pazifikflotte auf den Schutz ihrer Nachschublinien aus Asien neu ausgerichtet und kontrolliert weiterhin die südamerikanischen Küstengewässer. Die chinesische Atlantikflotte landet demnächst in Venezuela. Die Stärke ihrer in Südamerika stationierten Armee- und Luftwaffentruppen wächst mit jedem Tag und sie bereiten sich unserer Meinung nach auf einen großangelegten Vorstoß nach Norden vor. In der Zwischenzeit steht unser Militär in Mittelamerika unter ständigem Beschuss und unsere Marine- und Luftstreitkräfte an der Ostküste wurden durch einen unvorhergesehenen Angriff dezimiert. Ist das so ungefähr richtig?"

Der Generalstabschef antwortete: „Herr Minister, ich möchte hinzufügen, dass die amerikanischen Streitkräfte tapfer gekämpft haben, um einen chinesischen Vorstoß in Panama zu unterbinden. Und –"

Der Außenminister unterbrach ihn: „Ich stelle die Tapferkeit unserer Militärangehörigen nicht infrage, General. Aber es klingt so, als hätten die Chinesen Südamerika de facto eingenommen und als werde die Situation täglich brisanter." Er sah den Präsidenten an. „Unser Oberbefehlshaber hat kürzlich eine nette Nachricht vom chinesischen Staatschef General Chen erhalten, in der er uns über seine Absicht informiert, ihr neues Biowaffenprogramm zur nuklearen Abschreckung einzusetzen. Das Verbot solcher Waffen scheint die Chinesen offenbar nicht zu kümmern."

Die Tür öffnete sich und alle Köpfe drehten sich einem Offizier der Air Force zu, der dem Präsidenten eine Notiz überbrachte. Präsident Roberts sah auf. „Sagen Sie es ihnen."

Der Luftwaffenoffizier räusperte sich. „Die VBA hat in Panama mit dem Einsatz chemischer Waffen begonnen. Die

Berichte sind noch vorläufiger Natur, aber es sieht so aus, als hätten sie unsere Linien durchbrochen und bewegten sich jetzt nach Norden in Richtung Costa Rica."

Der Präsident nickte ihm zu. „Danke, das wäre dann alles."

„Diese armen Menschen", bemerkte der Energieminister.

Der Außenminister sagte: „Mr. President, bei allem Respekt, unsere Strategie geht ganz eindeutig nicht auf ..."

Der Präsident blickte David und General Schwartz an. „Meine Herren, ich denke, es ist an der Zeit, dass Sie unsere wahre Strategie erläutern."

General Schwartz nickte David zu, der daraufhin aufstand.

David sagte: „Meine Damen und Herren, mein Name ist David Manning. Ich arbeite für die Joint Task Force Silversmith. Wie viele von Ihnen sind mit der Operation Bodyguard vertraut, dem Ablenkungsmanöver der Alliierten im Zweiten Weltkrieg?"

Peking

Lena klopfte nach Feierabend an die Tür des Privathauses von Minister Dong. Seine Frau warf Lena einen missbilligenden Blick zu, aber Dong schickte sie weg und führte den Besuch in sein Arbeitszimmer. Dort öffnete er einen grauen Kasten, der neben seinem Bücherregal stand, und legte einen Schalter um. Lena realisierte, dass es sich um eine elektronische Abhöranlage handelte.

Sie sagte: „Ich wollte mit Ihnen über das strategische Abschreckungsprogramm sprechen."

Dong antwortete „Sie meinen die Biowaffe. Was ist damit?"

„Sie schienen besorgt zu sein.“

„Das bin ich.“

Lena fuhr fort: „Der Prozess für den Abschuss von Kernwaffen unterliegt sehr robusten Sicherheitsvorkehrungen, die verhindern sollen, dass Fehler passieren. Ich mache mir Sorgen, weil diese Vorsichtsmaßnahmen für eine biologische Waffe nicht gelten. Ein derart verheerendes Kampfmittel sollte nicht einfach so eingesetzt werden können.“

Minister Dong sagte: „Weder das Biowaffenprogramm noch unser strategisches Raketenprogramm fallen in meinen Zuständigkeitsbereich.“

„Stimmt. Aber die Satellitenstartanlage *schon*. Sie haben noch immer die Kontrolle über das, was auf der Insel passiert.“

Minister Dong kniff die Augen zusammen. „Was spielt das für eine Rolle?“

„Unser Militär hat die amerikanischen Verteidigungslinien in Mittelamerika durchbrochen. Die atlantischen Streitkräfte werden bald eine zweite Front auf amerikanischem Boden eröffnen. Der letzte Vorstoß steht unmittelbar bevor. Sollten sich die Amerikaner verzweifelt wehren, könnte General Chen auf die Idee kommen, seine strategischen Waffen einzusetzen. Er hat dem Kommandanten der Nuklearwaffen befohlen, sowohl nukleare als auch biologische strategische Waffen für diese letzte Phase des Krieges bereitzuhalten. Unsere Atom-U-Boote haben ebenfalls ganz klare Sicherheitsvorgaben einzuhalten. Aber der Strategic Missile Commander wird nicht in der Lage sein, diese biologische Waffe mit unseren U-Booten auszubringen, denn die haben bereits vor der amerikanischen Küste Stellung bezogen. Chen braucht also ein Raketenstartsystem, das sofort einsatzbereit ist. Ich glaube, Ihr Weltraumbahnhof verfügt über ein entsprechendes Abschusssystem, nicht wahr? Das könnten

Sie ihm anbieten. Und bekämen so Einfluss auf das Sicherheitsprotokoll. Ich würde mich an der Ausgestaltung der
Sicherheitsvorkehrungen für diese Waffe gern beteiligen ...“

„Das klingt höchst interessant.“ Dong warf ihr einen
wissenden Blick zu. „Wer hat Sie auf diese Idee gebracht? Ein
neuer Freund? Oder vielleicht ein alter?“

Lena antwortete: „Sie haben mich einmal gebeten, Sie im
entscheidenden Moment zu unterstützen. Wenn wir zusammenarbeiten, kann dieser Moment immer noch kommen.
Aber wir dürfen keine Zeit verlieren.“

36

Chase kehrte zum Flughafen des Marinefliegerstützpunkts Norfolk zurück und wartete im Betriebsgebäude auf die Ankunft des restlichen DEVGRU-Teams. Ein Jet der Air Force sollte sie bereits in wenigen Stunden abholen, und die SEALs machten sich erst jetzt auf den Weg. Sie mussten sich beeilen.

Trotz der vor Wochen erlittenen Großschäden herrschte in Norfolk wieder das übliche geschäftige Treiben. Natürlich gab es nach wie vor sichtbare Spuren des Angriffs. Schiffsaufbauten waren in Gerüste gehüllt. Man sah Überreste von gesunkenen Schiffen. Aber es wimmelte von Matrosen, Fliegern und Angehörigen der Marines, die sich alle im Laufschritt bewegten, als ob sich die Dinge dadurch beschleunigen ließen. Die meisten von ihnen durften weder ihre Schiffe noch den Stützpunkt verlassen. Eine neue operative Sicherheitsmaßnahme. Alle sollten jederzeit bereit sein, in See zu stechen oder in ein Transportflugzeug zu springen, sobald der Befehl reinkam.

Im Wartebereich nahe des Flugfelds liefen in einem Fernseher die Lokalnachrichten. Ein weiterer Bericht über die drohende Seeschlacht im Atlantik. Die Moderatoren sagten das Schlimmste voraus. Der Großteil der amerikanischen Schiffe wurde noch im Hafen repariert. Die wenigen Seetüchtigen waren bereits ausgelaufen und im Einsatz. Aber die Experten waren der Meinung, dass sie der anrückenden chinesischen Armada kaum gewachsen sein dürften.

Nachdem die zwei Nachrichtensprecher diese Diskussion beendet hatten, beschäftigten sie sich mit der miserablen Wirtschaftslage.

„Die C-17 ist in zehn Minuten hier", verkündete einer der Senior Chiefs der Einheit, der im Kontrollturm nachgefragt hatte. Chase warf den grünen Seesack über seine Schulter und begab sich hinaus aufs Vorfeld.

„Verrätst du uns jetzt endlich, wo es jetzt hingeht?", wollte ein SEAL von Chase wissen.

„Bald." Er lächelte.

Zwanzig Minuten später ging die elitäre Spezialeinheit an Bord eines Luftwaffentransporters. Die Heckklappe wurde geschlossen und das Flugzeug begann auf der Rollbahn zu taxieren. Acht Stunden zuvor hatten David und die Silversmith-Leute Chase die größte Überraschung seiner beruflichen Laufbahn beschert, als sie ihn über die Mission der DEVGRU unterrichteten.

Nun war es seine Aufgabe, diese Informationen an das Team weiterzugeben. Seine erste Station war das Cockpit, wo er den Piloten mitteilte, dass sich ihr Ziel während des Flugs ändern würde.

Sie erlaubten ihm, während des Starts vorne zu bleiben. Die Aussicht war spektakulär.

„Hey, Mann", funkte einer der Piloten Chase über den internen Funkverkehr an. „Was geht denn da ab?"

Der Hafen der NS Norfolk leerte sich. Eine Reihe von Zerstörern befuhr den Kanal in Richtung Atlantik. Die beiden Flugzeugträger, am Morgen noch mit Planen und Gerüsten bedeckt, waren ebenfalls im Begriff auszulaufen. Einer wurde gerade von Schleppern vom Pier weggezogen, während der andere bereits außerhalb der letzten Kanalmarkierung durch das Wasser in Richtung Osten pflügte. Ihre Flugdecks waren frei geräumt und schienen unbeschädigt zu sein.

„Ich dachte, die Schiffe wären alle außer Dienst gestellt?", fragte der Pilot.

Chase legte einen Finger auf seine Lippen und signalisierte dem Fragenden, Stillschweigen zu bewahren.

Als die C-17 Globemaster III ihre Reisehöhe erreicht hatte, ging Chase zurück in den Frachtraum, wo ihn das DEVGRU-Team auf den heruntergeklappten Passagiersitzen erwartete. Die Nachrichtenoffizierin der Einheit schloss gerade ihren Laptop an einen großen Monitor an.

Als er Chase näher kommen sah, rief ihm einer der SEALs über das Heulen der Düsentriebwerke hinweg zu: „Hey Chase, spuck's endlich aus, Mann. Wo fliegen wir hin – Costa Rica? Es geht um eine Menge Geld, Kumpel. Wie sieht's aus? Müssen wir unsere Chemieschutzanzüge überwerfen?"

Chase schüttelte den Kopf und reichte der Geheimdienstlerin ein verschlüsseltes Laufwerk, das sie in ihren Computer schob.

„Mittelamerika ist nicht unser Ziel."

Nachdem er eine Taste gedrückt hatte, erschien auf dem Monitor eine Karte, auf der ihre Flugroute eingezeichnet war. Ein Pfeil, der um die halbe Welt führte.

„Die Reise geht in den westlichen Pazifik."

Aus der Menge ertönten ein paar Pfiffe.

„Laut Befehl werden wir bei Erreichen dieser Koordinaten HALO-Sprünge machen ..."

Chase warf einen Blick auf den Bildschirm, der nun ein blaues U-Boot-Symbol nordwestlich der Philippinen zeigte.

„... wo wir ein Rendezvous mit der *USS Jimmy Carter* haben, die bereits auf Position ist."

Die *Jimmy Carter* war ein U-Boot der Seawolf-Klasse, eines der modernsten U-Boote auf dem Planeten.

„Sobald wir an Bord gegangen sind, bringt uns die *Carter* in Reichweite des chinesischen Weltraumbahnhofs bei Hainan."

Es wurde still. Einige schauten ungläubig. Andere schüttelten den Kopf.

„Entzückend", bemerkte einer der SEALs.

„Um dorthin zu gelangen, müssen wir schwer bewachten Luftraum passieren. Eskortiert werden wir von UAVs für die elektronische Kriegsführung, die das feindliche Radar stören werden, sowie einem Schwarm F-22er. Unsere Flugroute und das elektronische Angriffspaket sind so gewählt, dass es machbar sein sollte, die Zielposition unbemerkt zu erreichen. Aber die gute Nachricht ist, dass wir es ziemlich schnell mitbekommen werden, wenn etwas schief geht."

„Ja, weil wir uns in einen verdammten Feuerball verwandeln werden."

„So ist es." Chase drückte erneut eine Taste, woraufhin auf dem Bildschirm die Missionsanweisungen angezeigt wurden. „Also gut, das ist das, wofür wir trainiert haben. Ich werde es jetzt einmal ohne Unterbrechung durchgehen. Beim zweiten Mal können Fragen gestellt werden."

Die Einweisung dauerte etwa zwei Stunden. Es gab eine Menge Fragen. Als sie damit durch waren, machten die meisten die Augen zu – sie wussten, dass es für eine Weile ihr letzter Schlaf sein würde.

Zwölf Stunden später, während zwei elektronische Angriffsdrohnen der Air Force jedes Radar im Umkreis von zweihundert Meilen störten, öffnete sich die Heckklappe der C-17 und
gab den Blick in einen schwarzen Abgrund frei. Gedimmte
rote Lichter säumten den Boden des Frachtraums.

Mit ihren Masken und Druckanzügen sahen die SEALs
aus wie futuristische Krieger aus einem Science-Fiction-Film.
Waffen und Ausrüstung waren fest an ihre Körper geschnallt.

Die Fracht wurde zuerst abgeworfen. Mehrere wasserdichte, koffergroße Container, deren Fallschirme durch einen
doppelten Satz von Radarhöhenmessern ausgelöst wurden.

Chase machte einen Schritt Richtung Rampe. Sein Herz
pochte laut, als er die Elitesoldaten vor sich mit ausgestreckten Gliedmaßen in den Nachthimmel springen sah.

Dann war er an der Reihe.

Sein Magen flatterte ein wenig und sein Atemgeräusch
kam ihm durch die Sauerstoffmaske unnatürlich laut vor.

Er joggte vorwärts. Beim Absprung empfingen ihn das
Dröhnen der Düsentriebwerke, Orkanböen und Minusgrade.

Dann das Gefühl des freien Falls, während er durch den
schwarzen Nachthimmel Richtung Wasser stürzte.

Als er schließlich seine Endgeschwindigkeit erreichte,
konnte er mithilfe seines Augmented-Vision-Geräts die
Anzüge der anderen SEALs anhand kleiner Infrarotlichter
erkennen. Nachdem er von fünfunddreißigtausend Fuß auf
weniger als tausend Fuß gefallen war, begann auf seinem
Head-up-Display ein digitaler Countdown durchzulaufen.
Sein Fallschirm öffnete sich. Chase steuerte auf die vom U-
Boot aktivierte IR-Boje zu, ein schwimmendes Leuchtfeuer,
das nur für sie zu sehen war.

Dann landete er mit einem Platschen im Wasser und
befreite sich von seinem Fallschirm, bevor er zu den anderen

SEALs hinüber schwamm, die bereits in einem ebenfalls abgeworfenen Schlauchboot saßen.

Von der Wasserung bis zum Auftauchen des U-Boots vergingen weniger als fünf Minuten. Kurz darauf waren sie an Bord, trockneten sich ab und überprüften ihre Ausrüstung. Die *USS Jimmy Carter* tauchte wieder ab und machte sich lautlos auf den Weg in feindliche Gewässer.

37

Hafen von La Guaira
Venezuela

Kampfjets der VBA-Luftwaffe zogen in großer Höhe ihre Kreise, während Admiral Song beobachtete, wie sich der Hafen mit chinesischen Kriegs- und Frachtschiffen füllte. Kräne bewegten zuerst die ballistischen Raketen. Sie hatten zwar einige der Hyperschall-Marschflugkörper eingeflogen, aber diese größeren ballistischen Mittelstreckenraketen waren nicht für den Lufttransport geeignet.

Ein junger Kommunikationsoffizier betrat den Beobachtungsturm des Admirals. „Admiral, General Chen möchte wissen, wann die Hyperschallwaffen einsatzbereit sein werden." Der Kommunikationsoffizier registrierte die verärgerte Miene des Admirals. „Es tut mir leid, Sir. Möchten Sie, dass ich unsere Antwort hinauszögere?"

„Nein. Sagen Sie ihm, dass wir mit achtundvierzig Stunden rechnen."

„Jawohl, Sir."

Admiral Song verachtete General Chen und hielt ihn für

einen Idioten. Dennoch musste er zugeben, dass ihn dessen rasante Machtkonsolidierung beeindruckt hatte.

Von draußen war das Rumpeln von Panzern und anderen gepanzerten Militärfahrzeugen zu hören. Admiral Song schaute durch sein Fernglas und beobachtete, wie sie auf die Transportschiffe am Pier geladen wurden. Unzählige Reihen der schweren Militärfahrzeuge warteten darauf, auf die Docklandungsschiffe zu rollen. Diese Panzer waren ursprünglich an der Pazifikküste von Kolumbien abgesetzt worden. Man hatte sie als Reserve vorgehalten, falls sie für den Vorstoß nach Norden gebraucht würden, aber General Chen verfolgte inzwischen andere Pläne. Mithilfe chemischer Waffen hatte er die amerikanischen Linien in Panama durchbrochen, weshalb diese Reserve-Panzereinheiten nach Venezuela geschickt worden waren.

Admiral Song hatte die Anweisung erhalten, die Reservetruppen und Kampffahrzeuge zu verladen und nach Norden an die amerikanische Golfküste zu befördern. Russische und chinesische Jagd-U-Boote – die zwischenzeitlich in die Karibik eindrangen – sollten amerikanische Überwasserschiffe und U-Boote angreifen, um den Weg frei zu machen.

Aber zuerst musste die amerikanische Flugabwehr ausgeschaltet werden. Dafür waren die Hyperschall-Marschflugkörper gedacht. Sobald das geschehen war, könnten die Bomber von Admiral Song umfassende Angriffe über amerikanischem Boden fliegen und die Küstenverteidigung aufweichen, bevor die VBA auf dem US-Festland landete.

Admiral Song hoffte auf eine Landung im Hafen von New Orleans, aber das hing von den Bedingungen auf dem Schlachtfeld ab. Mit etwas Glück könnte er in ein paar Wochen der Löschung der chinesischen Schiffe beiwohnen – diesmal in einem amerikanischen Hafen.

„Sir, General Chen hat geantwortet. Er erklärt, achtundvierzig Stunden seien zu lang. Er verlangt, dass unsere Schiffe innerhalb der nächsten 24 Stunden ablegen."

Admiral Song nickte. „Sehen Sie, Lieutenant? Auch auf der Führungsebene ist es immer wieder dasselbe Spiel. Warum eine Frage stellen, wenn man die Antwort bereits kennt? Nun gut. Sagen Sie dem General, dass wir unsere Pläne ändern und beabsichtigen, mit unserer Flotte im Laufe des morgigen Tages in See zu stechen."

„Jawohl, Sir. Wollen Sie, dass ich unser Operationsteam informiere?"

Admiral Song runzelte die Stirn. „Nein. Lassen Sie die in Ruhe ihre Arbeit machen. Selbst General Chens Gejammer vermag die Verladezeit eines Panzers nicht zu verkürzen."

„Jawohl, Sir."

Admiral Song verließ den Hafen mit einem Hubschrauber und machte sich auf den Weg zur taktischen Einsatzzentrale, die auf ihrer Militärbasis bei Caracas untergebracht war. Dort angekommen, studierte er mit seinem Stab die Pläne für das weitere Vorgehen. Er war nervös. Zwanzig Zerstörer und eine Handvoll U-Boote würden fast zwei Dutzend Transportschiffe durch amerikanisch kontrollierte Gewässer begleiten. Wenn es keine Verzögerungen gab, würden der Verband für die Strecke mindestens eine Woche brauchen. Aber er rechnete mit Verzögerungen.

Einer der Nachrichtenoffiziere meldete: „Admiral, wir haben alarmierende Berichte über eine große Anzahl von amerikanischen Schiffen und U-Booten erhalten, die in den letzten Tagen ausgelaufen sind."

Admiral Song runzelte die Stirn. „Wie ist das möglich? Diese Schiffe sollten doch außer Gefecht sein. Das will ich sehen."

Der Nachrichtenoffizier schnippte mit den Fingern,

woraufhin einer der Analysten auf einem Computerbildschirm die entsprechenden Bilder aufrief.

„Unsere Aufklärungstruppen in der Nähe der amerikanischen Marinestützpunkte nehmen alle Aktivitäten zur Kenntnis.
Das hier geschah erst vor Kurzem. Ein Großeinsatz mit vielen
Einheiten. Zweiundzwanzig Zerstörer. Zwei Flugzeugträger.
Mehrere Kreuzer, Fregatten, Versorgungsschiffe und U-Boote.
Wir haben die Zahlen. Aber ich mahne zur Vorsicht. Das sind
neue und bislang unbestätigte Informationen. Es ist denkbar,
dass unsere Leute kompromittiert wurden und die Amerikaner
uns auf diesem Weg Falschinformationen zukommen lassen."

Admiral Song hatte von solchen Manövern schon einmal
gehört. Die Täuschung durch eigene Agenten. Einige der
Berichte könnten Teil einer amerikanischen Desinformations-
kampagne sein. Es war ihm bekannt, dass das chinesische
MSS dasselbe tat. Das Ministerium versuchte, den Amerikanern vorzugaukeln, dass seine Flotte eine amphibische
Landung auf Costa Rica plante, während sie in Wirklichkeit
auf die amerikanische Golfküste zuhielt.

„Haben wir Überwachungsbilder von Norfolk, auf denen
die amerikanische Militärstärke zu erkennen ist?"

„Sir, das VBA-Weltraumkommando hat heute Morgen mit
dem Massenstart von Satelliten begonnen. Sie sind dabei, uns
mit aktuellen Satellitenaufnahmen zu versorgen."

„Ich will sie sofort sehen."

Der Nachrichtenoffizier rief eine Reihe von Bildern des
großen amerikanischen Marinestützpunkts auf. Die Schäden
waren gewaltig. Selbst anhand der Infrarotaufnahmen konnte
er ein gesunkenes Schiff im Hafen erkennen. Das konnte
keine Fälschung sein. In den Flugdecks von zwei Flugzeugträgern, die noch im Hafen lagen, klafften riesige Löcher. Die
Russen hatten sich wirklich selbst übertroffen.

„Was ist mit den Militärflugplätzen?"

„Bislang keine Veränderungen, Sir. Unsere Informationen vor dem Angriff waren korrekt. Wir haben sie erwischt, als sie am verwundbarsten waren. Die meisten ihrer modernen Jäger und Bomber standen dort dicht gedrängt, um Anti-Schiffs-Raketen aufzunehmen."

Der Nachrichtenoffizier scrollte durch weitere Satellitenbilder, die reihenweise beschädigte Flugzeuge zeigten. Teilweise schien man die Verwüstung schon beseitigt zu haben. Aber in anderen Bereichen lagen Tragflächen und Triebwerksteile noch immer weit verstreut – wie Müll in einer schmuddeligen Seitengasse.

Er nickte. „Das ist gut." Dann wandte er sich an seinen Stab. „Ich glaube, dass es sich bei den Berichten von auslaufenden Schiffen um ein amerikanisches Ablenkungsmanöver handelt. Wir stechen morgen in See und dampfen wie geplant nach Norden."

Susan war am Telefon, als David ihr Büro betrat. Ihr Stellvertreter saß auf dem Sofa. Sie gab David ein Zeichen, die Tür zu schließen.

Susan sprach in den Hörer. „Ja, Sir. Wir haben die Informationen gerade erhalten. Ich verstehe." Sie legte auf, ohne sich zu verabschieden.

David fragte: „War das General Schwartz?"

Susan nickte. „Haben Sie den Bericht von unserem Freund in Peking gesehen?"

„Das habe ich. Es wird ernst."

„Ja. Die amphibische Flotte von Admiral Song verlässt jetzt Venezuela. Konventionelle ballistische Mittelstreckenraketen und Hyperschall-Marschflugkörper sollen in den nächsten Tagen auf US-Ziele abgeschossen werden."

David bemerkte: „Die Sache mit der Biowaffe macht mir eine Scheißangst."

Susan entgegnete: „Mir auch. Wir müssen sicher sein, dass alles einsatzbereit ist."

David sagte: „Das NSA-Team ist mit dem Schreiben des Codes fertig, der jetzt noch durch die Qualitätskontrolle muss. Sie senden, sobald wir den Befehl erteilen."

Das Telefon klingelte. Susan nahm den Hörer auf. „Ja, Sir. Verstanden. ERZENGEL ist startklar."

David sprintete durch den Linoleum bedeckten Gang zu einem Raum, in dem sein Team unter Henrys Aufsicht arbeitete.

„Ist es fertig? Bitte sag mir, dass es fertig ist."

Henry und zwei NSA-Programmierer blinzelten, als sie ihre Blicke vom Monitor lösten.

„Wir würden es schon gerne noch einmal testen, aber –"

„Keine Zeit. Es muss raus."

Einer der Programmierer justierte seine Brille und begann zu tippen. „Okay. Es ist bereit für die Übertragung."

Henry gesellte sich zu David. „Haben wir das Okay bekommen?"

David nickte. „ERZENGEL ist startklar."

Nur wenige Minuten später brachte ein Team von technischen Experten der NSA die zehn Pfund schwere schwarze Kiste in den Hangar, der an die Räumlichkeiten angrenzte, in denen Davids Leute untergebracht waren. Der Hangar wurde streng bewacht, und das nicht nur, weil das Silversmith-Team in der Nähe seiner Arbeit nachging.

Im Inneren der Box befand sich eine Drohne, die mit Hyperschallgeschwindigkeit fliegen konnte. Eine unbemannte Version der SR-72. Die NSA-Experten luden das Programm, das Henry und sein Team entwickelt hatten, auf den Bordcomputer der Drohne hoch. Zwanzig Minuten später hob das Luftgerät am helllichten Tag ab, überflog mit Überschallgeschwindigkeit Mobile, Alabama, wobei sein Überschallknall in der Stadt mehrere Fenster bersten ließ. Nach weniger als sechs Stunden erreichte sie das Ostchinesische Meer, wo sie mittels der bereits ausgefahrenen Antenne der *USS Jimmy Carter* vierzehn Gigabyte Code an das U-Boot sendete, bevor sie sich selbst zerstörte und in den Pazifik stürzte.

38

Der militärische Weltraumbahnhof der Chinesen lag auf einem kleinen Inselstützpunkt nordöstlich von Hainan. Die Chinesen hatten ein paar Quadratkilometer felsigen Grund, der aus dem Südchinesischen Meer ragte, in eine beachtliche Militäranlage verwandelt. Die Insel verfügte nun über mehrere große Landebahnen für militärische Transportflugzeuge sowie über Dutzende von künstlich angelegten Halbinseln, die als Raketenabschussvorrichtungen dienten. Jede Halbinsel war mit einer Startrampe versehen. Die gesamte Inselbasis war von einer aufgeschütteten Sandbank umgeben, die sie zu einer Art Atoll machte. Der äußere Ring schützte die innen liegenden Inseln vor Wind, Wetter und Wellen.

Die SEALs hatten bereits ihre Tauchausrüstung angelegt, als die Drohnenübertragung mit ihrem Ausführungsbefehl eintraf.

Der Kapitän der USS *Jimmy Carter* erklärte Chase und dem Kommandanten des SEAL-Teams: „Unser UAV hat Überwachungsaufnahmen von chinesischem Personal geliefert, das Vorbereitungen für den nächsten Massenstart trifft. Sie sollten besser schnell schwimmen."

Nachdem sich das Sondereinsatzteam in die Schleusen-kammer begeben hatte, wurde die Luke hinter ihnen geschlossen. Kurz darauf begann in der Kammer der Wasser-spiegel zu steigen. Als sie komplett gefüllt war, öffnete das Team die äußere Schleuse und schwamm hinaus in den kalten, dunklen Ozean.

Die SEALs benutzten Handantriebsgeräte, um die Tauch-zeit auf zehn Minuten zu verkürzen. Als sie die äußere Sand-bank der Insel erreichten, verankerten sie ihre Ausrüstung so dicht am Ufer, dass sie nicht von der Strömung mitgerissen wurde, aber dennoch tief genug im Wasser, um bei einset-zender Ebbe nicht freigelegt zu werden.

Es dämmerte bereits, als das siebenköpfige Team aus dem Wasser stieg und fast lautlos die äußere Sandbank des Atolls betrat. Sie trugen schwarze Neoprenanzüge und waren mit schallgedämpften Maschinenpistolen bewaffnet. Ihre Fußspuren wurden von der sanften Brandung sofort weggespült.

Auf der Sandbank parkte fünfzig Yard östlich ihrer Posi-tion ein Sicherheitsfahrzeug.

Darin saßen zwei Personen: Ein CIA-Agent – einer der Undercover-Agenten, die Susan seit fast einem Jahrzehnt führte – und ein chinesischer Wachsoldat, der jetzt auf dem Beifahrersitz krampfte und zuckte. In seinem Hals steckte eine Spritze, deren Kolben heruntergedrückt war.

Der chinesische Agent stieg aus dem Fahrzeug und winkte den SEALs zu. „Wir müssen uns beeilen. Der Start erfolgt in wenigen Minuten."

Die Spezialkräfte kletterten auf die zugedeckte Ladefläche des Sicherheitsfahrzeugs, das kurz darauf über den Strand raste und dann auf eine asphaltierte Straße auffuhr. Durch einen Spalt in der Abdeckplane konnten Chase und die SEALs andere chinesische Militärangehörige, Raketentransporter sowie auf dem Flugfeld geparkte Hubschrauber und Techniker sehen, die an Satellitenantennen arbeiteten.

Das Fahrzeug hielt vor einem gewöhnlich aussehenden rechteckigen Gebäude, zu dessen Rückseite der Wachmann sie jetzt führte. „Hier entlang."

Der chinesische Agent zog eine Schlüsselkarte durch ein digitales Schloss und tippte einen Code ein. Nach einem Piepton öffnete sich die Metalltür und die Amerikaner folgten ihrem Begleiter in das Gebäude.

Sie eilten einen verlassenen Flur hinunter, bis der Agent vor einer Tür stehen blieb, die mit großen roten chinesischen Schriftzeichen gekennzeichnet war. Er bedeutet ihnen, im Flur zu warten, gab erneut einen Code ein und betrat den Raum. Chase hörte einen dumpfen Schlag, dann tauchte der Mann wieder auf und winkte sie herein. Sie befanden sich in einem dunklen Raum, dessen Wände mit Überwachungsmonitoren zugepflastert war. Auf dem Boden lag eine chinesische Frau, aus deren Hals ebenfalls eine Spritze ragte. Auch sie wurde von Krämpfen geschüttelt.

„Schließen und verriegeln Sie die Tür", flüsterte der Agent und die SEALs gehorchten. Chase betrachtete die Monitore. Im Zentrum der Insel standen Dutzende von Abschussrampen, aus den meisten stieg weißer Dampf auf.

Der NSA-Mann des Teams fragte: „Ist das der Computer, den ich benutzen soll?"

Der chinesische Agent schüttelte den Kopf. „Nein."

„Welcher dann?"

„Wir müssen da rein." Der Agent zeigte auf einen der Bildschirme.

„Sie wollen mich wohl verarschen", sagte Chase ungläubig. Auf dem Monitor, den der Agent meinte, waren mindestens ein Dutzend chinesische Männer und Frauen in einem

Raum zu sehen, der einer NASA-Operationszentrale glich. Überall standen bewaffnete Wachen herum.

Der DEVGRU-Teamleiter sagte: „Sie gehen voran."

„Zuerst muss ich das Kommunikationssystem der Überwachungsanlage deaktivieren." Der Agent tippte auf einer Tastatur herum. Mehrere Bildschirme wurden schwarz. Dann ging er zu einer Funksteuerungsbox und änderte die Frequenzen.

Anschließend sah er Chase und die SEALs an. „Der Raum befindet sich zwei Türen weiter auf der linken Seite. Darin halten sich etwa zwanzig Leute auf, mindestens die Hälfte von ihnen ist bewaffnet. Ich habe dafür gesorgt, dass sie nicht wissen, dass wir kommen. Aber ein paar von ihnen könnten unserer Mission trotzdem gefährlich werden. Es wäre das Beste, sie alle schnell auszuschalten. Schon beim Reingehen."

Chase und die Männer nickten.

Die Gruppe verließ die Überwachungszentrale und joggte den Flur entlang, die Waffen im Anschlag. Die SEALs voneweg, Chase und der NSA-Mann hinterher. Sein Adrenalinspiegel stieg minütlich an.

Zwei der SEALs bezogen rechts und links der Tür Stellung. Einer von ihnen hatte eine Blendgranate in der Hand. Der chinesische Agent packte ihn am Handgelenk. „Nein. Das könnte die Ausrüstung beschädigen."

Chase fragte sich, was dieser Typ dachte, was die Kugeln aus ihren MPs anrichten würden ...

Dann zog der chinesische Agent seine Schlüsselkarte durch das Lesegerät und tippte einen weiteren Code ein. Die Tür öffnete sich mit einem leisen Zischen und die SEALs stürmten nacheinander in den Raum.

Die Schießerei begann.

Chase hatte noch nie Männer sich so schnell bewegen sehen. Fünf DEVGRU-SEALs rasten wie Besessene quer

durch den Raum und drückten dabei nonstop ab, wobei ihre
Waffen gedämpfte Knackgeräusche erzeugten. Es roch nach
Schmauch und Chase konnte tatsächlich hören, wie die
Munition in die menschlichen Körper einschlug.

Innerhalb weniger Sekunden lagen alle chinesischen Ziel-
personen blutüberströmt auf dem Boden.

Chase verdrängte jeden Gedanken daran, wer diese
Menschen waren oder ob sie ein solches Ende verdient hatten.
Diese quälenden Überlegungen würden warten müssen.

Nachdem die SEALs den Raum als „sauber" deklariert
hatten, sah Chase den chinesischen Agenten an. „Welcher
Computer?"

Der Angesprochene zeigte auf einen der Arbeitsplätze im
vorderen Teil der Zentrale. Chase holte einen grauen Laptop
aus seinem wasserdichten Rucksack und legte ihn neben dem
Computer auf den Tisch. Der NSA-Mann nahm am Terminal
Platz und beide machten sich an die Arbeit. Chase fungierte
als eine Art OP-Helfer, während der NSA-Mann der akribi-
schen Tätigkeit eines Cyberhackers nachging. Wie bei einer
echten Notoperation ging es um Leben und Tod.

Zwei Meilen entfernt hatte die *USS Jimmy Carter* gerade
ein NSA-eigenes Seekabel an ein Trio von fast unsichtbaren
Kommunikationsbojen angeschlossen.

„Sichtverbindung steht", verkündete der NSA-Cyberexperte. Ein Laser-Kommunikationssignal war nun auf das
Dach des Gebäudes gerichtet, und mithilfe der Bojen wurden
große Datenmengen zum und vom Glasfaserkabel der NSA
übertragen.

Das war der Startschuss für eine kleine Armee von NSA-
Cyberkriegern in Fort Meade, Maryland, sich an die Arbeit zu
machen. Sie hatten in den letzten zwei Monaten ausgiebig für
diese Mission trainiert. Chase konnte sich gut vorstellen, wie
sie dort saßen, aufgeputscht vom Koffein, ungeduldig auf das

Zeichen wartend, dass die Verbindung hergestellt war – wie Börsenhändler, die begierig auf das Signal der Eröffnungsglocke warteten.

Chase spürte ein Beben unter seinen Füßen.

Ein lautes Rumpeln erschütterte das Gebäude.

„Es geht los", sagte der chinesische Agent. Ein weiteres Rumpeln ertönte. Chase hatte von seinem Platz aus ein schmales, hohes Fenster im Blick. Er konnte sehen, wie die Raketen in den Himmel schossen, eine nach der anderen, jede mit Dutzenden von Minisatelliten bestückt, die in wenigen Minuten ihren Betrieb aufnehmen würden.

Der Massenstart der Satelliten hatte begonnen.

Der SEAL-Commander tippte dem NSA-Mann auf die Schulter. „Haben wir die Verbindung pünktlich hergestellt?"

Der NSA-Mann fixierte beim Tippen weiterhin seinen Bildschirm. „Gute Up- und Downlink-Datenrate ... Ja, ich denke, es sieht gut aus. *Heilige Scheiße* – ich kann nicht glauben, dass das tatsächlich funktioniert hat."

David nahm an einer sicheren Videoschalte mit dem Präsidenten und den beiden Fünf-Sterne-Generälen teil, die für SOUTHCOM und NORTHCOM verantwortlich waren, General Schwartz und General Mike Lowres.

Susan saß hinter David und ließ ihm den Vortritt.

„Mr. President, meine Herren, ich habe gute Nachrichten. Die Operation ERZENGEL scheint bisher erfolgreich zu verlaufen. Das Software-Overlay ist einsatzbereit."

Der Präsident fragte: „Was bedeutet das, David?"

„Mr. President, jetzt, da die Software einsatzbereit ist, kann die NSA auf alle Daten zugreifen, die zu und aus dem chinesischen Weltraumbahnhof fließen. Dieser ist aus Sicherheits-

gründen der zentrale Knotenpunkt, über den alle
Satellitendaten der VBA geleitet werden."

„Sie werden also keinen Zugriff auf ihre Satelliten haben,
wenn der Angriff beginnt?", fragte der Präsident weiter.

„Sir, die Chinesen können die Satellitendaten immer noch
sehen – aber diese können jetzt im Vorfeld von der NSA manipuliert werden. In wenigen Minuten wird das US-Cyberkom-
mando die empfangenen Daten austauschen. Stellen Sie sich
das so vor, als würden Einbrecher den Video-Feed der Über-
wachungskamera eines Banktresors austauschen. Die Informationen, die das chinesische Militär und die Geheimdienste
von ihren Satelliten erhalten, werden durch das ERZENGEL-
Programm der NSA gefiltert. Nur handelt es sich hier nicht
nur um das Überwachungsvideo in einer Bank, sondern um
sämtliche Überwachungs-, Kommunikations-, Zielerfassungs-
und GPS-Standortdaten Chinas. Entscheidende Informationen, die sie für ihren bevorstehenden Angriff benötigen."

General Schwartz erkundigte sich: „David, ab wann
können die US-Einheiten auf den Datenlink zugreifen?"

„General, Sie können alle Einheiten umgehend informieren, dass die Verbindung ab sofort verfügbar ist. Das Cyber
Command hat alle Kryptocodes und die Software
aktualisiert."

Der Präsident fragte: „Welche Auswirkungen wird das für
uns haben?"

„Sir, China wird jetzt nur noch das zu sehen bekommen,
was wir ihnen zeigen wollen. Wir haben letztendlich Chinas
Satellitennetzwerk gekapert. Unsere Militäreinheiten können
dieses Netzwerk für Zielerfassung, Kommunikation und
Datenverbindungen nutzen. Wir haben jetzt unser eigenes
GPS und Überwachungssystem mit freundlicher Genehmigung der VBA."

„Werden sie das Netzwerk nicht abschießen, so wie sie unsere eigenen Satelliten abgeschossen haben?"

„Irgendwann, Sir, werden sie das wahrscheinlich tun. Aber da die Chinesen noch nicht realisiert haben, was passiert ist, wird vorerst niemand versuchen, diese Satellitenkonstellationen vom Himmel zu holen."

Der Präsident sah erleichtert aus. „Meine Herren, das ist einfach nur brillant."

39

Lena stand neben General Chen im strategischen Operations-
zentrum der Zentralen Militärkommission und verfolgte mit
ihm gemeinsam die Schlacht im Atlantik. Die nächsten vierundzwanzig bis achtundvierzig Stunden entschieden möglicherweise über den weiteren Kriegsverlauf. Und damit
vielleicht auch über das Schicksal ihres Kindes.

Der diensthabende VBA-Oberst begrüßte General Chen
und sagte: „Unsere Flotte bewegt sich nach Norden, General.
Der Massenstart der Satelliten ist abgeschlossen. Bald werden
sich unser GPS und die Datenverbindungen mit allen Waffen-
systemen in Venezuela synchronisieren. Mit unseren Kurzstre-
ckenraketen werden wir alle Luftverteidigungseinheiten
entlang der amerikanischen Küste angreifen."

Der General zeigte auf die Karte der Region. „Erläutern
Sie mir den Rest des Plans."

„Gewiss, General. Unsere in Kolumbien und Venezuela
stationierten Flugzeuge sind einsatzbereit. Als erstes werden
unsere Jagdflugzeuge und Frühwarnflugzeuge starten. Die
Jäger werden alle amerikanischen Flugzeuge zerstören, die
uns aufhalten wollen. Dann werden unsere Luftlandetruppen

mit Fallschirmen über dem US-Festland abspringen. Wir werden mehrere Tausend Truppen tief im amerikanischen Hinterland stationieren und die Kontrolle über Flugplätze und Treibstoffdepots übernehmen. Unsere Bomber werden jene militärischen Ziele innerhalb der USA zerstören, die bisher durch Boden-Luft-Raketen geschützt waren."

„Und was geschieht währenddessen in Mittelamerika?"

„Unsere pazifische Marineflotte bewegt sich entlang der Küste ebenfalls nach Norden. VBA-Kräfte kämpfen außerdem in Costa Rica. Aber wir werden gleichzeitig Angriffe auf die amerikanischen Bodentruppen in Mittelamerika und Mexiko starten."

General Chen hörte noch eine Weile zu und winkte dann ab. „Gut, gut. Wie lange noch, bis wir mit dem Abschuss unserer Raketen beginnen?"

Einer der ranghohen Offiziere verkündete: „Sir, der erste Schlag findet in Kürze statt."

Admiral Song konnte das salzige Meerwasser auf seiner Zunge schmecken, als eine anhaltende Brise die Gischt bis zur Brückennock seines Schlachtschiffs der Jiaolong-Klasse hinauftrug. Rings um ihn herum konnte er am Horizont chinesische Schiffe sehen. Sie waren weit genug voneinander entfernt, um nicht zur leichten Beute für ein einzelnes feindliches U-Boot zu werden, aber dennoch nah genug beisammen, um von der gerichteten Energiewaffe und der U-Boot-Abwehr der gewaltigen Jiaolong-Klasse zu profitieren.

„Das Globale Positionierungssystem ist online, Admiral. Unsere Hyperschallwaffen in Venezuela speisen gerade ihre Zieldaten ein und gleichen sie mit den aktualisierten Aufklärungsbildern ab."

Admiral Song nickte. „Gut. Hat sich irgendetwas an der amerikanischen Defensivhaltung geändert?"

Die zwei vor ihm stehenden Offiziere sahen sich an.

Admiral Song fragte: „Was ist los?"

„Anhand den Satellitendaten lässt sich keine Veränderung feststellen, Sir, aber ..."

Der andere Offizier sagte: „Einige unserer Drohnen übertragen jetzt Informationen vom US-Festland."

„Jetzt schon?"

Das war eine gute Nachricht. Die Schiffe wurden erst am darauffolgenden Tag in den USA erwartet.

„Warum ist das ein Problem?"

„Sir, es gab eine Diskrepanz im Hinblick auf gewisse Aufklärungsdaten."

„Und was zeigen die Satelliten? Die sind jetzt im Weltraum und liefern Echtzeitbilder."

„Die Satelliten zeigen die gleichen Aufnahmen wie beim *letzten* Satelliten-Massenstart, Admiral."

Admiral Song verlor langsam die Geduld. „Ich sehe das Problem nicht. Was zum Teufel wollen Sie damit sagen?"

Das Telefon des Admirals klingelte und er nahm ab, entnervt von diesen stammelnden Idioten. „Was gibt es?"

Die Stimme am anderen Ende der Leitung gehörte dem Verbindungsoffizier des Zentralkomitees. Ähnlich wie die Politoffiziere, die auf allen sowjetischen Schiffen mit an Bord gingen, war dieser Mann direkt dem Politbüro unterstellt. „General Chen hätte gern ein Update, Admiral."

Admiral Song atmete tief aus und bemühte sich, nicht zu fluchen. „Sagen Sie dem General, dass sich unsere Schiffe jetzt nördlich von Kuba bewegen. Dass wir Luftbilder empfangen. Und dass die erste Welle von Hyperschallwaffen kurz vor dem Start steht. Und rufen Sie mich nicht mehr an. Der letzte Satz gilt für Sie."

Er legte den Hörer auf. Die beiden stümperhaften Nachwuchsoffiziere warteten noch immer und sahen beunruhigt aus.

„Was?"

„Die Bilder der Drohne, Sir ..."

„Was ist damit?"

„Sir, sie stimmen *nicht* mit den Satellitenbildern überein. Unsere organischen Aufklärungsdrohnen benutzen einen anderen Kommunikationskanal. Der sehr zuverlässig ist."

Admiral Songs Augen wurden schmal. „Zeigen Sie es mir."

Sie betraten die Geheimdienstkabine, die sich hinter mehreren luftdichten Türen und einem bewaffneten Wachmann verbarg. Dort angekommen, projizierte ein Analyst eine Reihe von Bildern auf den großen Flachbildschirm in der Mittelkonsole. Im Raum hielten sich sechs Geheimdienstanalysten auf, die allesamt den Admiral beobachteten. Song fiel auf, dass Männer ungewöhnlich nervös wirkten. Sie waren nicht etwa so still, weil er der ranghöchste Offizier der Flotte war – irgendetwas stimmte nicht, und sie warteten darauf, dass er erkennen würde, was es war.

Der Nachrichtenoffizier sagte: „Admiral, das ist das Satellitenbild von letzter Woche. Und das ist die Aufnahme, die wir gerade aus dem All bekommen haben. Und das hier – das haben wir von unserer Drohne erhalten, die den Marinestützpunkt Norfolk in diesem Moment überfliegt."

Admiral Song wurde leichenblass, als er sich an den Geheimdienstbericht erinnerte, den sie ein paar Tage zuvor einfach abgetan hatten.

„Sir, die Norfolk-Schiffe sind nicht beschädigt ... Sie sind *weg* ..."

„Wollen Sie damit etwa ausdrücken, dass die amerikanischen Flugzeugträger *in See gestochen sind*?" General Chen erhob sich von seinem Stuhl, die Adern an seinem Hals schwollen an und pulsierten. Lena beobachtete, wie ihn sein Lakai zitternd über die unerwarteten Bewegungen der amerikanischen Atlantikflotte unterrichtete.

„Sir, zwei Träger und ihre Geleitschiffe. Unsere Aufklärungsflugzeuge haben sie soeben gesichtet. Ihre Positionen stimmen nicht mit den von uns erhaltenen Satellitendaten überein."

General Chen kniff die Augen zusammen und schaute nach links und rechts, wo seine erfahrensten Berater saßen.

„Minister Dong. Was hat das zu bedeuten?"

Lena fand es interessant, dass ihr Vater sich zuerst an den einzigen Mann in der Gruppe wandte, der nicht als Loyalist galt. Wenn es darauf ankam, musste sich selbst General Chen der wahren Kompetenz beugen.

„Nun, es scheint, dass wir getäuscht wurden, General. Entweder haben sich die Amerikaner in unsere Drohnen gehackt und wollen uns glauben machen, dass ihre Flotte stärker ist als gedacht, oder ..."

„Oder was?" General Chen sah besorgt aus.

Minister Dong dachte einen Moment nach. „Unser Satelliten-Massenstart fand vor weniger als zwölf Stunden statt. Meine Quellen sagen mir, dass die Amerikaner noch nicht versucht haben, unsere Satelliten abzuschießen."

„Das ist ungewöhnlich."

„Ja. Es ist denkbar, dass unsere Angriffe auf die amerikanischen Satellitenabwehrsysteme Früchte tragen. Oder aber, dass die Amerikaner die Daten, die wir von diesen Satelliten empfangen, korrumpiert haben."

„Warum sollten sie das tun?"

„Sie wollten vielleicht *schwächer* erscheinen, als sie in Wirklichkeit sind ...“

Lena betrachtete die taktische Anzeige. Das digitale Bild zeigte die Position der chinesischen Flotte nordwestlich von Kuba. Sie war schon sehr nah an Amerika herangerückt, und falls das US-Militär sie tatsächlich dorthin locken wollte, wurde es gefährlich ...

General Chen sagte: „Aber Sie haben gerade gesagt, dass man vielleicht unsere Drohnen korrumpiert hat. Ich meine, die Satellitendaten *könnten doch stimmen*?“

Die hoffnungsvollen Worte eines verängstigten Führers.

Ein VBA-Admiral trat an General Chen heran. „Sir, unsere U-Boote verfolgen jetzt mehrere amerikanischen Schiffsgruppen, die in die Floridastraße einfahren.“ Er sah alarmiert aus. „Ich denke, die amerikanische Flotte wurde nicht so stark beschädigt wie bisher angenommen.“

General Chen lief rot an. Er ließ seinen Blick zu Lena schweifen. „Die Russen haben uns im Stich gelassen. War das Absicht?“

Lena schüttelte den Kopf. „Das glaube ich nicht, General. Aber die Amerikaner haben viele Spione im Einsatz. Es ist möglich, dass sie von der russischen Operation erfahren haben.“

General Chen blickte zu seinen Militärberatern. „Was hat das für Auswirkungen?“

Der VBA-Admiral sagte: „Sir, es ist schwer, das einzuschätzen. Wir erhalten viele widersprüchliche Berichte.“

„Was ist das Worst-Case-Szenario?“

Der Admiral antwortete: „Im schlimmsten Fall verfügen die Amerikaner über zwei Trägerkampfgruppen, die im Golf von Mexiko und in der Karibik auf unsere Flotte treffen werden. Falls sie Flugzeuge an Bord haben, befinden Sie sich bereits in Angriffsreichweite.“

Der General sah verwirrt aus. Dann schlug die Verwirrung in Wut um. „Wie konnte es passieren, dass man mich darauf nicht aufmerksam gemacht hat!" Er schlug mit den Fäusten auf den Tisch.

„Die amerikanischen Luftstützpunkte – war das auch ein Trick?", erkundigte sich Lena.

„Sowohl die Aufklärungsbilder unserer organischen Drohnen als auch die potenziell verfälschten Satellitenbilder zeigen weiterhin erhebliche Schäden auf amerikanischen Luftwaffenstützpunkten. Hunderte von Flugzeugen wurden zerstört." Der Sprecher, ein VBA-General, blickte Minister Dong an.

Der wandte ein: „Ist es angesichts der Täuschung durch die Marine nicht auch denkbar, dass die Amerikaner es nur so aussehen lassen, als wären ihre Lufteinheiten zerstört worden?"

„Wie sollten sie das anstellen?", fragte General Chen.

„Attrappen, Sir. Wir haben in der Ausbildung ähnliche Taktiken angewandt. Wir müssten die Flugzeuge genauer untersuchen, um sicher zu sein. Aber unsere Drohnen können sich den Luftwaffenstützpunkten nicht weiter annähern, ohne Gefahr zu laufen, abgeschossen zu werden."

Der VBA-Admiral sagte: „Das ist unwahrscheinlich. Wenn diese Bilder von zerstörten Flugzeugen tatsächlich als Köder gedacht waren, hätten die Amerikaner die echten Flugzeuge auf eine andere Basis verlegen müssen. Unsere Agenten haben alle amerikanischen Stützpunkte überwacht. Das hätten wir mitbekommen."

General Chen knetete unablässig seine Hände. „Inwiefern beeinflusst das unsere Angriffsstrategie?"

Der VBA-Admiral antwortete: „Wir sollten einige unserer Ziele anpassen. Und uns die sich nähernden amerikanischen

Kampfgruppen vornehmen, bevor sie Admiral Songs Atlantik-flotte erreichen."

„Was ist mit unseren U-Boot-Streitkräften?"

Der VBA-Admiral antwortete: „Admiral Song verfügt nur über eine Handvoll Jagd-U-Boote, die dem Schutz seiner großen Jiaolong-Schiffe dienen. Selbst wenn man sie abkommandierte, würden sie mehr als einen Tag brauchen, um die amerikanische Flotte zu erreichen. Die wahre Bedrohung geht von Luft- und Raketenangriffen aus. Und die Jiaolongs sind mehr als fähig, sich dagegen zu verteidigen."

General Chen erhob seine Stimme, er hatte eine Entscheidung getroffen. „Nehmen Sie eine neue Zielzuweisung vor. Besiegen Sie die amerikanische Marineflotte. Aber stellen Sie sicher, dass wir auch die landgestützte Flugabwehr zerstören. Unsere zweite Angriffswelle hängt davon ab."

Lena beobachtete, wie der Befehl des Generals von ein paar Offizieren in der Kommandozentrale weitergegeben wurde. Sie übermittelten die Informationen auf unterschiedliche Weise. Teils über Hightech-Headsets, mit denen sie die Informationen persönlich an Admiral Songs Gefechtsinformationszentrum weiterleiteten. Und über einen sicheren Chat-Messenger, der die Nachricht an die Kommandanten der Raketenbatterien, der VBA-Luftwaffe, die ihre Jets auf den Start in Südamerika vorbereiteten, sowie die Befehlshaber der Schiffs- und U-Boot-Verbände von Admiral Songs Flotte übermittelte.

Die gesamte Kommunikation wurde über die milliardenschwere Konstellation chinesischer Minisatelliten abgewickelt, die kürzlich vom Südchinesischen Meer aus gestartet waren.

Doch zunächst machten die Befehle und die zugehörigen Zieldaten einen kurzen Zwischenstopp in Fort Meade, wo sie sofort analysiert wurden.

Und ein paar Modifikationen erhielten.

David und Henry saßen in der Silversmith-Operationszentrale
und beobachteten einen NSA-Techniker, der sie von seinem
Computerterminal aus laufend über den aktuellen Stand der
Dinge unterrichtete.

„Die NSA hat aktualisierte Kommandoinformationen aus
Peking erhalten. GPS-Overlays und Entfernungskorrekturen
werden in die chinesischen Ziel- und Navigationscomputer
hochgeladen."

Henry beugte sich zu David hinüber und fragte: „Kannst
du es mir jetzt sagen?"

David schüttelte den Kopf. „Noch nicht."

Der NSA-Techniker meldete: „Der Datenlink und das GPS
der VBA-Marine und -Luftwaffe werden jetzt von Fort Meade
aus kontrolliert."

Von mehreren Arbeitsstationen ertönte verhaltener Jubel.
Alle im Raum Anwesenden überwachten ihre Konsolen hoch
konzentriert und verfolgten, wie sichere Nachrichten
zwischen verschiedenen ultrageheimen Kommandozentralen
in den Vereinigten Staaten hin und her geschickt wurden. Der
Krieg hatte den besten US-Programmierern einen großen
Anreiz geliefert, für die NSA zu arbeiten. Niemand wurde
reich, wenn er während des Dritten Weltkrieges ein weiteres
soziales Netzwerk entwickelte. Der Ehrgeiz und Einfallsreich-
tum, auf dem auch der Erfolg von Silicon Valley fußte, wurde
jetzt auf andere Weise genutzt. Die NSA und andere amerikanische Behörden hatten diese Männer und Frauen rekrutiert
und zu schlagkräftigen Cyberkriegern ausgebildet.

Jetzt machte es sich bezahlt.

Ein technischer Feldwebel der Luftwaffe drehte sich um

und verkündete: „Die ersten chinesischen Hyperschall-Marschflugkörper starten jetzt von Venezuela aus."

Henry fragte: „Das ist es also? Der Angriff beginnt?"

Außerhalb des Gebäudes erklang das Heulen einer Luftschutzsirene.

Henry wirkte nervös. „Sollten wir nicht besser Schutz suchen?"

David betrachtete weiterhin die digitale Anzeige mit den Positionen der Schiffe und Flugzeuge. Flugspuren waren nur noch wenige zu sehen. Einige chinesische Radarflugzeuge und eine bescheidene Patrouille mit Kampfauftrag. Amerikanische Flugzeuge waren bislang keine gestartet.

Dann erschienen mehrere rote Flugspuren über Venezuela, jede mit einem Geschwindigkeitsvektor, der aus der Mitte der Spur herausragte. Die Länge dieses Vektors symbolisierte die Geschwindigkeit des Geschosses. Das waren die ersten chinesischen Hyperschall-Marschflugkörper. Ihre Geschwindigkeitsvektoren wurden rasch länger und erstreckten sich prompt bis über die Karibik.

„Heiliger Strohsack", sagte David, während er sie im Auge behielt. „Das sind mindestens zwanzig, und das ist erst der Anfang. Es wäre besser, wenn unser Plan aufginge."

Henry bemerkte: „Wenn nicht, sollten wir vielleicht auf die Luftschutzsirene hören und Schutz suchen."

„Wenn nicht, haben wir nicht genug Zeit."

„Wirst du es mir jetzt sagen?"

David sah ihn an. „Gut. Was willst du wissen?"

„Fang mit den Hyperschallwaffen an."

David beobachtete beim Sprechen weiterhin die digitalen Flugspuren. „Nachdem die Chinesen den Wissenschaftler Rojas verschleppt hatten, wurde uns klar, dass selbst im besten Fall sowohl die USA als auch die Chinesen über seine Hyperschalltechnologie verfügen würden. Aber wir konnten uns überlegen, wie wir sie einsetzen wollten. Die Chinesen waren mit ihren Satelliten-Massenstarts ganz klar im Vorteil. Wir wollten erreichen, dass sie sich *zu sehr* auf diese Fähigkeit verlassen. Wir haben sie ein Jahr lang in dem Glauben gelassen, sie sei sehr effektiv. Sie sollten sich in falscher Sicherheit wiegen. Aber wie du aufgrund deiner Arbeit weißt, war das Netzwerk eben nicht sicher."

Susan gesellte sich zu ihnen. „Findet hier eine nicht autorisierte Besprechung statt?"

David antwortete: „Sie haben gesagt, dass er reinkommen darf."

Susan zuckte mit den Schultern. „Na ja, was spielt das jetzt noch für eine Rolle? Sieg oder Niederlage, morgen wird jeder wissen, was wir getan haben."

Henry sagte: „Also, die chinesische Satellitenkommunikation und der Datenlink ..."

David fuhr fort: „... waren für die Chinesen in all den Schlachten, die sie im letzten Jahr geschlagen haben, extrem vorteilhaft. Wir ließen sie in dem Glauben, dass ihre überlegene Satellitenabwehr all unsere Satelliten abschießen könnte. Und wir haben sie machen lassen. Wir haben es ihnen sogar absichtlich leichter gemacht. Wir haben ihnen erlaubt, in diesem Bereich übertrieben selbstbewusst zu werden – und nun sind sie es. Die VBA hat ihre größten und wichtigsten Waffensysteme in ein Satellitennetzwerk eingebunden. Aber mit Ihrem Code kontrollieren wir es jetzt. Wir lesen ihre Kommunikation in Echtzeit mit. Hunderte von NSA-Mitarbeitern haben ununterbrochen daran gearbeitet, wie man die digitalen Navigations- und Zieldaten der Chinesen automatisch verschieben kann. Und jetzt steuern wir ihre Zielbearbeitung."

Admiral Song befand sich in der Operationszentrale seines Schiffs. Einer seiner besten Offiziere hatte gerade gemeldet, dass in ihrem Satellitenkommunikations- und Datenlinknetzwerk vermehrt Fehler auftraten.

„Admiral, unsere Schiffe bereiten sich auf den Start von Marschflugkörpern auf Landziele vor. Bei den vorgelagerten Kontrollen haben sie große Unregelmäßigkeiten festgestellt. Aber sie erhielten den Befehl, trotzdem mit dem Abschuss fortzufahren."

„Was für Unregelmäßigkeiten?"

„Nun, sie glauben, dass die GPS-Zieldaten falsch sind."

Ein Aufstöhnen von einem Teil seiner Besatzung veranlasste Admiral Song, sich umzudrehen. Auf einem der Videomonitore wurden die Geleitschiffe in ihrer Nähe angezeigt. Zerstörer und Fregatten.

Einer der Zerstörer sah aus, als ob man ihn in zwei Hälften geschnitten hätte.

Der Bug und das Heck des Schiffs ragten in seltsamen Winkeln aus dem Ozean, während der mittlere Teil bereits unter Wasser war.

Die Matrosen in der Operationszentrale begannen laut zu schreien.

Dann wurde der Bildschirm für eine Sekunde weiß. Als das Bild zurückkam, konnte man sehen, dass ein zweites Schiff getroffen worden war. Aus seiner Mitte stieg ein Geysir aus weißlich-grauem Meerwasser Hunderte von Metern in die Höhe.

Admiral Song lief ein kalter Schauer über den Rücken

Der neben ihm stehende Juniorroffizier rief: „Sir, der Raketenkommandant hat einen Alarm ausgelöst! Wir werden von unseren eigenen Hyperschallraketen angegriffen."

Hundert Meilen entfernt hatte der chinesische Raketenstützpunkt gerade den Start von mehreren Dutzend Hyperschall-Marschflugkörpern vollzogen. Diese beschleunigten in Sekundenschnelle auf Mach sechs und brauchten nur wenige Minuten, um über die Karibik nach Norden zu fliegen und ihre Ziele zu erreichen. Sowohl vor dem Start als auch während des Flugs erhielten die Geschosse Updates vom chinesischen Minisatellitennetzwerk, das nun die Erde umkreiste. In Bodenkontrollstationen in Venezuela studierten die chinesischen Raketenmänner eifrig ihre Monitore. Die Programmierung der Flugkörper sah vor, amerikanische Land- und Seeziele zu zerstören. Unmittelbar nach dem Start tauchten in den Computern der Bodenkontrollstationen Fehlermeldungen auf. Aber es gab nichts, was deren Bediener tun konnten.

Der Hyperschall-Marschflugkörper, der die Eskorte von Admiral Song traf, hätte eigentlich in den Flugabwehrradar der US-Armee in der Nähe der Everglades einschlagen sollen.

Er verfehlte sein eigentliches Ziel damit um neunhundertzweiundvierzig Seemeilen.

Aus Sicht eines Programmierers in der hochsicheren Operationszentrale der NSA in Fort Meade lag die Ungenauigkeit lediglich bei fünfundzwanzig Fuß.

Der Gefechtsraum an Bord der Jiaolong-Klasse wurde abrupt dunkel, als eine Rakete den Aufbau in der Mitte auseinanderriss. Admiral Song spürte, wie der Boden unter seinen Füßen wegkippte, bevor er wieder nach oben stieg, wodurch alle das Gleichgewicht verloren, Knochenbrüche erlitten oder bewusstlos wurden.

Als die schummrige Notbeleuchtung anging, konnte er nichts mehr hören. Aber er sah Matrosen, die sich um die wenigen noch funktionsfähigen Computerkonsolen scharten. Funken sprühten aus einem Spalt im Schott, in dem die elektrischen Kabel verliefen. Den Admiral überkam ein mulmiges

Gefühl, als sich das Deck in einem immer steileren Winkel anstellte.

Als sein Gehör langsam zurückkam, registrierte er die Alarme für Feuer und Wassereinbruch, die durch das ganze Schiff hallten. Er kletterte aus der Operationszentrale und stieg mühsam eine Leiter zur Brücke hinauf, um einen Blick auf seine Flotte zu werfen. Von mindestens der Hälfte der Schiffe in Sichtweite stiegen schwarze Rauchfahnen auf. Einige waren verschwunden.

Dann schlug eine weitere Hyperschallrakete in sein Schiff ein. Er und alle Personen in seinem Umfeld verbrannten augenblicklich.

40

David wartete ab, während General Schwartz über eine sichere Videokonferenz der Silversmith-Einsatzzentrale zugeschaltet wurde.

„Susan, David, Sie haben genau zwei Minuten. Welche Informationen müssen weitergeben werden?"

„Sir, wir gehen gerade die Nachrichten zwischen den Kommandanten der VBA auf dem Schlachtfeld und dem militärischen Oberkommando der Chinesen durch. General Chen und sein Führungsstab wissen jetzt, dass ihr Satellitennetzwerk unzuverlässig sind. Sie haben allen chinesischen Militäreinheiten befohlen, die Satellitenverbindung zu kappen."

General Schwartz war von Männern in verschiedenen Tarnuniformen umgeben. Hinter ihm war der riesige taktische SOUTHCOM-Operationsraum zu sehen.

„Das war zu erwarten."

„Ja, Sir. Bald werden wir keinen Einblick mehr in den chinesischen Militärfunk haben. Aber Sie müssen wissen, dass das chinesische Militär den Befehl erhalten hat, einen großangelegten Luftangriff auf amerikanische Einheiten zu starten. Chinesische Kampfflugzeuge und Bomber sind bereits unterwegs und alle verbleibenden chinesischen Seestreitkräfte werden zur Verstärkung in die Küstengewässer verlegt."

„Verstanden."

„Noch eine Sache, Sir. Die Chinesen haben das russische Militär benachrichtigt. Die russischen strategischen Streitkräfte sind in höchster Alarmbereitschaft."

General Schwartz war wie eine Maschine, die Informationen verarbeitete. Er sprach mit jemandem, der von der Kamera nicht erfasst wurde. Alles, was David hören konnte, war: „Vorgeschlagener COA?"

Der unsichtbare Jemand antwortete: „Es ist immer noch wichtig, diese Ziele in Costa Rica zu vernichten. Wir könnten einige Luftwaffeneinheiten umleiten, um ..." Den Rest konnte David akustisch nicht verstehen. Die Militärgeneräle brüteten Pläne aus und entschieden, wohin sie ihre Figuren bewegen wollten.

General Schwartz schaute wieder in die Kamera. „Wir gehen zur zweiten Phase von ERZENGEL über."

Und damit war der Videoanruf zu Ende.

———

Unmittelbar nach dem Videotelefonat mit David setzte sich der Lufteinsatzstab von General Schwartz mit dem Luftgeschwaderkommandanten der Operation ERZENGEL in Verbindung. In der allgemeinen Hektik, die kurz vor wichtigen Militäroperationen immer ausbrach, verhandelten typischerweise Männer und Frauen in diversen militärischen Einsatzzentralen lautstark mit ihren Kollegen bei anderen Teilstreitkräften und den Geheimdiensten. Dazu gehörte natürlich auch die ultrageheime NSA-Zelle, deren Cyberkrieger den chinesischen Datenlink angezapft hatten. Sie

versorgten nun kurz vor knapp die amerikanischen und
verbündeten Luftstreitkräfte mit neuen Zielinformationen.

Die Zieldaten und Einsatzbefehle wurden an US-Militär-
einheiten auf Stützpunkten in aller Welt übermittelt.

Dazu zählten auch mehrere abgelegene Flugplätze in
Kanada.

Gander, Neufundland

„Ein Elch! Hightower, sieh dir das an, Mann. Ich habe endlich
einen Elch gesehen!"

„Das ist großartig, Jack." Major Chuck „Hightower" Mason
rollte seine B-1 zur Haltelinie der Startbahn drei-eins des
Gander International Airport.

Wochenlang hatten sie hier in der kanadischen Wildnis
ausgeharrt, in getarnten Wohnwagenbaracken geschlafen, die
die US-Armee aufgestellt hatte. Ihre Flugzeuge waren mit
Planen abgedeckt gewesen, um sie vor etwaiger Luftaufklä-
rung zu verbergen.

Hunderte von Jets waren in der Nacht des fingierten
Angriffs auf mehrere US-Militärbasen evakuiert worden.
Kampfflugzeuge und Bomber. Transportmaschinen mit
Wartungspersonal, Ausrüstung und Ersatzteilen. Die gesamte
Kommunikation von und nach Gander war aus Sicherheits-
gründen unterbunden worden. Niemand hatte seit der
Ankunft in Kanada Kontakt zu seiner Familie gehabt. Ihr
Aufenthaltsort war streng geheim.

Die Hälfte der US-Luftwaffe war an Orten wie Gander,
Neufundland, und einem halben Dutzend anderer abgeschie-
dener Orte in ganz Kanada versteckt worden. In Gander, dem

Ort, wohin am 11. September 2001 achtunddreißig Verkehrsflugzeuge umgeleitet worden waren, befanden sich nun mehr als vierhundert amerikanische Kampfflugzeuge und mehrere Bomberstaffeln.

An diesem Abend durften sie endlich aufbrechen.

Hightower beobachtete durch sein Cockpitfenster Hunderte von Flugzeugen beim sogenannten „Elephant Walk" – dem versetzten, langsamen Rollen zur Startbahn vieler Flugzeuge nacheinander –, der normalerweise als Training für Massenstarts vollzogen wurde. Aber das hier war kein Training, sondern ein kolossaler, gleichzeitiger Alarmstart.

„Ich muss sagen, Hightower, ich bin wirklich froh, dass ich vor dem Start noch einen Elch gesehen habe. Ich meine, wenn wir schon nach Kanada verbannt werden, will ich wenigstens auch ein paar einheimische Tiere sehen, verstehst du? Abgesehen von diesen dämlichen Kampfpiloten, mit denen wir hier festgesessen haben."

Hightower warf ebenfalls einen Blick auf das Tier. Mit seinem großen Geweih spazierte es eine nahe gelegene Straße hinunter, scheinbar unbeeindruckt von dem donnernden Motorenlärm, der alle paar Sekunden von der Startbahn ertönte, wenn ein Jet abhob.

Wenig später stiegen ganze Geschwader in den Nachthimmel, angeführt von den F-35ern des 4. Jagdgeschwaders. Dann unzählige Maschinen vom Typ F-15E vom 336. Jagdgeschwader, die den Spitznamen „Rocketeers" trugen. Hunderte von anderen folgten, darunter auch Hightowers B-1. Auch Flugzeuge der kanadischen Luftwaffe donnerten über die Startbahn und schlossen sich ihren amerikanischen Partnern auf dem Flug nach Süden an. Das Gleiche geschah auf diversen anderen Flugfeldern in ganz Kanada sowie auf US-Basen, die man nicht in das Täuschungsmanöver einbezogen hatte.

USS Michael Monsoor

Victoria und Plug waren über Nacht vom Tellerwäscher zum Millionär geworden. Drei Tage zuvor hatte man ihnen noch gesagt, dass die Navy alte Fregatten reaktivieren und umrüsten würde, die lange eingemottet gewesen waren. Stattdessen wurden die Hubschrauberstaffeln, die auf der NAS Jacksonville und der NS Mayport abwarteten, nun plötzlich angewiesen, sich auf den ausgelaufenen Schiffen der Atlantikflotte einzufinden. Schiffe, die bis vor Kurzem noch als beschädigt oder zerstört galten.

Und jetzt wurden sie auf der DDG-1001, der *USS Michael Monsoor* stationiert. Einer von drei Zerstörern der Zumwalt-Klasse, ein schnittiges und modernes Schiff, das die tiefblauen Gewässer nördlich von Kuba durchpflügte. Angeblich gehörte die *USS Michael Monsoor*, die vor einigen Monaten den Panamakanal in Richtung Atlantik befahren hatte, zu den Schiffen, die Berichten zufolge bei dem U-Boot-Angriff auf Norfolk irreparabel beschädigt wurden.

Aber das war, wie so vieles, Teil der List gewesen.

Plug setzte einen Funkspruch ab. „MONSOOR-Kontrolle, guten Morgen, Jaguar 600, zwanzig Meilen östlich von Ihnen auf tausend Fuß, ein Tauchsonar, zehn DIFAR-Bojen, zwei Torpedos und ein Rebhuhn im Birnbaum ...“

„Jaguar, *Monsoor*-Kontrolle, wählen Sie einen anderen Kanal.“

„Verstanden.“

Plug schaltete auf einen sicheren Kommunikationskanal um. Anschließend machten sie sich mit dem taktischen Fluglotsen des Schiffs daran, alle unbekannten Kontakte in der Nähe visuell zu identifizieren.

„Jaguar 600, *Monsoor*-Kontrolle, wir haben soeben mit einstündiger Verspätung die Position eines möglichen U-Boots erhalten. Bereithalten für Koordinaten."

Die Daten wurden vom Schiff an den Hubschrauber übertragen, woraufhin Plug sofort ihre Navigationsinformationen anpasste, um sie zu der Stelle zu leiten.

„Ich drehe nach links ab", sagte Victoria und neigte das Flugzeug stark nach links. „Gehe auf fünfhundert Fuß runter."

„Verstanden, fünfhundert."

Sie drückte mit der linken Hand den Schubhebel nach unten und spürte ein Flattern, als sich der Anstellwinkel der Rotorblätter änderte. Sie verloren an Höhe und flogen jetzt auf ein feindliches U-Boot zu. Victoria versuchte, einen klaren Kopf zu bewahren, aber vor ihrem geistigen Auge tauchten einmal mehr düstere Bilder aus ihrer Vergangenheit auf. Der U-Boot-Angriff, der die *Stockdale* versenkt hatte. Der U-Boot-Angriff, der ihren Vater auf der *Ford* das Leben gekostet hatte. Ihr Atem ging mit einem Mal schwerer.

„Boss." Plug sah sie an, das Visier hochgeklappt. „Sind Sie in Ordnung?"

Victoria blickte zu ihrem Copiloten hinüber und nickte schnell. „Jep."

Sie musste einfach nur weiterfliegen.

41

David und sein Team aßen und schliefen in den nächsten Tagen im Silversmith-Gebäude, für den Fall, dass Susan oder irgendjemand anderes bei der Ausführung der Pläne ad hoc ihre Expertise benötigte. Der Großteil der Leute hielt sich in den Besprechungsräumen auf, las oder unterhielt sich; versuchte, sich irgendwie abzulenken und die Zeit zu vertreiben. David und Henry waren die Einzigen, die Zugang zur Einsatzzentrale hatten. Alle paar Stunden kamen sie zurück, um den Rest der Arbeitsgruppe auf dem Laufenden zu halten. Aber jetzt waren sie in die Zentrale zurückgekehrt, um live mitzuerleben, wie die Früchte ihrer Arbeit geerntet wurden.

Hier wurde Geschichte geschrieben und sie hatten einen sprichwörtlichen Platz in der ersten Reihe. Um den anderen nicht im Weg zu sein, saßen sie allerdings im hinteren Teil des Raums. Dutzende von Männern und Frauen von verschiedenen Militär- und Geheimdienstorganisationen saßen tippend an Computerterminals und sprachen in Headsets.

Eine ranghohe Unteroffizierin der Air Force mit einem Headset verkündete: „Chinesische Flugzeuge starten in großer Zahl von Militärbasen in Venezuela und Kolumbien."

Susan und der neben ihr sitzende Einsatzoffizier nickten und bestätigten damit das Update. Auf der großen digitalen Karte an der Wand erschienen Dutzende von roten Flugspuren, deren Geschwindigkeitsvektoren nach Norden zeigten.

Susan fragte: „Wissen die Chinesen bereits von den amerikanischen Flugspuren im Norden?"

„Negativ. Jedenfalls *noch* nicht. Sie sind noch ziemlich weit weg. Sie werden erst in etwa einer Stunde auf ihrem Radar auftauchen."

Henry lehnte sich zu David hinüber. „Wovon reden sie?"

David sagte: „Du wirst jetzt Einzelheiten von den anderen Missionen aufschnappen, die wir geplant haben. Du warst Teil eines abgeschotteten Teams, dessen Aufgabe es war, uns Zugang zum chinesischen Satellitennetzwerk zu verschaffen. Das war entscheidend, aber wir haben gleichzeitig auch an anderen Programmen gearbeitet. In Kombination miteinander sollten sie zu beträchtlichen Erfolgen führen."

Henry deutete auf den Bildschirm. „Und diese blauen Symbole da oben ... ist das eines eurer Programme?"

David nickte. „Erinnerst du dich an die vielen Nachrichtenagenturen, die während des chinesischen U-Boot-Angriffs sofort Videos von unseren unter Beschuss stehenden Militärbasen ausgestrahlt haben?"

„Natürlich. Ein paar Idioten mit Handykameras hatten das Material an die Nachrichtensender weitergegeben, die diese essentiellen Informationen dann preisgaben. Sie hatten alle unsere zerstörten Schiffe und Flugzeuge gefilmt."

David verzog keine Miene. „Die Videos kamen von uns. Das war alles inszeniert. Produziert von ein paar sehr talentierten Leuten – die früher übrigens in Hollywood gearbeitet haben und jetzt für die CIA tätig sind. Sagt dir der Begriff ‚Deep Fakes' etwas?"

„Natürlich. Man setzt moderne Technologie ein, um

Videos zu manipulieren und den Inhalt zu verfälschen. Die
Chinesen haben das in der Anfangsphase des Krieges
gemacht. Sie haben auf allen großen Nachrichtensendern ein
gefälschtes Video gezeigt, in dem unser Präsident scheinbar
ankündigte, China atomar angreifen zu wollen."

„Das ist richtig. Sie wollten uns verwirren. Und der Welt
vorgaukeln, dass die Vereinigten Staaten Atomraketen auf
Nordkorea abgefeuert hatten. In Wirklichkeit war das China
selbst. Chinesische U-Boote hatten Nordkorea angegriffen,
und dann überzeugte China die Welt, dass wir es waren.
Dadurch hatten sie ein enormes politisches Druckmittel in
der Hand."

Henry fragte: „Willst du damit sagen, dass der U-Boot-
Angriff auf unsere Stützpunkte ... das war alles gefälscht? Von
uns? Und all diese Videos, die in den Nachrichten liefen – die
waren ...."

„Von uns erstellt. Und anonym an die US-Medien weitergeleitet worden. Als das Filmmaterial von den globalen
Medien aufgegriffen wurde, auf die wir keinen Einfluss
haben, verlangte die US-Regierung offiziell von unseren
nationalen Medienorganisationen, dass sie aufhören, die
gefälschten Aufnahmen abzuspielen. Das bestätigte in den
Augen aller ausländischen Geheimdienstmitarbeiter deren
Wahrheitsgehalt."

„Und was ist tatsächlich passiert?", erkundigte sich Henry.

„Wir hatten den Zugang zu all diesen Basen gesperrt. In der
Angriffsnacht haben wir möglichst viele dieser Jets auf ein paar
abgelegene Flugplätze in Kanada verlegt, um sie in Sicherheit zu
bringen. Dank der eingeschränkten ISR-Kapazitäten
bekommen weder die Chinesen noch die Russen alles mit. Von
unseren Agenten in China und Russland wussten wir, dass
beide Länder sämtliche Ressourcen darauf verwendeten, jeden

Zoll der US-Luftwaffenstützpunkte zu durchkämmen. Sie sahen das, was wir ihnen zeigen wollten. Hauptsächlich zerstörte Attrappen. Wir haben absichtlich ein Schiff versenkt. Ein paar Flugzeuge beschädigt. Wir mussten es echt aussehen lassen. Aber aufgrund der erhöhten Sicherheitsmaßnahmen rund um unsere Basen konnten wir die Anzahl der Kameras minimieren. Wir haben unsere Schiffe in Gerüste gehüllt und Schäden vorgetäuscht. Hin und wieder ließen wir Bilder an mutmaßliche chinesische Agenten durchsickern, die in den USA operieren. Susan führt immer noch einige Agenten in China."

„Darfst du mir das alles erzählen?"

David zuckte mit den Schultern und blickte auf die digitale Karte. Die roten Flugzeuge unterteilten sich in mehrere Gruppen. Einige setzten ihre Reise in westlicher Richtung über Mittelamerika fort, die anderen hielten auf die sich nähernde amerikanische Flotte im Norden zu. „Jetzt liegen sowieso alle unsere Karten auf dem Tisch."

Henry schüttelte den Kopf. „Also, nur damit ich das richtig verstehe. Die USA verfügen über eine vollwertige Atlantikflotte und eine schlagkräftige Luftwaffe, die beide derzeit in die Schlacht ziehen – und die Chinesen wissen von all dem nichts? Stimmt das so?"

„Sie werden es bald erfahren." David lächelte.

„Aber was ist mit Russland?"

„Was soll damit sein?"

„Würden sie China nicht mitteilen, dass sie den Angriff gar nicht durchgeführt haben? Würden sie ihre Beteiligung daran nicht leugnen?"

„Sie haben es doch geleugnet."

„Ja, aber … Das war doch ein Nicht-Dementi, oder? Sie haben China doch quasi zugezwinkert, als sie es abgestritten haben, oder etwa nicht?"

David erklärte: „Wir haben ein paar Leute, die beim Zwin-
kern nachgeholfen haben."

„Heiliger Strohsack." Henry runzelte die Stirn. „Warte. Ich
übersehe da noch immer etwas. Die Hyperschallwaffen."

„Ah, ja."

„Ihr habt die Hyperschallwaffen der Chinesen benutzt,
um ihren eigenen Schiffen massive Schäden zuzufügen ..."

David zeigte auf den Bildschirm, der Liveaufnahmen von
Drohnen zeigte. Man konnte rauchende chinesische Panzer-
verbände erkennen. „Und einigen ihrer Bodentruppen in
Mittelamerika ..."

„Richtig."

„Aber ..."

„Aber wofür habt ihr dann Rojas überhaupt gebraucht?
Ihr habt monatelang versucht, Zugang zu seiner Technologie
zu bekommen. Wenn ihr vorhattet, die chinesischen Hyperschallwaffen zu kapern, warum musset ihr dann eigene
bauen? Oder war das auch eine Finte, um die Chinesen aus
dem Konzept zu bringen?"

David schüttelte den Kopf. „Oh, nein. Henry, es gibt
verschiedene Möglichkeiten, die Navigation von Langstre-
ckenwaffen zu steuern. Ich rede von richtigen Langstrecken-
waffen – interkontinentalen ballistischen Raketen. Die
Trägheitsnavigationssysteme in ICBMs kosten einen Haufen
Geld und haben eine lange Produktionszeit. Wenn man also
versuchen würde, Hyperschallwaffen stattdessen mit GPS
Zieldaten zu füttern, wäre das viel effizienter."

„Und das haben die Chinesen gemacht?"

„Ja. Sie haben sich für die schnellere, billigere und anfälli-
gere Option entschieden, indem sie ihre vermeintlich sichere
Satellitentechnologie zur Steuerung ihrer Waffen nutzen.
Aber das amerikanische Militär hatte sich wie immer für die
kostspieligere und hochwertigere Variante entschieden. Die

Hyperschallwaffen, an denen wir gearbeitet haben, sind keine Kurz- oder Mittelstrecken-Marschflugkörper. So etwas haben wir schon. Nein, wir waren der Meinung, dass wir etwas brauchten, das bei Bedarf einen schnellen globalen Schlag ausführen kann, ohne auf ein Satellitennetzwerk angewiesen zu sein, das gehackt werden könnte."

„Unsere ICBMs ... hast du deshalb alle Raketenmänner der Air Force zusammengetrommelt und Rojas direkt zum STRATCOM geschickt?"

David nickte, als Susan auf die beiden zukam. „Er ist intelligent."

Dann fuhr er fort: „Wir haben uns für ein bestehendes und zuverlässiges Waffenmodell entschieden. Unsere ICBMs haben Trägheitsnavigationssysteme, die unglaublich genau sind. Das müssen sie auch sein. Wenn die Russen zum Beispiel einen Atomangriff starteten, würden sie gleich zu Anfang unsere GPS-Netzwerke ausschalten. Für diesen Fall haben wir jahrzehntelang trainiert."

„Aber unsere ICBMs sind Atomwaffen ..."

„Sie *waren* Atomwaffen. Die Air Force arbeitet seit Jahren an Hyperschall-Gleitkörpern. Eine der Varianten war als direkter Ersatz für alle unsere ICBM-Sprengköpfe gedacht."

Henrys Augen huschten hin und her, während er nachdachte. „Ihr habt also sämtliche Atomsprengköpfe ausgebaut? Wir haben keine Kernwaffen mehr?"

„Viel weniger, so viel steht fest. Aber verrate es niemandem ..." Er zwinkerte.

„Und dann habt ihr sie durch Hyperschall-Gleitkörper ersetzt ..."

„Genau. Unsere HGVs sind jetzt auf unseren interkontinentalen ballistischen Raketen montiert. Eine erprobte und bewährte Methode, sie in den Orbit und auf eine beliebig programmierbare Flugbahn zu bringen."

„Und wo kommt Rojas da ins Spiel?"

„Er musste uns helfen, die neue hitzebeständige Beschichtung zu perfektionieren, mit der wir die Hyperschall-Gleitkörper überziehen. Jetzt sind sie in der Lage, beim
Wiedereintritt in die Erdatmosphäre eine viel höhere
Geschwindigkeit beizubehalten, ohne dass ihre inneren Navigationscomputer überhitzen. Das bedeutet, dass wir jetzt
Hunderte unglaublich leistungsstarker Hyperschallwaffen
besitzen, die innerhalb von dreißig Minuten Ziele auf der
ganzen Welt punktgenau treffen können."

Henry sagte: „Heilige Scheiße."

David lächelte. „Stimmt genau."

„Und wann starten wir die?"

Einer der Luftwaffenoffiziere, der an einem Terminal in
Susans Nähe saß, rief: „STRATCOM meldet sich. Bereithalten
für den Start."

David sah Henry an. „Bald."

Im Gegensatz zu den anderen Flugzeugen, die sich nach
Süden orientierten, verließen Hightower und die sechs
anderen B-1-Piloten Gander Richtung Norden. Kurz darauf
erreichten sie den Überschallbereich und machten so viel
Boden gut wie möglich, bevor sie wieder langsamer wurden,
um bei einer KC-10-Extender aufzutanken, die in der Nähe
von Island kreiste.

Nach der Luftbetankung flogen die Bomber mit hoher
Geschwindigkeit weiter nach Osten, wo sie über dem Europäi-
schen Nordmeer auf einen kreisenden Schwarm der Royal Air
Force trafen, der vom Militärflugplatz Marham in Norfolk,
England, gestartet war. Vier britische F-35 Lightning II-Jets,
das kürzlich von den USA erworbene Kampfflugzeug der

neuesten Generation, begleiteten ein ultrageheimes elektronisches Überwachungsflugzeug vom Typ RC-135 Rivet Joint. In der Boeing RC-135 befanden sich unter anderem zwei Mitarbeiter vom Government Communications Headquarter, kurz GCHQ, dem britischen Gegenstück zur amerikanischen NSA. Die beiden Männer saßen an Computerterminals, die mit schwarzen Vorhängen abgeschirmt waren. Ihr Aufgabengebiet waren hypermoderne offensive Cyberwaffen – Terabytes an Code, die akribisch entwickelt worden waren, um die russischen Verteidigungsnetzwerke lahmzulegen. Die Leute vom GCHQ waren begeistert, sie endlich einsetzen zu können.

Als sich die amerikanischen B-1-Bomber den RAF-Flugzeugen näherten, scherte ein Paar F-35er aus der Formation aus und hängte sich an Hightowers Flügelspitzen. In der einsetzenden Dämmerung beobachtete die B-1-Besatzung, wie einer der RAF-Piloten einen handgeschriebenen Zettel gegen die goldfarbene Cockpitscheibe presste. Die Mission erforderte völlige Funkstille nach draußen, also musste es wichtig sein.

„Was steht da?", fragte Hightower vom linken Sitz aus.

Sein Copilot buchstabierte die Worte. „G-E-R-N. G-E-S-C-H-E-H-E-N. Da steht: ‚Gern geschehen, ihr verräterischen Kolonialisten'." Sein Copilot schaute wieder nach vorne und grinste. „Ha. Das ist saukomisch. Die Briten haben einen Sinn für Humor."

„Wunderbar. Wenn wir nicht durch russische Raketen sterben, bringt uns der britische Humor um."

Hightower zeigte dem RAF-Piloten einen nach oben gestreckten Daumen, den dieser erwiderte, bevor er nach rechts abdrehte und stieg.

Sie hielten sich zwei weitere Stunden knapp über einer Schicht von Eiswolken. Es wurde langsam hell. Beide Piloten wussten, dass jetzt Cyberattacken und elektronische Angriffe

auf eine Vielzahl russischer Netzwerke gestartet wurden,
darunter Strom- und Kommunikationsnetze und vor allem
die Computer der Flugabwehr. Die Herren vom GCHQ
zapften die russische Militärkommunikation an, übernahmen
den Nachrichtenverkehr einiger Kommandanten und
befahlen den wenigen Luftverteidigungsradaren, die noch
online waren, sich bis auf Weiteres abzuschalten.

Über der Ostsee löste sich die B-1-Formation auf und die
Bomber gingen in den Tiefflug, um ihre Waffen abzufeuern,
immer noch Tausende von Meilen von ihrem Ziel entfernt.

„Wir nähern uns der maximalen Kampfentfernung", rief
der Waffensystemoffizier. „Waffenabwurf konfigurieren."

„Verstanden, Fluggeschwindigkeit kommt zurück. Waffen-
schacht öffnet sich."

Am unteren Rumpf jeder B-1 öffneten sich gewaltige
Bombenschächte, an denen der Wind mit Hunderten von
Knoten vorbei peitschte. Einer nach dem anderen warfen die
Bomber die neueste Version der konventionellen Hyperschall-
waffe ab.

Die Nase jeder Rakete war wie ein Türstopper scharf nach
unten geneigt und verbreiterte sich an der Basis zu einem
Zylinder. Vier metallische Heckflossen nahmen mikrosko-
pisch kleine Anpassungen vor, um die Flugbahn zu steuern.

Nach dem Abwurf schwebten die Raketen kurzzeitig unter
den Flugzeugen, als stünden sie still in der Luft, bevor ihre
Scramjet-Triebwerke zündeten. Dann rasten die Hyperschallwaffen angetrieben von Pulsstrahltriebwerken in Richtung
Horizont, wobei die Raketen Geschwindigkeiten von über
1.000 Fuß pro Sekunde erreichten.

Die Hyperschall-Marschflugkörper steuerten auf verschiedene Ziele zu, die über Tausende von Meilen verstreut waren.
Das nächstgelegene Ziel war das Radar vom Typ 70M6 Volga
in Baranawitschy, Belarus. Russische Radarstationen wurden

in der Nähe von St. Petersburg, Kaliningrad und Armawir getroffen. Zwei der Raketen schlugen in Kommando- und Kontrollzentren für die strategischen ICBMs Russlands ein. Andere zerstörten die ELF-Kommunikationseinrichtungen der Marine, damit diese russischen U-Boote keine Startbefehle für deren Atomraketen mehr erteilen konnten. Schließlich zielte eine der Hyperschallwaffen auf das russische Weltuntergangsflugzeug, den neuen fliegenden Kommandoposten auf Basis der IL-96-Flugzeugzelle. Wenn alle anderen strategischen nuklearen Kommando- und Kontrolleinrichtungen zerstört waren, sollte dieses Flugzeug die Überlebensfähigkeit der Entscheidungsträger und der Kommandostruktur sicherstellen.

Das würde nicht passieren.

Die amerikanischen Hyperschallwaffen schlugen ohne jede Vorwarnung mit über sechstausend Meilen pro Stunde in ihr Ziele ein. Dank der dabei freigesetzten kinetischen Energie waren Sprengköpfe überflüssig. Jeder Einschlag entsprach der Kraft von drei Tonnen TNT. Die Schäden waren katastrophal.

Als es vorbei war, besaß Russland noch immer Hunderte von Atomwaffen. Raketen auf mobilen Abschussrampen. In Bunkern gelagerte Sprengköpf, dazu strategische Bomber. Eine Handvoll U-Boote mit Atomraketen. Aber für sie war der amerikanische Hyperschalangriff nicht bestimmt gewesen. Er war nur der erste Schritt – und ein sehr effektiver noch dazu.

Die russischen Frühwarnradare für die Abwehr von Kernwaffen und der schnelle Abschussmechanismus waren eliminiert.

In der taktischen Einsatzzentrale der Task Force wurde David Zeuge, wie ein Offizier der Air Force vor Freude mit seiner Faust auf seinen Schreibtisch haute.

„Russische Frühwarnradare sind offline. MQ-180-Daten bestätigen die Kampfschadenbewertung."

Henry fragte: „Was bedeutet das?"

David flüsterte: „Dass Russland jetzt keine Möglichkeit mehr hat, frühzeitig einen Atomraketenstart zu erkennen."

„Das ist großartig."

„Das ist gut und schlecht. Russland wird nicht mitbekommen, wenn wir unsere ICBMs starten. Das ist gut. Andererseits ist gerade die Zerstörung dieser Systeme auch ein möglicher Hinweis auf einen bevorstehenden Atomschlag."

Henrys Augen wurden groß. „Sie könnten also überreagieren und uns angreifen, nur weil wir ihre Radaranlagen ausgeschaltet haben?"

David antwortete: „Wir haben dafür gesorgt, dass das schwierig wird. Wir haben mehrere ihrer Kommunikationsnetzwerke zerstört, was die sogenannte ‚Kill Chain' verlangsamen wird. Und wir setzen Agenten und Verbündete ein, die sich bemühen, auf den Entscheidungsprozess der Russen einzuwirken. Aber letztendlich könnte der russische Präsident jetzt das Ende der Welt einläuten. Das ist wahrscheinlich der riskanteste Teil der ganzen Operation."

Henry sah entsetzt aus.

„Ich weiß. Aber es ist der einzige Weg."

„Der einzige Weg wofür?"

David erklärte: „Wir müssen sowohl China als auch Russland der Fähigkeit berauben, Kernwaffen zu benutzen."

Henry fragte: „Und da kommt jetzt also endlich die Technologie von Rojas zum Einsatz? Für unsere Hyperschall-Gleitkörper in den ICBMs?"

David nickte.

Susan fragte: „Wie ist der Status bei STRATCOM?"
Ein Luftwaffenoffizier antwortete: „Sie haben gerade mit dem Start begonnen, Ma'am."

Für Phase zwei der ERZENGEL-Mission hatten die Planer im Pentagon eine Liste mit nicht weniger als fünfhundert Zielen in Russland und zweihundert in China erstellt, die alle innerhalb von dreißig Minuten nach dem Ausschalten der russischen Frühwarnsysteme zerstört werden mussten.

Marschflugkörper, selbst Hyperschallraketen, würden dafür nicht ausreichen. Ihre „Abschussvorrichtungen" – die Kampfflugzeuge –müssten sich zu weit über feindliches Terrain wagen, was ein zu großes Risiko darstellte.

Also hatte sich Davids Team für eine andere Lösung entschieden: einen konventionellen globalen Schlag mit ICBMs. Bevor der Krieg begann, hatte Amerika insgesamt vierhundertfünfzig LGM-30G ICBM-Raketen auf den Luftwaffenstützpunkten F.E. Warren in Wyoming, Minot in North Dakota, und Malmstrom in Montana stationiert.

Nach Kriegsbeginn hatte man diese Raketen modifiziert und mit Mehrfachsprengköpfen ausgestattet. Jeder dieser Sprengköpfe enthielt nun einen neu überarbeiteten Hyperschall-Gleitkörper.

Fast unmittelbar nach der Destruktion der russischen und chinesischen Frühwarnradare begann der Start der amerikanischen ICBMs aus ihren Silos. In abgelegenen Agrargebieten und hügeligen Landstrichen in den USA stiegen Schwaden aus dickem weißen Rauch senkrecht in den Nachthimmel, bevor sie einen Bogen in nordwestliche Richtung beschrieben.

Hunderte von Raketen wurden abgeschossen. Amerika war dabei, alles auf eine Karte zu setzen. Jede HGV-Trägerra-

kete stabilisierte sich erst im senkrechten Steigflug, bevor sie
sich um ihre Längsachse drehte, um das richtige Azimut zu
erreichen. Dann neigte sich ihre Nase in Richtung Ziel. In
einem vorbestimmten Moment zündeten an jeder Rakete
verschiedene Triebwerke, die Feinkorrekturen an den Nick-,
Roll- und Gierachsen vornahmen. Das Trägheitsnavigations-
system nutzte Sterne im Weltraum als Referenz, glich ihre
tatsächliche mit der vom Bordcomputer erwarteten Position
ab und nahm dann winzige Kurskorrekturen vor, um eine
noch größere Genauigkeit zu erzielen.

Ein paar Minuten später erfolgten der dreistufige Trieb-
werksausbrand und der Abwurf. Ihres Raketenschubs beraubt
schwebten Hunderte von Trägerraketen im Weltraum und
umrundeten den Globus.

„Wow. Schau dir das an", sagte Lt. Suggs, der seine F-18 Superhornet über dem amerikanischen Kernland nach Süden steuerte. Seine und ein paar andere US-Staffeln waren gemeinsam
mit mehreren kanadischen F-18-Staffeln bis gestern Abend
auf dem CFB Cold Lake in Alberta, Kanada, in überwa-
chungssicheren Hangars untergebracht gewesen.

Jetzt sahen er und sein Waffensystemoffizier aus dem
Cockpit zu, wie sich am Nachthimmel Dutzende von ballistischen Raketen von ihren Boostern lösten.

„Das sind ICBMs, Kumpel."

„Ja. Siehst du, wie sich das Gas ausdehnt? Das passiert,
wenn das Sonnenlicht auf das Abgas trifft. Die Formen sehen
aus wie phosphoreszierende Meeresbewohner aus der Tiefe."

„Da ist noch eine. Das ist ja echt der Wahnsinn", sagte sein
Copilot. „Haben die Russen nicht angekündigt, zurückzu-
schlagen, wenn wir noch mehr Atomraketen losschicken?"

Suggs' wurde plötzlich ganz heiß und er beobachtete benommen, wie sich die weißen Abgase der Raketen zu langgezogenen Ballonformen ausdehnten.

„Konzentrieren wir uns einfach auf unsere Mission", sagte er. „Wie lang noch bis zur Luftbetankung?"

„Zwanzig Minuten."

———

Der Nasenkonus des führenden Mehrfachsprengkopfs, der auf dem sogenannten „Bus" (einem *Post Boost Vehicle*) saß, öffnete sich und legte fünf schlanke Hyperschall-Gleitkörper frei. Über dem nördlichen Pazifik angekommen, lösten sich die Gleitkörper nacheinander von ihrem Bus, wobei sich jeder Einzelne auf einer genau definierten Flugbahn ausrichtete. Jede Waffe visierte nun ein separates Ziel an. Alle Ziele lagen nur wenige Hundert Kilometer auseinander.

Die HGVs „surften" mit über fünfzehntausend Meilen pro Stunde in den äußeren Schichten der Erdatmosphäre. Nach einer Weile wurden die metallischen Geschosse durch die Schwerkraft in Richtung Erde gezogen und trafen auf den atmosphärischen Widerstand.

Die Auswirkungen waren heftig. Obwohl die HGVs aerodynamisch erwärmt und abgebremst wurden, schützte die Rojas-Beschichtung ihr Innenleben vor dem Schock der plötzlichen Temperaturerhöhung um 15.000 Grad Celsius.

Die Hyperschall-Gleitkörper wurden zwar langsamer, blieben aber extrem heiß und hatten beim Einschlag in ihre Ziele noch immer eine Geschwindigkeit von mehr als Mach 8.

Die russischen ICBMs waren ihre ersten Opfer.

Vom Boden aus wirkten die heranrasenden HGVs wie Meteore, die präzise einem geometrischen Muster folgten. Beobachter sahen strahlend weiße Objekte, die in großer

Entfernung in Fünfergruppen am Himmel entlangrasten, bevor sie gleichzeitig in einen relativ steilen Sinkflug übergingen und fast simultan ihre weit verstreuten Ziele trafen. Beim Atmosphäreneintritt erzeugten die Gleitkörper einen Überschallknall, bevor sie ihre Zerstörungskraft an den Raketenfeldern von Koselsk und Novosibirsk ausließen. Die Waffen zerstörten mobile Abschussrampen in den sibirischen Kiefernwäldern und drei U-Boote in ihren Bunkern in der Jagelnaja-Bucht und dem Militärhafen Sapadnaja Liza. Wenig später wurden in schneller Folge Hunderte von weiteren Zielen getroffen.

Ein ähnlicher Militärschlag fand auch in China statt: ein gleichzeitiger Angriff mit Hyperschallraketen auf alle bekannten nuklearen Ziele. Die Operation ERZENGEL war in vollem Gange.

Pensacola, Florida

In der Silversmith-Einsatzzentrale standen alle an ihren Arbeitsplätzen. Einige gaben laufend die neuesten Entwicklungen durch, während die meisten einfach nur abwarteten. Die Anspannung war groß.

„Die Aufklärungsdrohnen fliegen jetzt die Ziele ab, aber wir werden noch eine Weile auf die Ergebnisse warten müssen", sagte David zu Henry.

Jemand rief: „Die erste Angriffswelle amerikanischer Kampfflugzeuge hat den Golf von Mexiko erreicht. Sie attackieren die restliche chinesischen Flotte."

Ein Marineoffizier meldete: „Unsere U-Boote greifen

chinesische und russische U-Boote an. Die Versenkung der restlichen Boomer hat Priorität."

Susan kam mit ernstem Blick auf David zu. „Es läuft gut."

David erwiderte: „Das ist es, was mich beunruhigt. Wie wird General Chen darauf reagieren?"

„Wir müssen die Boomer unbedingt ausschalten."

Henry runzelte die Stirn. „Die *Boomer*? Was ist das?"

David antwortete: „U-Boote mit ballistischen Raketen. Alle anderen Ziele kann man leichter lokalisieren. Unsere Geheimdienste haben Monate damit verbracht, die genauen Standorte der ballistischen Raketen und strategischen Atombomber zu ermitteln. Gegen die setzen wir unsere HGVs ein. Aber die U-Boote sind eine andere Geschichte, weil sie schwieriger zu orten sind. Unsere Jagd-U-Boote verfolgen sie normalerweise ab dem Moment des Auslaufens. Aber seit Kriegsbeginn hat es sich als schwierig erwiesen, Angebot und Nachfrage bezüglich der sogenannten Hunter-Killer in Einklang zu bringen."

Susan erklärte: „Es gibt zwei feindliche U-Boote mit ballistischen Raketen, die uns besonders große Sorgen machen."

Einer der CIA-Einsatzleiter rief Susan zu: „Neue Nachrichten aus Peking." Der Mann schüttelte den Kopf. „Leider nichts Gutes."

42

Peking, China

Als die amerikanischen Hyperschallwaffen ihre Ziele erreichten, heulten in der VBA-Kommandozentrale die Sirenen für den Fliegeralarm auf. General Chens Sicherheitsteam eskortierte ihn umgehend aus dem Gebäude. Lena wurde gemeinsam mit ihrem Vater und anderen ranghohen Führungskräften mit zwei wartenden Präsidentenhubschraubern evakuiert, die sie zum Flughafen brachten. Dort angekommen, wurden sie in eine Boeing 747 verfrachtet, das chinesische Präsidentenflugzeug. Lena musste schmunzeln, als sie die Treppe hinaufeilte – ausgerechnet ein amerikanischer Hersteller hatte das wichtigste Luftfahrzeug des Landes gebaut. Welche Ironie. Die Türen wurden geschlossen, die Triebwerke hochgefahren. Als das große Flugzeug zum Abheben ansetzte, waren die Passagiere bereits im Hauptkonferenzraum der Maschine versammelt.

Ein General der VBA-Luftwaffe verkündete: „General Chen, wir sind in der Lage, von diesem Flugzeug aus mit sämtlichen Streitkräften zu kommunizieren. Wir werden Sie über eintreffende Informationen unverzüglich unterrichten. Während wir für Ihre Sicherheit sorgen, bleiben Ihre Handlungsfähigkeit und Befehlsgewalt in vollem Umfang bestehen."

In den folgenden Minuten beobachtete Lena, wie sich der psychische Zustand ihres Vaters stetig verschlechterte, als die Nachrichten aus der ganzen Welt auf ihn einprasselten.

„Alle chinesischen und russischen Nuklearabschusssysteme sind zerstört?" General Chen stand mit hängenden Schultern neben dem zentralen Konferenztisch, starrte auf den Boden und hielt sich den Kopf.

„Unsere Marine hat noch immer zwei U-Boote vor der US-Küste im Einsatz, obwohl beide in den letzten Stunden gemeldet haben, dass sie von amerikanischen Marineschiffen aktiv gejagt werden."

Lena sagte: „Ich habe von meinen russischen Kontakten gehört, dass ihre U-Boot-Streitkräfte in derselben Situation sind."

General Chen blickte den obersten Vertreter seines Atomraketen-Kommandos an. „Sagen Sie mir, was Sie über unseren Hyperschallraketenangriff auf die USA wissen."

Der Kommandant war recht jung für einen Vier-Sterne-General. Wie viele seiner ranghohen Offizierskollegen war er befördert worden, als General Chen die Macht übernommen hatte.

„Die Amerikaner schienen unsere Hyperschallraketen sabotiert zu haben. Die meisten von ihnen sind in den Golf von Mexiko gestürzt."

Minister Dong ergänzte: „Meine Quellen berichten mir, dass mehrere dieser Hyperschallwaffen unsere eigenen Schiffe getroffen haben."

General Chen schlug mit der Faust auf den Tisch und

starrte den Kommandanten der strategischen Raketentruppen
an. „Ist das wahr?"

„Wir sind noch dabei, genauere Informationen einzuholen, Sir."

General Chen sackte in seinem Sessel zusammen und rieb
sich die Schläfen. Lena konnte sich nicht erinnern, ihren
Vater jemals so verängstigt gesehen zu haben. Sein Zustand
beunruhigte sie – er war ohnehin schon sehr labil.

General Chen fragte: „Wie ist es möglich, dass sie einen
konventionellen Schlag auf der anderen Seite der Welt mit
einer solchen Präzision ausführen konnten?"

Ein General der VBA-Luftwaffe sagte: „Es ist denkbar, dass
sie ihre ballistischen Atomraketen eingesetzt haben, Sir."

Der Raketenkommandant schüttelte den Kopf. „Machen
Sie sich nicht lächerlich. Eine unserer Radarstationen in zehn
Kilometer Entfernung wurde getroffen. Wenn die Amerikaner
Kernwaffen benutzt hätten, wären wir jetzt tot."

Lena beobachtete, wie ihr Vater seine Kiefermuskeln
anspannte, während er zuhörte. Er war wütend. Sie mischte
sich ein: „Wir haben eine große Anzahl von Jets zur Verstärkung unserer verbliebenen Marineschiffe in der Karibik
losgeschickt. Es muss auch gute Nachrichten geben."

Ihr Vater schaute auf, in seinen Augen glimmte Hoffnung
auf.

Der Admiral der VBA Navy telefonierte und hörte dem
Gespräch am Tisch nur mit halbem Ohr zu. Sein Gesicht war
aschfahl. Nachdem er auflegt hatte, sagte er: „Unsere Schiffe
und Flugzeuge sind in schwere Kämpfe mit der amerikanischen Atlantikflotte verwickelt. Es scheint eine große Reserve
von amerikanischen Flugzeugen zu geben, die von Norden
her in die Region vordringen."

Captain Ray „Skip" Hagan hatte mit seiner F-35A gerade den Golf von Mexiko überflogen. Das Kampfflugzeug der Air Force war Teil einer Formation aus vier Fliegern, die in Kanada gestartet waren. Mit dem vierhunderttausend Dollar teuren, in das Visier seines Pilotenhelms integrierten Zielsystem konnte er „durch" die Haut seiner Maschine Hunderte amerikanischer Kampfflugzeuge am Nachthimmel sehen. Seine Umgebung wurde durch eine Kombination aus Nachtsicht, Infrarot und digitalen Markierungen erhellt. Wenn er seinen Kopf drehte, rückten die anderen Flugzeuge sofort ins Zentrum eines kleinen grünen Fadenkreuzes. Bordcomputer versorgten ihn mit Informationen, die von seinem Helmsystem digital angezeigt wurden. Im Vergleich zu den Kampfjets der vorherigen Generation hatten die jetzigen F-35-Piloten ein zehnfach verbessertes Situationsbewusstsein. Wenn überhaupt, bestand die Herausforderung darin, mit der Informationsflut umzugehen und dabei nicht die erste Pilotenregel aus den Augen zu verlieren: das Flugzeug zu fliegen.

Hunderte von Air Force- und Navy-Jets waren die ganze Nacht über Richtung Süden gerast. Die Luftbetankung so vieler Flieger war der helle Wahnsinn, das Ganze erinnerte ihn an den Andrang bei den Tankstellen der Outer Banks im Juli. Nur dass es sich hier um hundert Millionen Dollar teure Kampfflugzeuge der fünften Generation handelte, die nachts in der Luft betankt wurden.

Während Skip durch sein Visier schaute und seine Hände über die Instrumente wandern ließ, Tasten betätigte und Kippschalter umlegte, wurden die digitalen Informationen direkt in seinem Blickfeld angezeigt. Zwischen den Flugzeugen flossen lautlos Gigabytes von Daten hin und her, während sie sich im Super-Cruise-Modus einem – wie Skip hoffte – ahnungslosen Feind näherten.

„Black Widow Eins-Neun-Fünf und Schwarm, Blue

Knight." Eine Boeing E-3 Sentry, ein Luftraumüberwachungsflugzeug der Air Force, das sich über dem zentralen Golf von Mexiko befand, meldete sich bei jeder Gruppe von Jägern und wies ihnen Ziele zu.

Skip sprach in sein Helmmikrofon. „Blue Knight, Black Widow Eins-Neun-Fünf und Schwarm, legen Sie los."

„Black Widow Eins-Neun-Fünf und Schwarm, neuer Kurs eins-sieben-null. Spuren Bravo-sieben-zwei bis Bravo-acht-zwei eliminieren. Haben Sie verstanden?"

„Black Widow Eins-Neun-Fünf, habe verstanden."

Durch ihre Helme konnten Skip und die drei Piloten seines Schwarms nun die auffällig blinkenden Spuren der Kontakte sehen, die ihnen das Radarflugzeug der Air Force gerade zugewiesen hatte.

Als Skip sein Flugzeug nach links steuerte, folgten ihm seine Flügelmänner und hielten die Formation. Während sie von der E-3 mit Zieldaten gefüttert wurden, waren ihre eigenen Radare vorübergehend ausgeschaltet. Er erhöhte den Schub, bis der Jet fast siebenhundert Knoten erreichte. Seine Finger flogen über das Bedienfeld des Waffensystems und er vergewisserte sich, dass das richtige Kampfmittel ausgewählt und aktiviert war.

Als sie in Reichweite waren, drückte er den Waffenauslöseknopf, woraufhin sich vier AIM-260 Joint Air Tactical Missiles von seinem Flugzeug lösten und vorwärts schossen. Die drei anderen Flugzeuge seines Schwarms taten es ihm gleich.

Die Raketen bewegten sich mit fünffacher Schallgeschwindigkeit einhundertfünfzig Meilen nach Süden, bevor sie ihren aktiven Zielsuchradar einschalteten. Sie fanden ihre Ziele schnell: eine Staffel von Chinas modernen J-20-Kampfjets und ein chinesisches Frühwarnflugzeug.

Die anvisierten chinesischen Kampfflugzeuge waren im

Blindflug unterwegs. Aus unerfindlichen Gründen hatten sie gerade den Befehl erhalten, ihre Datenverbindung und ihr GPS nicht mehr zu benutzen. Der chinesische J-20-Staffel-kommandant hatte seinen Piloten eben erst verschiedene Funkfrequenzen zugewiesen, damit das fliegende Radar-system jedem sein Ziel durchgeben konnte.

Dann hörte er plötzlich diverse Alarmgeräusche und regis-trierte auf seinem Display blinkende Warnlämpchen. Bei einem Blick aus dem Cockpitfenster musste der entsetzte Kommandant mitansehen, wie sein großes Frühwarnflugzeug in Flammen aufging und ins Meer stürzte.

Das war der Moment, in dem ihn Skips AIM-260-Rakete erwischte und den Treibstofftank und die Triebwerke pulveri-sierte. Während die anderen Raketen in rascher Folge ihre Ziele trafen, explodierte am Nachthimmel ein chinesischer Jäger nach dem anderen.

Überall im Luftraum über der Karibik und des Golfs von Mexiko spielten sich ähnliche Szenen ab. Hunderte von amerikanischen Kampfjets säuberten den Himmel. Sie machten den Weg frei für Angriffe auf den Rest der chinesi-schen Flotte. Und die Landung der US-Marines, die in diesem Moment in Panama ihren Anfang nahm.

Minister Dong sagte: „Die Amerikaner haben einen Überra-schungsangriff mit unerwartet großen Reserven an Flug-zeugen und Seekriegsschiffen gestartet. Unsere Schiffe und Flugzeuge sind in der gesamten Karibik und im Golf von Mexiko in Gefechte verwickelt. Laut meiner Analysten erleiden die Marine und die Luftwaffe der VBA augenblick-lich schwere Verluste. Amerikanische U-Boote versenken unsere Zerstörer. Unsere eigenen Hyperschallraketen, die von den Amerikanern irgendwie gekapert wurden, haben unsere Schlachtschiffe der Jiaolong-Klasse getroffen und unsere Luftverteidigung und U-Boot-Abwehr extrem geschwächt."

Einer der VBA-Generäle bemerkte: „Aber unsere Truppen sind in Mittelamerika auf dem Vormarsch. Wir haben die amerikanischen Linien in Costa Rica durchbrochen. Einige unserer Spähtrupps sind bis nach Mexiko vorgedrungen."

Minister Dong schüttelte den Kopf. „Mein Team berichtet, dass eine Division der US-Marines gerade in Panama gelandet ist. Wenn das stimmt, könnten sie unsere Nachschublinien abschneiden und uns flankieren."

Der VBA-General bellte: „Das ist lächerlich! Wenn das wahr wäre, wüsste ich ..."

General Chen ballte die Fäuste und sprach durch zusammengebissene Zähnen. „Es reicht. Die Amerikaner haben die Oberhand gewonnen."

Er klang erschöpft. Lena dachte an ihr Kind. Was wäre, wenn der Krieg heute zu Ende ginge? Eines Tages würde sie vielleicht nach Amerika reisen können. Auch wenn sie viele schlechte Dinge getan hatte, würden die Amerikaner ihre jüngsten Beiträge hoffentlich dennoch zu schätzen wissen.

Sie wusste nur eines ganz sicher: Ihr Mutterinstinkt drängte sie, ihr Kind zu beschützen. Aus diesem Grund musste sie weiter auf ihren Vater einwirken, um das Schlimmste zu verhindern, und ihm einen Ausweg aufzeigen. Nur deshalb war sie nach Jinshans Tod da geblieben. Sie musterte Chen. Er war labil und von Kriechern umgeben, die ihm – mit Ausnahme von Dong – nur das sagen würden, was er hören wollte. Aber ihre Arbeit war fast getan. Sie fragte sich, ob sie ihren Vater dazu bringen könnte, zu kapitulieren, wenn ...

General Chen wandte sich an den Marineadmiral. „Unsere U-Boote mit ballistischen Atomraketen."

Lenas Herz blieb stehen.

Der Admiral fragte: „Ja, Sir?"

„Sie erwähnten, zwei davon seien noch einsatzfähig und in Reichweite amerikanischer Ziele?"

Die geflüsterten Gespräche rund um den Tisch verstummten. Der Admiral nickte. „Ja, General Chen. Ich glaube ..."

„Sie glauben? Finden Sie es heraus, jetzt sofort! Ich werde warten."

Der Admiral erhob sich und ging in den Nebenraum. Durch die große Trennscheibe konnte Lena sehen, wie er mit einem der Kommunikationsspezialisten an Bord sprach.

War ihr Vater gerade dabei, einen Atomschlag anzuordnen? Er konnte unmöglich denken, dass das eine annehmbare Lösung war. Während die Gruppe wartete, stellte sie vorsichtig eine Frage. „Sir, bevor wir uns damit befassen, ob unsere eigenen Raketen einsatzbereit sind, wäre es sinnvoll, sich zu erkundigen, ob die russischen Kapazitäten ..."

„Die Russen sind unfähige Idioten. Nach uns vorliegenden Berichten haben diese verdammten Stümper nichts mehr vorzuweisen." Er wedelte mit der Hand in die Richtung von Minister Dong.

Lena sah ihrem Vater an, dass er angestrengt über etwas nachdachte.

Dann sagte General Chen: „Die Russen haben behauptet, sie hätten diese amerikanischen Luft- und Marinestützpunkte zerstört. Inzwischen wissen wir, dass dem nicht so ist. Vielleicht haben sich die Russen mit den Amerikanern verbündet? Oder ..." Er sah Lena und anschließend die Mitglieder seines inneren Zirkels misstrauisch an.

Lena erkannte, dass ihr Vater das nächste Stadium eines am Abgrund stehenden autoritären Führers erreicht hatte: Paranoia. Obwohl er in diesem Fall allen Grund hatte,

argwöhnisch zu sein. Sie und Dong hatten beide auf ihre Art
gegen ihn gearbeitet.

Minister Dong bemerkte: „Laut meiner Quellen hat das
russische Militär – vor allem seine Luft- und Raketentruppen – in den letzten zwölf Stunden massive Verluste erlitten.
Bei allem Respekt, General, ich glaube nicht, dass die Russen
uns verraten haben. Vielleicht sollten wir mit ihnen verhandeln. Diese erneuten Angriffe auf das russische Militär,
vermutlich das Werk der Amerikaner, werden unserer Position sicher dienlich sein.“

Ebenso wie Lena sah Dong, was in Chens Kopf vorging
und versuchte, dessen Argwohn zu zerstreuen, bevor er weiter
anwachsen konnte.

General Chen kniff die Augen zusammen. Er nickte zögerlich. „Vielleicht.“

Die Tür öffnete sich und der Marineadmiral kam wieder
herein. „General Chen, bedauerlicherweise haben wir eines
unserer beiden verbliebenen U-Boote mit ballistischen Atomraketen verloren. Das andere ist jedoch kampfbereit und in
der Lage, Ihren Abschussbefehl auszuführen.“

General Chen stand auf, seine Miene verhärtete sich. Lena
lief ein kalter Schauer über den Rücken, als sie das sah.

Er sagte: „Feuern Sie unsere restlichen Atomwaffen auf
amerikanische Militärziele. Wir müssen wieder die Oberhand
gewinnen.“

43

Kurz nachdem ihr Vater den Abschussbefehl erteilt hatte, verließ Lena den Konferenzraum. Immerhin würde es nicht schnell gehen. Dank des amerikanischen Hyperschallangriffs auf chinesische Atomwaffenzentren konnte keine dreißigminütige Kill Chain in Gang gesetzt werden. Aber der Befehl war in der Welt und in wenigen Stunden würde ein U-Boot der Jin-Klasse vom Typ 094, das jetzt verborgen vor der Küste Floridas lag, seine zwölf JL-2-Atomraketen auf amerikanische Militärziele abfeuern.

Im Anschluss an seinen Befehl hatte ihr Vater etwas zu essen bestellt. Die Welt an den Rand einer Atomkatastrophe zu bringen, hatte ihn offenbar hungrig gemacht. Momentan stopfte er sich mit Gourmetspeisen voll und trank ein paar Gläser Wein, um seine Anspannung zu lindern. Die meisten Mitglieder seines Führungsteams schlossen sich ihm an. Aber nicht alle.

„Minister Dong." Lena sprach ihn im Gang des Flugzeugs an. „Haben Sie einen Augenblick Zeit?"

„Wir haben vielleicht *alle* nur noch ein paar Augenblicke." Sein Blick war todernst.

Sie gab ihm ein Zeichen, ihr zu folgen, und sie nahmen auf zweit Sitzen in einem abgelegenen Bereich des Passagier-raums Platz.

„Ich bin genauso besorgt wie Sie", flüsterte sie.

Minister Dong runzelte die Stirn. „Nun, es ist ein bisschen spät für Reue. Ihr Vater ist im Begriff, einen nuklearen Angriff auf die Vereinigten Staaten zu starten. Was glauben Sie, wird als Nächstes passieren? Die ganze Welt wird sich gegen uns richten. Die Russen werden uns sicher nicht verteidigen. Das können sie auch nicht, weil sie längst handlungsunfähig sind. Einige unserer Atomwaffen werden auf amerikanische Streit-kräfte in Mexiko zielen, wo sie an der Front unseren Truppen gegenüberstehen. Das heißt, unsere Atomwaffen werden wahrscheinlich Hunderttausende unserer eigenen Männer töten. Millionen Menschen, Chinesen und Amerikaner, werden an einer Strahlenvergiftung sterben." Er hielt inne und sah ihr in die Augen. „Jinshan hätte das niemals gebilligt."

Lena antwortete: „Das weiß ich. Ich will es verhindern. Und erwähnen Sie Jinshan nicht mehr."

„Nun, Ihr Vater wäre nie an die Macht gekommen, wenn Sie ..."

„*Genug.* Gibt es eine Möglichkeit, an die Koordinaten unseres Atomraketen-U-Boots zu kommen?"

Minister Dong begriff, was sie vorhatte und warf ihr einen missbilligenden Blick zu. „Wovon Sie da sprechen, ist Verrat", flüsterte er.

„Es ist eine Lösung ..."

„Es ist eventuell machbar."

„Wie?"

„Der Admiral erzählte, dass sie Backup-Kommunikation und Codes benutzen, um den Start der Atomwaffen einzulei-

ten. In Anbetracht unserer weitreichenden Kommunikations-
probleme könnten wir die Besatzung bitten, die Befehle zu
bestätigen. Es ist zwar nicht üblich, aber es würde bedeuten,
dass das U-Boot eine Nachricht absetzen müsste. Der U-Boot-
Kommandant wäre gezwungen, ein elektronisches Signal
auszusenden. Dadruch würden sie ihre Position zwar nicht
direkt preisgeben, aber diese Informationen können mir die
Kommunikationsspezialisten bestimmt beschaffen.“

„Wir müssen es sofort in die Wege leiten.“

„Selbst *wenn* wir diese Koordinaten in die Finger bekommen, vergessen Sie nicht, dass jede aus diesem Flugzeug abge-
schickte Nachricht unter die Lupe genommen wird.“

Lena holte ein Handy mit einem großen Display aus ihrer
Tasche und zeigte es Minister Dong. „Damit kann ich Nachrichten versenden. Aber wir müssen es bald tun. Und jetzt
besorgen Sie mir die Koordinaten des U-Boots.“

Taktische Einsatzzentrale Silversmith

David sah sich die zahlreichen Berichte an, die aus Mittelamerika hereinkamen. Marines an Bord der *USS Wasp*, *Green Bay*
und *Ashland* hatten gerade eine amphibische Landung durchgeführt und die Panamakanalzone zurückerobert. Das kühne
Manöver hatte die chinesischen Bodentruppen in Mittelamerika und Mexiko von ihren Nachschublinien abgeschnitten.
Angeführt von Kampfflugzeugen der Typen F-22 und F-35
hatte die amerikanische Luftwaffe die Kontrolle über den
Luftraum zurückerobert.

Amerikanische Marschflugkörper und Spezialeinheiten

nahmen jetzt die chinesische Flugabwehr von Mexiko bis nach Panama unter Beschuss. Da die Bedrohung durch die chinesische Raketenabwehr beseitigt war, trafen die US-Bomber nun primär lohnenswerte Ziele. Panzerkonvois. Schwere Waffen. Hubschrauberstützpunkte. Truppentransporter. Das Ausmaß der Zerstörung war gleichermaßen erstaunlich und erschreckend.

Einer der CIA-Offiziere winkte ihnen aus dem Kommunikationsraum zu. „Susan, wir haben gerade ein Blitztelegramm erhalten. Höchste Priorität, kommt über Japan rein. Sie müssen sich das sofort ansehen."

„Japan?" Susan stand von ihrem Schreibtisch auf und ging in den sicheren Kommunikationsraum, um das Telegramm zu lesen.

„Ja, Ma'am. Es enthält einen Breiten- und Längengrad sowie einen Zeitstempel mit dem heutigen Datum. Es wurde vor etwas weniger als neunzig Minuten aufgegeben."

Susan schnippte mit den Fingern, um David zu alarmieren. Er notierte sich die Position und sie begaben sich zu einer Karte.

Susan sagte: „David, das kommt von unserem neuen Agenten in Peking."

Das bedeutete, dass Lena ihren verdeckten Kommunikationskanal genutzt hatte, um Tetsuo eine Nachricht zukommen zu lassen. Ihre Ausrüstung war in der Lage, Burst-Übertragungen zu senden und zu empfangen, indem sie sich an alle chinesischen Kommunikationssignale im direkten Umfeld dranhängten. Das Risiko, erwischt zu werden, war groß. Wenn die Nachricht tatsächlich von Lena stammte, musste sie sehr wichtig sein.

David fuhr mit dem Finger über die Karte, bis er die Stelle fand, auf die sich die Koordinaten bezogen.

„Die Position liegt im Ozean. Auf halbem Weg zwischen Miami und Bimini."

Susan sagte: „Was kann da Wichtiges –"

David fluchte. „Oh mein Gott. Den letzten chinesischen Boomer haben wir bislang nicht orten können, richtig?"

Susans Augen weiteten sich. Sie rief einem Marineangehörigen in der Operations-Etage zu: „Wir müssen diese Koordinaten so schnell wie möglich an die Navy weitergeben."

Victoria absolvierte ihren vierten Flug in den letzten achtzehn Stunden. Ihre Muskeln schmerzten und ihr Hinterteil war wund vom langen Sitzen. Die Intensität der Luftschlacht hatte deutlich nachgelassen. Die letzte Nacht war spektakulär gewesen. Victoria und ihr Copilot hatten ihr eigenes Privatfeuerwerk erlebt. In Zehntausenden Fuß Höhe und wahrscheinlich dreißig Meilen entfernt waren die Luftwaffen beider Kriegsparteien über der Floridastraße aufeinandergetroffen.

Victoria war froh, dass endlich die Sonne aufging. Landungen bei Tageslicht waren immer einfacher und sie war so müde, dass sie sich wie betrunken fühlte. Sie richtete ihren MH-60R Seahawk über dem wild sprudelnden Kielwasser der *USS Michael Monsoor* aus. Aufgrund der scharfen Winkel und Kanten des Kriegsschiffs hatte es den Anschein, als würde sie gleich auf einem futuristischen Raumschiff landen.

„Über dem Flugdeck", rief ihr Copilot.

„Verstanden."

Victoria ließ den Vogel über dem großen Flugdeck vorwärts gleiten, stabilisierte sich und verringerte dann den Schub, bis der Hubschrauber mit einem Ruck landete. Sie gab dem vor ihnen stehenden Ersten Wart ein OK-Zeichen und damit dem Flugdeckteam die Erlaubnis, in den Rotorkreis zu treten. Augenblicke später waren sie verkeilt und angekettet. Ihr Copilot stieg aus und Plug nahm seinen Platz ein. Er war der Kommandant der nächsten Besatzung.

„Hey, Boss."

„Guten Morgen." Sie wollte gerade mit der Übergabe beginnen, als sie von einem Funkspruch unterbrochen wurde.

„Jaguar 600, Kontrolle, wie viel Treibstoff haben Sie im Moment?"

Victoria runzelte die Stirn und schaute auf ihre Tankanzeige. „Etwa noch für eineinhalb Stunden. Wir werden gerade betankt."

„600, der Kapitän hat angeordnet, dass Sie sofort abheben müssen. Wir haben gerade Informationen über ein feindliches U-Boot erhalten, das sich bereit macht, Atomraketen zu starten. Seine letzte bekannte Position liegt fünfundzwanzig Meilen nördlich von uns. Es muss umgehend angegriffen werden. Bereithalten für U-Boot-Datensatz."

Plug winkte, um die Aufmerksamkeit des Ersten Warts zu erregen und signalisierte ihm, dass sie die Betankung unterbrechen sollten.

Victoria fragte: „Wo ist Ihr zweiter Pilot?"

„Ich weiß es nicht, aber ich glaube nicht, dass wir warten können."

„Einverstanden."

Victoria spürte durch ihren Sitz eine Vibration – das Schiff erhöhte die Fahrt. Dann neigte es sich nach Backbord, als es eine harte Wende in Richtung des chinesischen U-Boots vollführte. Die Unterlegkeile und Ketten wurden entfernt und kurze Zeit später war das Flugdeck wieder leer, bis auf ihren Hubschrauber, dessen Rotoren sich nach wie vor drehten.

Per Funk kam die Startfreigabe.

Victoria sagte: „Ich gehe hoch und nach achtern."

Sie gab Schub, stabilisierte sich in der Schwebe, zog den Cyclic sanft nach hinten und erhöhte den Schub. Der Hubschrauber bewegte sich im Schwebeflug langsam rückwärts, bis sie den hinteren Teil des Flugdecks erreichte. Dann steuerte sie die Nase nach rechts und gab Vollgas. Aber anstatt zu steigen, bewegte sie den Steuerknüppel nach vorne und drückte die Nase nach unten. Dadurch setzte sie geschickt die gesamte Motorleistung in Fluggeschwindigkeit um und hielt konstant dieselbe Höhe

Plug und das Besatzungsmitglied gingen die vorgeschriebenen Checklisten durch und kommunizierten anschließend mit dem taktischen Controller des Schiffs, um sicherzustellen, dass sie die neuesten Informationen über das chinesische U-Boot hatten.

„Wir sollten zuerst ein passives Sonobojen-Feld legen und versuchen, ihre Position zu triangulieren. Danach setzen wir das Tauchsonar ein und pingen aktiv", sagte Victoria.

„Verstanden." Plug übermittelte ihren Plan an das Schiff.

Zehn Minuten später ließen die durch die hohe Geschwindigkeit verursachten Vibrationen des Fluggeräts nach, als Victoria langsamer wurde.

PLOP.

„Boje eins ist weg", rief das Besatzungsmitglied. „Fallschirm öffnet sich. Im Wasser."

PLOP.

„Boje zwei ist weg ..."

Der dritte Mann im Heck des Hubschraubers informierte sie fortlaufend über den Status der Sonobojen. Diese ließen an langen Drähten befestigte akustische Sensoren in die Tiefe hinab und schickten die Daten über einen Sender in der schwimmenden Boje zurück zum Hubschrauber.

Die Bojen, die sie verwendeten, waren passiv und sendeten daher keine aktiven Signale aus. Jeder Ping wäre eine Warnung für ihre Beute. Und Ausweichmanöver des feindlichen U-Boots würde ihren Job sehr viel schwieriger gestalten.

„Wir haben etwas, Ma'am. In Ordnung ... Moment ... Ich habe eine Peilung. Es ist ungefähr eintausend Yard von Boje Nummer zwei entfernt."

Plug gab die Informationen an den Controller des Schiffs durch, während er sein taktisches Display anpasste. „Okay, ich habe eine Spur. Sie machen fünf Knoten auf Kurs null-drei-null."

Das Besatzungsmitglied meldete: „Der Signatur nach ist es ein Typ 94. Macht aber ein paar komische Geräusche."

Victoria schaute auf den Bildschirm. Plugs Finger flogen über das Tastenfeld, als er die Spur aktualisierte und ...

„Scheiße. Ich glaube, wir haben sie verloren. Eben war sie noch da und dann ... Sie müssen abgetaucht sein. Ich prüfe das. Einen Augenblick. Jep, da sind sie wieder. Das U-Boot hat auch Kurs und Geschwindigkeit geändert."

Victoria flog in der Nähe der Bojen Warteschleifen, nahe genug, damit sie schnell angreifen konnten, wenn es so weit war.

„Okay, neuer Kurs ist zwei-sieben-null bei fünfzehn Knoten. Starten wir unseren Angriff. Boss, ich gebe Zielkoordinaten ein."

„Verstanden."

Victoria vollzog eine steile Rechtskurve und brachte ihren Hubschrauber in die richtige Angriffsposition. Etwas störte sie, sie wusste nur nicht genau, was. Dann holten sie die Erinnerungen an ihren letzten Kriegseinsatz im Rahmen der U-Boot-Abwehr ein.

Das U-Boot, das ihren Vater getötet hatte. Sie schüttelte heftig den Kopf und hoffte, dass Plug nicht merkte, wie sie versuchte, ihren ermatteten Geist durch die Bewegung wachzurütteln. Das mulmige Gefühl war hartnäckig.

„Okay, ich habe Sie auf Kurs gebracht. Ich gehe die Checkliste für den Waffenabwurf durch", sagte Plug. Seine Hände flogen über Schalter und Knöpfe, als er den Torpedoabwurf vorbereitete.

Victorias Puls raste, während ihre eine Million Gedanken durch den Kopf gingen.

Flieg einfach nur den Hubschrauber.

Sie überprüfte ihre Instrumente. Fluggeschwindigkeit und Höhe passten. Sie waren auf Kurs. Der Treibstoff war knapp. Scheiße, der Treibstoff war richtig knapp. Sie wünschte, sie hätten mehr getankt, aber das würde erst dann zum Problem, wenn dieser erste Torpedo den Bastard verfehlte.

Die Erinnerungen holten sie erneut ein.

Das U-Boot, das eine Rakete auf ihren Vater abgefeuert hat. Ihr Verstand sagte ihr, dass aktuell etwas nicht stimmte. Und das Gefühl war nicht nur an die Angst vor den Dämonen ihrer Vergangenheit geknüpft.

Ihr Verstand befahl ihr, endlich aufzuwachen. Es gab ein Problem direkt vor ihrer Nase, das sie nicht erkannte. Sie blickte stirnrunzelnd auf die taktische Anzeige.

„Eine Meile bis zum Abwurf", meldete Plug.

An dem Tag, an dem ihr Vater starb, hatte sie in der Nähe seines Flugzeugträgers ein U-Boot gejagt. Die taktische Aufgabenstellung war identisch gewesen.

„Verstanden", sagte das Besatzungsmitglied.

„Verstanden", antwortete Victoria, deren Puls raste, während sie registrierte, wie die Entfernung schrumpfte. „Hat sich an der Spur irgendetwas verändert?"

Das U-Boot hatte damals Tauchtiefe und Geschwindigkeit geändert und kurz darauf hatte Victoria es wieder eingeholt. Genau wie heute.

„Negativ, gleicher Kurs und Geschwindigkeit, Ma'am."

Dann hatte die P-8 es mit einem Torpedo versenkt. Oder zumindest dachten alle, sie hätten es getan ...

Plug sagte: „Alles klar, 0,4 Meilen. Torpedoabwurf nach meinem dritten ‚jetzt.'" Er hielt inne. „Jetzt ... jetzt ...'"

„Stopp! Nicht drücken!!"

Plug verharrte und sah Victoria mit weit aufgerissenen Augen an. Sein Finger verharrte regungslos einen Zoll über der Taste, während er auf weitere Befehle wartete.

Victoria sah ihn an und klappte ihr Visier hoch. „Ich glaube, es ist ein Köder."

„Was?", fragte er.

„Das sind genau derselbe Kurs und dieselbe Geschwindigkeit wie damals, als wir dachten, wir würden in der Nähe der *Ford* ein U-Boot verfolgen. Derselbe verrückte Kurs und dieselbe Geschwindigkeit. Und es war ein Täuschungsmanöver. Ich drehe nach links ab. Nehmen Sie *bitte* den Finger von dem Knopf."

Plug tat wie ihm befohlen. „Scheiße, Boss, sind Sie sich da wirklich sicher?"

„Bereitmachen für den Einsatz des Tauchsonars, genau an der Stelle, wo der erste Kontakt war."

Plug sah sie immer noch an, als wäre sie verrückt geworden. „Glauben Sie, es ist noch da?"

„Tun Sie's einfach."

Plug antwortete: „Jawohl, Ma'am." Er wischte sich den Schweiß von der Stirn.

„Bereithalten zum Abwurf, sobald wir pingen. Wenn es noch da ist, macht sich das U-Boot gerade bereit, Atomraketen zu starten. Sie werden wahrscheinlich knapp unter der Oberfläche sein."

„Verstanden."

Victoria brachte ihr Fluggerät etwas mehr als fünfzig Fuß über dem Ozean in einen Schwebeflug. Das mehrere Millionen Dollar teure, modernste Tauchsonar weltweit wurde aus dem Hubschrauberrumpf ausgefahren. Nachdem es im Wasser war, fuhr es weiter aus, bis es die von Plug eingegebene Tiefe erreichte.

„Sonar aktiv."

„Verstanden."

Victoria konnte den lauten, hohen Ton hören, der in alle Himmelsrichtungen Schallwellen aussandte.

„Da ist es!", brüllte das Besatzungsmitglied über den internen Funkkanal.

Plug sagte: „Oh Scheiße, es ist tatsächlich genau dort ..."

Auf der taktischen Anzeige hatten sie ein Sonarecho genau an der Stelle empfangen, wo Victoria das chinesische U-Boot vermutet hatte.

Dieses Mal zögerte Plug nicht. „Torpedoabwurf, jetzt, jetzt, jetzt."

Er drückte den Torpedoabschussknopf und der sechshundert Pfund schwere MK-50-Leichtgewichtstorpedo löste sich vom Hubschrauber, wurde von einem Fallschirm abgebremst und tauchte in den Ozean ein.

„Torpedo läuft. Zielsuche aktiv."

Victoria konnte hören, wie die hochfrequenten Pings des Torpedos schneller wurden.

„Torpedo hat Ziel erfasst. Torpedo ist im Zielanflug ..."

„Das wird schnell gehen ..."

Zweihundert Fuß unter der Meeresoberfläche pingte der MK-50-Leichtgewichtstorpedo weiter und verifizierte mit jeder Schallwelle seine Entfernung zum Ziel. Er raste zu einem Punkt direkt neben dem Rumpf und detonierte. Die Kombination aus Explosion, hohem Druck und Hitze entzündete einen Großteil der Luft im Inneren des U-Boots, aber die

Brände erloschen bald wieder, als mehrere Abteilungen mit
Meerwasser geflutet wurden.

Vom Hubschrauber aus beobachtete Victoria, wie sich ein
tiefblauer Abschnitt des Ozeans eine halbe Meile entfernt
weiß färbte, bevor er sich in einen Geysir verwandelte, der
über hundert Fuß hoch in die Luft stieg.

44

Chinesisches Präsidentenflugzeug

„Wir haben Berichte über ein Notrufsignal im Atlantik erhalten. Ich fürchte, das war unser letztes ballistisches Raketen-U-Boot, General Chen. Ich glaube, es wurde versenkt." Der Navy-Admiral schaute beim Sprechen auf den Tisch, er traute sich nicht, General Chen in die Augen zu sehen.

Am Tisch herrschte Stille, bis sich die Tür öffnete und ein weiterer VBA-General den Raum betrat. „Sir, ich bedaure, Ihnen mitteilen zu müssen, dass unsere Streitkräfte in Mittelamerika schwere Verluste hinnehmen müssen. Amerikanische Luftangriffe bombardieren unsere Truppen in Costa Rica und Mexiko. Und die US-Marines haben Panama zurückerobert ..."

General Chen nahm sein Wasserglas in die Hand und warf es quer durch den Raum. Es zerschellte an der Wand. Lena studierte die Mienen rund um den Tisch. Das musste jetzt einfach das Ende sein. Sie konnte sehen, wie die Militärs ihren Vater anblickten, in der Erwartung, dass er seiner Führungsrolle gerecht wurde. Sie hörte nichts außer dem weißen Rauschen der Triebwerke, der Elektronik und der Belüftung, während Chen alle Anwesenden wortlos anstarrte.

Lena schaute Dong an, der das Wort ergriff: „General Chen, wenn Sie gestatten – wir operieren noch immer aus einer Position der Stärke. Wenn wir jetzt mit den Amerikanern Kontakt aufnehmen, könnten wir einen Waffenstillstand aushandeln. Das würde uns erlauben, unsere Streitkräfte in Südamerika zu konsolidieren. Die Amerikaner werden froh sein, wenn die Kampfhandlungen ein Ende finden. Wir könnten unsere Bodentruppen wieder in geschützte Gebiete verlegen und die amerikanische Wirtschaft weiter aushungern. Die riesigen Landflächen, die wir in Asien und Südamerika besetzt halten, werden uns langfristig einen Vorteil verschaffen."

General Chen sah Minister Dong an. „Kapitulation?"

„Es wäre keine Kapitulation, Sir. Es wäre lediglich eine Konsolidierung unserer versprengten Streitkräfte."

„Glauben Sie wirklich, dass die Amerikaner uns einfach ziehen lassen und zugucken werden, wie wir wieder zu Kräften kommen? Sie haben unsere nuklearen Fähigkeiten zerstört. Wenn man Ihren eigenen Geheimdienstberichten Glauben schenken darf, haben sie auch einen Großteil der russischen Atomstreitkräfte vernichtet. Sie haben ..."

Die Tür zum Konferenzraum des Flugzeugs öffnete sich und ein Major der Luftwaffe trat ein. „Sir, eine Mitteilung des amerikanischen Präsidenten."

Alle Augenpaare hefteten sich auf das Blatt Papier in seiner Hand.

General Chen lief rot an. „Was steht da?"

„Der amerikanische Präsident möchte mit Ihnen über die Bedingungen unserer Kapitulation sprechen."

Lena zuckte zusammen.

„Die Bedingungen unserer Kapitulation?" General Chen

wurde wütend. „Unserer *Kapitulation*? Da sehen Sie es! Sie wollen keinen Frieden. Sie wollen den Sieg."

Minister Dong sagte: „General, unsere Möglichkeiten sind begrenzt."

„Vielleicht. Aber wir haben immer noch Optionen." General Chen wandte sich an den Kommandanten der strategischen Raketentruppen. „Sie haben eine unserer ballistischen Langstreckenraketen mit der biologischen Waffe bestückt, wie ich es befohlen habe?"

„Jawohl, General Chen."

Lena wurde schlecht. Ihr Albtraum wurde Wirklichkeit.

Im Gesicht von General Chen zuckte es. „Bereiten Sie den Start vor."

Mehrere der anwesenden Berater meldeten sich gleichzeitig zu Wort und mahnten zur Vorsicht.

„Sir, ich muss Sie warnen vor ..."

„General, vielleicht könnten wir ..."

General Chen blockte ihre Einwände ab. „Ruhe. Ich sagte, bereiten Sie die biologische Waffe zum Abschuss vor."

Lena erwog, ihrem Vater zu sagen, dass das eine schlechte Idee war – aber sie war davon überzeugt, dass man mit einem Mann in seinem Zustand nicht argumentieren konnte. Sie musste die Sache vorerst auf sich beruhen lassen und die Optionen abwägen, wenn und falls sich welche ergaben. Im Moment konnte sie keine erkennen.

Minister Dong bemerkte: „General Chen, das ist Wahnsinn. Die Auswirkungen dieser Waffe sind entsetzlich und unkontrollierbar. Sie ist rein zur Abschreckung gedacht. Sie darf nicht eingesetzt werden. Wir würden die ganze Welt vernichten. Wir würden uns selbst vernichten."

General Chen starrte ihn an. „Ich habe mich mit meinen Experten beraten. Sie sagen, dass wir genug Zeit haben werden, um viele unserer Bürger zu impfen."

„Sir, Hunderte von Millionen könnten sterben."

General Chen runzelte die Stirn. „Und die, die übrig bleiben, gehören zu den Siegern."

Mehrere Offiziere am Tisch waren offensichtlich fassungslos.

„Ich habe meine Entscheidung getroffen. Ich will den Sieg um jeden Preis. Wenn Sie damit nicht einverstanden sind, sagen Sie es jetzt. Sie können das Flugzeug gerne verlassen. Unverzüglich."

Der Raketenkommandant sagte: „Sir, ich muss Sie darauf aufmerksam machen, dass das Sicherheitsprotokoll für den Abschuss dieser Rakete aufgrund der Natur dieses Waffensystems ... *einzigartig* ist."

„Gut. Starten Sie die Waffe."

„Nein, Sir, ich muss das erklären. Wir haben bestimmte Sicherheitsmaßnahmen eingeführt –"

Lena sagte: „General, ich habe vor ein paar Wochen mit Ihnen darüber gesprochen. Sie haben zugestimmt, dass für die biologische Waffe die höchste Sicherheitsstufe gelten sollte. Daher ist die biologische Abschreckung nicht für einen Fernstart eingerichtet. Noch nicht."

„Was willst du damit sagen?"

„Sie und ich müssen an der Startrampe persönlich anwesend sein, Sir", erklärte der Kommandant.

General Chen fluchte. „Schwachsinn. Wie lange noch? Wie lange dauert es, bis wir dort sind?"

„Wir können in einer Stunde dort sein, Sir. Der Sprengkopf wird auf dem Weltraumbahnhof gelagert, Sir."

Lena betrat wenige Augenblicke später die Flugzeugtoilette und holte ihr geheimes Kommunikationsgerät hervor. Sie musste noch eine einzige Nachricht senden. Sie hoffte nur, dass sie noch rechtzeitig ankommen würde.

USS Jimmy Carter
Südchinesisches Meer

Chase und das DEVGRU-Sondereinsatzteam hatten die Mission vor vierundzwanzig Stunden beendet. Während die Satelliten in den Orbit geschossen wurden, hatten sie mit dem chinesischen Agenten in der Kommandozentrale des VBA-Kosmodroms ausgeharrt, umgeben von den Leichen derjenigen, die sie ausgeschaltet hatten. Dann waren sie in Begleitung des chinesischen Agenten wieder zum U-Boot zurückgekehrt.

An Bord der *USS Jimmy Carter*, genährt und ausgeruht, geduscht und rasiert, wurden Chase und das Team unerwartet für eine neue Mission herangezogen.

„Sie wollen, dass wir *zurückgehen*?", fragte der SEAL-Kommandant den Kapitän des Schiffs ungläubig. Chase saß neben den beiden Männern in der Kapitänskabine, wo sie das sehr kurze Einsatzbriefing auf dem Computerbildschirm gemeinsam durchlasen.

„Sehe ich das richtig?" Chase sah auf seine Uhr. „Wir müssen sofort los. Das Ganze passiert *jetzt*."

Zwanzig Minuten später hielten Chase und sechs SEALs sich erneut an ihren Handantriebsgeräten fest und bewegten sich rasant durch den dunklen Ozean. Er fragte sich, was sie an Land vorfinden würden. Sie hatten die Insel zwar unbemerkt verlassen, aber die Leichen im Kontrollzentrum und in dessen Umgebung mussten inzwischen entdeckt worden sein.

Chase hob im Schutz der Dunkelheit den Kopf aus dem Wasser. Suchscheinwerfer huschten kreuz und quer über die Basis. Dutzende von Militärfahrzeugen und Soldaten patrouillierten die Insel – viel mehr als am Tag zuvor. Chase und die SEALs sicherten ihre Tauchausrüstung und krochen über den Strand. Die Wellen umspülten ihre Gliedmaßen, als sie sich auf allen vieren vorwärtsbewegten und dabei ihre Gewehre umklammerten.

„Psst. Fahrzeug nähert sich."

Die Insel bestand aus ein paar Meilen aufgeschüttetem Sand mitsamt einer großen Landebahn und mehreren Raketenabschussrampen, die auf ins Meer ragenden Halbinseln positioniert waren. Um die Insel herum gab es eine künstlich angelegte Sandbank, die Erstere vor Wellen und Wetter schützte. Ein allradgetriebenes Sicherheitsfahrzeug war auf der äußeren Sandbank unterwegs und suchte mit einem Scheinwerfer auf der Beifahrerseite die spärliche Vegetation auf der gegenüberliegenden Seite ab.

Durch seine Nachtsichtbrille beobachtete Chase, wie einer der SEALs abwartete, bis das Sicherheitsfahrzeug seine Position erreichte. In dem Moment stand der SEAL auf, joggte in gebückter Haltung hinter dem Fahrzeug her und feuerte zwei gedämpfte Schüsse durch das offene Fenster auf der Fahrerseite.

Mit einer athletischen Bewegung öffnete der SEAL anschließend die Fahrertür, zog den Lenker heraus und sprang in den Wagen. Es blitzte zweimal auf, als der SEAL auch den erschrockenen Beifahrer tötete. Als das Fahrzeug anhielt, eilten Chase und die restlichen SEALs herbei und verfrachteten die beiden Toten in den Kofferraum.

Die SEALs fuhren in Richtung der Hauptinsel, wobei sie darauf achteten, nicht zu schnell oder zu dicht an Beobachtern vorbeizufahren, bevor sie schlussendlich in einer dunklen Gasse neben dem Hangar des Flugplatzes parkten.

Die Amerikaner stiegen aus und splitteten sich auf. Ein paar nahmen an diversen Stellen auf dem Stützpunkt Scharfschützenpositionen ein. Chase und der Teamleiter kletterten über eine Feuertreppe auf das Dach des Hangars, wo Chase die Landebahn durch ein Spektiv überwachte und regelmäßig auf seine Uhr schaute.

„Jeden Moment."

Die riesige Boeing 747 tauchte aus der niedrig hängenden Wolkenschicht auf und landete mit einer kleinen Schleuderbewegung. Sofort umgaben Dutzende von Sicherheitskräften das Flugzeug. Eine mobile Treppe wurde an die Passagiertüre gerollt und Chase beobachtete, wie zwei Sicherheitskräfte und ein VBA-General nacheinander die Treppe hinuntergingen.

„Ist er das?", hörte Chase einen der SEALs in seinem Ohrhörer fragen.

„Das glaube ich nicht."

„Er steigt ins Auto – soll ich schießen?"

„Negativ."

Der SEAL-Teamleiter, der neben ihm in Bauchlage auf dem Dach ausharrte, fragte: „Chase? Ist er das?"

Chases Beobachtungsfernrohr hatte ein integriertes Gesichtserkennungssystem. Der Balken am oberen Rand seines Sichtfelds bewegte sich von links nach rechts und wurde dann rot.

„Negativ", antwortete Chase. „Nicht unser Mann." Er entnahm seinem Rucksack ein rundes wasserdichtes Behältnis, das zwei Quadrocopter enthielt. Die Drohnen waren gerade einmal so groß wie seine Handflächen. Er tippte auf seine Handgelenkssteuerung und die Drohnen stiegen leise surrend in den Nachthimmel.

Er blickte wieder durch sein Spektiv, in dem jetzt zwei kleine Quadrate mit Videostreams erschienen. Chase schaltete zwischen den verschiedenen Infrarotkamera-Ansichten hin und her und unterrichtete sein Team.

„Ich zähle insgesamt einundzwanzig Personen an Bord des Flugzeugs. Es sieht so aus, als wären die meisten in einem Konferenzraum auf der zweiten Ebene in der Nähe der Nase versammelt. Bereithalten ... Okay. Ja, ich glaube, das ist unser Ziel. Er steht gerade auf und ...“

Links von Chase ertönte entferntes Geschützfeuer. Durch sein Fernrohr sah Chase, wie die Infrarotsilhouetten im Inneren des chinesischen Präsidentenflugzeugs in Alarmbereitschaft versetzt wurden.

Über seinen Ohrhörer kam eine Stimme. Der SEAL klang, als würde er rennen. „Feindkontakt auf Position Bravo. Ich werde sie zu einer der Raketenabschussrampen locken.“

Der Teamleiter neben Chase antwortete ruhig: „Verstanden.“ Er legte sich anders hin und schaute weiter durch sein Zielfernrohr.

Chase sagte: „Es sieht so aus, als würden sie im Flugzeug bleiben. Einige von ihnen kommen raus, unser Ziel ist allerdings nicht dabei ...“

Mehrere VBA-Offiziere erschienen in der Tür des Jumbojets, rannten die Treppe hinunter und hechteten in die wartenden Autos. Chase hörte Schüsse. Etwas näher als zuvor.

„Foxtrott steht unter Beschuss.“

Der Teamleiter erklärte: „Scheiß drauf. Feuerfreigabe für alle Ziele.“

Chase registrierte gleichzeitiges Gewehrfeuer von mehreren Scharfschützenpositionen in seiner Umgebung und beobachtete durch das Spektiv, wie mehrere chinesische Militärs auf der Treppe tödlich getroffen wurden.

Die Fahrzeuge am Fuß der Treppe wurden von Einschuss-

löchern übersät und die Reifen der 747 platzten, als sie von
mehreren Kugeln erwischt wurden.

Lena sah die unbändige Angst auf dem Gesicht ihres Vaters,
als außerhalb des Flugzeugs Schüsse fielen.

Kaum dass sie gelandet waren, hatte der Sicherheitsdienst
der Militärbasis sie darüber informiert, dass gestern ein
Anschlag stattgefunden hatte und sie daher besondere
Vorsichtsmaßnahmen treffen mussten. Jetzt verstand Lena,
wie sich die Amerikaner im Atlantik einen solchen Vorteil
hatten verschaffen können. Sie mussten Chinas Datenverbindungen und Kommunikationsnetzwerke gekapert und gegen
sie eingesetzt haben.

Nachdem sie ihre Nachricht an Tetsuo geschickt hatte, war
sie von etwas Ähnlichem ausgegangen – einem Enthaup-
tungsschlag, einem Attentat auf ihren Vater. Sie hatte erwartet,
dass die Amerikaner eine ihrer fortschrittlichen Waffen, wie
z. B. einen Marschflugkörper einsetzen würden. Aber wenn
die USA bereits Spezialkräfte vor Ort hatten ... machte es
durchaus Sinn, diese einzusetzen. Ihr Vorgehen wäre präziser,
trotz des persönlichen Risikos.

General Chen lief unruhig in der Kabine umher. „Warum
sind wir noch hier drin?"

„Sir, draußen sind Schüsse zu hören. Hier sind Sie sicher.
Erlauben Sie uns zuerst die Bedrohung zu neutralisieren. Wir
wollen nicht riskieren, dass Sie getroffen werden."

„Bringen Sie mich zu einem Fahrzeug. Wir müssen die
Waffe abfeuern."

Lena fragte: „Was, wenn wir einen der Notausgänge
benutzen? Bringen Sie eines der Fahrzeuge zum hinteren Teil
des Flugzeugs. Wir könnten meinen Vater doch mit einer

Handvoll Sicherheitspersonal über die Notrutsche evakuieren?"

Der VBA-Sicherheitsoffizier zögerte.

„Tun Sie, was sie sagt", kam die Anweisung von General Chen.

Der Mann nickte und gab den Befehl durch sein Funkgerät weiter. „An alle Einheiten, Feuer auf die angreifenden Positionen konzentrieren." Weitere Sicherheitsfahrzeuge bezogen Stellung rund um den Jumbojet und feuerten aus automatischen Waffen in Richtung der Hangars.

Augenblicke später rutschten Lena, ihr Vater, der Raketenkommandant der VBA sowie drei Sicherheitsleute einen aufblasbaren gelben Notausstieg an der anderen Seite des Flugzeugs hinunter. Mehrere Fahrzeuge bildeten eine Schutzbarriere um das Heck.

Chase konnte neben sich das Klicken und Knallen von unterdrücktem Gewehrfeuer hören, als der SEAL-Teamleiter auf die Personen feuerte, die aus dem Heck des Flugzeugs flohen. Durch sein Beobachtungsfernrohr sah Chase, wie eine Gruppe chinesischer Männer in die Sicherheitsfahrzeuge stürzte und davonraste.

Eine der Personen, die zu dem Führungsfahrzeug eilten, war eine Frau mit langen schwarzen Haaren.

Der SEAL-Teamleiter sprach in sein Headset und informierte das Team. „Sie haben sich in Bewegung gesetzt. In Richtung Osten. Alpha nimmt die Verfolgung auf."

Chase und der Teamleiter standen auf, liefen zur Leiter und ließen sich hinuntergleiten. Zwei chinesische Soldaten standen in der Gasse neben ihrem gekaperten Fahrzeug. Chase zielte mit seiner Pistole und verpasste jedem von ihnen zwei Kugeln. Ihre leblosen Körper fielen zu Boden. Dann sprintete er zum Wagen, sprang hinter das Lenkrad und gab Gas, um dem chinesischen Präsidentenkonvoi zu folgen. Der SEAL-Teamleiter hechtete auf den Beifahrersitz. Gelbes Mündungsfeuer und das Knattern von automatischen Waffen kam aus allen Richtungen.

Chase klappte seine durchsichtige Brille mit dem Head-up-Display herunter. Die beiden kleinen Drohnen, die er ein paar Minuten zuvor losgeschickt hatte, befanden sich jetzt etwa zweihundert Fuß über ihnen. Mit ihren Multispektralkameras hielten sie das Geschehen unbeobachtet fest. Mit der rechten Hand tippte Chase auf seiner Handgelenksteuerung herum, während er mit der linken Hand den Wagen lenkte.

„Soll ich das Steuer übernehmen?", fragte der SEAL-Teamleiter.

„Ja."

Der SEAL übernahm das Steuer, während Chase weiterhin mit den Füßen die Pedale bediente und den Blick auf sein Handgelenk richtete, um seine Eingabe abzuschließen. Sie kamen dem vor ihnen fahrenden Konvoi immer näher.

Er tippte noch ein paar Mal auf die Drohnensteuerung und sah, wie sich auf seinem Visier ein grünes Rechteck um die fahrenden Wagen legte. Er verschob das Rechteck so lange, bis es das Führungsfahrzeug umrahmte.

Chase setzte über sein Headset einen Funkspruch an das Kommando- und Kontrollteam an Bord der *USS Jimmy Carter* ab. „MATCHSTICK, hier ist Alpha, sehen Sie meinen Video-Feed, Ende?"

„Alpha, MATCHSTICK, klar und deutlich, Ende."

„MATCHSTICK, Alpha, bestätigen Sie die Ziel-ID, Ende."

„Alpha, MATCHSTICK, verstanden, bereithalten. Unser Analyst sagt, dass sich das Ziel im Führungsfahrzeug befindet.

Das Ziel bewegt sich auf das Startkontrollzentrum zu. Es ist von entscheidender Bedeutung, dass wir das verhindern, Ende."

„Verstanden MATCHSTICK, erbitte Luftunterstützung für das Zielfahrzeug, Ende."

„Alpha, MATCHSTICK, wir haben ein unbemanntes Kampfflugzeug auf das Führungsfahrzeug angesetzt. Noch fünfzehn Sekunden bis zum Eintreffen. Ende."

Lena wurde während der Fahrt durchgeschüttelt. Sie saßen zu viert auf den zwei gegenüberliegenden Rückbänken des Fahrzeugs. Die ersten Strahlen der aufgehenden Sonne fielen jetzt auf den Ozean und beschienen die lange, sandige Straße, die sie befuhren. Vor ihnen lag eine Halbinsel, an deren Ende sich eine Startplattform und nicht weit davon entfernt ein zweistöckiges, rechteckiges Gebäude befanden.

Der Raketenkommandant erklärte: „Wir sind gleich da. General Chen und ich müssen hineingehen. Unsere biometrischen Informationen werden den Abschussmechanismus der Rakete entriegeln."

„Biometrisch? Meine Fingerabdrücke?"

„Und die Netzhaut, General."

Lena beobachtete, wie der Sicherheitschef des Generals die Hand auf seinen Ohrhörer legte und zu sprechen begann. „Ja. Wann? Sind Sie sicher? Wer ..." Er verstummte und Lena konnte sehen, wie er gegen den Drang ankämpfte, in ihre Richtung zu schauen. Stattdessen beugte er sich zu ihrem Vater hinüber und flüsterte ihm etwas ins Ohr.

Die Pupillen des Generals weiteten sich. Er drehte ihr schwer atmend den Kopf zu. „Unsere Kommunikationsexperten haben eine Nachricht entdeckt, die von unserem Flugzeug aus gesendet wurde. Sie glauben, dass sie von dir stammt."

Lena antwortete nicht.

„Hast du mich verraten, Tochter?"

Lena sah, wie der Sicherheitchef seine Pistole auf sie richtete. Er alarmierte die beiden Personenschützer im Fond des Fahrzeugs, woraufhin sich derjenige auf dem Beifahrersitz umdrehte und ebenfalls seine Waffe zog. Der Raketenkommandant lehnte sich zurück und versuchte, mit seinem Sitz zu verschmelzen.

Lena schätzte im Geiste die Entfernung zu ihren Angreifern ein und überlegte, was wichtiger war: dass sie überlebte oder ihre Mission erfüllte.

Sie wollte sich gerade in Position bringen, als die Erde unter ihnen explodierte.

In achthundert Fuß Höhe kreiste eine dritte Drohne, die direkt von der *USS Jimmy Carter* gestartet war. Sie hatte in etwa den Durchmesser eines Küchentischs und diente hauptsächlich Überwachungs- und Aufklärungszwecken. Sie verfügte jedoch auch über eine begrenzte Offensivfähigkeit.

Die Drohne feuerte zwei Miniaturraketen ab, die beide mit einem fünf Pfund schweren Sprengkopf bestückt waren. Die Waffen schlugen rasch nacheinander in das chinesische Präsidentenfahrzeug ein. Eine erwischte den Motorblock und zerstörte diesen komplett. Die andere traf das linke Heck, setzte den Treibstofftank in Brand und brachte das Fahrzeug zum Umkippen.

Chase stoppte seinen Wagen nahe einer kleinen Sanddüne zwanzig Yard von dem Wrack entfernt. Zwei chinesische Geländewagen des Konvois hielten neben dem beschädigten

Fahrzeug an. Die Insassen stiegen aus und bildeten einen Kreis um das Autowrack. Einige begannen, Menschen aus den brennenden Trümmern zu ziehen.

Chase tippte auf sein Handgelenk und studierte das Videobild seiner Minidrohnen.

„Sieben – nein – neun Personen. Mindestens zwei sind verletzt. Eine sieht tot aus. Bis zum Gebäude sind es noch etwa fünfzehn Yard. Ich schicke die LMAMs rein."

„Verstanden."

Die beiden von Chase gesteuerten Minidrohnen konnten unter anderem als eine Art Kamikaze eingesetzt werden. Das US-Militär bezeichnete sie als Lethal Miniature Aerial Missile Systems, kurz LMAMs. Chase wählte auf seinem Bedienfeld am Handgelenk seine Ziele aus und erteilte dann jeweils einen Angriffsbefehl.

Wie angriffslustige Riesenhornissen flogen die beiden LMAM-Drohnen auf die chinesischen Offiziere und Sicherheitskräfte zu, die sich jetzt hinter den drei Fahrzeugen verschanzten. Als sich die erste Drohne mit ihren surrenden Rotoren näherte, sahen einige von ihnen auf.

In einer Höhe von zehn Fuß über dem Boden explodierte der unter der Drohne angebrachte Splitterbehälter und verteilte in einem Radius von fünfzehn Fuß heiße Metallsplitter. Augenblicklich ging die ganze Gruppe zu Boden. Einige pressten ihre Hände auf mehrere Wunden, andere waren ohnmächtig, aber unverletzt. Zwei waren tot.

Die zweite Drohne explodierte Sekunden später und fügte weiteren Schaden hinzu.

Chase und der SEAL-Teamleiter hatten sich bereits in Bewegung gesetzt und feuerten auf ihre Ziele, solange sie im Vorteil währte. Dann ertönten aus der Deckung der chinesischen Fahrzeuge Schüsse und wirbelten den Sand um sie herum auf. Ihr Vormarsch war vorerst gestoppt.

Lena und ihr Vater waren die Einzigen, die im hinteren Teil des umgestürzten Fahrzeugs überlebt hatten. Auf dem Beifahrersitz hatte sich einer der unverletzten Personenschützer von seinem Sicherheitsgurt befreit und feuerte aus der Bauchlage sein Gewehr ab, nur zum Teil vor den herannahenden amerikanischen Soldaten verborgen.

Lena bemerkte, dass ihr Vater aus einer Halswunde blutete. Die Verletzung sah sehr schmerzhaft aus, aber sie würde ihn nicht umbringen, wenn er medizinisch versorgt würde.

Sie hingegen ...

Lena betrachtete ihre Hände, die mit dem dunklen Blut bedeckt waren, das aus ihrem Unterleib strömte. Der Schmerz war unerträglich. Aber sie wusste, dass er nicht lange anhalten würde.

Sie war dabei zu verbluten.

Lena spürte bereits, wie das Leben aus ihrem Körper wich. Sie musste alle verbliebene Kraft aufbringen, um sich zu konzentrieren. Ihre Mission war noch nicht erfüllt. Wieder dachte sie an ihr Kind. An ihr Lebenswerk, wie fehlgeleitet es auch sein mochte. An ihre Schwächen und ihre erbärmlichen Versuche, diese zu überwinden. Waren diese letzten Bemühungen überhaupt von Bedeutung? Würde irgendetwas die Sünden wieder wettmachen, die sie begangen hatte?

Sie wusste es nicht. Das Leben hatte ihr übel mitgespielt. Aber das Leben spielte jedem übel mit. Sie konnte nur ihre eigenen Handlungen kontrollieren. Und ihr blieben nur noch ein paar Augenblicke. Sie konnte nur das beeinflussen, was vor ihr lag. Lena hoffte, dass es einen Unterschied machen würde.

„Du hast mich verraten, Tochter", flüsterte ihr Vater und sah sie an. „Du undankbarer Unmensch."

„Sie haben mich verraten, Vater."

Vom Fahrersitz ertönte ein Knall, als der Sicherheitsmann einen weiteren Schuss abgab.

Einer der wenigen überlebenden Militäroffiziere außerhalb des Fahrzeugs steckte den Kopf herein. „General Chen, wir haben unsere Truppen auf der anderen Seite der Insel angefunkt. Sie schicken Verstärkung. Hier sind nur zwei Amerikaner. Wir werden sie aufhalten, bis Verstärkung eintrifft und Sie dann in das Gebäude bringen."

Lena sah ihn an. „Sie haben Ihr einziges Kind quasi verkauft. Für was? Für eine Beförderung und Macht?"

General Chen sagte: „Du bist eine naive Närrin. Größe erlangen nur jene, die sich den Anforderungen stellen. Ich tue alles, was dafür nötig ist."

Lena nahm aus den Augenwinkeln eine Bewegung wahr. Sie wendetet den Kopf und schaute aus dem Fenster. Da hinten im Sand konnte sie eine Silhouette erkennen, etwa zehn Schritte entfernt. Sie blinzelte und versuchte, sich zu konzentrieren ...

Unmöglich.

Aber er war es. Chase.

Er war Teil des Teams, das gekommen war, um ihren Vater zu töten. Um seinen irrsinnigen Rachefeldzug gegen die ganze Welt zu stoppen.

Er hatte sie noch nicht entdeckt. Ihr wurde bewusst, wie dunkel es unter dem umgestürzten Auto war. Er könnte sie im Schatten unmöglich erkennen.

Sie sah ihren Vater an, holte tief Luft, als wäre es ihr letzter Atemzug, und schrie laut Chases Namen.

Chase hörte den Schrei, sein Blick fiel auf den dunklen Innenraum des umgestürzten Fahrzeugs.

„Was war das?", fragte der SEAL. Um sie herum wurde durch die vorbeirauschenden Geschosse nonstop Sand aufgewirbelt.

Es war Lenas Stimme. Sie hatte gerade laut seinen Namen gerufen. Und dann: „Er ist hier drin."

„Sie sagt uns, wohin wir schießen sollen."

Chase stellte seine Waffe auf Drei-Schuss-Salven ein, zielte und begann zu feuern.

Lena bekam mit, wie die Kugeln den Geländewagen und seine Insassen zerfetzten. Das Gesicht und der Brustkorb ihres Vaters wurden in rote und graue Stücke zerfetzt. Der Sicherheitsmann auf dem Beifahrersitz wurde von mehreren Schüssen getroffen und getötet. Und dann spürte Lena einen heißglühenden Schmerz in ihrer Schulter, als auch sie von einer Kugel durchbohrt wurde.

Durch das Klingeln in ihren Ohren hörte sie gedämpft weitere Schüsse und Schritte, die sich näherten.

Benommen spürte sie, wie sie aus dem Fahrzeug gezerrt wurde.

Dann lag sie auf der Seite, mit dem Gesicht im Sand. In der Ferne knallten pausenlos Schüsse. Ihre Augen waren offen, aber alles war verschwommen. Dann sah sie plötzlich wieder scharf und beobachtete einen weißen Mann in einem schwarzen Taucheranzug, der vor ihrem toten Vater stand, der neben ihr lag.

Sie machten Fotos und überprüften seine Vitalwerte.

Dann tauchte in ihrem Sichtfeld plötzlich das Gesicht von Chase auf.

Sie wollte etwas sagen. Dass es ihr leidtat. Aber sie hatte keine Kraft. Ihre Atemzüge wurden kürzer.

Er beugte sich zu ihr herunter und flüsterte ihr ins Ohr: „Ich werde mich um unseren Jungen kümmern. Er wird ein gutes Leben haben. Dafür werde ich sorgen."

Sie war beruhigt und schloss zum letzten Mal die Augen.

45

Ein Jahr später

Chase stand neben seinem Bruder, der auf seinem Grill das Hähnchen wendete. Über den weitläufigen grünen Rasen hinweg hatten sie einen Blick auf die fernen Blue Ridge Mountains. Es war ein sonniger Nachmittag im ländlichen Virginia. An ein paar Colleges fing die Footballsaison wieder an, zum ersten Mal seit Kriegsende. Einige der Spiele würden heute Abend sogar im Fernsehen übertragen werden. Die Brüder nippten an ihrem kalten Bier und lächelten, während die drei Kinder auf der Schaukel im Garten spielten.

„Lindsay, kann ich bei irgendetwas helfen?", erkundigte sich Chase.

Davids Frau hatte den Tisch im Freien gedeckt. Auf einer rot-weißen Tischdecke stand ein Glaskrug mit Limonade. Daneben Pappteller mit Maiskolben. Salat und frisch gebackenes Brot aus der neuen Bäckerei in der Nachbarschaft. Auch die Geschäfte hatten wieder geöffnet.

„Hol bitte die Kinder zum Essen."

Chase rief nach den drei Kindern – Davids zwei Töchtern und seinem Jungen.

„Arthur, komm schon. Hey, Kumpel. Komm her, du kannst hier oben im Kinderstuhl sitzen. Soll ich das für dich klein schneiden?"

David lächelte seinen Bruder an. „Langsam hast du den Dreh raus in Sachen Vaterschaft."

„Muss ich ja wohl."

„Ja ... wem erzählst du das."

Sie setzten sich hin und aßen zu Abend. Die einzigen Geräusche stammten von Grillen und Zikaden und spielenden und weinenden Kindern. Sie plauderten über dies und das. Victoria wollte nächste Woche wieder zur See fahren. Ihr erstes wirkliches Kommando. Das andere zählte ihrer Meinung nach nicht.

„Wirst du dich für den Job bewerben?", fragte David seinen Bruder.

„Ja. Ich denke schon. Ich glaube, Polizist zu sein, passt irgendwie zu mir."

USS Essex
100 nautische Meilen westlich von San Diego

Victoria saß auf dem Kapitänsstuhl der *USS Essex*. Sie war gerade auf die Brücke gekommen, um nach dem Lesen von Plugs E-Mail etwas frische Luft zu schnappen.

Der Krieg war vorbei und Plug hatte sich den Reservisten angeschlossen. Außerdem hatte er gerade einen zivilen Job als Rettungshubschrauberpilot angenommen.

„Guten Abend, Captain Manning."

Der Command Master Chief gesellte sich zu ihr. Der dienstälteste Unteroffizier war an Bord für die Bedürfnisse, die Disziplin, die Ausbildung und die Moral der Besatzung zuständig.

Normalerweise kam er nicht auf die Brücke. „Ich habe gerade zufällig eine Nachricht der Personalabteilung gesehen. Dachte, das könnte Sie interessieren."

Sie stand auf und nickte ihm zu, damit er ihr hinaus auf die Brückennock folgte. „Was haben Sie gelesen, Master Chief?"

„Ich sah Ihren Namen auf der Liste für die Beförderung in den Admiralsrang. Sie werden es nächstes Jahr schaffen."

Victoria schüttelte den Kopf. Es war verrückt darüber überhaupt nur nachzudenken. „Ist das so?"

„Ich hatte erwartet, dass Sie sich darüber ein wenig mehr freuen würden, Ma'am. Ist das nicht der Traum eines jeden Offiziers?"

Sie sah ihn an. „Sie kennen mich inzwischen gut genug, Master Chief."

Er nickte. „Ich denke schon, Ma'am." Er hielt ihre eine Kiste mit Zigarren hin. „Trotzdem ..."

Sie verdrehte die Augen. „Sie bringen mich noch in Schwierigkeiten."

Dann steckte sie ihren Kopf durch die Tür der Brücke. „Decksoffizier, bitte geben Sie durch, dass die Rauchlampe brennt." Die Männer und Frauen der Wache hoben erfreut den Kopf.

„Aye, Ma'am."

Der CMC und Victoria rauchten schweigend ihre Zigarren, während das Schiff nach Norden dampfte. Sie sprachen über das Leben und ihre Karrieren. Und ein bisschen über den Krieg.

„Glauben Sie, dass es wirklich vorbei ist?", fragte er leise.

Sie nickte. „Das tue ich. Aber wir dürfen es nie vergessen, damit es nicht noch einmal passiert."

DER ANSCHLAG:
Shadow Strike, Band 1
von Jason Kasper

Während der gezielten Tötung eines syrischen Terroristen im Auftrag der CIA deckt David Rivers einen schockierenden Anschlagsplan auf, der seine Frau und seine Tochter bedroht.

David Rivers ist gut darin, Menschen zu töten.

Er ist Experte in der Kunst der Kriegsführung – zuerst als Ranger, dann als Söldner und mittlerweile als Auftragnehmer der CIA, für die er verdeckte Operationen überall auf der Welt ausführt.

Doch bisher hatte er nie eine Familie, die er beschützen musste ...

David ist frisch verheiratet und hat eine sechsjährige Adoptivtochter. Er glaubt seine Familie sicher in Charlottesville, Virginia, während er im Ausland sein Leben riskiert. Doch als bei der Umsetzung einer gezielten Tötung eines syrischen Terroristen Pläne für einen bevorstehenden Anschlag auf amerikanischem Boden zutage treten, kann ihn nichts auf das vorbereiten, was er dort herausfindet.

Der Angriff findet in vier Tagen statt. Das Ziel liegt in seiner Heimatstadt.

Und seine Frau und seine Tochter werden namentlich erwähnt.

Jason-Kasper.com

EBENFALLS VON ANDREW WATTS

Die Bücher sind für Kindle, als Printausgabe oder Hörbuch erhältlich. Um mehr über die Bücher und Andrew Watts zu erfahren, besuchen Sie bitte:
AndrewWattsAuthor.com

ÜBER DEN AUTOR

Andrew Watts machte 2003 seinen Abschluss an der US Naval Academy und diente bis 2013 als Marineoffizier und Hubschrauberpilot. Während dieser Zeit flog er Einsätze zur Bekämpfung des Drogenhandels im Ostpazifik sowie der Piraterie vor der Küste des Horns von Afrika. Er war Fluglehrer in Pensacola, FL, und war an Bord eines im Nahen Osten stationierten Atomflugzeugträgers mitverantwortlich für die Führung des Schiffs- und Flugbetriebs.

Andrew lebt heute mit seiner Familie in Ohio.

Registrieren Sie sich auf
AndrewWattsAuthor.com/Connect-Deutsch/
um Benachrichtigungen über neue Bücher zu erhalten.

Printed in Poland
by Amazon Fulfillment
Poland Sp. z o.o., Wrocław

86495351R00280